The power of love

1. Diamonds are forever

Les Editions Sharon Kena
3 rue de la source
57340 Morhange
www.skeditions.fr

dépôt légal : mai 2023
ISBN : 978-2-8191-1022-4

Imprimé par Immatériel

Photographie de couverture : Depositphotos
Illustration de couverture : Virginie Wernert

Raquel Hab

The power of love

1. Diamonds are forever

SK éditions

" à P. pour toujours veiller sur moi "

1. Joaillerie Vance, 744 5e Avenue, New York

Liam

Mercredi, 7 h 24.

Ce cambriolage était moins amusant que les précédents. C'était presque trop facile. Ce qui est plutôt logique parce que j'ai cambriolé ma propre joaillerie. Enfin pas exactement puisque j'en suis le directeur et non le propriétaire. Je me demande comment monsieur Vance va le prendre. À cette heure, il n'a probablement pas reçu mon appel. En revanche, j'ai bien eu celui du lieutenant Powell qui m'a tiré de mon court sommeil. Comment un plouc pareil peut-il occuper un poste aussi important au sein de la police de New York ? Il pourrait au moins faire un effort vestimentaire. Sa chemise à carreaux, sa cravate rayée et sa veste complètement froissée vont me donner la nausée.

La joaillerie est vraiment plus sombre lorsqu'il fait encore nuit dehors. J'aimerais bien retourner chez moi avant que le soleil ne pointe le bout de son nez.

Le lieutenant Powell discute avec ses adjoints tandis que je reste planté comme un piquet à attendre que la scientifique finisse de relever les indices. Je m'impatiente et je lui montre mon mécontentement en tapant volontairement du pied près des vitrines.

— Vous en avez encore pour longtemps ? lui lancé-je, agacé, alors qu'il a le dos tourné.

Il pivote machinalement vers moi et me fusille du regard.

— Non, répond-il d'un ton tranchant. Mon équipe finit d'examiner cette scène de vol.

— À part des débris de verre, je ne vois rien d'autre.

Ma réplique cinglante le fait tout de suite réagir, il s'approche un peu plus près de moi pour riposter.

— Merci pour vos remarques et votre manque de coopération, grogne-t-il. Depuis que cette vague de cambriolages a commencé, je vous ai prévenu maintes fois que vous seriez la prochaine cible et ça n'a pas raté.

— La faute à une police plus que défaillante.

Il serre immédiatement les poings, ce qui ne manque pas de m'amuser. J'adore provoquer ce trouduc !

— Je vous prierai de garder vos commentaires pour vous. J'ai l'impression que vous n'en avez rien à foutre du « je vous l'avais dit ».

— Bien sûr que non. Pour être honnête, j'avais l'intime conviction que n'auriez pas besoin de me le dire. Il faut croire que ce cambrioleur est sans conteste plus doué que vous.

Je le nargue en lui faisant mon plus beau sourire. Il fait tout ce qu'il peut pour garder sa colère sous contrôle, colère que je ne cesse d'attiser pour voir jusqu'où il peut aller. Il bloque un long instant sur moi, cherchant à rétorquer, avant de jeter un coup d'œil à sa montre.

— Je pense que votre équipe, *enfin les deux pauvres mecs de l'équipe scientifique et les flics à l'entrée*, peut repartir afin de finir le peu de nuits qui reste. Sans vouloir vous offenser, je dois faire en sorte que nous soyons ouverts demain au plus tard.

Il me jauge, croise les bras devant moi et marmonne un truc que je n'ai pas envie de comprendre.

— Ne vous en faites pas pour vos clients, vous aurez largement le temps pour tout remettre en ordre, rouspète-t-il. Allez prévenir votre patron plutôt et dites-lui que je vous avais bien mis en garde.

Je me retiens de lever les yeux au ciel. Sa réplique me donne envie de rire.

— Et vous devriez prévenir le vôtre que vous n'avez ni retrouvé le cambrioleur ni élucidé tous ces cambriolages.

Il est à deux doigts de bondir sur moi quand nous sommes interrompus par de l'agitation devant la joaillerie. Une silhouette élancée vient de faire irruption et se présente aux deux policiers qui surveillent l'entrée.

— Veuillez m'excuser.

Le lieutenant Powell me laisse en plan. Il fait signe de loin aux agents de la laisser passer. Une jeune femme, tout sourire, vient saluer le lieutenant Powell avant de me rejoindre. Plus elle s'approche de moi, plus je sens mon cœur battre.

— Pardonnez-moi cette interruption, mais laissez-moi vous présenter Tessa Blaine, dit-il, tout content.

Avec ses talons, elle doit avoisiner les un mètre quatre-vingt, a de magnifiques yeux marron et des cheveux châtain clair qu'elle a dressés en une jolie queue de cheval. Ils sont raides sauf les mèches de devant qui forment une belle vague ondulée sur son visage. Elle est toute vêtue de noir, ses escarpins comme sa jupe, ou sa robe, je ne sais pas trop, car son blouson matelassé en cuir noir ne laisse rien paraître sous ce manteau en laine de couleur camel.

C'est qui, cette bombe ? Je me précipite presque pour aller la saluer.

— Bonjour.

Je me présente à elle en lui tendant ma main qu'elle serre fermement.

Au moment, où nos yeux entrent en contact, et où je sens sa peau sur la mienne, je suis comme accroché à elle. Une sorte de connexion invisible vient de se créer. Le temps ne s'écoule pas comme il devrait, il reste comme suspendu, figé. Cette fraction de seconde dure une éternité.

— Liam Ward-Harper, lui précisé-je mon prénom et mon nom.

Elle arque tout doucement un sourcil avant de plisser un œil. Elle a une sacrée poigne.

— Enchantée, me répond-elle en rompant le contact visuel.

Je ne peux m'empêcher de l'observer alors qu'elle commence à examiner les différentes vitrines.

— Tu tombes à pic, Tessa, lui lance le lieutenant.

— En effet, c'est ce qu'on appelle avoir de la chance.

— Vous travaillez avec le lieutenant Powell ?

— Non.

— Vous n'êtes pas agent de police ?

— Non.

Ses yeux croisent les miens, mais je ne décèle rien dans son regard, ce qui ne manque pas d'attiser ma curiosité.

— Vous êtes du FBI alors ?

— Non plus.

Je suis chacun de ses mouvements, comme si elle était une sorte d'aimant. Quelque chose me pousse à rester près d'elle. Je n'arrive pas à m'éloigner, comme si elle possédait une force d'attraction.

— Tu as pu avoir le temps d'examiner tout le dossier ? lui demande-t-il.

— Oui, je te remercie. J'ai eu de quoi m'occuper pendant ces dernières dix-sept heures de vol.

Hein ?

— Vous ne vivez pas ici ?

— Non, lâche-t-elle.

Elle regarde avec minutie chaque vitrine, ce qui ne manque pas de m'inquiéter. Que cherche-t-elle ? Elle étudie les bris de verre d'une drôle de façon, en collant ses yeux dessus. En l'observant d'un peu plus près, je remarque qu'elle a une boucle d'oreille représentant un rameau d'olivier et l'autre une flèche.

— D'où êtes-vous ?

— Je vis à Hong Kong, me répond-elle sans que je décèle une quelconque émotion.

Je n'aurais pas parié sur cette ville de prime abord. Si on m'avait demandé de deviner, j'aurais probablement misé sur Londres, peut-être à cause de son look très Kate Middleton.

Enfin, moi et la mode, ça fait deux. C'est plutôt étrange, ce qui déclenche mon envie d'en apprendre plus.

— Vous n'êtes pas un peu loin de votre juridiction ?

— Je n'ai pas de juridiction, précise-t-elle, toujours avec ce regard impénétrable qui me perturbe.

Elle dégage quelque chose d'apaisant et d'inquiétant à la fois.

— Vous travaillez dans les assurances alors ?

— Non plus.

Elle affiche un petit sourire. On dirait que ça l'amuse de me voir patauger.

— Alors que faites-vous ici ?

À présent, elle me fait face et me fixe, ce qui augmente mon rythme cardiaque à une vitesse folle. *Reprends-toi sinon tu vas t'enfoncer dans le sol !*

— À vrai dire, je dois un service au lieutenant Powell, m'avoue-t-elle, l'air satisfaite que j'en sache si peu sur elle.

Moi aussi, je veux bien qu'elle me rende un service !

Comment un plouc pareil peut-il avoir un quelconque lien avec une fille comme elle ?

Nous sommes interrompus par les mecs de la scientifique qui remballent leurs affaires. Ils glissent quelques mots au lieutenant qui revient vers nous, la mine déconfite.

— Apparemment, nous n'avons pas plus d'indices que ça, soupire-t-il.

— Pas tout à fait, Matthew, objecte-t-elle.

Sa réplique me rend anxieux, mon cœur commence à cogner dans tous les sens.

— Tu as une paire de gants ?

Qu'aurait-elle pu trouver ? J'ai quand même pris toutes les précautions nécessaires pour ne pas me faire attraper. Ça a quand même bien fonctionné les onze dernières fois.

— Oui, bien sûr.

Il se précipite sur un des gars avant qu'il ne franchisse la porte d'entrée et revient en lui tendant une paire. Elle s'apprête à poser son sac par terre, mais le lieutenant le lui prend des mains, ainsi que son manteau lorsqu'elle le retire. Sans lui, elle a encore plus d'allure. Elle est sacrément bien foutue.

Génial, en plus de mon cœur qui disjoncte, c'est ma queue qui gonfle !

Elle retrousse ses manches et je louche sur sa montre. Je ne reconnais pas le modèle, on dirait qu'une Rolex a rencontré une Apple Watch. Elle passe son bras pour tenter d'attraper quelque chose à travers une vitrine que j'ai cassée. Elle essaye tant bien que mal d'atteindre les extrémités, mais n'y arrive pas. Elle se résigne avant de sortir son bras. Qu'est-ce qu'elle fait ?

— Vous essayez de prouver quoi en faisant ça ? lui demandé-je, les bras croisés.

— Les bris de verre, nous informe-t-elle.

Le ton de sa voix est devenu plus grave.

— Oui, eh bien ?

— Vous avez remarqué les impacts sur la vitrine ?

— On ne voit que ça, je lui réponds de manière cinglante pour la provoquer, mais c'est un petit sourire content que j'obtiens en réponse.

Ce n'est pas le genre de réaction que j'espérais obtenir de sa part.

— Celui qui a explosé la vitrine a dérobé l'ensemble de ce qu'elle contenait. Vous êtes tous d'accord avec ce fait ?

— Oui, bien sûr, Tessa, mais pourquoi tu nous demandes ça ? l'interroge le lieutenant.

— Alors, comment a-t-il procédé pour le faire ?

— En cassant la vitrine, je lui réponds de manière nonchalante.

Elle se prend pour qui à nous faire la leçon ?

— Merci, Monsieur Ward-Harper, pour cette réponse. Cependant, quelque chose vous a échappé. Vu la longueur du présentoir, je ne vois pas comment il aurait fait pour atteindre les extrémités sans se blesser. Il n'y a aucune trace de fibres ni de sang nulle part.

— Où tu veux en venir ? lui demande Matthew.

— Soit notre cambrioleur est Monsieur Fantastic et a le bras très long, soit il avait les clés de la vitrine.

J'essaye de reprendre ma respiration qui s'est bloquée un instant. Je fais ce que je peux pour ne pas lui montrer mon état de décomposition.

Mais bordel, comment a-t-elle compris ?

Face à l'expression dubitative du lieutenant, elle se dirige vers une vitrine murale cette fois-ci.

— Je vais te montrer, Matthew. Jette un coup d'œil sur cette vitrine.

Il lui obéit sans, réellement, comprendre. Il examine avec attention chaque recoin.

— Monsieur Ward-Harper, s'adresse-t-elle soudainement à moi, avez-vous une photo du collier qui était exposé là ?

— Euh oui, je dois avoir ça.

Je reprends rapidement mes esprits.

Je parcours le site internet de la joaillerie et lui tends mon téléphone. Au moment où elle voit la photo, elle fait un grand sourire à mon écran.

— Matthew, regarde, dit-elle en agrandissant la photo, vu l'épaisseur du collier qui se trouvait à l'intérieur et l'impact, comment a-t-il fait pour le voler ? Il aurait eu du mal à le sortir sans y laisser des fibres ou éventuellement du sang, sans oublier qu'il aurait pu l'endommager. Les impacts ne sont pas proportionnels à la taille de l'objet volé. C'est tout simplement impossible de dérober l'intégralité de ce qu'elle contenait en la brisant aussi peu.

Putain, elle est douée.

Mon état de nervosité ne fait qu'empirer.

— Tu veux dire que…

— Il a d'abord ouvert toutes les vitrines, pris les diamants sans encombre et c'est uniquement après qu'il les a explosées. Il pensait sûrement qu'en faisant ça, on ne soupçonnerait pas qu'il avait les clés. Il aurait dû les endommager beaucoup plus pour qu'on n'y voie que du feu.

Je me fige complètement, ce qui n'est pas le cas de mon cœur que je sens pulser jusque dans mes tempes. Elle reprend mon téléphone des mains du Lieutenant et se tourne vers moi pour me le rendre. Nos doigts se heurtent, ce qui ne fait qu'empirer mon état.

— Je crains, Monsieur Ward-Harper, poursuit-elle en fixant la moquette noire, que le cambrioleur ne soit proche de…

Elle marque un temps d'arrêt avant de lâcher abruptement…

— Vous !

Son regard me transperce. Elle me donne l'impression qu'elle vient de tout comprendre.

Mon air décontracté s'envole. Ses yeux sont toujours posés sur les miens attendant une réponse. Merde. Mon cœur n'a jamais battu aussi fort qu'en cet instant, mais je ne sais pas si c'est parce qu'elle vient peut-être de me griller ou si c'est parce qu'elle est incroyablement séduisante et attirante.

Putain, mais qu'est-ce qu'il m'arrive ! Oublie ce que tu ressens et concentre-toi sur les diamants.

C'est impossible, elle n'a aucun moyen de savoir que c'est moi.

— Waouh, merci, Tessa ! On va enfin pouvoir avancer, lance Matthew.

Sa réaction m'insupporte.

— Il s'est senti à l'aise ici même, reste à savoir pourquoi. Qui possède les clés des vitrines ? me demande-t-elle.

— Tous les employés, mais nous les remettons dans un coffre le soir. Personne ne quitte la joaillerie sans respecter cette procédure, ça fait partie du protocole.

— Il nous faudrait la liste de tous ceux qui y avaient accès, ainsi qu'une d'anciens employés peut-être mécontents.

— Vous pensez que les cambrioleurs pourraient être d'anciens employés ?

— Les cambrioleurs, vous venez de dire ? me reprend-elle.

— Oui, pourquoi ?

— Non, parce que lorsque je suis arrivée, vous aviez émis l'hypothèse d'un seul et même homme.

Mais putain comment le sait-elle ? Elle lit sur les lèvres ?

— Vous avez changé d'avis ?

Elle sonde profondément mes yeux.

— Ils devaient sans doute être plusieurs.

— Non, il était seul, m'affirme-t-elle, catégorique, et c'est le même homme qui a commis les onze autres cambriolages.

— Comment pouvez-vous en être sûre ?

— Tout simplement à cause de son mode opératoire qui est identique aux onze premiers puisque le système électrique a complètement été mis hors circuit, lâche-t-elle avec certitude. C'est ce qu'il fait à chaque fois qu'il cambriole une joaillerie.

Elle a effectivement bien lu tout le dossier.

— Matthew, l'appelle-t-elle en se tournant vers lui, je crois que ton cambrioleur vient de commettre sa première erreur !

Ce plouc ne peut s'empêcher de sourire. Elle retire ses gants et les fourre dans la poche de sa veste.

— Reste à savoir pourquoi il l'a commise dans cette joaillerie ?

Elle capture mon regard. Le premier qui cligne des yeux perd.

— Eh bien, je pense que nous allons enfin pouvoir avancer sur cette affaire, se réjouit le lieutenant en tapant dans ses mains.

Il mériterait une bonne tape sur la tête.

— Il est grand temps que tu le fasses arrêter.

Elle analyse ma réaction, comme si elle était en train de me tester. Sans le vouloir, je me frotte les tempes dans un geste de nervosité.

Fais chier.

— Que dis-tu d'aller boire une tasse de thé ? lui propose-t-il.

— Avec grand plaisir.

Il lui remet son manteau sur les épaules avant de lui rendre son sac. Je remarque qu'il contient un ordinateur. Elle n'a pas de valise avec elle ?

— Je pense que nous pouvons y aller maintenant. Merci de votre coopération, lance ce petit con à mon unique attention.

— Lieutenant Powell, lâché-je froidement.

— Bonne journée, Monsieur Ward-Harper, me lance Tessa avant de disparaître avec lui.

Je ne parviens pas à répondre. Pourquoi ai-je eu subitement l'envie de l'appeler par son prénom ?

Ils quittent la joaillerie sans se retourner. Ce cambriolage n'était peut-être pas si facile que ça…

2. Ole & Steen, 873 Broadway Street

Tessa

Mercredi, 8 h 37.

Je ne sais pas pourquoi Matthew a choisi cette boulangerie danoise pour se poser. On aurait pu trouver un café plus près. C'est sans doute pour la quantité impressionnante de pâtisseries qu'elle propose. La serveuse lui apporte un expresso et pose une théière et une tasse pour moi. Elle y verse délicatement ma boisson et je ne peux m'empêcher de sentir cette odeur si particulière que dégage le thé noir.

— Je vois que tu aimes toujours autant le *Lapsang Souchong*, ce truc est infect, me fait-il remarquer, amusé.

— Que veux-tu, j'adore les arômes de pétrole et de charbon !

Il me prend la tasse des mains et hume ma boisson chaude préférée. Un mouvement de dégoût passe sur son visage.

— Oui, eh bien, sans façon !

Il respire tout de suite son expresso comme pour chasser cette odeur avant de boire une longue gorgée.

— Merci à toi d'être venue m'aider sur cette affaire.

— Je n'ai encore rien fait pour le moment, mais je dois t'avouer que tout cela a attisé ma curiosité. Tu ne trouves pas cette vague de cambriolages étrange ?

— Étrange ? répète-t-il, étonné, ce n'est pas le terme que j'aurais employé. Agaçante plutôt.

— Douze, c'est un chiffre inquiétant, lui fais-je remarquer. J'espère que c'est un cambrioleur du zodiaque, et non de l'alphabet, sinon tu es mal barré !

Il se fige, la peur traverse une fraction de seconde son visage. Il prend machinalement sa tasse qu'il manque de faire tomber.

— Franchement, je n'espère pas.

Il laisse échapper un soupir. Ça doit profondément l'emmerder.

— D'après tes derniers rapports, il n'est pas loin d'avoir dérobé 250 millions de dollars. À moins qu'il n'ait contracté un emprunt avec Elon Musk, je ne sais pas ce qui le pousse à continuer. Et puis, aucun diamant n'a refait surface sur le marché noir, alors qu'ils sont tous marqués.

— Qu'est-ce que tu essayes de me faire comprendre ?

Il reprend une gorgée de son café.

— Matthew, réfléchis, s'il ne les a pas revendus, cela sous-entend qu'il les aurait donc gardés pour lui ?

Son haussement de sourcils ne m'échappe pas.

— Je n'avais pas vu les choses sous cet angle. Pour moi, c'est juste un voleur minable qui veut faire un coup d'éclat et se faire connaître. Il fait ça uniquement pour montrer ses exploits, l'argent ne l'intéresse pas.

— Alors, il cherche à entrer dans le *Guinness des records*. Douze cambriolages en trois mois, c'est de l'exploit. Il n'a pas l'air de vouloir s'arrêter.

Quelque chose cloche dans tout ça, ce qui ne manque pas de susciter encore plus mon intérêt à résoudre cette affaire.

— Une chose est sûre, je dois y mettre un terme, sinon je peux dire adieu à mon poste. On patauge depuis des mois, mon patron est sur les nerfs.

— En parlant de patron, comment se fait-il que tu ne sois pas encore commissaire de police ?

Son visage s'affaisse complètement. Il saisit sa tasse pour reboire une gorgée sauf qu'elle est vide. Il bascule néanmoins la tête en arrière afin d'en aspirer les dernières gouttes avant de la reposer plutôt bruyamment. Il la contemple avec une pointe d'amertume. Je pense que j'ai touché une corde sensible.

— Parce qu'il tient fermement à son poste, finit-il par m'avouer en rouspétant. Je ne suis sans doute pas assez compétent ou je n'ai pas attrapé de gros poissons, c'est ça qui pèse dans la balance pour ma nomination.

Il ne semble pas convaincu par ce qu'il avance.

— Si tu coinces le cambrioleur, ça devrait te promettre une évolution de poste.

— Encore faut-il l'arrêter et ce n'est pas gagné !

Depuis quand est-il aussi pessimiste ? Il louche sur la vitrine qui contient les pâtisseries.

— Prends un *Forest Berry Cake*, lui suggéré-je pour lui remonter le moral, lui qui adore tout ce qui contient du sucre en règle générale.

— Une autre fois.

Ma suggestion n'a pas l'effet escompté.

— En tout cas, chapeau pour ton analyse, tu as cloué le bec au directeur de la joaillerie.

Son petit sourire satisfait pique ma curiosité.

— Quelle est la nature de tes rapports avec lui ?

Il paraît étonné de ma question.

— Qu'est-ce qui te fait dire que je le connais ?

— L'attitude plutôt méprisante, enfin non, condescendante à ton égard. Pardonne-moi si je me trompe, mais votre rencontre ne date pas d'aujourd'hui.

— Bien observé. J'ai vite compris que les plus grandes joailleries étaient l'unique cible du voleur, j'ai donc décidé de contacter en amont tous les directeurs de New York en leur conseillant d'augmenter les mesures de sécurité, de renforcer la vidéosurveillance, de me faire part d'éventuels soupçons. Tous ont pris à cœur mes recommandations sauf lui. Je l'ai contacté à plusieurs reprises pour le mettre en garde, mais il s'en branlait et ouvertement, en mode « oui, je gère la situation », « je connais mon métier », l'imite-t-il en piaillant.

Il peine à maîtriser son agacement.

— C'est plutôt étrange de sa part de ne pas avoir pris tes mises en garde avec un peu plus de sérieux et de respect.

— Oui, tout à fait ! s'indigne Matthew, qui semble content que quelqu'un le comprenne enfin.

— Liam Ward-Harper.

Je jette son nom dans les airs. Je dois avouer qu'il est sacrément séduisant. Aucune femme ne doit lui résister avec son un mètre quatre-vingt-dix, ses yeux verts à la limite du turquoise, ses cheveux châtain foncé, presque noirs. Plutôt baraqué, mais juste ce qu'il faut. Il doit sans doute avoir une fille différente chaque soir dans son lit. Je me surprends à imaginer être l'une d'elles. Je souris comme une débile à ma tasse, alors que je reprends une gorgée de mon thé.

J'ai fait mon maximum pour ne rien laisser transparaître, mais la façon dont nos yeux se sont accrochés m'a perturbée, comme s'il m'avait connectée à lui. Étrange. De plus, quelque chose m'est familier chez lui. J'ai eu l'impression de le connaître ; or, je ne l'avais jamais vu avant ce jour. Nos routes ne se sont pas croisées, j'en suis persuadée. Pourtant, je ne sais pas, j'ai eu un drôle de sentiment lorsque nous avons fait connaissance, je me suis sentie…

Je pose brutalement ma tasse comme pour arrêter mes tergiversations, j'allais partir en vrille sinon.

Sans doute un effet secondaire du jetlag.

— Oui, eh bien ?

Matthew me sort de ma rêverie.

— Je pense que tu devrais t'intéresser à lui, lui suggéré-je. Il faudrait éventuellement mener une petite enquête.

Une enquête sur ses mensurations…

Voilà que je divague encore !

Reviens sur terre et vite.

— Tu crois ? Je n'ai rien contre lui à part son arrogance.

— Ça, c'est un crime qui mérite que tu l'arrêtes.

Nos rires envahissent le café.

— Non, plus sérieusement, essayons d'en savoir plus à son sujet.

— Je ne vois pas ce que l'on pourrait apprendre qui pourrait faire avancer cette enquête.

Je constate que ça ne l'enchante guère, *contrairement à moi.*

— Pour commencer, il était horriblement nerveux quand j'ai émis l'hypothèse que le cambrioleur était quelqu'un de sa joaillerie. On pouvait sentir les battements de son cœur à dix kilomètres à la ronde. Sans parler du fait qu'il était complètement figé. Si c'est quelqu'un de chez lui, c'est normalement la colère qui aurait dû être l'émotion première et non l'anxiété. Il n'a d'ailleurs à aucun moment essayé de défendre ou accabler un de ses employés. De plus, il t'a orienté sur un homme isolé puis de plusieurs, comme s'il cherchait à brouiller les pistes. Tout ça nous prouve qu'il faut creuser dans sa direction.

Je sens qu'il cache quelque chose et mon instinct ne me trompe pas. Matthew opine plusieurs fois de la tête face à mon analyse.

— Tu crois qu'il a quelque chose à voir là-dedans ?

Cette hypothèse semble le ravir, ce qui ne manque pas de me faire sourire.

— D'une façon ou d'une autre, probablement. Il couvre peut-être quelqu'un ? C'est une possibilité qu'il ne faut pas négliger.

— Tu supposes qu'il serait donc mêlé à ce cambriolage en particulier ?

— S'il est lié à celui-là, il l'est forcément à tous les autres et ça deviendrait de plus en plus intéressant.

Matthew m'écoute, plus attentif que jamais. Je décide de lui révéler le fond de ma pensée.

— D'après ce que tu viens me dire, il ne prend pas au sérieux tes mises en garde, ce qui n'a pas de sens. N'importe qui aurait revu ses protocoles de sécurité. Le fait qu'il prenne ça à la légère prouve qu'il a des informations que l'on ignore. C'est comme si je te disais que ta maison risque de prendre feu, car toutes celles du quartier ont déjà été brûlées et que tu t'en foutais royalement. Soit il est stupide, ce qui ne semble pas être son cas, soit il sait que sa maison est à l'épreuve du feu.

Matthew acquiesce. Je crois qu'il vient de se rendre compte que mon hypothèse tient la route, d'une façon ou d'une autre.

— Maintenant que tu le dis, j'avais mis son attitude sur le coup de son air condescendant, mais ça cache sans doute quelque chose.

Ils ont dû bien se crêper le chignon ces deux-là. Pour énerver Matthew, il faut vraiment y mettre la dose.

— Il faut creuser tout ça en ne négligeant aucun détail.

Et puis, quelque chose me trouble le concernant. J'ai l'étrange envie d'en apprendre plus à son sujet et c'est la première fois que j'éprouve ça pour un homme… Ce qui prouve bien que mon intuition est bonne, *à moins qu'elle n'ait rencontré mes hormones*, *ce qui ne fait pas bon ménage.* Dans tous les cas, il détient probablement des informations qui peuvent sans doute faire avancer cette enquête.

— Et si on faisait fausse route ? s'inquiète-t-il.

— Nous avons un moyen simple de savoir si nous sommes sur la bonne voie.

— Lequel ?

— Maintenant que nous avons des indices, il va tout simplement chercher à savoir où nous en sommes sur l'enquête.

Et sans doute vouloir en apprendre plus sur moi par la même occasion…

— Si nous avons progressé ou non, histoire de vérifier s'il a des raisons de s'inquiéter ou pas.

— C'est ce qu'on va faire, m'assure Matthew avec joie. On pourra se mettre à travailler dès demain si tu le souhaites. Repose-toi aujourd'hui avant d'attaquer.

— Excellente idée !

Il fait signe à la serveuse de venir nous retrouver.

— Oui, monsieur ?

— Un *Forest Cake*, s'il vous plaît, s'exclame-t-il comme s'il voulait fêter une bonne nouvelle. Tay, tu veux quelque chose ? C'est pour moi.

Dès qu'il mange, c'est qu'il a le moral.

— Un muffin au chocolat, je te remercie.

— Je vous apporte ça, note-t-elle sur sa tablette avant de repartir.

— Tu as eu le temps de trouver un hôtel ?

— Non, pas besoin, je suis logée chez un vieil ami.

Si je peux l'appeler ainsi…

3. Hôtel particulier de Liam, 9 77e Street

Liam

Mercredi, 8 h 47.

Étant donné que la joaillerie est en train d'être remise en état, il valait mieux que je reste chez moi. À peine rentré, j'aperçois Lloyd dans la salle à manger, le nez dans l'ordinateur. Je prends la direction opposée et me dirige vers le grand salon.

— Déjà de retour ? me demande-t-il de loin.

— Oui.

— Alors ? Tu t'es bien débarrassé du lieutenant ? s'empresse-t-il de me demander, question à laquelle je n'ai pas envie de répondre.

Je l'entends se rapprocher de moi.

— Si on veut.

Je lui parle comme s'il était à côté de moi alors qu'il est trop loin pour m'entendre. Je me dirige vers le bar. Pas très recommandé de boire à cette heure-ci. J'opte pour un jus d'orange en ouvrant le petit réfrigérateur. Je pars m'affaler sur le sofa en fixant la cheminée, mes jambes sur le repose-pieds. Lloyd me rejoint.

— Qu'est-ce que tu as ? lâche-t-il dans mon dos.

Il contourne le canapé et se positionne juste en face de moi, sa tablette à la main, ce qui m'oblige à me redresser et oublier mon transat improvisé.

— Rien, tout s'est passé comme prévu.

— Tu n'as pas l'air convaincu.

J'avale une longue gorgée, ce n'est pas l'envie de le mélanger avec un whisky qui me manque, mais le goût serait indéniablement étrange.

— J'ai peut-être sous-estimé le lieutenant Powell.

— À quel niveau ?

— Une petite complication.

Du nom de Tessa Blaine...

— Il a plus de ressources que je ne l'imaginais.

— Du style ?

Je préfère éluder, car des yeux marron viennent de percuter une nouvelle fois mon esprit. Je n'arrive pas à me la sortir de la tête, quelque chose chez elle... Je ne sais pas, elle dégage un truc indescriptible qui m'attire manifestement, mais impossible de dire quoi. C'est comme si j'avais envie qu'elle découvre...

OK, je délire.

Je me lève d'un bond pour mettre fin à mes tergiversations et retire ma veste par la même occasion.

— Tu m'excuses, mais vu que la joaillerie est fermée aujourd'hui, je pense que vais aller me recoucher, ça devrait être remis d'aplomb d'ici demain.

— Oui, bonne idée, mais avant que tu ailles pioncer, je dois te montrer quelque chose.

Ma course pour aller retrouver mon lit s'arrête nette. Je fais demi-tour.

— Tu as reçu un email qui contient une invitation pour le peu étrange.

Lloyd me tend sa tablette sans que je lui demande. J'examine le contenu de l'invitation quand je bloque sur mon prénom inscrit en grands caractères. Putain de merde. Je me passe la main dans les cheveux en essayant de cacher mon désarroi. Ma vue se brouille à mesure que je lis. Je pensais que ce serait le dernier cambriolage que je commettais. Cette invitation me prouve que ce n'est pas encore fini.

— Je verrai ça plus tard, merci, Lloyd.

— Tu dois envoyer une réponse, me fait-il remarquer.

— La réponse est oui, puisque tu es au courant que je n'ai pas le choix, lâché-je, énervé.

— Ne le prends pas comme ça, tu ne sais même pas de quoi il retourne.

Je lui jette un regard noir.

— Hey, ça va ! Je suis là pour t'aider, rappelle-toi !

— Merci, Lloyd, je lui réponds, agacé.

— Tu dois venir accompagné, m'informe-t-il. C'est obligatoire apparemment.

La seule à laquelle je pense…

Mais putain, qu'est-ce qu'il m'arrive ?

— Je vais demander à Sarah. Je dois déjeuner avec elle mardi prochain, ce sera l'occasion de le faire en personne.

Elle acceptera sans aucune hésitation.

— C'est donc réglé.

— Il faut croire, dis-je de manière cinglante.

Il a l'air content que j'y aille, alors que cela ne me dit rien qui vaille. Je dois me tirer de cette pièce tout de suite. Je quitte le salon sans me retourner et file vers les escaliers pour retrouver ma chambre. Je n'ai qu'une envie, oublier cette putain de matinée, à l'exception peut-être de…

4. Résidence Vail, château particulier d'Henry Vail, Bryant Park

Tessa

Mercredi, 9 h 38.

À peine arrivée devant le parvis qu'Henry se précipite pour m'accueillir, suivi de près par Clémentine qui se tient quelques pas derrière lui.

— Tay chérie, je suis ravie de te revoir.

Il m'embrasse tout doucement le front. J'en profite pour le prendre brièvement dans mes bras. Ses cheveux sont désormais tout blancs, son visage plus marqué par le temps. Je le trouve sacrément en forme, on est loin de soupçonner qu'il est proche des quatre-vingts ans.

— Bonjour, Henry, je suis très heureuse de te voir également.

— Tu as fait bon voyage ? me demande-t-il alors que nous poussons la porte d'entrée.

— Oui, ce fut agréable.

Je salue Clémentine, qui me gratifie d'un joli sourire.

— Mademoiselle Blaine, bienvenue. Votre chambre est prête.

— C'est adorable, merci beaucoup.

— Vous n'avez pas de valise ? s'étonne-t-elle.

— Non, j'aime voyager léger. Je ferai sans doute des courses dans la journée.

Dans le vestibule, je laisse mon manteau que Clémentine récupère et suis de près Henry, qui me conduit au premier étage.

Cette résidence est comme dans mon dernier souvenir, figée dans les boiseries qui recouvrent l'intérieur de la maison. Je ne sais pas pourquoi la presse l'a appelée un « château particulier ». Probablement à cause des fenêtres à carreaux qui entourent chaque étage ou alors parce que la devanture est faite de briques grises.

Pour moi, c'est plutôt une grande résidence sur deux niveaux avec un petit jardin devant qui s'apparente plus à un patio recouvert de gazon et de guirlandes. J'aime cet endroit, perdu en plein *Bryant Park*. Cette résidence a traversé tellement d'époques. Henry me conduit vers un des nombreux salons qui, à ma grande surprise, a été complètement refait.

— Nous avons fait quelques améliorations dans cette pièce, me précise-t-il en balayant l'endroit avec son bras. Ce seront tes quartiers, le temps que tu resteras.

Je découvre un magnifique séjour séparé en deux ambiances. Il y a une bibliothèque remplie de livres et d'objets insolites, une grande télé et un somptueux *Chesterfield* noir assez large pour pouvoir dormir à deux dedans. Je me vois déjà en train d'y regarder un film si j'ai un peu de temps. L'autre partie est composée de livres également, mais il y a un bureau tout en verre qui offre une vision dégagée sur le canapé et la télé. La lumière traverse chaque pièce.

Je m'installe sur le bureau et regarde mes pieds à travers la vitre. Pratique ! Je tourne la tête à gauche et étudie la vue. La tour *Chrysler* est pile dans l'axe, ce qui me fait tout de suite penser à cette photographie de Tom Baril que j'apprécie tout particulièrement.

— Est-ce que cela te plaît ? me demande Henry. Tu as une vue sur *l'Empire State Building* plutôt sympathique.

Je tourne une nouvelle fois la tête vers le gratte-ciel.

— Tu es sûr ? C'est la tour *Chrysler* pourtant.

Henry se positionne près de la fenêtre pour vérifier.

— Ça doit faire longtemps que tu n'es pas venue à Manhattan, ma chère, c'est bien l'*Empire State Building*.

Mouais…

— Henry, tu vois combien de doigts là ?

Je lui en montre quatre. Il fronce le nez avant de me répondre…

— Cinq ! Quelle question !

Il lui faut un rendez-vous d'urgence chez l'ophtalmo.

— Oui, c'est bien ça. Tu ne mets toujours pas de lunettes à ton âge ?

— Jamais de la vie ! s'offusque-t-il. Ma vue est impeccable, beaucoup plus nette qu'une jeune femme de vingt-neuf ans !

— Je ne vais pas te contredire, Henry.

— Ouvre le placard qui se trouve en bas derrière toi, il y a une petite surprise à l'intérieur.

Je me retourne et la récupère, impatiente. J'y trouve une grande boîte rectangulaire en bois de chêne avec des motifs gravés représentant des fleurs. Les dessins sont d'une incroyable finesse. Je la pose sur mon bureau pour mieux découvrir ce qu'elle contient. Je suis tout excitée.

— Est-ce que c'est...

— Absolument.

Je l'ouvre précautionneusement et y découvre un *Desert Eagle*, en calibre 44 Magnum sur un coussin en velours bleu. C'est pratiquement le même que le mien, excepté la couleur. Il est tout noir alors que mon arme est chromée. Je ne résiste pas à le prendre dans les mains.

Je tire la culasse vers l'arrière, insère le chargeur avec les huit balles, et chambre la première balle. Henry a pensé à tout.

— Il est magnifique ! Merci, Henry.

Je suis prête à faire feu. J'active la sécurité quand même et place ce petit bijou directement dans mon sac en espérant ne pas en avoir besoin. Henry prend une chaise afin de s'asseoir en face de moi.

— Pourquoi avoir choisi ce modèle ? me demande-t-il.

— Parce que ce pistolet semi-automatique est l'arme de poing la plus puissante au monde après le 50 Action Express. Avec ce canon de 8 pouces, la vitesse de la balle équivaut à 470 m/s, permettant assez de puissance pour traverser un mur en béton.

— Je n'aimerais pas être dans ton collimateur, m'avoue-t-il, légèrement anxieux.

Il croit sans doute que j'ai des envies peu recommandables avec cette arme.

— Ça, c'est sûr, la puissance de feu est impressionnante.

— Tu aurais pu prendre un 9 millimètres.

— J'avais pensé à un *SIG SAUER*, mais j'espère franchement ne pas avoir besoin de tirer plus de seize balles d'affilée. Il est parfait ! m'exclamé-je, toute contente.

— Je t'en prie, mais pourquoi tu n'as pas apporté le tien ?

— Parce que j'ai pris un vol commercial.

— Effectivement. Tu n'aurais pas passé la douane ici.

— Ni même passé la sécurité à Hong Kong.

Discuter avec Henry me fait réaliser à quel point il m'avait manqué. Les années passent plus vite que je ne le croyais.

— Tu n'as pas pris de jet ? s'étonne-t-il.

— Pour tout te dire, je ne suis pas officiellement en mission. Je suis venue pour rendre service à un ami.

— Et tu as besoin d'une arme pour lui rendre ce service ?

— On ne sait jamais. Et puis, ça peut toujours servir.

Nous sommes interrompus par Clémentine.

— Souhaitez-vous du thé ? nous demande-t-elle. Je peux vous le servir ici ou dans la cuisine.

Elle est toujours aussi bienveillante.

— Dans la cuisine, ça ira. Merci, Clémentine. Je vais me rafraîchir si vous me le permettez.

— C'est noté. Votre chambre est au bout du couloir, deuxième porte, à droite, me précise-t-elle avant de se retirer.

Je m'apprête à me lever quand je remarque près de l'entrée, une vitrine avec mes anciennes armes.

— Tu les as gardées ?

— Bien évidemment ! m'avoue-t-il avec une pointe de fierté.

Je ne résiste pas à prendre mon arbalète. Ça fait un bail que je n'ai pas tiré avec. Je constate qu'il y a également la boîte en acier contenant mes flèches. Je l'ouvre tout doucement, je suis presque émue rien qu'en les regardant. J'en prends une dans mes mains avant de me rasseoir.

— Ce carreau d'arbalète m'a toujours intrigué.

— Ce n'est pas tout à fait un carreau si tu regardes de plus près, mais bel et bien des flèches qui sont d'une confection assez particulière.

— C'est-à-dire ?

Je lui en tends une très précautionneusement.

— Elle est composée de deux matériaux différents.

Je lui désigne la flèche et son extrémité.

— La pointe est faite dans un acier ultra-épais ainsi que d'autres matériaux qui la rendent extrêmement tranchante. Elle peut littéralement traverser une armure.

Il remue étrangement les lèvres, je sens que ça l'intrigue.

— Et la hampe ?

Il la pointe du doigt avec beaucoup d'intérêt.

— Une partie est en acier, comme tu peux le voir, et l'autre en bois afin de lui assurer un maximum de légèreté.

— Ses plumes aussi sont en bois ?

Henry est avide d'en savoir plus, ce qui me fait sourire.

— Oui, si jamais tu souhaites effectuer un tir latéral.

— C'est-à-dire ?

— Lorsque la flèche est libérée, les plumes vont se disperser afin de se loger dans la plaie. Elles sont justement faites pour ça. Une simple égratignure deviendrait extrêmement douloureuse pour celui qui se ferait tirer dessus.

Je me lève de mon siège et en place une dans le fût avant de pointer l'arbalète droit devant moi.

— Tu comptes tirer sur un livre ?

Je sens que ça l'irrite, mais je ne peux pas m'en empêcher.

— Absolument !

Je vise une couverture tout en cuir assez épais avant de tirer. Je repère de là où je suis une œuvre de William Shakespeare, *Le Songe d'une nuit d'été*. Je prends une bonne inspiration et libère la flèche qui atterrit en plein sur la tranche, sous le regard médusé d'Henry qui finit par m'applaudir.

— Cible atteinte !

5. Appartement de Candy ou Candice ? 429 West Broadway Avenue

Liam

Jeudi, 8 h 01.

Je me demande ce qui m'a pris de sortir hier soir. J'avais besoin d'évacuer, mais boire autant n'était probablement pas une bonne idée. Est-ce que c'est cette invitation ou ce dernier cambriolage qui m'a mis dans cet état de nervosité ? Ou est-ce tout simplement elle que j'essayais d'oublier ? Je n'ai pas envie de connaître la réponse, ça m'inciterait à boire de nouveau.

Résultat, je me retrouve dans le lit d'une parfaite inconnue dont je n'ai pas correctement retenu le prénom. Enfin, je me demande si j'ai déjà retenu le prénom d'un coup d'un soir. M'envoyer en l'air avec la première venue n'était pas non plus très judicieux.

Je fixe le plafond depuis plus de dix minutes en espérant qu'elle me libère de son étreinte, car elle s'est accrochée à mon torse et ne semble pas vouloir me lâcher.

Pourquoi les femmes se collent-elles toujours à nous après le sexe ? Elle m'étouffe presque. Sauf qu'au moindre mouvement, je vais la réveiller et elle va vouloir me parler, ou alors me revoir ou, pire, remettre ça. J'aurais dû me tirer après l'avoir sautée, mais je ne sais pas trop ce qui m'a retenu, je n'avais pas envie de retourner chez moi après cette journée. Je voulais échapper à la réalité sans doute, le temps d'une nuit. Pourtant, ma maison est mon sanctuaire, mon refuge, le seul endroit où je me sens bien.

Elle ne se réveille toujours pas et je dois aller bosser. Le directeur Vance nous a déjà fait parvenir de quoi remplir les nouvelles vitrines malgré tout ce que j'ai volé. Il a été plus prévoyant que je ne le croyais.

Tessa occupe régulièrement mes pensées. Ses yeux me hantent, mais ce brin de mystère qu'elle dégage, encore plus. Je pense tout le temps à elle. J'ai l'irrésistible envie de la revoir, pourtant cela m'est interdit, car, plus je m'approche, plus elle risque de découvrir la vérité. Elle finira par me démasquer et me faire arrêter. Néanmoins, une force inexpliquée me pousse vers elle, comme si elle était… Je secoue la tête pour me défaire de ce qui vient de m'effleurer l'esprit. Je dois me ressaisir et vite.

Je me défais du pot de colle et décide de partir. Je retire sa main de mon torse et cherche mes affaires. Bien évidemment, elle se réveille tout de suite tandis que j'enfile mes sous-vêtements et mon pantalon par la même occasion. Autant gagner le plus de temps possible !

— Tu t'en vas déjà ? me demande-t-elle.

— Oui, j'ai plusieurs réunions ce matin, je lui mens effrontément.

Je vais uniquement boutonner deux boutons de chemise, histoire de vite me tirer.

— Pourquoi ne pas prendre une douche ensemble ?

Pour remettre ça ? Sûrement pas.

— Non, je vais la prendre chez moi, lui dis-je sèchement.

— Mange quelque chose avant de partir, insiste-t-elle alors qu'elle se lève de son lit.

La voir nue ne provoque absolument rien chez moi. C'est l'indifférence totale. Je passe ma veste sur mes épaules et enfile rapidement mes chaussures sans prendre le temps de nouer mes lacets.

— Non, ça ira, merci, Candice.

— C'est Candy ! s'offusque-t-elle.

— Bonne journée, Candy.

Je tourne les talons et retrouve le chemin de la sortie. Au moment où j'ouvre la porte de son appartement, un « connard » me parvient aux oreilles. Ça me fait sourire, elle n'aura pas envie de me recontacter et c'est ce que je souhaite, surtout quand Tessa Blaine occupe toujours mes pensées. Cette envie irrésistible de la revoir est en train de me pourchasser. Je n’ai même pas ses coordonnées. Je regarde l’heure. Est-ce que je ne pourrais pas appeler…

6. Commissariat de police de New York, 240 Centre Street

Tessa

Jeudi, 9 h 15.

Le commissariat est en pleine effervescence à cette heure-ci, mais je n'y prête pas attention. Une seule chose requiert toute ma concentration. J'ai regroupé et analysé depuis maintenant plus d'une heure tout ce qui se rapporte de près ou de loin à Liam Ward-Harper. Je m'apprête à lire une énième fois son parcours académique quand je vois Matthew s'avancer vers moi à vive allure.

— Tu ne devineras jamais qui vient de m'appeler !

— Pharrell Williams ?

Il me fait un sourire béat.

— Si seulement. Et non, ce n'est pas lui.

— Hum, laisse-moi réfléchir. Liam Ward-Harper ?

— Dans le mille ! s'exclame-t-il tout content.

— Qu'est-ce qu'il voulait ?

— Me demander si nous avions progressé dans l'affaire et accessoirement avoir tes coordonnées si jamais quelque chose lui avait échappé.

— Ben voyons !

Nous sommes interrompus par un de ses adjoints qui pose sur mon bureau un gobelet avec de l'eau chaude et un sachet de thé. Je suis contente d'avoir un petit coin à moi au sein du commissariat.

— Mademoiselle Blaine, il n'y avait pas de *Lapsang* dans la boutique d'à côté, du coup j'ai pris du *Yunnan*, c'est un très bon thé noir.

— Merci, mais vous n'auriez pas dû vous donner autant de peine. C'est très gentil à vous et c'est l'un des meilleurs. Excellent choix.

Son adjoint me gratifie d'un large sourire, ce qui ne plaît pas à Matthew, qui le fusille du regard tellement fort qu'il prend la fuite immédiatement.

— Je sens que la moitié du commissariat va désormais faire la différence entre toutes les variétés de thés noirs existantes.

— Tessa ! me gronde-t-il.

Je noie le sachet dans mon gobelet sous l'œil réprobateur de Matthew. Il prend une chaise et s'installe en face de moi. J'en bois tout de suite une gorgée même s'il n'a pas fini d'infuser. L'odeur me transporte dans une autre dimension.

— Qu'est-ce que tu as découvert ?

Il désigne tous mes papiers.

— J'essaye d'en savoir plus sur notre cher directeur de joaillerie.

— Et qu'est-ce que cela donne ?

— Rien de concluant. Il est blanc comme neige, je n'ai pas une seule contravention à son actif. Autrement dit, il est clean.

— Cela semble te chagriner.

Cette réflexion m'interpelle, car je ne suis pas très expressive d'ordinaire.

— Oui et non, je pensais pouvoir trouver quelque chose de compromettant, mais ce n'est pas le cas. J'ai au moins appris que c'est un brillant homme d'affaires.

— Ah oui ? s'étonne Matthew.

— Ses placements parlent pour lui. En plus d'être sorti major de sa promo à l'Institut de gemmologie de New York, il est également diplômé de Columbia en économie appliquée.

— Moi qui le prenais pour un simple vendeur, enfin rectification, directeur.

Matthew ne le porte décidément pas dans son cœur.

— Être directeur de cette grande joaillerie lui donne inévitablement accès aux hommes puissants de New York et de ce monde. Son patrimoine financier est estimé à 120 millions de dollars.

Matthew tousse tellement fort qu'il va finir par s'étouffer avec sa propre salive. Je m'apprête à aller lui chercher de l'eau quand il prend machinalement mon gobelet et avale une longue gorgée qu'il recrache tout de suite. Je lui tends une serviette, car il vient d'en foutre partout. Je mets de l'ordre dans mes papiers tandis qu'il reprend péniblement sa respiration.

— Ton thé est infect, Tay !

— Ne peut pas boire du thé noir qui veut.

Il s'essuie machinalement la bouche.

— Ce petit con est aussi riche que ça ? rumine-t-il.

Je suis étonnée de l'insulte qu'il a choisie pour le qualifier.

— Apparemment.

— Il est urgent que je demande une augmentation.

Il regarde de part et d'autre le commissariat comme s'il songeait à changer de carrière.

— Il n'est donc pas lié à ces cambriolages, regrette-t-il.

— Pourquoi cette conclusion ?

— Car il est à l'abri du besoin.

Matthew commence à bougonner, les bras fermement croisés sur son torse.

— L'argent n'est pas l'unique mobile d'un crime même s'il reste le premier auquel on pense. Je suis persuadée que, d'une manière ou d'une autre, il est relié à ces événements. Il a des informations que l'on ignore, ou alors il essaye de couvrir quelqu'un.

— À part son patrimoine financier, qu'as-tu découvert d'autre ?

— Pas grand-chose, si ce n'est qu'il va en Arizona en décembre et en mars de chaque année, et ce, depuis environ seize ans.

— Sans doute pour les fêtes et le *Spring break*.

— Ce qui veut dire qu'il aurait de la famille dans cet état.

— Non, ça m'étonnerait. Ce mec répète haut et fort qu'il fait partie de l'élite new-yorkaise.

Comment énerver Matthew en 10 leçons ?

— Ce qui est étrange, c'est qu'il y est allé deux fois en avril à une semaine près.

— Si je résume tout ça, tu n'as rien de très concluant.

— Merci pour tes encouragements, je m'insurge gentiment.

— J'ai du mal à digérer le thé noir, c'est tout, rétorque-t-il.

En guise de réponse, je lui rends un sourire pincé.

— On est dans une impasse.

Matthew appelle un de ses adjoints pour lui demander une tasse de café. Je doute qu'il veuille reprendre du thé, je l'ai vacciné.

— Voilà pour ce qui est du dossier de Liam Ward-Harper.

Je rassemble tous mes documents dans une pochette et la referme devant Matthew. Nous nous regardons sans rien dire, retour à la case départ.

— Tu peux donc l'éliminer pour la suite de l'enquête, me fait-il remarquer.

Dommage pour moi !

Pourtant, je sens qu'il cache quelque chose. Mon instinct ne me trompe jamais et Liam Ward-Harper n'est pas une exception à la règle. Si je dois me fier à mon intuition, alors dans ce cas, la première impression est toujours la bonne.

— Tu penses tout haut, Tessa.

— Son nom de famille, lancé-je.

— Où veux-tu en venir ?

— Je ne sais pas pourquoi, mais quelque chose cloche. Ward-Harper, ça ne te semble pas trafiqué comme nom de famille ?

— Je ne me suis jamais fait de réflexion à ce sujet. Qu'est-ce qui te chiffonne ?

— Pour commencer, « Liam Ward » est un personnage de fiction. C'est un des protagonistes du roman *Death and Nightingales* de Eugene McCabe.

Ses yeux s'écarquillent.

— Alors là, tu m'impressionnes sérieusement !

— Ça a été adapté sur *Netflix* il y a quelques années, je me résous à lui avouer, même si son compliment me fait plaisir.

Et Jamie Dornan est tout simplement trop canon dans le rôle de Liam.

— Oui, je me disais aussi que tu ne pouvais pas tout savoir.

Il est content de lui, je me retiens de lever les yeux au ciel.

— Et donc ?

— En 1992, ce roman a connu un franc succès et j'aurais peut-être voulu changer de prénom si on m'avait confondu avec ce personnage.

— Ta théorie est un peu tirée par les cheveux. À ton avis, combien de personnes ont lu ce roman et s'en souviennent encore ?

Il pointe un bon argument. Je suis plus convaincante que ça quand j'expose mes théories.

— Je pense que le Harper est en trop.

Matthew décroise les bras.

— Tu penses qu'il s'appellerait uniquement Liam Ward ?

— Cette hypothèse a traversé mon cuir chevelu.

Nous échangeons un sourire.

— Essayons quelque chose, tu veux bien ?

— Tu as toute mon attention, à quoi tu penses ?

Il approche sa chaise de mon bureau, prêt à agir.

Est ce que via la base de données, tu peux m'établir une liste de tous les Liam Ward qui seraient nés le 21 septembre 1986 aux États-Unis ?

Il cligne plusieurs fois des yeux face à ma demande, sa profonde inspiration ne m'échappe pas.

— Ça va faire une liste colossale ! rechigne-t-il comme si je lui avais demandé de recopier une encyclopédie.

— On tente quand même ?

Il me fixe longuement avant de remuer ses lèvres, se laissant sans doute séduire par mon hypothèse.

— OK, retourne le clavier de mon côté.

Il place l'écran de travers pour que nous voyions la même chose en même temps. Il tape ses identifiants sur l'ordinateur afin d'accéder à la base de données où il rentre la date, le nom et le prénom dans le moteur de recherche. C'est en train de télécharger.

— Ça va prendre des heures pour…

Il ne finit pas sa phrase que le téléchargement est terminé. Matthew fait des yeux ronds comme des donuts. Il n'y a que trois Liam qui correspondent à notre recherche.

— Ça alors ! Waouh.

Il se laisse retomber sur sa chaise, stupéfait, avant de se passer la main dans les cheveux. Il reprend sa position rapidement pour analyser le premier profil.

— Étudions le premier.

Il clique sur sa fiche. Nous regardons les informations avant de voir celles qui apparaissent en rouge. Il est décédé il y a quelques années de cela. Nous n'avons pas plus de chance avec le deuxième. Il vit en Californie et travaille à la Silicon Valley en tant qu'ingénieur. Quant au troisième…

— Liam Ward, né le 21 septembre 1986 à Scottsdale en Arizona, lit-il à voix haute.

— Drôle de coïncidence.

— En effet. Que dit son fichier ?

Il interroge de nouveau la base de données.

— Il n'y a plus rien après ses vingt ans.

— Cela sous-entend qu'il est décédé ?

— Non, pas forcément. Laisse-moi vérifier quelque chose.

Il rentre d'autres identifiants et une alerte apparaît.

— Son dossier est scellé, m'informe-t-il.

— Pourquoi ?

— Dans la plupart des cas, cela veut dire qu'il a été mis sous la protection des témoins et qu'il a dû par la suite changer d'identité.

— Plutôt étrange, car, en règle générale, les témoins sous protection doivent changer d'identité.

Matthew tape sur une icône qui ressemble à un arbre, très concentré.

— Tu disposes d'autres informations ?

— Je suis en train de jeter un coup d'œil sur ses liens de filiation pour corroborer ton hypothèse.

Nous rapprochons nos têtes de l'écran quand… bingo !

— Woo ! Bien joué, Tessa ! Tu as vu juste. *Mère : Martha Harper, décédée. Père : Harold Ward,* vivant, mais, attends une seconde.

Il s'arrête un instant puis se fige.

— Incarcéré.

— Ah oui ? Pour quels faits ?

C'est alors que nous arborons deux sourires plutôt satisfaits. J'avais vu juste, un Liam, mais deux identités.

— Vols à main armée, cambriolages, escroqueries, fraudes, la liste est sacrément longue.

— Et où est-il emprisonné ? lui demandé-je alors que j'ai ma petite idée.

— En Arizona, dans une prison près de Phoenix où il purge une peine de vingt ans. Alors là, chapeau.

Il se laisse retomber sur sa chaise, sonné par ce qu'il vient d'apprendre. Nous connaissons maintenant la raison de ses déplacements là-bas, il y va pour rendre visite à son père.

— Ce Liam ne fait donc pas partie de l'élite new-yorkaise comme il le prétend, mais cache un passé bien plus louche qu'on ne le croit.

À son expression, rien ne pouvait lui faire plus plaisir que d'apprendre ça.

— Quelle était la cible de ses cambriolages ?

Matthew ouvre un autre moteur de recherche et tape à vive allure avant de marquer un temps d'arrêt quand le mot « bijouterie » apparaît. Il se fige et me jauge immédiatement.

— Tessa, d'après ce que je lis…

Il ne parvient pas à finir sa phrase. Je pense qu'il en est arrivé à la même conclusion que moi.

— Attends, cela voudrait dire que…

— Est-ce que tu connais l'adage « tel père, tel fils » ? je lui réponds.

— Ce serait donc lui le cambrioleur ? crie-t-il malgré lui.

Plusieurs personnes se retournent sur nous.

— Tu viens de pointer une hypothèse qui serait des plus intéressantes, dis-je à voix basse pour l'obliger à descendre d'un ton.

— Impossible, mais non, c'est improbable, Tay, quoique si on réfléchit à tout ça…

Je sens son cerveau fuser dans tous les sens, les yeux de Matthew s'agitent à une vitesse folle.

— La réponse était devant moi depuis tout ce temps, fulmine-t-il.

Je sens qu'il y voit une façon de résoudre l'affaire, faire décoller sa carrière et accessoirement lui casser la tête.

— Je suis juste venue te mettre une paire de lunettes.

— Je dois en parler à mon chef.

Il s'apprête à se relever de son siège, mais je l'en empêche en faisant pression sur son bras, ce qui l'oblige à se rasseoir.

— Ne nous emballons pas. Nous n'avons que des suppositions, il nous faut des preuves concrètes.

Une information tilte tout de suite dans mon esprit. Je rouvre son dossier pour vérifier quelque chose sous l'œil attentif de Matthew. Son dernier voyage en Arizona remonte à avril. Je cherche la date de son retour et celle du premier cambriolage. Une seule semaine les sépare.

— Regarde !

Je lui montre la chronologie.

— Notre potentiel suspect est allé rendre visite à son père peu de temps avant le premier vol.

Matthew me prend les feuilles des mains et les examine une à une. Quelque chose là-bas l'aurait donc poussé à commettre ses vols. Enfin, est-ce bien lui qui est derrière tout ça ? Il avait l'air plutôt nerveux la première fois que nous nous sommes rencontrés. Si c'est effectivement notre homme, voilà pourquoi il a commis cette erreur à la Vance Joaillerie. Tout simplement parce qu'il y travaille. Il n'a pas voulu s'emmerder, alors il a pris la clé pour tout dérober sans encombre, il a ensuite bousillé les vitrines pour brouiller les pistes. Matthew sort de son silence.

— On le tient !

— Si on suppose que ce soit effectivement notre cambrioleur.

Je préfère tempérer au cas où je ferais fausse route.

— Mais non, tu as vu juste. Son attitude s'explique, Tessa. Il prend cette histoire par-dessus la jambe, et ce, depuis le début. Comment ai-je fait pour ne pas me rendre compte de ça ?

— Tu n'as rien à te reprocher, tu n'avais aucun moyen de le savoir et puis, pour le moment, nous n'en sommes pas sûrs.

J'essaye de contenir ce que je ressens. Si c'est bien lui, alors tout s'éclaire, mais je ne veux pas pour autant que Matthew s'excite à ce propos, car quelque chose le concernant me trouble, plus que d'ordinaire… *Mais oui, ce sont tes hormones !*

— Il nous faut des preuves de ce que l'on avance.

— On pourrait déjà l'interroger sur ses liens de filiation. Nous pouvons demander le registre des visites de la prison et vérifier sur la vidéosurveillance.

— C'est une bonne idée, mais ça ne prouverait rien, si ce n'est qu'il rend visite à un détenu. Tu risques de passer du temps à obtenir quelque chose de futile.

Je comprends maintenant pourquoi j'ai ressenti cette familiarité. Tout simplement parce que c'est un criminel, et à force de les côtoyer, ils deviennent tous familiers. Pourtant, quel est le mobile qui le pousse à agir ainsi ? Avec tout l'argent qu'il a amassé, quel est l'intérêt de continuer ? Et, en plus, c'est quelqu'un d'aisé, ce qui n'a aucun sens, à moins qu'il ne soit en manque de sensations fortes.

— Alors, qu'est-ce qu'on fait ?

— Nous n'avons que des indices et des suppositions, sans parler du fait qu'il nous manque une chose essentielle, je fais remarquer à Matthew qui se triture les doigts.

— Laquelle ? me demande-t-il.

— Le mobile. Tu as accès au dossier de son père ?

— Oui, pourquoi ?

— Parce qu'il y a un moyen très simple de vérifier que Liam Ward-Harper est bel et bien son fils. Une fois que nous aurons cette information, nous pourrons mettre en relation tous les éléments que nous avons.

— Et tu penses à quel moyen ?

7. Commissariat de police de New York, 240 Centre Street

Liam

Vendredi, 9 h 30.

Au moment où je passe la porte du commissariat, de douloureux souvenirs refont surface. Je les occulte immédiatement et me dirige vers le bureau du lieutenant Powell. Son appel d'hier m'a inquiété. Je me demande de quels éléments il veut discuter avec moi. Est-ce qu'il aurait obtenu de nouvelles pistes ? Si oui, je ne vois pas lesquelles, sachant que j'ai été extrêmement prudent. Enfin non, j'ai foiré mon dernier cambriolage, comme si, inconsciemment, j'avais envie de me faire prendre. S'il veut me rencontrer, je suis sûr qu'elle y est pour quelque chose. Je stresse désormais à l'idée de la recroiser.

Alors que je me dirige vers l'accueil, le lieutenant vient tout de suite à ma rencontre.

— Bonjour.

Je n'ajoute rien de plus pour lui signaler mon mécontentement.

— Bonjour, Monsieur Ward-Harper, veuillez me suivre.

Nous empruntons les escaliers plutôt que l'ascenseur pour aller directement au deuxième étage. Je me retrouve devant tout un tas de bureaux. Je la cherche du regard, à tout hasard, mais ne la vois pas. Puis il me fait conduire dans une pièce plutôt glauque. Je m'immobilise net. Ce n'est pas son bureau, mais une salle d'interrogatoire. J'avance à reculons, chaque mouvement devient plus pénible que le précédent, mon rythme cardiaque s'accélère et je fais ce que je peux pour ne rien laisser transparaître de mon état. Je desserre toutefois légèrement ma cravate tandis qu'il a le dos tourné. Je lance une réplique cinglante pour me calmer.

— Votre bureau était trop encombré pour me recevoir ?

Il se retourne sur moi et me fusille du regard. Sa réaction me fait plaisir. Je dois reprendre le dessus sur cette situation.

— Prenez un siège, m'invite-t-il en me désignant une chaise tout en acier.

La salle est lugubre, très mal éclairée et il fait relativement chaud à l'intérieur. Je jette un coup d'œil au miroir sans tain. Putain, je suis persuadé qu'elle est derrière en train de nous observer. J'évite soigneusement la gauche de cette pièce.

— Ce n'est pas vraiment une visite de courtoisie, Lieutenant Powell, je me trompe ?

— En effet, c'est plutôt un interrogatoire.

— Est-ce que je dois appeler mon avocat ?

— Pour l'instant, vous n'êtes accusé de rien. Si je vous ai fait venir, c'est pour discuter un peu de vous.

Je manque d'exploser de rire. À la place, je glousse. Il prend un air impassible qui sonne complètement faux. Ce mec ne sera jamais pris au sérieux. Face à ma réaction, il me fait un sourire assez satisfait puis il me tend un dossier.

— Prenez connaissance de ces documents, Monsieur Ward-Harper, vous aurez peut-être moins envie de rire après.

Je le jauge, toujours amusé, quand j'ouvre le dossier. Mon amusement vient de s'évanouir. Je me fige de stupeur. Mon anxiété est telle que mes mains deviennent tout d'un coup très moites. Il va falloir que j'enlève ma cravate sinon je vais étouffer.

— Pourquoi avoir menti sur vos origines ? Vous êtes, si j'en crois mes informations, le fils d'un détenu incarcéré pour une liste de faits plus longue que mon bras. Cela ne vous a pas paru important à nous communiquer ?

Je referme brutalement le dossier face à sa réplique sarcastique.

— Cette personne n'est pas mon père.

— Étrange parce que, selon vos derniers déplacements, vous lui rendez visite deux fois par an.

Mais putain de merde, comment ont-ils fait le rapprochement ! Je pensais que ma nouvelle identité ne serait jamais découverte.

Oui, bon, rajouter le nom de ma mère n'est pas vraiment une nouvelle identité.

Je jette un coup d'œil au miroir comme pour vérifier qu'il n'a pas changé de couleur.

— Ce que je fais de mes déplacements ne vous regarde pas et ne prouve rien.

— Eh bien, quand une enquête piétine depuis des mois et que nous avons enfin un suspect, nous ne nous en privons pas.

— Dois-je appeler mon avocat ?

— Il vous en faut un à votre avis ?

Putain, il m'énerve.

Je serre les poings automatiquement.

Heureusement que je les planque sous la table sinon ils auraient atterri directement dans sa tronche.

Je chauffe de plus en plus et je grince des dents.

— Oui, pour lui faire part des mauvais traitements que vous m'infligez. C'est possible d'avoir au moins un peu d'eau dans cet endroit que je qualifierais de glauque.

Il se lève de son siège sans répondre et sort de la salle d'interrogatoire en claquant la porte. Putain, j'espère qu'il ne va pas me laisser croupir ici. Bordel, mais qu'est-ce que je fous là ? On vient de me projeter presque vingt ans en arrière. Je ne veux plus jamais revivre ça. Je fixe encore le miroir. La colère monte d'un cran et je décide de reprendre le dessus. Je ne vais pas me laisser faire.

La porte s'ouvre et le lieutenant me ramène une bouteille d'eau.

— Tenez.

Je bois une grande gorgée avant de la reposer, sans prendre la peine de la reboucher.

— Avons-nous fini cette pseudo-entrevue, Lieutenant Powell ?

— Je vous posais de simples questions sur votre passé, mais, si vous me dites qu'Harold Ward n'est pas votre père, et que son fils Liam est quelqu'un d'autre, alors je vous crois.

Il abandonne aussi facilement ? Il n'est peut-être pas si con que ça finalement. Il a sans doute compris à qui il a réellement affaire.

— Vous n'avez donc rien sur moi, si je ne me trompe.

— Sans doute, mais, si c'était le cas, pourquoi vous mettre dans cet état ?

J'hallucine, ce plouc me prend de haut. J'ai bien envie de lui faire bouffer son sourire. Il n'a jamais eu autant l'ascendant sur moi, il est confiant et c'est la première fois que je le vois comme ça. Il semble détenir une longueur d'avance et quelque chose me dit qu'elle est derrière tout ça.

— Parce que vous me faites tout simplement perdre mon temps, je ne vais pas me gêner pour aller voir votre supérieur et lui faire part de vos méthodes d'interrogations qui sont quelque peu douteuses, hors de propos et qui ne respectent pas la procédure.

— N'hésitez pas à déranger le commissaire Atkins, je vous en prie. Je lui ferai part à mon tour de votre manque de coopération dans la résolution de cette enquête.

C'en est trop. Je me lève d'un bond de ma chaise.

— Vous permettez que je m'en aille ? lui demandé-je très sèchement.

— Faites, Monsieur Ward-Harper, je ne vous retiens pas.

Je quitte en trombe la salle d'interrogatoire et desserre complètement ma cravate et le premier bouton de ma chemise. J'ai besoin d'air.

Je fonce à vive allure vers la sortie quand, tout d'un coup, je la vois. Elle est assise à un petit bureau et me fixe sans rien dire. Je ne résiste pas à aller passer mes nerfs sur elle. Bordel, elle est encore plus belle que la dernière fois. Avec ce pull blanc qui lui colle au corps, ses cheveux complètement détachés qui lui tombent au niveau de la poitrine, elle est tout simplement magnifique. Néanmoins, cela ne me dissuade pas pour autant. Elle se lève de son siège alors que je me précipite vers elle.

— Bonjour, Monsieur Ward-Harper.

— Vous vous prenez pour qui ? lui gueulé-je dessus en m'appuyant brutalement sur son bureau.

— Je vous demande pardon ?

Elle s'indigne, ce qui la rend encore plus canon.

Putain, mais reste concentré !

— Vous êtes quoi, une pauvre fille qui essaye de faire ses preuves en portant de fausses accusations ? On vous a promis quoi ? Une carrière flamboyante si vous faisiez tomber n'importe qui ?

Son visage change soudainement d'expression. Le marron de ses yeux s'intensifie tellement qu'il en devient noir. J'ai un mouvement de recul, car j'entrevois une noirceur qui me fait froid dans le dos une fraction de seconde.

— Ne prenez pas cet air offusqué, on vous donnera sans doute une bonne promotion si vous faites tomber un gros pigeon, mais croyez-moi, ce ne sera pas moi et je vais m'en assurer personnellement.

Elle croise les bras et me dévisage, furieuse.

Tessa

Vendredi, 9 h 46.

J'ai bien envie de lui foutre une gifle pour la manière dont il me parle. S'il dit encore un mot de travers à mon encontre, c'est mon poing qui atterrit dans sa gueule.

— Bonne journée, Monsieur Ward-Harper, lâché-je, glaciale.

Il s'apprête à partir, mais nos regards se joignent l'un à l'autre pendant une seconde qui dure une éternité. Il me laisse entrevoir tout son être à travers ses yeux verts, et je fais de même comme si je voulais qu'il sache tout de moi. J'ai encore ce sentiment étrange lorsqu'il me regarde de cette façon... Nous clignons en même temps des yeux comme pour rompre la connexion qui vient de s'établir. *Mais merde, qu'est-ce qu'il m'arrive ?* Il ne dit plus rien et quitte le commissariat sans se retourner, mais je ne résiste pas à le suivre des yeux avant qu'il ne disparaisse.

— Tout va bien, Tessa ? me demande Matthew, qui m'a rejointe.

— C'est la première fois qu'on s'adresse à moi de cette façon !

Et je ne sais pas si, avec lui, ça m'énerve ou si ça m'excite.

— Je pense que même mon père ne m'a jamais parlé comme ça et, crois-moi, je ne vais pas en rester là.

En réalité, si je n'avais pas mis un terme à la conversation, enfin l'altercation plutôt, nous nous serions certainement embrassés et sautés dessus. La tension sexuelle était plus que palpable. *Tay, tu deviens dingue là !* Putain, il ne manquait plus que ça ! Je suis sous le charme de Liam Ward-Harper ! *Satané cambrioleur !*

— Quel abruti ! Oublie ça, ce mec n'a aucune élégance.

Mais il a un de ces sex-appeal !

Je pars en vrille, littéralement. Je louche sur ma tasse de thé, j'espère qu'on n'a pas mis un truc dedans.

— J'ai quelque chose qui devrait te remonter le moral !

Il me montre la bouteille qu'il a placée dans une pochette en plastique.

— Bien joué, Matthew, maintenant on a un peu de son ADN sans parler de ses empreintes digitales. Mais bon, tu sais comme moi que les empreintes sont complètement personnelles.

— En effet, rien de mieux que l'ADN pour obtenir une correspondance de filiation. On va pouvoir le confondre avec celui de son père. Augmenter la température dans la salle d'interrogatoire était une bonne idée.

— Je savais qu'il allait se déshydrater. Quand aurons-nous les résultats ? lui demandé-je alors que je me rassieds sur mon siège.

— Je mets la scientifique dessus en priorité, ils sont débordés, mais avec un peu de chance, on devrait les avoir au mieux lundi matin.

Si je demande à Fong, je peux avoir les résultats dans la seconde. Sauf qu'il a sans doute plus important à faire. Sans lui, j'ai l'impression d'être privée de mes pouvoirs magiques. Et puis, je ne suis pas censée faire appel à lui, je ne suis pas officiellement en mission.

— Impeccable. Attendons sagement.

— Pourquoi n'as-tu pas voulu desceller son dossier ? Je pouvais aisément le faire, me fait remarquer Matthew. Nous n'aurions pas eu besoin d'opter pour ce stratagème pour obtenir ses empreintes.

— Pour la simple et bonne raison qu'il a été sous la protection des témoins et qu'il l'est toujours, en réalité. Les témoins sont constamment protégés. Donc même si nous ne savons pas encore pourquoi, si jamais on tente d'en savoir plus, cela va automatiquement générer une alerte auprès du juge qui a scellé le dossier. Cela va entraîner une réaction en chaîne, Liam va être irrémédiablement averti.

Matthew se frotte machinalement le menton.

— Nous devons la jouer en finesse pour ne pas lui dévoiler notre jeu. Il vaut mieux sur ce coup être ingénieux qu'impétueux.

— Oui, tu as probablement raison. Qu'est-ce que tu comptes faire en attendant ? me demande-t-il.

Après cet accrochage, il n'y a qu'une seule idée qui me vient en tête.

— Lui montrer à qui il a réellement affaire.

Liam

Vendredi, 9 h 51.

Je quitte le commissariat plus furieux que jamais. Une fois dehors, j'appelle immédiatement Lloyd.

— Hey, Liam, alors cette entrevue ?

— Interrogatoire plutôt, rectifié-je sèchement.

— Pour quelles raisons ?

— Ils ont fait le rapprochement avec mon père. C'est la merde.

— Mais comment ?

— J'ai ma petite idée. Je veux que tu concentres tous tes efforts sur Tessa Blaine, je veux tout savoir d'elle, tu lui colles aux baskets, je veux être informé de ce qu'elle fait à chaque instant et où elle réside.

— Tessa Blaine ? Qui est-ce ?

Je me rends compte en cet instant que j'ai gardé son existence secrète.

— Peu importe, cette fille est dangereuse.

— C'est une ancienne conquête ?

Je soupire.

— Non, elle bosse avec le lieutenant Powell. De ce que je sais, elle vit à Hong Kong et c'est une emmerdeuse. Elle se rapproche trop vite de la vérité et je dois l'en écarter.

C'est la deuxième fois que je la vois et ce que je ressens à son égard ne fait que s'accentuer. Pourquoi ? Ce moment quand nos regards se sont une fois de plus liés, j'ai eu l'étrange sensation… Non, ce n'était rien… Pourtant, je vois quelque chose en elle… Celle qui pourrait… *Merde, je déraille sévère.*

— C'est bon, tu as enregistré ?

— Oui, je ne suis pas sourd non plus.

Putain, ça m'exaspère.

— Je retourne bosser, on se voit plus tard.

8. Joaillerie Vance, 744 5e Avenue

Tessa

Samedi, 11 h.

Liam ne travaille pas dans sa joaillerie le samedi, ce qui ne m'étonne qu'à moitié. Même s'il en est le directeur, c'est sans doute trop ingrat pour lui que d'être relégué au rang de vendeur, il aime avoir ses week-ends. Voilà pourquoi j'ai préféré y aller aujourd'hui, je suis donc sûre de ne pas le croiser. L'affronter en direct n'aurait fait que raviver son animosité envers moi alors qu'en passant par un de ses collègues, je vais lui envoyer le message que je souhaite.

Je suis juste devant et le portier ne daigne même pas m'aider à pousser cette imposante porte en acier.

— Bonjour, m'adressé-je au mec de la sécurité.

Pas de réponse, mais un sifflement. Je l'embête parce que je ne suis pas bien habillée ? Il n'aime pas mon jean et mes boots peut-être ?

Une fois à l'intérieur, je découvre plutôt étonnée, que tout a été remis en place.

On n'imaginerait pas qu'un cambriolage a eu lieu il y a quelques jours. Les vitrines sont remplies et étincelantes. Je ne sais pas si l'ambiance sombre de cette joaillerie est justement faite pour mettre en valeur leurs diamants ou si c'est pour refléter le côté chaleureux. Cet endroit est à l'abri des regards, la discrétion est de mise ici.

Personne ne semble se préoccuper de ma présence alors qu'il n'y a pas grand monde. À vue d'œil, je suis la seule cliente. Le reste des personnes présentes sont des vendeurs qui discutent entre eux sans me calculer. Je contemple chaque vitrine. Certaines contiennent un grand choix de pierres et diamants tandis que d'autres mettent exclusivement en avant une parure complète composée du collier et des boucles d'oreilles. La première propose des créoles en tourmaline et perles. Le collier qui va avec est une sorte d'arabesque composée de diamants jaunes. Cette parure est délicate, mais n'a rien d'original. La vitrine suivante est plus féroce avec ce collier composé de pierres rouges et orange. Le dégradé de couleur est sublime. Elles forment un ensemble presque bestial, sauvage, car les formes s'apparentent à des griffes.

Je sens que je viens de capter l'attention d'un vendeur, mais il ne s'approche pas de moi pour autant. J'observe les vitrines, une à une. Je m'arrête un instant sur un collier qui se compose d'une suite de fleurs des champs avec un coquelicot, un bouton d'or, une marguerite et un cosmos qui se répètent. C'est vraiment beau.

Je me déplace très lentement pour étudier minutieusement chaque pierre quand l'une d'elles attire mon attention plus que les autres. La parure est magnifique. Elle représente un ras du cou assez épais, composé de diamants blancs et noirs. On dirait un diadème pour tête couronnée. Il est d'une finesse sans pareille. Ce collier me fait penser à une œuvre d'art, car la symétrie est parfaite, mais possède ce petit grain de folie. Je suis subjuguée. Alors que je m'approche un peu plus près pour voir combien il possède de rangées, le vendeur vient me parler.

— C'est notre collier « Dualité », me précise-t-il.

« Bonjour, madame, bienvenue à la Joaillerie Vance, en quoi pouvons-nous aider ? »

— Il est composé de milliers de diamants blancs de 0,2 carat et d'une centaine de diamants noirs de 1 carat afin de donner du relief.

J'ai connu mieux comme accueil. Je n'aime pas sa façon de s'adresser à moi. On dirait qu'il veut me faire la leçon.

— Donc si vous faites le calcul, ça fait combien ?

Il grince des dents.

Tu n'aimes pas ma répartie ?

Je me retiens de rire.

— Ce collier d'exception a été assemblé ici dans nos ateliers après avoir été dessiné par une de nos directrices artistiques, m'informe-t-il, peu sympathique. Les boucles d'oreilles sont, voyez-vous, il me les montre à travers la vitrine, bombées pour envelopper de manière délicate le lobe de l'oreille.

— Il est somptueux.

Je ne décolle pas mes yeux de cette beauté.

— Il est surtout inestimable.

— À combien l'évaluez-vous ?

— Le collier va de pair avec les boucles d'oreilles.

— Il coûte combien ? renchéris-je.

— C'est une de nos collections pour cette année, c'est un modèle unique.

Et sinon le prix ? Il fait exprès de répondre à côté ?

Il commence sérieusement à m'énerver.

— L'ensemble vaut combien alors ? répété-je, agacée.

— Deux millions de dollars, finit-il par lâcher.

Rien que ça ! Plus je regarde cette parure, plus elle me plaît. « Dualité », comme c'est étrange. Ça ne pouvait pas plus me ressembler.

— À ce prix-là, je suis sûre que les diamants sont certifiés VVS1[1], le provoqué-je, car je sais qu'ils sont FL[2].

Il s'offusque immédiatement.

— Jamais nous n'oserions proposer des pierres aussi impures que ça, tous nos diamants sont qualifiés FL, autrement dit, ils sont parfaits, s'insurge-t-il presque.

Si je n'étais pas la seule cliente de la joaillerie, il se serait barré sans me dire au revoir.

— C'est bon à savoir.

Il pouffe tout seul maintenant.

— Je prends l'ensemble.

Il m'ausculte de haut en bas. Lui non plus n'aime pas ma tenue ? Le trench-coat noir, c'est démodé, je reconnais. Oui, j'ai sûrement l'air de Causette à ses yeux. La prochaine fois, je prends un sac Hermès, ça devrait changer son attitude plus que méprisante à mon égard.

— Madame, je vous prierais de retrouver la sortie, s'il vous plaît.

Je vois tout de suite rouge, mais tempère mon comportement, car il a dit « s'il vous plaît ».

---

1 VVSI : Very very slightly included

2 FL : Flawless

— Et en quel honneur ?

— Seuls nos clients privilégiés sont autorisés à acheter.

Première nouvelle. Je suis persuadée qu'il me ment, c'est une ruse complètement nulle visant à me faire déguerpir.

— Ils sont sûrement invisibles aujourd'hui. Oubliez vos procédures, je veux cette parure, je me montre très insistante.

En guise de réponse, il arbore un air sévère, comme s'il allait me gronder puis face à cette situation gênante, il glousse.

— Mon visage vous indique que je plaisante ? je lui réponds gentiment.

Je me retiens de le dégommer du regard. Il pourrait au moins faire semblant d'être poli. Faire semblant d'être poli ? C'est possible ?

— Je veux cette parure, réitéré-je, je vous la règle tout de suite d'ailleurs.

Son sifflement ne m'échappe pas, cela en est limite insultant. Non, ça l'est en fait ! Je ne sais pas pourquoi je cherche des excuses à ce type.

— Si vous me faites perdre mon temps, je demande à ce que vous soyez escortée.

— Et moi, j'ai bien envie d'appeler votre patron pour lui dire que vous avez refusé de servir une cliente.

Il rouspète tout seul maintenant. Mais c'est qui ce demeuré ?

— Vous ne pourrez pas repartir avec, vous vous en doutez ?

— Pourquoi ?

— Parce que nous devons d'abord recevoir les fonds avant de vous remettre l'ensemble, je vous fais parvenir la facture. Vous pourrez procéder au virement par la suite.

— Pas besoin, je vous règle en carte bleue.

Il fait signe à un gars de la sécurité afin de venir tout de suite me retrouver. Si tu me touches, tu finis par terre, lui lancé-je mentalement ma menace. Ce dernier s'arrête brusquement.

— Si cela vous amuse tant que ça de ne pas me prendre au sérieux, je m'en vais, mais puisque vous semblez si sûr de vous, passez ma carte dans votre terminal, ça devrait moins vous faire marrer.

Il ricane maintenant.

— Est-ce que tout va bien ? demande le type de la sécurité à cet abruti.

— Oui, parfaitement. Vous pouvez reprendre votre poste, lui dit-il.

— Si le paiement est refusé, je vous ferai un virement.

Il se pince les lèvres, mais acquiesce, rien que pour me foutre dans l'embarras, j'en suis persuadée.

— Si vous voulez bien vous donner la peine de me suivre, le règlement s'effectue dans un de nos salons privés.

Il m'invite à le rejoindre. Nous nous asseyons l'un en face de l'autre. Il ne me demande même pas mes coordonnées pour établir la facture et sort directement un terminal de carte bleue. Il commence par taper le chiffre deux suivi de six fois le chiffre zéro avec agacement.

— Vous voulez essayer le sans contact ? se fout-il de ma gueule.

C'est mon poing que je vais mettre en contact avec ta tête si ça continue !

Je lui tends ma carte bleue avec un sourire forcé. Il lève les yeux au ciel en voyant sa couleur.

— Oui, elle est bleue comme la planète Terre, je réponds face à sa réaction.

Ma tentative d'humour pour apaiser l'atmosphère ne le fait pas rire apparemment. Il la fait rentrer machinalement dans la fente et je tape mon code. Il hausse un sourcil interrogateur lorsqu'il se rend compte que je tape sept et non quatre chiffres.

Il ne faut pas attendre plus de deux secondes avant que le ticket ne sorte. Son teint vire au blanc. Je l'entends déglutir avant d'avaler sa salive. Il fixe le ticket sans rien dire. Le deuxième morceau de papier sort sans qu'il réagisse.

— Chouette alors, j'étais pourtant persuadée d'avoir dépassé le plafond ! lui annoncé-je, toute contente, tandis qu'il semble sur le point de s'évanouir.

9. Quartiers généraux des entreprises Vance, bureau de Liam, 672 Madison Avenue

Liam

Lundi, 9 h 25.

Le week-end a été plus qu'ennuyeux. J'étais presque impatient d'aller bosser ce matin. Je soupire tandis que l'ascenseur me conduit au cinquième étage. Je lève les yeux vers le plafond de la cabine et je ne vois qu'elle. Malgré notre altercation de vendredi, je n'arrête pas de penser à Tessa. Je m'étonne de l'appeler par son prénom, mais il est tellement beau et fort à la fois. Pourquoi est-ce qu'elle m'obsède ? Le regard qu'elle m'a lancé…

Les portes s'ouvrent pile au moment où mon esprit prenait la mauvaise direction. Je dois l'écarter de ma vie.

Après une courte minute de marche, je tombe sur la réception où ma secrétaire m'attend tout sourire.

— Bonjour, Monsieur Ward-Harper, avez-vous passé un bon week-end ?

— Oui, merci, Joyce. Pouvez-vous m'apporter un double expresso, s'il vous plaît ?

— Je m'en occupe, accepte-t-elle en se levant presque en trombe.

Je retrouve le chemin de mon bureau et pose mes affaires. La décoration est très sombre, je trouve, ça ne serait pas du luxe de faire quelques améliorations, comme enlever la moquette noire et peindre les murs en blanc plutôt qu'en gris foncé. Quelque chose d'un peu plus clair et moins austère. Pourquoi ai-je envie de lumière tout d'un coup ?

Je commence à regarder mes emails que je n'ai pas consultés depuis vendredi quand Joyce arrive et m'apporte mon café sans dire un mot. Ses joues roses viennent de parler pour elle. Elle retrouve son poste sans refermer la porte derrière elle. Elle fait toujours exprès de la laisser ouverte. Ça m'agace, à croire qu'elle fait ça pour épier tous mes faits et gestes. Son excuse ? Je me dois de paraître accessible à nos employés. Surtout pour elle, oui ! Son numéro apparaît sur mon téléphone.

— Oui, Joyce.

— Monsieur Vance pour vous.

Je me redresse de mon siège.

— Une seconde.

Je me lève en trombe et fais claquer la porte avant de revenir m'asseoir.

— Je le prends, je lui réponds en inspirant profondément.

— Bonjour, Liam, comment allez-vous ?

Son ton est drôlement jovial.

— Plutôt bien, et vous ?

— Merveilleusement. Si je vous appelle, c'est pour vous adresser toutes mes félicitations.

De quoi il parle ?

— Je vous remercie, mais à quel sujet ?

— Non seulement la joaillerie est de nouveau d'aplomb, mais le chiffre est tout simplement exceptionnel après ce fâcheux incident. Ce n'est que le fruit de votre travail acharné auprès de vos clients.

Je n'ai pourtant rien fait pour rassurer nos acheteurs.

— C'est mon travail, Monsieur Vance.

— Je tenais à vous adresser mes remerciements, je vous souhaite une bonne journée.

Je raccroche, étonné, quand mon téléphone sonne de nouveau.

— Monsieur Ward-Harper, John aimerait vous parler, il se tient devant votre bureau, me prévient ma secrétaire.

— Ça tombe bien, faites-le rentrer.

La porte s'ouvre d'un geste net. Je ne prends pas la peine de me lever et lui indique le fauteuil devant moi.

— Bonjour, John, assieds-toi.

— Bonjour, Liam, tu as passé un bon week-end ?

Il s'assied en face de moi et croise les jambes. J'en profite pour avaler une gorgée de mon café. Il est un peu trop serré. Je rajoute une petite dosette de lait que Joyce a laissée en plus du biscuit. Ces constantes attentions finissent par m'irriter à la longue.

— Assez calme, je dirais. Nous devions nous voir ?

— Non, je passais par là. Comme nous ne nous sommes pas vus depuis pratiquement une semaine, je voulais te faire un rapport des dernières ventes.

— En parlant de ça, je viens d'avoir un coup de fil de notre cher Monsieur Vance.

— Ah oui ? Vu ton sourire, ça a dû bien se passer.

— Je l'admets. Selon ses dires, nous avons fait un chiffre exceptionnel ce week-end. D'ailleurs en parlant de ça, je ne vois pas le rapport de fin de journée, dis-je en faisant défiler mes emails.

Je lui fais sciemment comprendre qu'il a omis de l'envoyer.

— Oui, pardonne-moi, ça m'est sorti de la tête. Je vais te l'envoyer dans la matinée.

Pas son genre d'oublier pourtant.

— Puisque tu es là, fais-moi un bref compte-rendu.

— Oui, bien sûr. Nous n'avons pas fait de ventes depuis ce cambriolage, excepté ce week-end. Nous n'en avons fait que deux.

C'est peut-être pour ça qu'il a zappé.

— Tu peux me l'envoyer quand même ?

— Absolument, je peux déjà te faire un topo rapide si tu le souhaites.

— Je t'écoute, dis-je, très curieux.

— Le chiffre est plutôt pas mal avec 2,5 millions de dollars.

Je cligne plusieurs fois des yeux et repose ma tasse. Je suis stupéfait qu'après les derniers événements, les clients se soient pressés.

— Qu'est-ce que tu as vendu ?

— Avon Blake est venu régler sa facture de 500 000 dollars juste avant la fermeture, pour sa nouvelle conquête ou peut-être son ancienne en guise de remerciement. Vu qu'il les enchaîne, je ne sais pas pour qui était le feuillage en platine et saphir.

— Ce mec dépense sans compter son fric et tant mieux. Et le reste ?

— J'ai vendu la parure « Dualité » également.

— Bien joué. À qui ? lui demandé-je alors que je reprends une gorgée de mon café.

— Une certaine Tessa Blaine.

Je recrache tout sur mon bureau au moment où il prononce son prénom. Putain de merde, je suis en train de m'étouffer. Je peine à reprendre ma respiration et tousse très fort.

John est à deux doigts de me taper dans le dos, mais je lui fais signe de rester assis.

— Tu vas bien ? me demande-t-il, soucieux.

— Oui, parfaitement, répliqué-je de ma voix qui déraille complètement.

Il y a des traces de café partout, et même sur mon pantalon ! Je suis sur le point d'appeler Joyce pour qu'elle vienne nettoyer, mais je préfère me résigner.

— Vu ta réaction, on dirait que tu la connais ?

— Pas autant que je le croyais, sifflé-je.

— Pardon ?

— Euh oui, ça se pourrait. Elle la récupère quand ?

— Elle est repartie avec.

— Comment c'est possible ? Ne me dis pas que tu lui as fait crédit ?

— Ne prends pas cet air, je ne ferais pas une connerie de ce genre, elle a réglé en carte bancaire, figure-toi.

Il ne semble pas plaisanter.

— Oui, moi aussi je pensais qu'elle se foutait de moi, un peu comme toi actuellement, mais sa carte est passée pour 2 millions de dollars. C'est la première fois de ma vie que je vois un truc pareil. Et avant que tu me le demandes, les fonds sont nets.

— D'où viennent-ils ?

— D'une banque à Dublin. J'ai appelé le directeur, un certain O'Malley, qui m'a fourni tous les papiers. Rien à redire.

Ce qu'il me raconte me prend au dépourvu. Elle est aussi aisée que ça pour claquer facilement 2 millions de dollars ? Je n'aurais pas parié là-dessus de prime abord. Elle ne donnait pas cette impression en la voyant, du moins, je ne me doutais pas qu'elle était aussi riche. Je devrais peut-être reconsidérer mon avis la concernant.

— Tu sembles perdu dans tes pensées, me fait remarquer John.

— Est-ce qu'elle a laissé ses coordonnées ? m'empressé-je de lui demander.

— J'ai son numéro de portable. À quoi tu penses ?

— À la remercier en personne tout simplement.

— Cette fille est très étrange, enfin, non, rêve-t-il tout haut, elle dégage un truc mystérieux et inquiétant à la fois.

J'hallucine ou il vient de décroiser les jambes ? On dirait qu'il la reluque mentalement.

Dégage-la de ton esprit et vite !

— Merci, John. Bonne journée.

Je lui fais comprendre de quitter mon bureau d'un ton sec.

— À plus tard, Liam.

Il s'en va sans se retourner.

— Merci de refermer en partant, lui lancé-je.

Tessa Blaine…

Je me balance sur mon fauteuil en pensant à elle. J'ai beau vouloir la chasser de mon esprit, elle s'y immisce sans problème. Qui est-elle réellement ?

Je parcours le logiciel de vente et tombe sur sa fiche client avec ses coordonnées. Je compose son numéro sans réfléchir, comme si c'était une nécessité.

— Allô ? répond-elle à la deuxième sonnerie.

— Bonjour, Mademoiselle Blaine.

Je me retiens de l'appeler Tessa.

— Bonjour, Monsieur Ward-Harper, que me vaut votre appel ?

Je décèle une pointe d'animosité, mais je suis tout de même touché qu'elle ait reconnu ma voix.

— Des excuses pour commencer. Je n'aurais pas dû m'en prendre à vous de cette façon la dernière fois.

— Je vous déconseille fortement de recommencer.

Sa voix est soudainement très grave et sonne comme une menace.

— Mais j'accepte vos excuses, reprend-elle d'un ton plus jovial.

Je suis tout de suite soulagé.

— Vous m'en voyez ravi, j'aimerais également vous remercier pour la parure que vous avez achetée.

— Je l'ai trouvée tellement belle que je n'ai pas pu résister.

— Que diriez-vous d'un déjeuner pour vous remercier ?

C'est un rencard que je lui propose ou un déjeuner de remerciement ?

— Pourquoi pas un petit-déjeuner ?

Sa proposition m'étonne, mais après tout pourquoi pas ?

— Que diriez-vous d'aller prendre le petit-déjeuner chez Tiffany & Co, dans leur boutique sur Madison Avenue, il paraît que leurs pancakes sont fabuleux.

— C'est une idée originale. Avec grand plaisir.

— Demain matin ? renchérit-elle.

Je suis surpris par son empressement.

— Oui, absolument.

— C'est réglé. Non seulement vous vous sentirez dans votre élément, mais aussi ça me permettra de vous…

Elle marque une pause.

— … voler un peu de votre temps, ajoute-t-elle.

Putain, elle est douée.

Ce n'est pas très judicieux de la revoir, sachant qu'elle est censée me démasquer, pourtant je n'arrive pas à m'éloigner. Plus je m'approche, plus je risque de me brûler.

— À demain alors, 8 h 30 si cela vous convient, je lui réponds, enjoué.

— Oui, c'est noté.

— Bonne fin de journée, Tessa.

J'éprouve un sentiment de satisfaction en prononçant son prénom.

— Bonne journée, Liam, me répond-elle avant de raccrocher.

Entendre mon prénom dans sa bouche provoque un sourire incontrôlé.

Reprends-toi, voyons !

Je dois en apprendre le plus possible à son sujet. Je décide d'appeler Lloyd dans la foulée. Je n'ai pas eu de retour sur la mission que je lui ai confiée. J'espère qu'il a obtenu des informations intéressantes.

— Bonjour, Lloyd. Tu as ce que je t'ai demandé ?

— Quoi donc ?

— Les informations sur Tessa Blaine, quoi d'autre ?

Il vient de se réveiller ? Il est plus vif que ça d'habitude.

— Euh, hésite-t-il, pour tout te dire, j'ai lâché l'affaire.

— Pourquoi ?

Venant de lui, c'est inquiétant, il n'est pas du genre à renoncer. Il ne veut sans doute pas m'avouer qu'il a oublié.

— La seule personne qui semble correspondre est avocate dans un cabinet en droit international à Hong Kong, mais je n'ai pas plus d'informations.

Si c'est vraiment elle, qu'est-ce qu'elle vient faire dans cette enquête ?

— Et son téléphone, tu as pu le tracer ?

— Non, car je ne l'ai pas.

Depuis quand est-ce que ça l'arrête ? On dirait qu'il avait mieux à faire ce week-end.

— Je viens de l'obtenir, est-ce que tu peux la localiser tout de suite ?

— Oui, absolument. Ne quitte pas.

Je lui envoie son numéro par SMS.

— Maintenant que tu l'as, j'aimerais connaître tous ses faits et gestes, je dois en savoir un maximum à son sujet.

Je l'entends pianoter puis plus rien.

— Lloyd ?

— Oui ?

— Tu es toujours là ? Tu as réussi à la localiser ?

— Liam, tu es sûr du numéro ?

— Oui, pourquoi ?

— Il n'existe pas.

— Je viens de l'appeler avec, dis-je, ironique.

Qu'est-ce qu'il a aujourd'hui ? On dirait qu'il est ailleurs, ce qui m'énerve. Je suis frustré, comme quand on souhaite imprimer un truc important et qu'il n'y a plus de papier dans l'imprimante.

— C'est très étrange alors.

— Pourquoi ?

— Soit elle passe par plusieurs antennes-relais, soit elle utilise son propre réseau cellulaire, mais ce serait tout bonnement impossible.

Ce qu'il vient de m'avouer m'inquiète subitement. Son téléphone n'est pas traçable ? Pourquoi autant de précautions ? Toutes mes certitudes sont mises à mal la concernant. Je fais complètement fausse route, en réalité.

— Tu ne peux donc rien faire pour la traquer ?

— Je peux éventuellement copier son signal, mais pour ça je dois être assez proche d'elle pour parvenir à savoir ce qu'elle fait.

Je pense tout de suite à une solution.

— Proche d'elle, tu dis ?

10. Commissariat de police de New York, 240 Centre Street

Tessa

Lundi, 9 h 45.

Juste après avoir raccroché avec Liam, je vois Matthew s'avancer avec des papiers, affichant un sourire victorieux.

— Devine ce que je tiens entre les mains ?

— Laisse-moi une petite seconde, je fais mine de réfléchir, les paroles de la nouvelle chanson de Pharrell ?

— Arrête, Tay ! me gronde-t-il. Ça t'amuse que je sois soit fan, je l'avais bien compris.

— Je plaide coupable. Ce sont les résultats ?

— Liam est bien son fils, j'ai une correspondance à 95 %.

Ce qu'il m'apprend ne m'étonne pas et ça fait incontestablement plaisir à Matthew, qui semble très content de me l'avouer. Il s'assied en face de moi.

— C'est donc bien notre homme. Le père de Liam est en prison et il ne s'appelle pas Ward-Harper, comme on le supposait, mais uniquement Ward.

— Qu'est-ce qu'on fait maintenant ? me demande Matthew, impatient.

— Je dois prendre le petit-déjeuner avec lui demain.

— Ah oui ? s'étonne-t-il. Ça fait partie d'un plan dont je ne suis pas au courant ?

Je lui fais un petit sourire en coin.

— Pour être honnête, c'est uniquement pour me remercier de mon coup d'éclat de samedi.

Il remue légèrement les lèvres avant de froncer le nez.

— Tu le vois pour prendre du bon temps avec lui ou pour enquêter ?

— Je ne sais pas quoi à répondre à ça.

— Tessa, plus tu t'approches de lui, plus tu risques de…

— Découvrir la vérité ? complété-je sa phrase.

— Et si ce type était dangereux ? Après tout, son père est un criminel.

Et ils ont inévitablement ça en commun.

— Tu sais pertinemment que je sais me défendre.

Il se passe la main sur la nuque, pas très rassuré.

— Si on repasse en revue toutes les informations que nous avons obtenues, nous savons désormais qu'il a menti sur son identité, et que du sang de cambrioleur coule dans ses veines. Ça fait de lui un suspect tout désigné. Pour tout te dire, tous les indices convergent vers lui.

À force de voir son père cambrioler des bijouteries, il s'est probablement pris d'amour pour la gemmologie. Quelle ironie !

— Ce qui veut dire ? m'interroge Matthew.

— Que c'est notre homme, c'est une évidence pour moi. Son attitude nous le prouve, ainsi que ses agissements.

Les yeux de Matthew brillent.

— Qu'est-ce qu'on fait alors ? s'empresse-t-il de me demander.

— Il est doué, Matthew, et très même, car il réussit à t'induire en erreur, et ce, depuis le début. Il faut donc la jouer en finesse.

— Comment ? Qu'est-ce tu essayes de me dire ?

— Qu'il nous manque une chose essentielle, des preuves de ce que nous avançons.

La déception de Matthew est plus que perceptible. Je sens que je l'ai chagriné, il aurait sans doute voulu l'arrêter juste pour le fun.

— Un lien de filiation et une intuition ne valent pas grand-chose. Sans oublier que nous n'avons pas le mobile, et mon instinct me dit que cela est plus complexe qu'il n'y paraît.

— Tu proposes quoi ? Tu veux jouer les infiltrés ?

L'idée qu'il vient de me soumettre est tentante. Je me dois d'être professionnelle avant tout. En conséquence, je vais commencer par épier tous ses faits et gestes, ce qui sous-entend que je dois enquêter même lorsqu'il sera sous sa douche. Je me faufilerai également dans son lit la nuit pour être sûre de ne rien louper d'important.

Tu pars en vrille, Tessa !

— C'est une possibilité que je me dois d'étudier.

Je cache mon excitation du mieux que je peux. Je dois faire un bilan hormonal de toute urgence !

— Nous venons de le démasquer, maintenant il faut le faire arrêter.

Pourquoi cette pensée me chagrine tout d'un coup ? Qu'est-ce qui m'arrive ? Pourquoi a-t-il autant d'emprise sur moi ? Qu'est-ce qu'il a de plus que les autres ? À peine une semaine que je l'ai rencontré, et je pense souvent à lui. Non, pas souvent, plus que je ne devrais. Il me fait perdre la tête, non c'est pire que ça, toutes mes émotions que je suis censée contrôler se bousculent les unes les autres.

Merde.

— Tessa, je place tous mes espoirs en toi et tu as ma confiance, mais…

— Nous devons d'abord découvrir de quoi il retourne, je le coupe tout de suite. Je ne vais pas te laisser tomber si c'est cela qui t'inquiète. Je vais m'attarder à découvrir l'entière vérité quitte à effectivement jouer les infiltrés.

— Je me trompe ou ça t'enchante d'y aller ?

Si Matthew commence à me griller, je suis mal barrée. Je me redresse sur mon fauteuil.

— Je vais être honnête, il ne me laisse pas indifférente et je vais jouer là-dessus pour avoir un maximum d'informations sur lui. Je suis venue ici pour démasquer ce voleur et le faire arrêter et je ne partirai pas avant que ce soit fait.

J'espère que je suis convaincante !

— Mais on peut déjà l'interroger avec ce que nous avons. Je peux demander une commission rogatoire afin d'obtenir une perquisition chez lui.

— Tu prends le risque de ne rien trouver de compromettant, il n'est pas bête au point de laisser son butin sous son lit.

Pour avoir réussi tous ces cambriolages sans se faire attraper, Liam est sans équivoque un professionnel qui ne laisse rien au hasard. Il ne doit rien avoir dans son hôtel particulier qui pourrait le compromettre.

— Si on le confronte, il risque de faire profil bas et tu ne pourras pas le coincer avant un bon moment. Nous devons le laisser tranquille afin qu'il se sente en confiance. Et lorsqu'il commettra son prochain cambriolage, c'est là que nous le coincerons et en flagrant délit. Imparable et d'une efficacité redoutable.

Matthew hausse les épaules, pas très convaincu.

— Très bien, je m'incline, Tay, car tu pointes de bons arguments. Mais comment allons-nous faire pour connaître la date de son prochain cambriolage ?

— Tu comprends maintenant pourquoi je compte jouer les infiltrés.

11. The Blue Box Café, Tiffany & Co, 727 7e Avenue

Tessa

Mardi, 8 h 21.

Je suis en avance et je décide, pour combler le temps, d'admirer les vitrines qui jouxtent le restaurant qui se trouve dans cette joaillerie. Prendre le petit-déjeuner chez Tiffany ne pouvait pas être un meilleur clin d'œil au film. Il aurait dû avoir l'idée depuis un bon bout de temps déjà.

J'observe chaque vitrine en attendant qu'il vienne me retrouver. Est-ce que j'enquête vraiment sur lui ? Ou comme le suppose Matthew, je veux juste passer du bon temps ? Pourquoi est-ce devenu si compliqué tout d'un coup ? Pourquoi parvient-il à m'atteindre de cette façon ? Et puis, je ne l'ai vu quoi ? Que deux fois ? Et à chaque fois, il dégage ce quelque chose que je ne m'explique pas… Vu les symptômes… Non, non, je secoue la tête. Ce ne peut pas être un coup de foudre. Un flash passionnel à la rigueur. Misère, je ne sais pas lequel des deux je redoute en premier. Il ne manquait plus que ça !

Je n'ai pas le temps de répondre à mes interrogations qu'il fait son entrée. Nos regards s'accrochent immédiatement. Il se dirige à vive allure dans ma direction. Je bloque sur lui. Il porte un magnifique costume bleu marine, une cravate de la même couleur et une chemise blanche. Il n'a pas l'air à l'aise avec, car il desserre légèrement son nœud à la minute où il m'aperçoit, comme si sa respiration devenait douloureuse. Il est extrêmement séduisant. Pourquoi, dès que je le vois, mon rythme cardiaque s'accélère ? Si ça continue, ma montre va exploser, elle ne va pas supporter les données qu'elle enregistre.

— Bonjour, Tessa.

Un frisson me parcourt tout le corps au moment où il prononce mon prénom.

— Bonjour, Liam.

Des picotements le long de ma colonne vertébrale viennent de me prendre par surprise lorsque je prononce le sien. Nous nous fixons sans rien dire comme pour établir cette connexion invisible. Le temps se fige. Je perds toute notion de mon être comme si j'étais une sorte de marionnette. La seule chose à laquelle je me raccroche est son regard.

Putain, mais pourquoi est-ce que je me sens comme ça quand il est près de moi !

— Pouvons-nous vous aider ? nous demande tout de suite un conseiller.

Nous tournons nos têtes vers lui en même temps.

— Nous avons une réservation pour le petit-déjeuner, lui précise Liam.

— Je vais demander à ce que l'on vous installe au café.

Il fait signe au loin à un de ses collègues. Ce dernier vient nous retrouver et nous enjoint de le suivre dans la salle du restaurant. L'endroit est immaculé, de turquoise et de blanc comme la boutique, à l'effigie de la marque. Le décor est fabuleux. C'est plutôt kitch, mais très chaleureux, même si les tons sont froids.

On nous conduit à une table où nous prenons place sur deux banquettes, face à face. J'examine attentivement le contenu du menu qu'on me tend en évitant soigneusement ses yeux, car je sens qu'il m'analyse sans rien dire.

Merde, pourquoi me perturbe-t-il autant ?

Il fait tout voler en éclats chez moi.

Tiens, elle est vraiment bonne celle-là !

— Je ne vous l'ai pas demandé avant, mais je peux vous appeler Tessa ?

Sa question provoque mon sourire. Il est si prévenant, si attachant, si séduisant. Bon, l'heure est grave, je délire sévère. Mon taux d'œstrogène vient de passer dans le rouge.

— Oui, bien sûr, à condition que je puisse également vous appeler Liam.

C'est bien, Tay, tu reprends le dessus !

— Nous avons un accord en somme, dit-il en me faisant un sourire plein de charme.

Tu perds le dessus, tu perds le dessus…

— Il faut croire.

— Que prendrez-vous ? nous demande la serveuse.

Je réponds la première.

— Vous avez du *Lapsang* ?

— Oui, madame.

— J'en prendrai une grande théière et pour accompagner ce thé, des pancakes, une omelette et un croissant avec des fruits rouges.

Liam me regarde, amusé.

— Et vous, monsieur ?

— La même chose, sauf que je prendrai un jus d'orange à la place du thé.

Je craque face à son petit rire. Garde tes jambes croisées sous cette table ! Allez, il est temps de jouer les infiltrés là !

— J'espère que ce petit-déjeuner ne va pas trop vous mettre en retard pour votre travail ?

Il semble ravi de ma sollicitude.

— Pour être honnête, mon patron me fait toute confiance pour gérer la joaillerie, je suis libre d'organiser mon travail comme je le souhaite. La liberté que m'offre mon métier.

— Vous en avez de la chance.

— Et vous ?

— Moi ? m'étonné-je de sa question.

— Oui, vous, renchérit-il. À part rendre service au lieutenant, je suppose que vous avez un réel métier ?

Je n'avais pas prévu qu'il me pose la question. Je suis complètement prise au dépourvu. Mince, comment est-ce que je peux lui dire quc mon métier… D'ailleurs, il y a un nom sur ce que je fais ?

— J'apporte mon aide comme je peux, quand on me le demande.

Ah ça, c'est une bonne réponse, Tay ! À mettre dans mon CV plus tard.

— Voilà qui est bien mystérieux.

— Oui, je n'aime pas me dévoiler trop rapidement.

La serveuse revient avec tout ce que l'on a commandé. Je sens que je vais dévorer mes pancakes en un rien de temps.

— Et vous ? lui demandé-je alors qu'il boit une longue gorgée de jus d'orange. Vous ne faites que ça ? Vous devez bien avoir des hobbies ?

Son geste reste suspendu dans les airs. Il repose son verre, machinalement. Sa réaction me conforte, car, à voir sa tête, je viens de le rendre nerveux.

— J'ai d'autres activités, toutes sortes de loisirs, un peu comme tout le monde, en somme.

Son ton est légèrement froid.

— Vous n'avez pas une passion cachée en dehors de la gemmologie ?

Comme les cambriolages par exemple…

Il s'est légèrement redressé de son siège avant de couper un morceau de son omelette. Je commence à bien jouer mon rôle d'infiltrée. Pourtant, ce n'est pas comme si c'était la première fois que je faisais ça, mais, avec lui, c'est plus difficile, car il met mes émotions à l'envers.

— Non, pas vraiment, si ce n'est que j'aime faire fructifier mon argent, tout simplement.

Je ne décèle aucune émotion dans sa voix. Bon, il n'aime pas trop parler de lui apparemment. Plus je l'observe, plus je me rends compte qu'il est bien dans sa tête, équilibré, posé. Il est dans la maîtrise, il contrôle son monde. Il n'est pas impulsif, ce qui sous-entend qu'il sait exactement ce qu'il fait et dans quel but. Il saisit ma tasse et me verse mon *Lapsang*. J'ai complètement oublié que mon thé était en train d'infuser, c'est dire à quel point il me perturbe. Son geste me touche.

— Merci, Liam, dis-je alors qu'il repose ma tasse sur sa soucoupe.

— Je me suis un peu concentré sur mon travail ces dernières années, regrette-t-il.

Il paraît également seul. On dirait qu'il cherche désespérément quelque chose, j'ai l'impression qu'il est comme vide à l'intérieur.

— Je comprends.

Je me pose des questions sur ce qui le motive à faire ça quand il s'attarde un long instant sur moi. Je ne réagis pas ni ne détourne le regard. Je me connecte sans le vouloir à lui. Ses yeux verts se posent sur moi avec une telle intensité, comme s'il venait d'entendre ma question mentale. Je n'arrive pas à me détourner de lui, car j'ai encore cette sensation unique quand je le vois, c'est très étrange, mais c'est aussi grisant.

Un serveur nous interrompt pour remplir nos deux verres d'eau quand, par maladresse, il m'arrose par la même occasion.

Liam

Mardi, 8 h 49.

Elle a de l'eau partout sur son chemisier. Je lui tends une serviette.

— Vous auriez pu faire attention ! engueulé-je le serveur.

— Pardon, mademoiselle, je suis vraiment désolé.

Le gars ne sait plus où se mettre. Il essuie tant bien que mal toute la table.

— Ne vous en faites pas, et puis ça tombe bien, mon chemisier avait soif.

Sa blague détend tout de suite l'atmosphère, mais ça ne m'empêche pas de fusiller du regard cet empoté.

Ne lui rends pas le sourire qu'elle vient de te faire. Fous le camp !

— Si vous me le permettez, je reviens dans quelques instants.

— Je vous en prie, vous avez besoin d'aide ?

— Non, je devrais pouvoir m'en sortir.

Elle quitte la table et se dirige vers les toilettes. Tessa est la force tranquille incarnée et en plus elle est drôle. J'aime ce trait de caractère chez une femme. Je ne peux m'empêcher de suivre chacun de ses mouvements. Ce pantalon lui fait un de ces cul ! Elle est extrêmement bien foutue et possède tellement de grâce quand elle se déplace. Mes pensées sont interrompues par le vibreur de son téléphone qu'elle a laissé sur la table. Tiens, je ne connais pas ce modèle ultra high-tech. Un drôle de message arrive sur son écran. On dirait une sorte de pendu.

Les lettres E puis T puis H viennent d'apparaître. ETH ? Suivies d'une flèche vers le bas qui désigne un autre pendu, TAY. Qu'est-ce que c'est ?

C'est alors que le téléphone se décroche de lui-même et se met sur haut-parleur. Mais comment un truc de ce genre est possible ?

— Tessa, tu es là ? demande une voix masculine.

— Euh, je réponds sans le vouloir.

— Putain, qui est là ? gueule le mec.

Je récupère le téléphone et prends l'appel en désactivant le haut-parleur.

— Qui êtes-vous ? renchéris-je.

— Mais putain, qui tu es toi ?

— J'ai posé la question en premier.

Je sens que le mec n'est pas commode.

— Bordel, tu me provoques en plus ? Dis-moi où elle est avant que je ne t'explose ta tête !

Je serre son téléphone entre mes mains sans le vouloir.

— C'est moi qui vais te la péter si tu t'approches d'elle.

Il va sortir de ses gonds, vu sa respiration complètement saccadée. C'est qui ce connard ?

— Écoute-moi bien, sale fils de pute, si tu touches à un de ses cheveux, tu es un homme mort.

Il vient de me traiter de quoi là ?

— Maintenant je te donne trois secondes pour me dire où elle est !

— Tu peux toujours rêver ! je commence à m'énerver.

Soudainement, une main se pose sur la mienne et me prend délicatement le téléphone.

— Oui, Ethan, dit-elle froidement en se rasseyant.

Je ne reconnais pas sa voix qui est devenue très grave. Elle ne me quitte pas du regard, mais reste toutefois impassible avant de jeter un œil à sa montre.

— Je te rappelle. 14 h UTC. À plus.

Elle raccroche et remet le téléphone dans son sac.

— Alors, où en étions-nous ?

Son ton vient de changer. Elle est devenue très enjouée d'un seul coup.

— Est-ce que tout va bien ? demandé-je en posant automatiquement ma main sur la sienne.

Ce contact avec sa peau m'empêche presque de respirer. À ma grande surprise, elle ne réprime pas ce geste et l'accepte naturellement.

— Oui, bien sûr, ce n'était que de l'eau.

Ma main est toujours sur la sienne et je la retire tout doucement, craignant que ce soit inapproprié, même si j'aimerais recommencer à la toucher.

— Je ne parle pas de ça, mais de ce coup de fil. Vous avez des problèmes ?

Je ne peux m'empêcher de m'inquiéter, l'idée qu'on s'en prenne à elle ou qu'elle ait des soucis m'est insupportable. J'ai comme l'irrésistible envie de la protéger, même si elle ne semble pas être le genre de femme à se laisser démonter.

— Ah ça ?

On dirait qu'elle fait exprès de ne pas comprendre.

— Oui, lui réclamé-je fermement une réponse.

— Mon grand frère est tout simplement un peu trop protecteur.

Je soupire discrètement de soulagement parce que c'est quelqu'un de sa famille et pas un ex ou son mec. L'idée qu'elle soit avec quelqu'un me chagrine d'un seul coup.

— Il ne serait pas un tantinet agressif ?

Elle récupère tout de suite sa tasse et boit une grande gorgée comme pour éviter de répondre à ma question.

— Uniquement quand il a peur pour sa famille.

Elle repose sa tasse très délicatement. Je suis soudainement avide d'en savoir plus.

— Vous avez de la famille ? Enfin, non, ce n'est pas ce que je voulais dire.

Et un copain aussi ?

— Vous voulez savoir si j'ai d'autres frères agressifs, c'est ça ?

Je crois qu'elle se retient de rire.

— Ça se pourrait, je n'aimerais pas recevoir des menaces comme celles que vient de proférer votre aîné.

Elle dissimule son énervement en avalant un morceau de son omelette qu'elle mâche lentement.

— Vous ne risquez rien et, oui, j'ai également un petit frère qui n'est pas si petit que ça puisqu'il fait deux têtes de plus que moi.

Sa réplique provoque nos deux sourires.

— Et vous ? Avez-vous des frères et sœurs ?

Elle reprend le dessus sur la conversation avec cette question à laquelle je ne m'attendais pas.

Si elle sait qui je suis, elle connaît déjà la réponse.

— Je suis fils unique.

Je lui dis tout simplement la vérité, car je n'ai pas envie de lui mentir.

— Vos parents doivent être fiers de vous, vu tout ce que vous avez accompli, dit-elle.

Ses mots sonnent comme des sous-entendus.

— Je l'espère.

J'espère que ma mère l'est, quant à mon père… Pas envie de penser à lui en cet instant.

— Je vous ressers une tasse de thé ?

— Oui, volontiers.

Elle me scrute avec une intense douceur. Je dois en apprendre un maximum sur elle et peu importe si ce n'est pas de manière conventionnelle.

Tessa

Mardi, 9 h 33.

Liam règle l'addition et nous nous retrouvons devant la joaillerie.

— Merci pour le petit-déjeuner. J'espère qu'il n'est pas trop tard.

— Votre sollicitude me touche, mais ne vous en faites pas.

Il se penche et pose un doux baiser sur ma joue. Sentir ses lèvres sur ma peau provoque une décharge électrique. Mon corps tout entier vient de s'électriser.

— Bonne journée, Tessa, me lance-t-il.

— À vous aussi, Liam.

Nous nous regardons sans rien dire avant de prendre des chemins différents. Je marche sans savoir où je vais. Ce baiser vient de me faire trembler.

Je dois rappeler Ethan, mais je préfère le faire au calme. Je vais rentrer à la résidence, ensuite je sortirai pour faire des courses et m'aérer. Même si je suis venue prêter main-forte à Matthew sur cette affaire, j'ai d'une certaine manière l'impression d'être un peu en vacances. Tiens, en pensant à lui, il m'appelle.

— Salut, Tessa ! Alors ce petit-déjeuner ?

— Bonjour, Matthew, je n'ai pas appris grand-chose à son sujet si tu veux tout savoir. Il cache aisément son jeu. Je n'ai pas d'idée sur sa prochaine cible.

— Il faut donc être patients alors ?

— Je crains que oui.

Il faudra que je déjeune avec Liam, que je prenne le thé avec lui, également un verre et qu'on dîne aussi !

— On risque de perdre des indices et des preuves en faisant ça, tu te rends compte ?

— Matthew, rétorqué-je avec un ton plus ferme, fais-moi confiance, tu finiras par l'arrêter, je peux te l'assurer.

— Bon, je place tous mes espoirs en toi alors, se résigne-t-il.

— Il le faut ! Je te tiens au courant de l'avancée de mon infiltration. À plus tard, Matthew.

— Ça marche, à plus, Tay !

Comment lui dire à ce moment-là que j'ai tout sauf envie de voir Liam derrière des barreaux. Pourtant, il va bien falloir…

12. Scarpetta, 88 Madison Avenue

Liam

Mardi, 13 h 02.

J'attends patiemment que Sarah arrive pour déjeuner avec moi. Ce restaurant très chic est sans âme, je trouve, et la carte, pas terrible. Je ne sais pas pourquoi elle a choisi ce décor. Cela se veut sans doute romantique, mais pour le coup, c'est raté. Je reçois un message de Lloyd qui me dit que tout a été mis en place. C'est parfait, je vais pouvoir en apprendre plus à son sujet. Après ce petit-déjeuner, je n'ai qu'un seul désir : la revoir. Ça faisait longtemps qu'une femme ne m'avait pas fait autant d'effet. Pour être honnête, aucune n'a jamais rien provoqué chez moi. Mes pensées sont interrompues par Sarah qui se dirige droit sur moi avec entrain. Elle porte un élégant tailleur vert foncé et une chemise blanche. Ses cheveux blonds sont montés en un joli chignon.

— Bonjour, Liam.

— Bonjour, Sarah, comment vas-tu ?

Je me lève pour l'embrasser sur la joue, ce qui me rappelle le baiser que j'ai donné à Tessa tout à l'heure. Mon cœur s'est complètement affolé au moment où j'ai posé mes lèvres si près de sa bouche.

— Je suis très contente de partager ce déjeuner avec toi, me coupe-t-elle dans mon souvenir.

— C'est ce que font les bons amis.

Son expression change, elle arbore une mine complètement déconfite.

— Tu sais ce que tu veux manger ? me demande-t-elle.

— Le steak de thon mi-cuit avec les légumes, je pense.

— La même chose alors.

Elle m'énerve à toujours vouloir prendre pareil que moi ! Elle serait prête à manger n'importe quoi, même si elle était allergique. Quand comprendra-t-elle que je ne partage pas les sentiments qu'elle éprouve à mon égard ? Elle reste une bonne amie, mais je ne sais pas à quel moment je lui ai donné l'illusion ou la possibilité d'une relation avec moi. Je pense que j'ai dû l'embrasser un soir complètement ivre, depuis elle se rattache à ça comme si c'était l'évidence du siècle. Problème : j'ai un trou de mémoire. Ça n'a pu se produire qu'à l'université.

Je fais signe à la serveuse qui prend nos commandes et en profite pour rajouter deux verres de vin rouge, histoire de détendre l'atmosphère que je trouve maintenant pesante.

— Comment va ton travail ? demandé-je, curieux.

— On m'a confié une nouvelle campagne publicitaire de cosmétiques. Un énorme client a fait appel à moi pour le lancement.

— Tant mieux. C'est plutôt bon pour ta carrière.

— Depuis le franc succès des deux dernières, je suis désormais la spécialiste de ce type de campagne. Du coup, tout le monde veut me confier le lancement commercial de sa nouvelle marque.

— Ce n'est pas ce que tu voulais ? Te spécialiser justement ?

— Oui, mais ce ne sont pas de réelles entreprises, regrette-t-elle, un peu amère.

— C'est-à-dire ?

— Ce sont des blogueuses, des influenceuses qui se lancent dans la cosmétique. Elles veulent toutes avoir leur propre business et faire comme tout le monde. À force, il va falloir redoubler d'imagination. Comme s'il n'y avait pas déjà assez de marques en matière de beauté. C'est devenu une galère pour trouver un simple rouge à lèvres avec le nombre de produits qui affluent sur le marché. À ce rythme, je préfère renoncer à m'en acheter un nouveau et tout simplement user celui que j'ai !

C'est la première fois que je la vois autant se plaindre.

— Tu ne sembles pas contente, je me trompe ? Ce n'est pas toi qui voulais que ta carrière décolle ?

— Je ne sais plus trop.

Elle hausse les épaules, elle m'a l'air indécise.

— Quoiqu'il en soit, pour ce nouveau client, je risque de faire encore plus de déplacements, et à Los Angeles, car le siège est basé là-bas, ajoute-t-elle.

— Tu devrais songer à y vivre, vu le nombre de fois où tu y vas en ce moment.

— Non ! crie-t-elle.

La serveuse qui était juste derrière a un mouvement de recul. Elle a failli renverser nos verres de vin en venant nous les apporter.

— Pardon, s'excuse Sarah auprès d'elle.

Je suis étonné du ton qu'elle vient d'employer. La fille pose nos verres de vin sans dire un mot.

— À la tienne !

Elle s'empresse de trinquer avec moi. Elle me fixe longuement du regard, mais je détourne le mien.

— Pourquoi ne veux-tu pas vivre là-bas ?

J'avale une longue gorgée de ce Sancerre rouge.

— Parce que j'ai ma vie ici, enfin il y a mes amis, toi…

Je suspends mon verre devant ma bouche. Je le repose tout de suite et elle en profite pour poser sa main sur la mienne. Ce geste me rappelle immédiatement Tessa. Je retire brusquement ma main.

— Songes-y, lui suggéré-je, tu auras sans doute plus d'opportunités.

Je lui ordonne presque de se tirer.

— Ça ne te fait rien que je m'en aille ?

— Si c'est bon pour ta carrière, alors je ne peux que t'encourager.

— Liam, quand comprendras-tu enfin ?

La serveuse revient avec nos plats. Hyper bon timing !

J'avale mon steak de thon mi-cuit en faisant semblant de ne pas avoir entendu sa question.

— Pourquoi tu résistes autant que ça ? renchérit-elle.

— Je résiste à quoi ? articulé-je à peine, la bouche pleine d'asperges.

— Nous deux enfin !

Elle lève les yeux au ciel, exaspérée.

Sa réaction complètement disproportionnée m'insupporte.

— Sarah, il n'y a pas de nous deux, la réprimandé-je. Nous sommes amis, cela s'arrête là pour moi.

— On se connaît depuis la fac, et tu n'as jamais rencontré personne. Tu n'as eu que des coups d'un soir, voire une semaine grand maximum, il est temps que tu passes à autre chose. Tu ne le vois pas, mais je suis faite pour toi.

Elle est sérieuse là ?

Je pousse un long soupir dans sa direction pour lui faire comprendre que ça ne la regarde pas. Ma vie sentimentale est chaotique pour la simple et bonne raison que les femmes sont toutes pareilles, insipides, superficielles, quelconques. Elles ne dégagent rien, n'ont aucun charisme, mais surtout aucune n'acceptera mon passé, ce que j'ai fait et qui je suis réellement.

Est-ce qu'elles voudront être avec moi tel que je suis ? Aucune ne m'a donné envie de dévoiler mes secrets, pas même Sarah. Pourquoi les femmes veulent à tout prix nous sauver ? Pourquoi ne peuvent-elles pas nous accepter tels que nous sommes ? Si Sarah apprenait la vérité sur mon passé, mais surtout ce que je traîne comme famille, elle changerait sans doute d'avis ou pire, elle essayerait de me sauver. Je suis voué à une vie sans amour.

Une vague de déprime est prête à me submerger quand, subitement, deux magnifiques yeux marron jaillissent dans mon esprit pour s'interposer. C'est comme si c'était la réponse à toutes mes interrogations.

— Liam ?

— Oui, Tessa ? Pardon, Sarah, je me reprends rapidement, très gêné.

Sa réaction est sans équivoque, elle se mord les lèvres.

— Comment est-ce que tu viens de m'appeler ?

— Sarah, j'ai un bal en fin de semaine et j'aimerais que tu m'y accompagnes.

Je change rapidement de sujet avant que cela ne devienne plus embarrassant que cela ne l'est déjà.

Son visage s'illumine, de ses yeux à son sourire.

— C'est un bal officiel ?

— Pas tout à fait, je dois venir accompagné, et en tant qu'ami, je voulais savoir si tu pouvais me rendre ce service.

Ouch. Le tact et moi, ça fait deux, aujourd'hui.

— Ce déjeuner, c'était uniquement pour me demander ça ?

On va essayer d'éviter un incident diplomatique, elle doit m'accompagner, sinon cela va se compliquer.

— Oui et non, je voulais aussi prendre de tes nouvelles.

Elle commence à manger sans rien dire puis me toise.

— À quelle heure tu passes me prendre ?

— Aux alentours de 19 h, car cela commence à 20 h. C'est à Long Island, dans Hubbard County Park, dans un domaine privé.

— C'est un bal masqué ? me demande-t-elle, très enjouée.

Je sens qu'une idée vient de jaillir dans son esprit.

— Non du tout, je lui réponds assez sèchement pour tempérer. Enfin, ça sonne mieux que réception, je pense.

— OK, je me tiendrai prête alors. Merci d'avoir pensé à moi.

Elle gigote sur son siège, toute contente.

Pourvu qu'elle n'y voie pas une occasion. Je ne sais pas ce qu'il va advenir de ce bal et techniquement je n'ai pas envie de savoir, mais ai-je vraiment le choix ?

Nous mangeons en silence et je repense encore à Tessa. Voilà presque une semaine qu'elle a fait irruption dans ma vie et c'est comme si je l'avais toujours attendue…

13. Tartinery Café, 10 Columbus Circle

Tessa

Mardi, 14 h.

Depuis ce matin, je ressasse sans cesse tout ce que j'ai comme informations sur Liam. Matthew attend de moi que je lui fournisse assez de preuves pour lui permettre de l'arrêter, pourtant je ne peux pas me résoudre à le faire tant que je ne connais pas sa motivation. Matthew est trop impatient et à force, il risque de faire une connerie qui montrerait à Liam nos réelles intentions.

Je ne devrais pas concentrer tous mes efforts sur lui, j'ai d'autres choses à faire. Ça m'a fait du bien de me tenir éloignée du commissariat aujourd'hui et de déjeuner dans ce café, au troisième étage de ce centre commercial tout en verre. La vue est dégagée sur la sculpture de Kim Brandell qui représente un globe d'acier.

Je m'apprête à retourner dans mon espace de coworking lorsque je reçois un appel vidéo venant d'Alex et Paige. Je les soupçonne de s'être donné le mot pour m'appeler.

— Salut, Tay ! disent-elles en chœur.

— Comment vas-tu ? me demande Alex en premier.

— Hello, les filles ! Bien, et vous ?

— Et cette affaire alors ?

— Tu es bien silencieuse depuis une semaine, se moque Paige.

J'hésite à leur avouer… Mouais, allez, j'ai besoin que ça sorte.

— Disons que cette affaire me donne du fil à retordre, notamment parce que l'avocat de la partie adverse est plutôt pas mal.

— Aaaah, je savais qu'il y avait un mec derrière ce silence, me dit Alex, qui prend un air satisfait.

Je roule des yeux, ce qui ne lui échappe pas. Elle me tire la langue en guise de réponse.

— Et il est pas mal sexy ? Ou pas mal torride ? me demande Paige.

— Sexy et torride !

Elles me font des yeux comme des soucoupes.

— Et ce n'est que maintenant que tu nous le dis ?

— À vrai dire, j'essaye d'en savoir plus sur lui, cette affaire est plus complexe qu'il n'y paraît, je dois avouer.

— Je n'ai pas envie de jouer les rabat-joie, mais il réside à New York, tu vis et tu travailles à Hong Kong en tant qu'avocate, un peu compliqué les longues distances.

Avocate en droit international était de loin la meilleure couverture que je pouvais trouver. Plus facile pour justifier tous mes déplacements.

— On n'en est pas encore là, je réponds face à cette remarque.

— Est-ce qu'il y a eu rapprochement ? me demande Paige.

— J'y travaille !

Leurs bouches s'ouvrent en grand. C'est sorti tout seul, malgré moi, comme si mon cœur avait répondu à ma place.

— Je vous raconterai. Et toi, Alex, comment vas-tu ? Alors, ce poste ?

Je préfère vite changer de sujet.

— C'est plutôt cool, mais je vais déménager du côté de Kowloon, les loyers sont trop chers sur Hong Kong, ça me permettra d'avoir un meilleur train de vie et de faire plus la fête avec mes copines !

— On ne va pas te contredire.

— Ah, désolée, les filles, mais mon chéri m'appelle, renchérit Paige. Je vous laisse et on veut tous les détails avec ce beau mec, n'est-ce pas, Tay !

— Oui, promis ! Je vous tiens au courant quand je serai de retour, on ira prendre un verre sur notre rooftop préféré.

— Compte sur nous pour te le rappeler !

Elles coupent en même temps la communication et me laissent pensive…

14. Dans les rues de New York, au croisement de la 6e et de la 42e

Tessa

Mercredi, 8 h 30.

Au moment où je quitte la résidence, je reçois un appel de Fong.

— Salut, Fong !

— Hey, Tay, comment vas-tu ?

— Plutôt bien. J'ai reçu tes derniers rapports, je vais y jeter un œil de plus près après mes courses.

— Tu m'en vois ravi, mais, si je t'appelle, c'est pour te prévenir que ton téléphone vient de faire un ping.

Je m'arrête brusquement de marcher alors que je suis sur la 6e avenue.

— Qu'est-ce que tu veux dire par là ?

— Un numéro de portable n'arrête pas de suivre le tien, ou du moins tes déplacements, et ce, depuis hier après-midi. Je viens à l'instant de recevoir l'alerte.

Traduction : je suis suivie.

— Comment est-ce possible ? Mon téléphone est tout simplement intraçable sauf si j'ai loupé un truc dans les trois cents pages du manuel.

— Je te confirme effectivement qu'il est impossible de le tracer à une exception près.

Une exception avec Fong ? Ça existe ?

— Laquelle ?

— Il a copié le signal qu'émet ton téléphone. Malheureusement, je ne peux pas empêcher que ton portable produise des ondes.

Je suis sûre qu'il réfléchit déjà à un prochain projet là-dessus.

— À distance ? C'est envisageable ?

— Non. Mon hypothèse est qu'il s'est tenu assez proche de toi hier pour copier ton signal et le suivre en le dupliquant.

— Ce qui veut dire qu'il peut juste tracer mes mouvements sans pour autant me mettre sur écoute ? N'est-ce pas ?

— Absolument, je pensais que tu plaisantais quand tu disais avoir lu le manuel ?

Règle numéro 1 : toujours lire les manuels de Fong.

— Je l'ai survolé.

— Ça m'étonne de toi, Tay ! Quoi qu'il en soit, j'ai reçu une alerte ce matin.

— La troisième coïncidence, n'est-ce pas ?

Ou le ping-pong, comme l'appelle Fong.

Je me rends compte que je suis toujours immobile dans la rue et que je regarde tout autour de moi comme si celui qui me suivait se tenait tout près. Je suis à deux doigts de sortir mon arme.

— Exact, me confirme-t-il. Il a cherché à trois reprises à observer tes mouvements de la journée. Dès qu'il se connecte, enfin du moins à chaque fois qu'il essaye de savoir ce que tu fais, cela génère une alerte qui se déclenche uniquement après trois fois.

Il a donc suivi tous mes mouvements d'hier. Je repasse en mémoire tout ce que j'ai fait et il n'y a rien de particulier.

— Alerte que tu viens de recevoir.

— Effectivement.

Ce qui veut dire qu'en cet instant, il sait exactement où je suis. Si je sors mon arme de mon sac et la planque dans le bas de mon dos, on risque de me remarquer. Je suis face à un ennemi que je ne vois pas et ça m'énerve au plus haut point. Je ne dois pas rester planter dans la rue. Je dois avancer, retourner à la résidence, là où je suis en sécurité et où je peux aisément neutraliser celui qui me file.

— On sort du champ du pur hasard après trois fois, et parce que tu l'as paramétré de cette façon.

Je marche à vive allure, sur mes gardes, observant chaque mouvement qui se joue devant moi. Je ne suis pas rassurée, qui peut bien vouloir me suivre ? Et être assez fort pour que je ne m'en aperçoive pas ? Surtout, comment pouvait-il connaître mon programme de la journée ? La seule chose qui était préméditée hier était mon rendez-vous avec Liam.

— Tu as tout compris. Cependant, ce qu'il ne sait pas, c'est que ton téléphone a capté son signal à lui.

— Tu peux le rompre ? Et l'empêcher de me suivre ? demandé-je à Fong.

— Assurément, mais pour ça je vais devoir redémarrer ton téléphone.

— Parfait, mais pas tout de suite. S'il a copié mon signal, tu peux me dire avec quel numéro mon téléphone fait le pong ?

— Donne-moi trois secondes.

Trois… Deux… Un.

— Je l'ai. C'est un certain Lloyd Lemar qui observe tes mouvements.

Ce nom ne me dit rien du tout.

— Tu peux me dire où il est à cet instant ?

Afin que je lui règle son compte.

— Oui, il est au numéro 9 de la 77e.

Mais c'est l'adresse de…

— À plus, Fong.

15. Hôtel particulier de Liam, 9 77e Street

Liam

Mercredi, 8 h 49.

Je suis légèrement en retard pour me rendre à la joaillerie, mais courir m'a fait le plus grand bien. J'ai évacué tout ce que j'avais à l'intérieur. Alors que je rentre chez moi tout en sueur, j'aperçois Lloyd dans la bibliothèque. Je me dirige vers le bar et prends une grande bouteille d'eau avant de le rejoindre.

— Salut, Liam, alors ce footing ?

— Je me suis bien défoulé. Tu as pu obtenir de nouvelles informations sur notre cible ?

Je vide la moitié de la bouteille et reprends petit à petit mon souffle, laissant échapper plusieurs gouttes.

— Oui, et tu ne devineras jamais où elle réside.

Il vient de piquer ma curiosité.

— Tu as toute mon attention.

— Elle habite chez Henry Vail.

— Le milliardaire philanthrope sénile ?

— Je te le confirme.

Je suis étonné, ce qui ne fait qu'épaissir le mystère la concernant. Elle vit chez lui ? Plutôt étrange qu'elle le connaisse, ce mec est complètement reclus sur lui-même. Il paraît qu'il ne sort jamais de chez lui. Sa maison est évaluée à un milliard, notamment parce que des centaines de promoteurs immobiliers veulent raser son soi-disant château pour en faire une tour. Être en plein dans *Bryant Park* est l'endroit idéal.

— Qu'as-tu appris d'autre ? Qu'est-ce qu'elle fait de ses journées ?

— Elle se promène dans la ville, va à des expositions, prend des cafés, elle fait du shopping.

Rien de très intéressant.

— Tu ne t'es pas fait repérer au moins ?

— Non, j'ai été très prudent. Merci de m'avoir précisé que tu la voyais hier, j'ai pu la suivre tout de suite après ça. Ça nous a donné un avantage. Par contre, je dois t'avouer que ce ne fut pas une mince affaire de copier le signal de son téléphone.

— Pourquoi ?

— Parce que je devais me placer le plus proche possible d'elle. Par chance, elle n'a pas remarqué ma présence lorsqu'elle s'est posée dans un espace de coworking. Assez atypique le modèle de son téléphone, je dois avouer.

Il a effectivement raison. C'était quoi, ce pendu bizarre ? Et puis pourquoi Tay ? C'est son surnom ?

— Et là, tu sais où elle est à cet instant ? Qu'est-ce qu'elle fait ?

— J'ai déjà vérifié ce matin, mais je peux me connecter une nouvelle fois. Donne-moi un petit instant…

Il fait tout d'un coup des yeux ronds. Il se lève brusquement de sa chaise qu'il manque de renverser.

— Liam, elle se dirige à vive allure sur nous. Elle est à moins de trois mètres.

Je suis pris de panique et sors immédiatement de mon hôtel particulier pour l'empêcher de pénétrer chez moi. Je n'ai pas le temps d'ouvrir la porte que je la vois se tenir devant le perron. Je pars à sa rencontre lorsque je me rends compte que j'ai toujours ma serviette autour de mon cou. Elle est devant moi, son jean noir ultra-moulant et sa superbe blouse bleue lui donnent une sacrée allure. Je n'ai pas le temps d'ouvrir la bouche qu'elle me sort, glaciale…

— Monsieur Ward-Harper, si vous souhaitez réellement savoir ce que je fais de mes journées, pourquoi ne pas me le demander en personne ?

Mais comment sait-elle que je l'ai fait suivre ? Et, en plus, elle m'appelle par mon nom et je n'aime pas ça.

— Tessa, toutes mes excuses, disons que c'est une façon un peu cavalière d'en savoir plus sur vous.

Sa mâchoire se crispe complètement, elle vient de me lancer un regard de tueuse.

— Vos méthodes de drague sont à revoir et vite.

Le ton de sa voix n'a jamais été aussi grave.

— Je plaide coupable. Que diriez-vous de dîner avec moi ce soir pour me faire pardonner ?

Elle décoince petit à petit sa mâchoire et plisse un œil puis l'autre. Je plonge mon regard dans le sien pour établir le lien visuel. Je ne sais pas pourquoi je fais ça quand je suis avec elle.

— Vous faites toujours suivre les femmes avant de les inviter à dîner ?

Je m'approche d'un pas pour rompre la distance qu'elle vient de m'imposer, elle ne recule pas et m'affronte, droit dans les yeux.

— Uniquement celles qui me plaisent.

Elle remue légèrement ses lèvres, ce qui provoque la même réaction sur ma queue. Qu'est-ce qu'elle est bandante !

— Puisque vous savez où je réside, passez me prendre à 19 h 30 ce soir, dit-elle.

J'affiche un sourire victorieux à son attention, sourire qu'elle ne me rend pas, mais je m'en fous, je la revois dans quelques heures.

Putain, mais tu agis comme un ado là ! Ressaisis-toi, bon sang !

— À ce soir alors, Tessa, je lui réponds en appuyant bien sur son prénom.

Elle tourne les talons puis finit par se retourner sur moi avant de me lâcher…

— Monsieur Ward-Harper, si j'ai un bon conseil à vous donner, c'est d'éviter de m'énerver.

J'ai bien envie de ne pas le suivre, car elle est sacrément sexy quand elle l'est.

— C'est une menace ?

— Croyez-moi, vous n'avez pas envie de savoir.

Ses yeux sont tout d'un coup devenus noirs. On dirait que deux personnes vivent en elle.

— Bonne journée, Tessa.

— Vous de même, mon… hésite-t-elle avant de dire… Liam.

Entendre mon prénom ne pouvait pas me faire plus plaisir.

Elle quitte le parvis de mon immeuble sans se retourner et à vive allure. Je ne peux cacher mon excitation de la revoir ce soir. Je suis définitivement sous son charme.

16. Résidence Vail, château particulier d'Henry Vail, Bryant Park

Liam

Mercredi, 19 h 20.

Je suis impatient et excité à la fois, alors que je viens de garer mon Audi devant la résidence Vail. Cet endroit est vraiment bien isolé dans ce grand parc. J'ai attendu ce moment toute la journée. Je décide de patienter devant ma voiture malgré le froid qui règne dehors. On se les gèle même si nous sommes en été. Je passe mon manteau en laine sur ma veste et observe cette bâtisse. Elle est assez rustre, mais plutôt en bon état. On dirait que les fenêtres à petits carreaux viennent d'être remplacées récemment, car elles dénotent de cette résidence. Elles sont toutes blanches alors que cet endroit est tout gris. Le petit bout de jardin devant est plutôt romantique avec toutes ses jolies guirlandes qui l'éclairent.

Cet endroit est vraiment atypique et son propriétaire l'est encore plus. Je me demande dans quelle pièce elle se trouve. C'est alors que la porte d'entrée s'ouvre. Je gravis les trois petites marches du parvis qui est tout en marbre clair et éclairé à chaque extrémité pour aller retrouver mon invitée quand que je me fige.

J'ai le souffle complètement coupé, je peine carrément à respirer. Ma queue se dresse immédiatement. Elle est d'une beauté avec cette robe émeraude en velours ! Elle lui enserre le cou et laisse une vue dégagée sur ses bras. Elle marche avec une telle grâce, je détaille chaque partie de son corps avec insistance, je ne m'en cache pas, l'admirant de haut en bas. Un fait me trouble. Elle ne semble pas avoir froid uniquement vêtue de sa robe. C'est comme si la température n'avait pas d'effet sur son corps.

Nos regards se joignent et un sourire se dessine sur nos visages quand, brusquement, elle fait demi-tour. Merde, pourquoi fuit-elle ? Qu'est-ce qu'il se passe ?

Elle revient avec une veste en cuir qu'elle met sur ses épaules.

— Bonsoir, Tessa.

— Bonsoir, Liam, je suis enfin prête.

— Nous pouvons donc y aller.

J'ai l'envie irrésistible de lui tenir la main. Elle me lance un regard intrigué, je crois qu'elle a eu la même pensée que moi. Je lui ouvre la portière de la voiture et me précipite presque pour faire le tour comme si je ne pouvais plus rester une seconde loin d'elle.

— Beau modèle, lance-t-elle alors que je mets ma ceinture.

— Merci, j'ai un faible pour les Audi. Vous n'avez pas froid ? Je peux mettre le chauffage si vous le souhaitez ?

Elle pose sa paume sur la vitre comme pour évaluer la température.

— Non, enfin oui, je veux dire, bafouille-t-elle, bien sûr, mettez le chauffage, il fait froid.

Elle n'a pas l'air très convaincue par ses paroles.

— À vos ordres.

Son sourire n'a pas d'égal.

Vingt minutes plus tard, je laisse mon véhicule au voiturier alors que nous venons d'arriver chez *Zane*. Je tends mes clés au mec et me précipite pour lui ouvrir la portière. Au moment où elle voit le nom du restaurant, sa mâchoire se contracte légèrement. Ses épaules deviennent subitement carrées avant de s'affaisser. Elle incline le visage sur le sol. Sa posture m'indique qu'elle est mal à l'aise. Elle tourne les talons pour commencer à faire la queue qui fait trois kilomètres, mais je lui agrippe la main pour nous faire rentrer directement dans le restaurant. Elle accepte ce geste sans hésitation puis se laisse conduire, tout en baissant les yeux au sol.

— Mademoiselle, Monsieur Ward-Harper, bienvenue, nous dit le maître d'hôtel. Nous vous conduisons à votre table.

Je n'arrive pas à lâcher sa main et elle non plus apparemment, geste qui me semble si naturel. Le restaurant étant au premier étage de cet hôtel, nous empruntons un escalier avant d'être projetés dans la grande salle. Tessa marche plus vite que moi, ce qui m'oblige à accélérer la cadence. On nous installe à une table qui jouxte une fenêtre. Nous sommes un peu excentrés de l'agitation environnante, mais c'est parfait pour un moment en tête-à-tête. Nous nous asseyons l'un en face de l'autre, ce qui nous oblige à rompre ce contact si chaleureux. Sa peau est d'une telle douceur. Je ne dîne dans ce restaurant que pour les dîners d'affaires en général, c'est la première fois que j'y viens avec une femme.

Tessa est d'une beauté à couper le souffle ce soir. J'aime tellement cette vague de cheveux ondulés qui lui tombe sur les yeux. Elle analyse la salle avant de retirer sa veste puis examine le menu qu'elle déploie devant elle comme si elle ne voulait pas qu'on la reconnaisse.

— Est-ce que tout va bien ? lui demandé-je, inquiet.

Son attitude est très étrange.

— Euh oui.

— Vous n'aimez pas ce restaurant ?

J'ai tellement envie de la tutoyer.

— Si, c'est juste que je préfère les endroits plus intimistes en réalité. Mais je suis impressionnée que vous ayez pu nous trouver une table pour ce soir.

Zane est le lieu idéal pour en foutre plein la vue à une nana.

— J'ai tout simplement eu de la chance.

— Je ne crois pas. Vous devez être un habitué, je me trompe ?

— Touché. Je suis un homme d'influence dans cette immense ville.

— C'est vrai ?

Elle semble étonnée, son menu toujours dans les mains.

— Oui, à mon échelle.

Son sourire me va droit au cœur. Je le sens battre uniquement quand elle est près de moi.

— Les hommes riches et influents se retrouvent ici. Le maire vient y dîner toutes les semaines. Des personnes peu recommandables se rencontrent également ici.

Je me sens bizarrement obligé de l'en informer et je ne sais pas pourquoi.

— Comme des criminels, vous voulez dire ?

Elle balaye furtivement la salle avant de braquer ses yeux sur moi.

— Oui, je l'admets, tout le monde se mêle chez Zane. Il faut se montrer de temps à autre.

Une serveuse nous demande ce que l'on souhaite boire avant de commencer.

Elle me laisse choisir. Je commande deux coupes de champagne.

— On fête quelque chose ? m'interroge-t-elle.

— Cette soirée en votre compagnie.

Ses yeux marron me capturent une nouvelle fois. Nous nous fixons sans dire un mot, comme si c'était notre manière de communiquer. Une voix familière m'oblige à rompre ce contact. Je repère Avon Blake, qui est en train de saluer plusieurs personnes dans la salle, quand nos regards se croisent. Il s'avance tout de suite vers moi. C'est le moment de montrer l'étendue de mon réseau à mon invitée.

— J'aimerais vous présenter à quelqu'un de très important, lui lancé-je alors qu'elle a encore les yeux sur le menu. Ne vous fiez pas à son jeune âge, ce milliardaire possède une bonne partie de la ville.

Elle n'a pas le temps de réagir qu'il vient tout de suite à ma rencontre. Elle se redresse sur sa chaise.

— Monsieur Ward-Harper, quel plaisir de vous voir ce soir !

— Également, Monsieur Blake, laissez-moi vous présenter…

— Blaine, s'écrie-t-il, comment vas-tu ?

Je cligne plusieurs fois des yeux. Il la connaît ?

— Blake, lui répond-elle avec cette voix grave, bien et toi ?

Je suis complètement stupéfait. Ils se tutoient en plus !

— Je ne savais pas que tu étais de retour sur New York.

— Oui, pardonne-moi, je n'ai pas eu le temps de faire un communiqué de presse pour annoncer ma venue.

Le sourire de Tessa est pincé.

— Dois-je m'inquiéter de ta présence ? lui demande-t-il, soucieux.

— Pas cette fois, lui affirme-t-elle.

Elle évite soigneusement mon regard.

— À la bonne heure !

Il tape dans ses mains. Cette nouvelle semble le réjouir.

— Tu passes quand tu veux à la maison, on prendra une tasse de *Lapsang* ensemble. Tu te souviens : « mi casa es tu casa ».

— J'en prends note, lui répond-elle sans aucune émotion.

— Monsieur Ward-Harper, dit-il en me serrant encore la main, vous êtes en très bonne compagnie ! Très belle soirée à vous deux.

À peine est-il parti qu'elle se réfugie une nouvelle fois derrière le menu.

— Vous avez choisi ? me demande-t-elle, d'un ton enjoué cette fois.

Je ne sais jamais sur quel pied danser avec elle. Ma théorie sur deux Tessa semble se vérifier.

— Les *linguine* aux fruits de mer, et vous ?

— L'entrecôte avec les frites, faut bien nourrir ce corps, blague-t-elle, ce qui m'arrache un petit sourire.

— Vous avez déjà vécu à New York ? je suis avide d'en savoir plus.

— Non, jamais, j'y passe de temps à autre, pour le… euh… boulot, je dirais.

Elle est très évasive. La serveuse nous apporte nos coupes de champagne et nous commandons par la même occasion.

— À la vôtre, lance-t-elle.

Nous trinquons et je me perds dans ses prunelles, une fois de plus.

Tessa

Mercredi, 20 h 30.

Nous venons de finir le plat et Liam me dévore encore une fois des yeux. Je sens qu'il se pose encore plein de questions à mon sujet, observant chaque détail de mon visage.

— Vous avez de la place pour un dessert ? me demande-t-il.

— Bien sûr, mais je ne pense pas pourvoir le finir, et si on partageait ?

— Avec plaisir. Que dites-vous d'un fondant au chocolat et fruit de la passion ?

— Excellente idée.

Nous nous sourions.

Putain, arrête Tessa, tu craques pour un potentiel suspect là ! Rectification : tu es complètement sous le charme d'un criminel !

Il ne manquait plus que ça. Tous les faisceaux d'indices convergent dans sa direction malgré le manque évident de preuves concrètes. Et puis, il nous faut une chose essentielle : le mobile ! Pourquoi fait-il tout ça ? Il est si gentil, attentionné, et je perçois une profonde douceur malgré le rôle d'homme fort qu'il se donne. Rien ne colle entre ce qu'il est et ce qu'il fait. Ce n'est sûrement pas pour le fun qu'il cambriole toutes ces joailleries.

Il commande notre fondant quand je remarque qu'il s'est redressé sur sa chaise. Il est tout blême et ferme machinalement le bouton de sa veste.

— Vous allez bien ?

— Ne faites pas attention, mais le chef de la mafia de New York se dirige droit sur nous.

Je n'ai pas le temps de tourner de la tête que… Et merde ! Je dois tout de suite réagir avant de me faire griller.

— Armand, comment allez-vous ? lui demandé-je avant qu'il n'ouvre la bouche.

J'emploie immédiatement le vouvoiement pour ne pas montrer à Liam à quel point nous sommes proches. Il hausse un sourcil puis l'autre.

— Signora Blaine, parfaitement. Vous êtes à New York pour quelque temps ?

Message compris ! Je suis soulagée qu'il ne m'ait pas appelée Tessa, ça aurait fait tiquer Liam, dont j'évite soigneusement le regard.

— En effet.

— Il faut absolument que vous veniez déjeuner dans mon restaurant alors.

— Je ne manquerai pas de passer chez Gianni, là où il y a les meilleurs *arancini* de la planète.

Cette remarque le fait rire, contrairement à la personne en face de moi dont le visage vient de complètement s'affaisser.

— Vous êtes toujours la bienvenue.

Je lui fais un discret clin d'œil et me frotte légèrement le front, signe que je vais lui rendre une petite visite.

— Bonsoir, monsieur.

Il serre la main de Liam qui est blanc comme un linge.

— Vous en avez de la chance ce soir.

— Je ne peux pas vous contredire, monsieur, dit-il, la gorge serrée.

Il est complètement déconfit.

— Bonne soirée à vous deux, à bientôt.

Il nous laisse quand la serveuse revient avec notre fondant au chocolat qu'elle place entre nous, avec des cuillères.

— Je meurs de faim ! lancé-je pour détendre l'atmosphère.

— Je comprends désormais pourquoi vous privilégiez les endroits intimistes.

Sa réplique sonne comme un reproche, mais je préfère ne pas relever.

— Vous avez tout compris.

Liam commence à manger son gâteau en silence, le front complètement plissé. Je sens qu'il est en train de cogiter. Je ne pensais pas que la soirée allait prendre cette tournure. J'ai bien envie de lui expliquer, mais ce ne serait pas judicieux. Enfin, suis-je seulement autorisée à lui dire qui je suis ?

Quarante minutes plus tard, nous revoilà devant le parvis de la résidence. Il n'a rien dit depuis que nous sommes montés en voiture.

Je sors du véhicule la première et il vient me retrouver.

— Me voilà bien arrivée, je lui réponds avec mon plus grand sourire.

Rien. Pas un mot. Nous sommes face à face et nous nous mettons à communiquer mentalement.

— Merci pour cette soirée, lui dis-je pour rompre la glace, alors que c'est le feu qui me consume.

Il prend mon visage entre ses mains et m'embrasse directement sans que je comprenne ce qui m'arrive. Au moment où il pose ses lèvres sur les miennes, toute ma carapace éclate en mille morceaux. Je ne fais qu'une avec moi-même. Je lâche prise pour la première fois de ma vie. Il caresse mes joues avec ses pouces et accentue ce geste tandis que ma langue se perd avec la sienne. Le baiser est explosif. Mon corps entier vient de s'embraser, je suis emportée dans un tourbillon d'une pure douceur. Il approfondit ce baiser avec une telle puissance. Je ressens quelque chose que je n'avais jamais expérimenté auparavant : l'appartenance, comme s'il m'avait faite sienne. Et bizarrement, j'ai envie de n'être rien qu'à lui. Je sens que mon cœur approuve ce sentiment à la façon dont il cogne dans ma cage thoracique.

Il me serre un peu plus près de lui et je m'abandonne complètement. J'oublie tout autour quand, tout d'un coup, un son inquiétant nous parvient aux oreilles. J'entends le bruit d'une arme prête à faire feu. J'interromps notre baiser quand je vois qu'Henry se tient devant la porte d'entrée, vêtu de son pyjama noir recouvert de sa robe de chambre rouge, son fusil de chasse entre les mains.

— Tay chérie, tu avais une permission de sortie jusqu'à 22 h 30. Tu es en retard, se fâche-t-il sérieusement.

J'avais une permission de sortie ? Je jette un coup d'œil à ma montre. Il est 21 h 49. Les lunettes, c'est pour tout de suite ! J'espère qu'il n'est pas en train de délirer.

— Il ne vaut mieux pas essayer de le contredire, dis-je à Liam. Je n'ai pas envie que tu te prennes une balle perdue.

— En effet.

Il se penche vers mon oreille et cette proximité me fait carrément frissonner.

— J'adore quand tu me tutoies.

Je me mets à glousser comme une gamine. Je viens vraiment de faire ce bruit-là ? Enfin, reprends-toi, Tessa !

— Alors, s'impatiente-t-il, ne m'oblige pas à appeler ton père, chère demoiselle.

Je me détache brusquement de Liam, à contrecœur. Bordel, si mon père apprend ça, je suis bonne pour un interrogatoire.

— Monsieur Vail, ce ne sera pas la peine, je vous confie cette jeune femme.

Henry hausse un sourcil.

— Bonne nuit, Tessa.

— Rentre bien, Liam.

Il pose un doux baiser sur ma joue et me laisse tandis qu'il reprend le chemin de sa voiture. Je ne peux m'empêcher de le suivre du regard. Ça y est, je suis officiellement foutue. Ce baiser vient de tout changer et, ça, je ne l'avais pas prémédité.

Je retrouve Henry et nous observons l'Audi qui quitte l'allée.

— Ce jeune homme est fort charmant, me confie Henry.

— Je suis bien d'accord.

17. Hôtel particulier de Liam, 9 77e Avenue

Liam

Mercredi, 22 h 15.

Je pousse la porte de chez moi et retire machinalement ma veste. Le baiser que je viens de lui donner m'obsède. Ses lèvres, sa langue, cette passion qui émane d'elle… Je viens de goûter à un sentiment de bien-être absolu. C'était incroyable, addictif, presque interdit. Je prends le chemin des escaliers pour retrouver ma chambre. Je n'arrête pas d'y penser. L'attirance que j'éprouve pour elle vient de décupler, de se concrétiser de la façon la plus exaltante.

Qu'est-ce qu'elle embrasse bien !

Je n'ai jamais éprouvé ça pour quelqu'un auparavant. Mais au-delà de ce que je ressens, qui est-elle réellement ?

Quel genre de métier exerce-t-elle pour être à la fois proche d'un lieutenant de police, d'un milliardaire sénile, d'un milliardaire juvénile et d'un chef de la mafia ?

La faire suivre ne m'a pas appris grand-chose.

Je retire mes chaussures alors que je m'assieds sur mon lit et observe cette huile sur toile de Kandinsky au-dessus de la cheminée. J'ai terriblement envie d'elle, de la sentir près de moi. Elle est tout à la fois et l'embrasser vient de me conforter dans ce que je ressens.

Je suis tombé amoureux sans le vouloir. Comment cela a-t-il pu arriver aussi vite ?

Parce que c'est elle que mon cœur cherche depuis toujours. Parce que j'erre depuis des années à la recherche de quelque chose que je ne pensais pas exister. Or, après ce baiser, je me rends compte que je l'ai trouvé, mais il a fallu que ce soit compliqué.

Je dois me ressaisir. Je me passe la main dans les cheveux et retire ma chemise. J'enfile un pantalon de survêtement et retrouve mon lit, seul comme un con. Je ne me suis jamais senti aussi seul que ce soir. D'habitude, ça se finit toujours chez mes conquêtes.

J'ai préféré la raccompagner comme l'aurait fait n'importe quel gentleman le premier soir, car c'est ce qu'elle mérite, à savoir le meilleur. Suis-je seulement à la hauteur pour être avec elle ? Je déprime sévèrement. Je ne sais plus où j'en suis, elle me fait perdre pied.

Je m'allonge et fixe le plafond.

Il y a des zones d'ombres la concernant. De quel côté est-elle ? Des gentils ? Des méchants ? Je n'ai aucun indice sur elle si ce n'est qu'elle semble proche de gens bien comme de mauvais. Tout ça ne fait qu'épaissir le mystère la concernant. C'est comme si elle était entre les deux, à la frontière. Je dois en apprendre plus et pour ça je n'ai malheureusement pas le choix.

Je ferme les yeux et je visualise son sourire, son regard de braise, et tout son être…

Qui es-tu, Tessa Blaine ?

18. Gianni, 136 Mulberry Street

Tessa

Jeudi, 12 h 56.

Je m'apprête à me rendre au restaurant d'Armand quand ma montre m'indique que j'ai un appel de… Merde. Je prends une profonde respiration avant de récupérer mon portable et de répondre.

— Bonjour, papa !

— Tessa, comment vas-tu, ma chérie ?

— Bien, et toi ? Je n'ai malheureusement pas le temps de m'éterniser, je suis attendue pour le déjeuner.

— Je ne te retiens pas plus longtemps alors. Cependant, je voulais te faire savoir que ton frère m'a fait part de ta dernière rencontre.

Il ne peut pas fermer sa gueule, ce con !

— Oh, tu sais, il n'y a pas de quoi en faire tout un plat.

— Ce n'est pas ce qu'affirme Henry.

— Il te l'a dit ?!

Je fais traîner la dernière syllabe en rajoutant quarante fois la lettre i.

Je suis complètement estomaquée.

— Non, pas du tout, mais le ton que tu viens d'employer me prouve qu'il y a plus que ça.

Je me tape le front de la main. Je viens de me faire avoir comme une débutante ! Remarque, avec lui, il fallait s'y attendre, je suis tombée dans son piège mental.

— C'est plus compliqué que cela en a l'air, papa. Dès que ça se décante, je t'en ferai part.

Ou pas…

— Je compte sur toi. Je te laisse déjeuner. À plus tard, ma chérie.

Je pousse la porte du restaurant familial d'Armand. Au moment où j'entends une clochette retentir, je m'immobilise et mets automatiquement mes mains en l'air. Une dizaine de gars armés se lèvent en même temps et me pointent avec leurs armes. Deux AK74, trois pistolets mitrailleurs Scorpion et environ cinq fusils SPAS semi-automatiques visent ma tronche, mon cœur et mes jambes. Vu leurs calibres, je vais finir en emmental dans pas longtemps.

— Euh, vous ne faites plus à emporter ? leur demandé-je pour détendre l'atmosphère en leur faisant mon plus beau sourire.

Si je respire de travers, je suis bonne pour la morgue. Subitement, leurs armes visent la cuisine. Un puissant vacarme nous parvient aux oreilles. Je profite de cette diversion pour baisser légèrement mes mains et saisir mon arme qui est dans mon holster, dans le bas de mon dos, quand Armand arrive, furibond. Ouf, je ne vais pas finir en raclette !

— Bande d'imbéciles, baissez donc vos flingues !

Tous s'exécutent en même temps sans broncher.

— Cette femme m'a sauvé la vie deux fois et vous la recevez de cette façon ? Dégagez immédiatement et nettoyez-moi ce bordel sinon je vous troue la cervelle ! leur hurle-t-il.

Il claque des doigts et tous se tirent en emportant leur butin composé d'armes et de plein de sachets de drogue. À moins que ce ne soit de la farine ou du sucre : nous sommes dans un restaurant après tout !

J'étouffe un rire tandis qu'un couvert est mis en quatrième vitesse.

— Bellissima Tessa, pardonne-moi cet accueil. Argh, grogne-t-il, c'est dur de trouver du bon personnel de nos jours.

Il m'embrasse tendrement la joue avant de m'indiquer une table en plein centre de ce restaurant vide.

— Armand, sérieusement, des armes et de la drogue ? Tu devrais faire plus original.

— C'est ce qui rapporte le plus, que veux-tu.

Il hausse les épaules.

— Ce n'est pas avec nos autres entreprises que nous allons faire plus d'argent, me fait-il remarquer un brin circonspect.

Un gars s'apprête à m'enlever mon manteau des épaules et me tend ses bras pour prendre mon sac. Je lui fais signe de dégager. Je préfère avoir toutes mes affaires à proximité, notamment mon arme.

— Tu devrais acheter des actions GenTech, si tu veux mon avis.

Il sort un petit calepin de la poche de sa chemise et note tout de suite ma recommandation tandis que nous nous installons l'un en face de l'autre.

— Pourquoi autant de précautions ? Ce n'est plus un restaurant ici ?

Toutes les tables ont été mises de côté. D'habitude, c'est rempli de monde à cette heure-ci.

— La clientèle a un peu déserté, je dois dire.

— Pourquoi ? Ce n'est plus le repaire de mafieux à la mode de nos jours ?

Il se frotte le menton avant de plisser le front.

— Non, pas depuis que les Pirelli viennent nous emmerder. Je n'ai pas envie que mon restaurant soit une cible.

Un jeune homme vient nous servir un verre de vin rouge à chacun.

— Les Pirelli ? Qui sont-ils ?

— Un groupe rival, ils ne sont même pas italiens ni irlandais d'ailleurs. Ce sont des petites frappes qui se sont associées pour foutre à mal notre business. Ils montent des coups pour nous mettre des bâtons dans les roues.

— Je vois, ce sont des imitateurs en quelque sorte.

Il pince légèrement les lèvres et serre les poings. Ils doivent bien l'emmerder et, ça, ce n'est pas bon.

Éviter d'énerver un chef mafieux.

— Le terme est bien trouvé. Pour moi, ce sont des petits vauriens arrogants. Nous n'avons pas encore trouvé comment nous en débarrasser, mais nous allons y parvenir.

— Ce serait dommage que ça parte en carnage comme la dernière fois après tout le mal que je me suis donné.

Il me caresse tout doucement la main.

— On peut te remercier d'avoir arrêté le massacre.

Et écrasé tous tes ennemis au passage.

— Il y avait un peu trop d'effluves de sang dans le quartier.

Son visage se voile de tristesse. La perte de son fils lui sera malheureusement toujours aussi pénible.

— Que veux-tu manger ?

— On peut toujours déjeuner ici ?

— Même si ce n'est plus ouvert au public, on y fait la meilleure des cuisines, mais uniquement pour la famille.

Sa remarque me touche, sachant que je ne fais pas partie de la sienne.

— Je te remercie de me recevoir. Dans ce cas, je veux des *arancini*, une focaccia, des beignets de mozzarella et une pizza quatre fromages !

Il s'esclaffe. Il claque des doigts et chuchote un truc à notre sommelier improvisé qui se dirige sans perdre de temps vers la cuisine.

— Tu as toujours autant d'appétit.

— Tu me connais bien, c'est un fait.

Si Terrence apprend que j'ai ingurgité tout ça, il va me le faire payer quand je vais rentrer. Je vais morfler à l'entraînement. Quoique, vu que ma montre lui retransmet toutes mes données nutritives, il prépare déjà mon retour. Je transpire sans le vouloir.

— Qu'est-ce qui t'amène à New York cette fois ? me demande-t-il alors que l'on nous apporte une assiette d'*arancini*.

Je me jette dessus et tape avec ma fourchette comme pour les faire rebondir : ils sont bien moelleux et chauds. Je m'amuse avec comme si j'étais une petite fille. J'en coupe un en deux.

— Les cambriolages de joailleries.

— Ah ça, dit-il en faisant une drôle de moue.

C'est un délice culinaire. J'en mange un, puis un autre, sous le regard amusé d'Armand, avant de reprendre mon sérieux.

— Armand, tu connais la ville comme personne, c'est pourquoi j'ai une question simple à te poser.

— Je serai ravi d'y répondre.

— À ton avis, il s'agit juste de cambriolages lambda, autrement dit, le mec est un Arsène Lupin des temps modernes qui fait ça pour se prouver quelque chose et entrer dans le *Guinness des records,* ou c'est une affaire de plus grande envergure ?

Il se gratte longuement le menton.

— Sans hésitation, la deuxième hypothèse.

C'est ce que je craignais.

— Tu penses donc que le cambrioleur n'agit pas tout seul ?

— Non, il y a des bruits qui courent, des rumeurs, quelque chose se prépare, mais je ne saurais te dire quoi. J'ai l'intime conviction qu'il obéit à de puissants commanditaires.

Mais merde, Liam, dans quoi es-tu impliqué ?

— Merci pour ton avis.

— Si je puis me permettre, si tu peux y mettre fin, je t'apporterai mon aide sans hésiter.

— Je vais prendre ta proposition en considération.

C'est alors qu'un gars nous amène la focaccia et pose l'assiette sur la table. Un regard noisette me percute. Je le reconnais tout de suite.

— David ?

— Bonjour, Tessa, me dit-il, tout timide. Comment vas-tu ?

Je me lève pour le prendre dans mes bras. Il a tellement grandi depuis la dernière fois.

— Tu es un beau jeune homme maintenant !

— Les gènes de mon grand-père. Il lui fait un clin d'œil, ce dernier ne pouvant cacher son admiration.

— Ne me dis pas que tu bosses comme serveur ici ?

— Non, pas du tout, rigole-t-il, je donne un petit coup de main cette semaine avant de commencer à travailler.

— Ne reste pas debout, prends un siège.

Je lui désigne une chaise près de l'entrée. Il s'exécute et s'assied entre moi et son grand-père.

— Tu as fini tes études, n'est-ce pas ?

— Il a été recruté par une branche innovante de l'armée de l'air, me précise son grand-père.

Ça ne m'étonne même pas. David est un ingénieur aéronautique de génie et c'est sans conteste le meilleur pilote de drones que je connaisse. Pourvu qu'il mette à profit ses compétences pour faire de belles choses.

— Mon petit-fils est le meilleur, rajoute-t-il, presque ému.

Au moins, il ne finira pas dans la mafia comme son grand-père et son père. Il est temps de rompre les traditions familiales ancestrales. Enfin, non, les traditions perdureront, c'est Alessandro qui reprendra le flambeau, vu qu'Emilio est décédé.

Les guerres entre fratries sont depuis des millénaires légendaires et cette mort n'échappe malheureusement pas à ce cliché.

J'envie David qui est libre de mener sa vie comme il le souhaite, et ce, à la requête de son oncle qui a voulu l'écarter des affaires. Enfin, plutôt obligé, je dirais. Je me demande comment le frère cadet gère désormais tout ça.

— D'ailleurs, la remise des diplômes aura lieu dans quelques mois, tu seras des nôtres ? m'interroge David.

Je crois que je l'intimide. Il fixe le sol sans oser m'affronter.

— Avec grand plaisir, je le note sur mon agenda tout de suite.

Ma montre est déjà en train de le mettre sur mon calendrier.

— Tu ne veux pas te joindre avec nous ? lui proposé-je. Je ne vais pas manger ma pizza toute seule.

— Grand-père ? lui demande-t-il l'autorisation.

— Tout ce que tu voudras.

Il est vraiment tout pour lui et c'est tellement touchant.

— Merci, grand-père.

Nous nous sourions tous et un serveur nous apporte une grande pizza et des beignets de mozzarella. L'odeur du fromage a embaumé tout le restaurant. Je me jette sur la pizza en premier et n'attends pas ces messieurs pour l'attaquer. Alors que le fromage se faufile avec délectation jusque dans mon estomac, je pense soudainement à Liam et à ce qu'Armand vient de me confier. Je n'ai pas eu de ses nouvelles depuis ce baiser. Maintenant qu'on est proches, au moins au point de s'être embrassés, je dois l'amener à se confier pour en savoir plus sur les raisons qui le poussent à faire ça et pour qui il y travaille. Il n'agit vraisemblablement pas seul et ça, je m'en doutais plus ou moins.

Liam, qu'est-ce que tu caches ?

19. Résidence Vail, château particulier d'Henry Vail, Bryant Park

Tessa

Jeudi, 23 h 36.

Je dors profondément quand un bruit me réveille. C'est le vibreur de mon téléphone qui est à son maximum, ce qui signifie que c'est une urgence. J'espère que je ne suis pas réquisitionnée pour une quelconque mission d'intervention. Je trouve la force d'attraper mon portable et d'allumer la petite lampe de chevet par la même occasion, sauf qu'il n'y a plus de courant. Bizarre… Au moment où je décroche, je me rends compte que c'est Fong.

— Oui, Fong.

Je me mets à bâiller, les yeux rivés au plafond.

— Tay, Tay, tu es là ? Tout va bien ?

— Euh oui, je dormais pourquoi ?

— Parce que quelqu'un est en train de vider le contenu de ton disque dur, tes fichiers sont sur le point d'être complètement téléchargés !

Je reprends immédiatement mes esprits et me redresse dans mon lit en rabattant la couverture. J'enfile une robe de chambre sur mon short et ma brassière de pyjama.

— Comment ça ? Il le fait à distance ?

— Non, il est sur ton ordinateur.

Je saisis tout de suite mon arme que j'ai posée près de la lampe. Bordel, mais comment a-t-il fait pour s'introduire dans la résidence ? Je comprends à ce moment-là qu'il a coupé toute l'électricité, c'est pour ça que ma lampe ne s'allume pas. J'ouvre le premier tiroir de ma table de chevet pour chercher éventuellement une lampe-torche, mais je tombe sur un automatique 9 millimètres. Cette maison est drôlement bien équipée !

— Pourquoi la sécurité sur ton ordinateur n'est pas activée, Tay ?

Parce que je me croyais en sécurité, ce qui n'est actuellement pas le cas.

— Plus tard les reproches. Fong, fais un balayage satellite de la maison et dis-moi combien de signatures thermiques tu vois !

Je lui parle tout doucement de peur que mon visiteur ne m'entende.

— Donne-moi six secondes.

Six… Cinq… Quatre… Trois…

— Il est tout seul, Tay, et dans le bureau.

Il est donc au bout du couloir. J'enfile mes chaussons, enlève la sécurité de mon arme sans perdre de temps, puis je noue bien la ceinture de ma robe de chambre. S'il est tout seul, ça devrait être du gâteau de le neutraliser, peu importe l'obscurité.

— Active le protocole ANX sur mes fichiers, lui ordonné-je.

— Mais ANX n'a pas encore fait sa première phase de lancement, je n'ai pas démarré le premier diagnostic !

— C'est maintenant ou jamais, active-le tout de suite.

— Mais, Tay…

— Maintenant !

Je hausse le ton même si mon agresseur risque de m'entendre.

— OK, à tes ordres, je lance le protocole.

— Combien de temps lui reste-t-il avant de récupérer l'intégralité de mes fichiers ?

— Cinquante-sept secondes.

— À plus Fong.

Cinquante-six… Cinquante-cinq… Cinquante-quatre…

Je me déplace à vive allure tout en essayant de ne pas me faire repérer. Heureusement que je glisse avec ces chaussons. Une mouche ferait aisément plus de bruit que moi. Je me tiens dans l'embrasure de la porte quand je vois un homme habillé tout en noir, assis à ma place en train de taper sur mon ordinateur. L'éclairage de l'écran se reflète sur son visage qui est couvert. La pièce n'est pas complètement plongée dans le noir, notamment grâce aux réverbères du parc et aux guirlandes dans le patio. Cela m'arrange, car je peux mieux distinguer mon adversaire. Je le tiens dans mon champ de vision et décide d'aller directement à sa rencontre.

— Je vous conseille de lever gentiment les mains de mon ordinateur.

Je pointe mon arme sur sa tête, mais il ne réagit pas.

Quarante-quatre… Quarante-trois…

— Vous ne parlez pas ma langue, c'est ça ?

Pas de réponse. Je décide de tirer juste au-dessus de sa tronche pour lui faire comprendre que je ne plaisante pas. La détonation fait trembler toute la pièce. Il se couvre la tête par réflexe puis se lève pour me faire face, tranquillement. Sa réaction m'étonne. Il a l'air de se foutre de ma présence. Mon arme vise désormais son cœur.

Douze… Onze…

— Tirez-vous immédiatement si vous ne voulez pas finir dans une flaque de votre sang.

Je rêve ou on dirait qu'il vient de rire ?

Ma montre clignote soudainement, la phase de téléchargement est terminée. Il retire la clé USB et je tire une deuxième fois pour l'avertir.

— Je ne plaisante pas, éloignez-vous tout de suite de mon ordinateur, ainsi que de cette clé, il n'y aura pas de troisième avertissement.

Il ne répond toujours pas et la glisse dans une poche de sa manche. Fais chier.

— Je vous aurais prévenu.

Tant pis pour sa gueule. Je vise son cœur et, au moment où je lui tire dessus, il s'empare par surprise de mon ordinateur pour en faire un bouclier. Putain de merde ! Je viens de trouer mon ordinateur !

Il contourne le bureau pour tenter de s'échapper par la fenêtre entrouverte. Je lui tire encore dessus sauf que je rate ma cible. Ça ne l'empêche pas de sortir une arme qu'il pointe droit sur moi. Nous sommes désormais à moins de deux mètres l'un de l'autre. Lui devant la fenêtre, moi juste à côté du bureau.

Malgré la faible luminosité qui provient de l'éclairage externe de la maison, je remarque qu'il possède un Glock 45 ACP. Il tient son arme à bout portant alors que j'utilise la mienne avec mes deux mains, collée à mon champ de vision. Sa posture m'indique que c'est un amateur, et non un professionnel. Je me mets à sourire. Tu n'aurais pas dû faire ça, surtout avec un calibre aussi petit. Je fixe son arme, m'immobilise pour me donner un maximum de stabilité et je tire. Le canon explose et des étincelles jaillissent, le nuage de fumée que je viens de provoquer nous projette l'un et l'autre en arrière. Son pistolet lui échappe automatiquement des mains et il recule sans le vouloir contre la fenêtre.

Face à ce moment de flottement de quelques secondes, je décide de le poursuivre. Je profite de cette opportunité pour me positionner à sa hauteur. Il a le dos collé contre la vitre et je pointe mon flingue sur son visage.

Soudainement, il se rue sur moi et me prend par la taille. Je tire sans le vouloir sur la fenêtre qui explose. Je perds mon flingue lorsqu'il me propulse vers le mur opposé : mon dos heurte brutalement la vitrine qui contient mes armes. Je lui donne plusieurs coups dans l'estomac avec mes jambes et me dégage de son emprise afin de le repousser le plus loin possible de moi. Je l'entends grogner, sans pour autant parvenir à distinguer clairement sa voix.

C'est alors que nous nous retrouvons l'un en face de l'autre complètement désarmés, en position de défense. Je remarque que ma robe de chambre n'est plus nouée.

Il oscille de la tête. Je ne peux pas le croire, il me reluque là ?

Je n'ai pas le temps de lui dire ce que pense de ses manières que je repère mon arme, qui est près de mon bureau. Nous comprenons en même temps ce que l'autre va faire. J'essaye de l'intercepter avant lui sauf qu'il me prend par surprise. Il m'attrape par la taille et me soulève afin de me faire passer par-dessus le *Chesterfield* avec une incroyable habilité. Putain de merde, ce connard a plus de force qu'il n'y paraît ! Ma tête manque de justesse la table basse. Je me redresse sans perdre de temps. Il s'apprête à récupérer mon *Desert Eagle* quand je pousse le canapé de toutes mes forces contre lui avec mes jambes. Mon coup a l'effet escompté et il trébuche en tombant sur le sol. Ça commence à bien faire !

Je me relève tout de suite pour aller lui exploser sa tronche, mais il se jette sur moi et parvient à me plaquer contre le mur de la bibliothèque. Je cherche à cogner mes mains sur sa tête pour le déstabiliser, mais je n'y arrive pas. On dirait qu'il essaye de me neutraliser sans pour autant me faire de mal. Ses mouvements sont hésitants. Il me saisit par les épaules comme pour essayer d'attraper un point de pression dans ma nuque, mais je gigote trop. Mes gestes sont brouillons face à lui, je n'arrive pas à prendre le dessus, et ça, ce n'est pas normal. Quelque chose m'empêche de réagir comme je le devrais. Je tente de le repousser avec mes bras, mais sans plus de succès. Je me concentre une fraction de seconde pour analyser la situation quand, sans le vouloir, je ressens un sentiment de familiarité, d'apaisement, d'appartenance. Je comprends alors…

Liam ?

Ma colère monte d'un cran, ainsi que l'adrénaline. Je lui donne un coup de genou en plein dans le ventre puis un autre et l'écarte avec la jambe gauche pour me défaire de son emprise. Je réussis à le faire reculer contre le mur d'en face quand, tout d'un coup, j'entends le bruit d'un fusil en train de se charger.

Dans l'obscurité, Henry se tient devant moi et vise ma tête. La peur me submerge, sachant qu'il ne me distingue pas clairement. J'ai à peine le temps de réagir que mon agresseur se jette sur moi pour me protéger avant que le coup de feu ne parte. Il me tient fermement dans ses bras quand nous nous écrasons par terre. Cette sensation de l'avoir si proche de moi…

Reprends-toi !

Henry tire une deuxième fois, puis continue à un rythme effréné. Nous nous défaisons mutuellement de cette étreinte incontrôlée. Je n'en reviens pas, il vient de me sauver ! Chacun emprunte un chemin opposé, je fuis à quatre pattes, pour rejoindre Henry qui nous tire encore dessus. Il va finir par trouer la bibliothèque si ça continue.

— Arrête de tirer, Henry ! hurlé-je.

— Tay, c'est toi ?

Et merde.

— Oui ! Lâche ton arme.

Il finit enfin par s'arrêter. C'est alors que notre agresseur en profite pour se relever rapidement. Je comprends en l'observant qu'il pense à se tirer par l'autre fenêtre qu'Henry vient de complètement pulvériser. Je suis toujours par terre et je ne trouve rien pour le neutraliser quand j'aperçois la flèche que j'ai lancée la semaine dernière et mon arbalète qui traîne près de la vitrine qui contient mes armes. Il me vient soudainement une idée. Je récupère immédiatement la flèche.

— Henry, l'arbalète !

Nos gestes se coordonnent parfaitement. Il me la lance et je me relève. Au moment où je la réceptionne, je tire la corde de l'arc, la place sur le loquet et installe la flèche en un temps record sur le canon.

À la seconde où il s'échappe par la fenêtre, je vise exprès son bras gauche en effectuant un tir transversal avant qu'il ne disparaisse. Henry et moi contournons le canapé et nous nous précipitons vers le rebord qui est complètement explosé : il y a du verre partout, sans compter le nombre de douilles.

Bordel de merde, il a sauté du premier étage et atterri dans le gazon du petit patio de l'entrée. Je le cherche du regard, mais ne le vois pas. Des crissements de pneu parviennent subitement à nos oreilles, le bruit est celui d'une moto qui s'éloigne de la résidence. Malheureusement, je ne la distingue pas clairement dans cette obscurité.

— Tu viens de rater ta cible, me fait très sèchement remarquer Henry.

— Au contraire, je viens de la marquer.

20. Hôtel particulier de Liam, 9 77e Avenue

Liam

Vendredi, 00 h 49.

— Aïe euh !

Je serre les dents, la douleur est insupportable.

— Arrête de bouger, s'agace Christopher, qui maintient mon bras fermement alors que je suis allongé sur le canapé du salon.

— Ça fait un mal de chien, grogné-je.

— C'est parce que tu as des éclats de bois qui dansent la salsa près d'une artère. Je suis en train de te les retirer un par un. On peut savoir ce qui t'est arrivé ?

— Une petite bagarre.

Christopher me fait de gros yeux.

— Oui, bon, on m'a tiré dessus.

— Et avec quoi ?

— Une arbalète.

Il hausse un sourcil.

— Arrête tes activités nocturnes, tu veux bien. Ma femme va finir par croire que j'ai une maîtresse.

— Je lui enverrai des fleurs pour me faire pardonner.

Il y a du sang partout dans le salon. Je m'en veux de l'avoir sorti de son sommeil, mais je n'ai pas eu le choix. Impossible d'arrêter l'hémorragie moi-même, je saignais beaucoup trop.

— Voilà, je les ai tous retirés, m'annonce-t-il, plutôt satisfait.

Il sort une aiguille et du fil pour commencer à me recoudre. Elle traverse ma peau, ce qui ne fait qu'accentuer la douleur. Je bois une longue gorgée de vodka pour m'anesthésier, sous l'œil réprobateur de Christopher.

— Tu ne veux toujours pas une petite piqûre ? se moque-t-il en me voyant résister.

— Non.

Il me transperce encore, ça me brûle.

— Ton agresseur ne t'a pas loupé.

— J'ai de la chance qu'elle ne sache pas tirer.

— Elle ?

— Longue histoire.

— Je veux bien te croire, mais tu fais fausse route, c'est un tir de pro.

— À quoi tu vois ça ?

— Je travaille au service de traumatologie du New York Memorial Hospital. Crois-moi, j'ai vu des blessures en tout genre et je peux t'affirmer que c'est un tir net et précis.

— Elle n'a pas visé l'artère pourtant ?

— C'est un tir latéral transversal, il me montre l'angle de la blessure. Je pense qu'une partie de la flèche est faite de plumes en bois. Au moment où elle t'a tiré dessus, des éclats se sont dispersés dans la plaie sans pour autant toucher l'artère. À un millimètre près, elle te la sectionnait. Un tir de ce genre ne peut être le fruit du hasard, il est quasi impossible pour quelqu'un d'inexpérimenté.

Ce qu'il me dit ne me rassure pas.

— Je préfère que ce soit avec ça plutôt qu'avec son arme.

— Elle avait un flingue en plus ? Il faut carrément que tu me la présentes, s'amuse-t-il.

Je lui jette un regard noir.

— Ouais, je ne te le fais pas dire.

Un *Desert Eagle*. Je n'ai jamais vu quiconque effectuer un tel tir, sans compter qu'une arme de ce genre demande une maîtrise absolue, si on prend en compte le poids, le recul et la puissance d'un calibre aussi impressionnant. La balle s'est encastrée dans le canon de mon semi-automatique, la réduisant à néant. Elle a effectué un tir d'une précision extrême. Même au stand de tir, ils ne sont pas capables de reproduire ce qu'elle vient de faire, exceptés peut-être dans le film *Wanted*. Christopher a raison, pour effectuer un truc pareil, ce ne peut être qu'une professionnelle. J'en ai des vertiges.

— Voilà qui devrait être bon.

Il finit de recoudre mon bras et passe un long bandage tout autour.

— Merci, Christopher.

— Prends deux cachets d'Ibuprofène avant de dormir, me conseille-t-il. Ça atténuera la douleur, au moins cette nuit.

— Je vais avoir mal longtemps ?

— Plusieurs jours. Je t'enverrai ma note d'honoraires. Essaye de ne pas te faire trouer la prochaine fois.

Je me mets à rire de nervosité et me rends compte que ça fait vraiment mal, j'aurais dû accepter la seringue de morphine. Je grimace.

— Ouais, je te laisse retrouver la sortie.

— C'est toujours un plaisir.

Il me laisse en plan avec tout ce sang étalé par terre. Je dirai à Lloyd de nettoyer. Pas envie que quelqu'un d'autre s'en occupe. Christopher a beau avoir allumé la cheminée pour me réchauffer, je suis mort de froid. Je fixe les flammes qui dansent devant moi. Je dois faire peur à voir.

Plus je m'approche de Tessa, plus j'apprends des choses à son sujet qui ne sont pas rassurantes. Pourtant, je ne peux pas m'empêcher d'être près d'elle. Je n'avais pas l'intention de me battre ni de lui faire du mal. Bon sang, elle sait se défendre ! On n'imagine pas un seul instant l'étendue de sa force physique. J'ai vraiment merdé. J'ai terriblement honte de ce que j'ai fait.

J'espère que je vais en apprendre plus avec les informations qu'il y a sur son disque. Je me relève péniblement de mon canapé en essayant de ne pas m'évanouir. Je ne résiste pas à prendre la clé et l'insérer dans mon ordinateur qui est dans la salle à manger. Le chemin pour y arriver dure trois plombes. Je dois vraiment aller me coucher.

L'ordinateur reconnaît la clé USB, mais, lorsque je souhaite lire les fichiers, une icône apparaît. Ça demande un code à quatre chiffres. Bizarre. Les documents ne sont même pas cryptés, ils sont tout simplement inaccessibles. J'ai le droit à trois essais. Si je fais le mauvais code, le contenu disparaît. C'est la première fois que je vois un truc de ce genre. Je referme mon ordinateur, je verrai ça avec Lloyd demain.

Bordel, mais qui est-elle ?

21. Résidence Vail, château particulier d'Henry Vail, Bryant Park

Tessa

Vendredi, 1 h 02.

Je fais les cent pas près de mon bureau, à bout de nerfs, avec une poche de glace sur mon épaule droite. J'ai envie de cogner et vite. Je ne trouve rien pour me calmer. Même une thérapie neurosensorielle ne me ferait aucun effet. Mon ordinateur s'est pris une balle en plein cœur et Liam s'est tiré avec mes fichiers. Je sais que c'est lui, j'en suis persuadée, notamment à cause de la façon dont il a réagi lorsqu'il a vu Henry. Il m'a tout de suite protégée quand il a remarqué qu'il me visait avec son arme. Mes tripes et ce que j'ai ressenti me confirment que c'était lui, sans parler des informations que j'ai obtenues.

Henry s'est assis à mon bureau et nettoie avec minutie son fusil lorsque nous sommes rejoints par Clémentine qui porte une longue chemise de nuit bleu ciel.

— Tessa, le Lieutenant Powell est ici.

— Parfait, faites-le monter.

— Je m'en charge. Souhaitez-vous du thé ? Je viens d'en préparer, me propose-t-elle gentiment.

Elle pense à juste titre que ça va me calmer.

— Avec du whisky dedans, pourquoi pas.

— Je vous le déconseille, la mixture est très étrange.

Je l'interroge du regard.

— Va pour du thé alors. Merci, Clémentine.

Elle soupire en voyant que j'ai enfilé ma tenue de combat. *Oui, j'ai mon arme chargée dans le bas du dos.*

Elle revient quelques minutes plus tard avec une tasse de thé, accompagnée de Matthew. Avant de nous laisser, elle lui propose un café qu'il accepte.

— Mais qu'est-ce qu'il s'est passé ici ? s'écrie-t-il, horrifié.

— Un cambriolage qui a mal tourné, lui précisé-je froidement. Merci d'être venu.

— J'ai fait aussi vite que j'ai pu, Tay. En quoi je peux t'aider ?

— Pour être honnête, je ne sais pas. Tout va dépendre de…

Mon téléphone sonne soudainement. Je décroche plus vite que mon ombre.

— Fong, je t'écoute.

— Tay, le protocole marche à la perfection.

Je respire de soulagement.

— Tu me certifies donc qu'il n'a pas accès à mes fichiers ?

— Absolument, il lui faut la clé pour l'ouvrir. Clé que tu as à distance.

— S'il fait la demande d'accès…

— … ça t'envoie un code, complète-t-il.

— Tu es un génie ! Merci, Fong.

Clémentine revient avec une tasse de café qu'elle donne à Matthew avant d'échanger quelques mots avec lui.

— De rien, c'est moi qui dois te remercier, ANX est désormais opérationnel.

— Impeccable, je tc rappelle.

Tout le monde braque les yeux sur moi.

— Tay, je dois informer…

Je tourne instantanément le dos à l'assemblée et m'isole légèrement pour qu'on ne m'entende pas.

— Non, ne le préviens surtout pas, je m'en charge.

— Je suis obligé, Tessa. Je dois respecter le protocole.

J'emmerde le protocole ! Je me retiens de lui dire.

— OK, sifflé-je, mais tu préviens Ethan en même temps pour qu'ils puissent tempérer leurs comportements respectifs.

— C'est d'accord.

Je ne sais pas lequel des deux va calmer l'autre. Si, je le sais parfaitement. Quand Ethan va le savoir, il va péter une durite direct.

Quant à papa, étant donné que ma montre lui indique que je suis en vie, il n'est pas plus inquiet que ça. C'est donc lui qui va essayer de calmer mon grand frère, en vain.

— Fong, tu peux m'envoyer un autre ordinateur ?

— Bien évidemment, je fais le nécessaire. Est-ce que tu pourras me renvoyer ton ancien modèle ?

— Je m'en occupe. À plus.

Je raccroche et regarde toute la salle qui attend les ordres.

— À quoi tu penses ? me demande Henry, qui vient de sortir de son profond silence.

Ça doit faire au moins deux fois qu'il nettoie son fusil. Je me tourne vers Matthew.

— Tu peux demander à deux de tes agents de venir prendre les empreintes et relever des indices ?

— Dans quel but ?

— Je veux rendre les choses officielles. Il me faut également une équipe de télévision.

Tout le monde me jauge bizarrement.

— Pourquoi donc ?

Je capte l'attention d'Henry qui tient toujours son fusil.

— Henry, ça te dit de passer à la télé ?

Quarante-cinq minutes plus tard, à travers la fenêtre, Matthew et moi observons Henry, son fusil à la main, parler aux journalistes qui sont avides d'en savoir plus. La fille qui l'interroge lui montre beaucoup d'intérêt. Lui qui ne parle jamais à personne… Ça va faire la une de tous les journaux !

— Tu es sûre de ce que tu fais ?

— Oui et non, disons que ça ne fera qu'augmenter le mythe, sa personnalité va prendre de la valeur.

— Mais pourquoi l'exposer ?

— Parce que ça fait partie de mon plan. Je ne peux pas t'en dire plus malheureusement.

— Comme la provenance de ton arme par exemple ?

Sa question me surprend.

— Tu veux réellement connaître la réponse ? Non parce qu'ensuite…

— C'est bon, j'ai compris, Tay, me coupe-t-il. Tu sais qui est derrière tout ça ?

Je le fixe longuement comme pour lui envoyer mentalement la réponse.

— Sérieusement ?

— Oui, je lui réponds froidement.

— Comment peux-tu en être sûre ?

— Sa signature. Il a coupé tout le système externe de la maison sans provoquer la moindre alerte. Il y a des détecteurs tout autour, si quelqu'un s'approche sans y être autorisé après 23 h, l'alarme se déclenche au bout de trente secondes et il est passé sans encombre. C'est ce qu'il fait lorsqu'il cambriole les joailleries, il met tout hors circuit pour pouvoir s'introduire sans problème. Escalader la fenêtre a été un jeu d'enfant pour lui. Il suffisait de lancer un grappin au premier étage, à moins qu'il n'ait utilisé ses petites jambes.

Je ne peux m'empêcher d'être cinglante. Je suis toujours aussi révoltée. Voyons le bon côté des choses, les guirlandes du patio sont le seul truc qu'il n'ait pas réussi à couper, probablement parce qu'elles fonctionnent sur LED. Cela lui aurait sans doute fait perdre le peu de temps qu'il avait. Je serre les poings sans le vouloir.

— Comment pouvait-il savoir que ton bureau était là ?

J'ai aussi répondu à cette question.

— J'ai bossé tard hier soir, c'était la seule pièce allumée de la résidence. Il en a déduit que c'était ici.

— Mais comment sait-il que tu séjournes à la Résidence Vail ? Il est venu ici ?

Je soupire.

— Tu joues drôlement bien les infiltrés ! me félicite-t-il sur un ton sarcastique.

— Pas maintenant, Matthew.

Je lui fais comprendre de ne pas m'énerver.

— Tessa, tu es en train de perdre le contrôle de la situation.

Je n'ai pas envie de le contredire.

— Je l'ai sous-estimé et, crois-moi, ça ne m'arrive jamais. Je ne pensais pas qu'il serait capable d'aller jusque-là.

Il a pris l'avantage et je ne vais pas en rester là. Je suis survoltée. Il va falloir que je trouve un sac de frappe rapidement.

— Tu m'as avoué qu'il était blessé, c'est le moment idéal pour le confronter.

Voilà pourquoi je lui ai tiré dessus.

Cela me donne un moyen imparable pour le confondre et le faire avouer si jamais je décide d'utiliser ça contre lui.

— On peut aller chez lui et le faire coffrer, insiste Matthew.

Je vois des étincelles dans ses yeux, preuve qu'il veut à tout prix le foutre en prison.

— Ah oui ? Pour quel motif ? Entrée par effraction sur une propriété privée et vol de fichiers ? Sachant qu'il me connaît, il va se passer quoi ? Trois heures en détention avant d'être relâché ?

— Non, je peux le retenir vingt-quatre heures, objecte Matthew. C'est plus de temps qu'il ne faudra pour obtenir un ordre de perquisition d'un juge. Ne passons pas à côté de cette occasion.

— Justement, non, Matthew ! m'opposé-je fermement.

Je me demande pourquoi je m'obstine. Après tout, passer quelques heures en prison lui ferait le plus grand bien après ce qu'il a osé faire. Non, je dois la jouer plus en finesse, même si cette envie me démange.

— Si tu veux le coincer, ce n'est pas de cette façon qu'on y arrivera. Ce dans quoi il est impliqué nous dépasse, ce ne sont pas de vulgaires cambriolages comme on le pense. Il y a un réel enjeu derrière tout ça que je me dois de découvrir, et seule, insisté-je sur ce terme pour faire comprendre à Matthew de ne pas intervenir.

— Tu sais que je te fais confiance, mais…

— Matthew, j'ai compris le message, ne t'en fais pas. T'impliquer dans ce que je fais serait trop dangereux.

— Tessa, je ne vais pas pouvoir rester écarté très longtemps, je peux avoir des problèmes pour avoir laissé un suspect s'échapper, ou pire ne pas l'avoir fait arrêter, alors que j'en avais la possibilité.

Matthew pointe un bon argument.

— D'autant plus qu'une enquête va être ouverte pour ce qu'il vient de se passer, ajoute-t-il, assez inquiet. Je ne vais pas pouvoir enterrer cette affaire aussi facilement.

Je me sens mal, car je risque de causer du tort à Matthew. Il va falloir que je fasse un choix et vite.

— Je suis consciente que je t'en demande beaucoup, mais laisse-moi juste un peu de temps.

Il se tourne vers moi, le front complètement plissé.

— Laisse-moi gérer, réclamé-je en lui pressant le bras pour tenter de le rassurer.

— C'est d'accord, mais uniquement parce que c'est toi. Je compte sur toi, dit-il, plein d'espoir. En revanche, je veux être mis au courant de la moindre information que tu obtiendras.

— Bien évidemment.

— Reste prudente. On ne sait pas de quoi retourne réellement cette histoire. Cela pourrait être plus dangereux que tu ne le penses. Tu n'as aucune idée de qui il est réellement.

Et je viens d'en faire les frais ce soir, ce qui m'énerve au plus haut point.

— Tu as raison et ne t'en fais pas.

Je prends ses mises en garde avec beaucoup de sérieux.

— Tu as encore besoin de moi ?

— Non, tu peux y aller, merci de ton aide.

— Bonne nuit, Tessa, à plus tard.

Il me caresse brièvement l'épaule et me fait un signe d'au revoir. Je fixe Henry qui parle encore avec les journalistes.

Les fenêtres seront remplacées dans la matinée, d'après Clémentine. Je ne sais pas comment elle a réussi à faire ça, elle a franchement assuré. Je l'aiderai à tout remettre en ordre demain.

Il est tard et je n'ai pas envie de me recoucher. Je pense que je vais aller courir et ensuite méditer. Pas sûre que je puisse trouver un club de boxe ouvert à cette heure-ci. Dommage que Dante ne soit pas là, lui exploser sa tronche une deuxième fois m'aurait bien calmée.

Bordel, Liam, mais pourquoi est-ce que tu as fait ça ?

22. Hôtel particulier de Liam, 9 77e Avenue

Liam

Vendredi, 7 h 43.

Je me réveille avec un horrible mal de crâne. Je me lève pour prendre deux cachets d'aspirine et une bonne douche. J'aurais dû les avaler hier avant de me coucher. L'eau ruisselle sur mon corps et je n'éprouve rien, je n'arrive même pas à me détendre. Je presse mon bras pour évaluer la douleur et ça me fait toujours aussi mal. Je devrais me mettre en arrêt aujourd'hui.

Avec tout ce qui vient de se passer, j'ai zappé qu'il y avait le bal demain, et je dois m'y rendre avec Sarah en plus. C'est trop tard pour annuler.

Je commence à préparer mon petit-déjeuner avant d'aller bosser quand je reçois une alerte info sur mon téléphone. Je me fige et allume tout de suite la télé. C'est sur toutes les chaînes. J'augmente le volume sans perdre une minute.

— Le milliardaire Henry Vail a fait l'objet d'une terrible agression hier dans la nuit, à son domicile, nous retranscrit une journaliste.

Une envoyée spéciale s'est déplacée apparemment.

— Pouvez-vous nous dire ce qu'il s'est réellement passé ? lui demande-t-elle, très concernée.

Henry tient son fusil alors qu'il donne l'interview.

— On s'est introduit dans ma résidence juste avant minuit, et ce, dans la plus grande des cupidités ! Celui qui est à l'origine de ce cambriolage en payera les conséquences et devra me rendre des comptes personnellement, menace-t-il en fixant la caméra sérieusement et en agrippant son fusil.

— Est-ce que des membres de votre personnel sont blessés ?

— À votre avis ?

Mon cœur pulse dans tous les sens.

— Est-ce que c'est grave ? s'enquiert-elle, intéressée par cette réponse.

— Ça aurait pu très mal se finir, répond-il à côté, nous sommes tous très éprouvés par cette odieuse agression.

Est-ce que je lui ai fait du mal ? J'ai juste tenté de la maîtriser sans succès. L'avoir blessée m'empêche de respirer. Je prends tout de suite mon téléphone et l'appelle.

— Oui, allô ?

— Tessa, je viens de voir les infos, est-ce que tu vas bien ?

— Oui, ça va, déclare-t-elle froidement.

— Est-ce que tu es blessée ?

Si elle me dit oui, je plaque tout.

— Non, quelques éraflures, mais je m'en remettrai. Je suis juste chamboulée.

J'entrevois de la fragilité dans sa voix.

— Que s'est-il passé ?

— Un lâche s'est introduit chez Henry.

J'ai le sentiment qu'elle me vise directement avec cet adjectif.

— Qu'est-ce qu'il cherchait ?

Je ne sais pas pourquoi je lui pose cette question stupide.

— Tout simplement à me voler mes fichiers et bousiller mon ordinateur par la même occasion.

— Si je peux faire quoi que ce soit, n'hésite pas.

— Ça ira, j'ai juste eu peur qu'il s'en prenne à Henry. Je ne me le serais jamais pardonné s'il lui était arrivé quelque chose.

Elle ne dit rien, je la sens renifler comme si elle se retenait de pleurer. Merde, ça me brise. Je crève d'envie de la serrer dans mes bras et la rassurer.

— Que dirais-tu de prendre un thé avec moi cet après-midi ? Je peux me libérer.

— Cela me ferait le plus grand bien, Liam, merci, c'est adorable. Ça me réconfortera de t'avoir près de moi, encore plus.

Je dois à tout prix me faire pardonner, même si ce ne sera jamais suffisant après ce que j'ai fait. Je vais m'en vouloir indéfiniment.

— Je peux venir te chercher si tu le souhaites.

— Non, ne te donne pas cette peine, je ne vais pas rester enfermée ici toute la journée, je risquerais de suffoquer. Je ne veux pas être apeurée une fois de plus.

Je me passe la main dans les cheveux, désemparé. Lui avoir fait du mal me rend malade.

— Je t'envoie une adresse, c'est un endroit qui devrait te plaire. On s'y retrouve pour 16 h si tu es d'accord ?

— Il me tarde. À tout à l'heure, Liam.

Je la sens presque grelotter à travers le téléphone. Putain, mais qu'est-ce qu'il m'a pris ? Savoir qu'elle est si mal en point me brise complètement. Comment ai-je pu oser la blesser ?

Je me prends la tête entre les mains, je ne sais plus où j'en suis. La vue du sang d'hier qui sèche par terre va me donner la nausée. J'étouffe, j'ai besoin d'air. Je sors en trombe de chez moi sans savoir où je vais quand je tombe sur Lloyd.

— Bonjour, Liam, tu t'apprêtais à partir ?

Il regarde ma tenue et je me rends compte à ce moment-là que je suis juste en pantalon et t-shirt. Je n'ai même pas mes chaussures.

— Oui, enfin non. Maintenant que tu es là, nous devons voir un truc urgent.

— C'est bien pour ça que je suis venu ce matin, tu te rappelles ?

Je fais demi-tour et nous nous dirigeons vers la bibliothèque. J'ouvre l'ordinateur et lui montre le code à quatre chiffres de la veille. Il s'assied et analyse chaque détail tandis que je me positionne derrière lui.

— Ton opération s'est déroulée sans encombre ? me demande-t-il alors qu'il pianote pour extraire les fichiers.

— Je te passe les détails.

Il se retourne sur moi et fixe mon bras. Il arque un sourcil avant de se reconcentrer.

— C'est la première fois que je vois ça. Tu en penses quoi ?

Il se frotte le menton.

— Le message est clair, aucun moyen de contre-passer ce système.

— Tu dois pouvoir le faire ?

— Non, justement, c'est un truc assez simple, mais imparable. Le code est envoyé à distance. Autrement dit, il n'existe pas. Je ne peux pas pirater quelque chose s'il n'a pas d'existence. Si je clique sur cette icône, m'explique-t-il en désignant le cadenas sur l'écran, cela va générer une demande de code et l'envoyer à la personne. Il faudrait hacker le téléphone du destinataire, encore faut-il savoir qui va le recevoir.

Ça ne peut être que Tessa, mais, avec elle, je ne suis plus sûr de rien.

— On est dans une impasse.

— Il faut croire. Tu as pourtant copié les fichiers sur ta clé USB ?

— Oui, ils étaient dessus, je peux te l'assurer. La phase de téléchargement était complète lorsque je l'ai retirée.

Il se gratte les tempes et clique sur d'autres fenêtres afin de générer différents programmes.

— Tu as effectivement bien copié les fichiers, m'annonce-t-il, sauf qu'ils sont actuellement dans une sorte de limbe informatique.

— C'est-à-dire ?

— Tes fichiers sont piégés. Pour faire simple, ils sont dans une sorte de paradis et, si on veut les ramener sur Terre, il nous faut le code. Sauf que je ne peux pas aller là-bas, me dit-il, embêté, c'est impossible, car, techniquement, je ne sais pas où c'est. Il faut les ressusciter en quelque sorte. La personne qui a mis au point ce système n'est pas un génie, c'est l'essence même de la technologie informatique.

Ça fait trop d'informations à assimiler. Plus je découvre de choses à son sujet, plus ça m'effraie. Pourtant, je ne peux pas me défaire de ce que je ressens. Je suis complètement épris d'elle.

— Si tu pouvais rester ici aujourd'hui, ça m'arrangerait, il y a beaucoup de choses à faire.

— Oui, parfait, je m'en occupe. Tu peux te tirer pour aller bosser.

Je suis étonné du ton qu'il vient d'employer, on dirait qu'il veut me foutre dehors.

— Merci, Lloyd.

23. Résidence Vail, château particulier d'Henry Vail, Bryant Park

Tessa

Vendredi, 8 h 12.

Et l'Oscar de la meilleure actrice est décerné à Tessa Blaine ! Je l'ai secoué et je le vois cet après-midi. C'est parfait. Je savais que si Henry passait sur toutes les chaînes, ça allait inciter Liam à prendre de mes nouvelles. S'il ne l'avait pas fait, j'aurais demandé à Matthew de le faire arrêter sans ménagement. Mon plan se déroule comme prévu.

— À quoi devons-nous ce sourire victorieux ? me fait remarquer Henry, qui lit dans la cuisine.

— Rien, je suis juste une très bonne actrice.

La sonnerie de la porte d'entrée retentit et Clémentine part directement ouvrir. Elle revient quelques minutes plus tard avec une grosse boîte noire. Je pose mes empreintes dessus pour qu'elle s'ouvre. J'y découvre mon nouvel ordinateur. Génial, c'est la dernière génération en plus. Fong, tu es le meilleur ! Je suis ravie. Je m'apprête à l'appeler pour le remercier lorsque je reçois un appel. Je prends une profonde inspiration avant de décrocher. Mon bonheur était de courte durée.

— Salut, grand frère ! je m'exprime en prenant un air détaché.

— Putain de merde, Tessa, qu'est-ce qu'il s'est passé hier ? hurle-t-il.

Je décolle le téléphone de mon oreille.

— Tout va bien, Ethan. Je suis en un seul morceau, j'ai connu nettement pire.

— Tu connais le fils de pute qui t'a agressée ?

— Effectivement.

Et il m'a même embrassée !

— Et qui est-ce ? J'ai besoin d'un nom pour lui trouer la cervelle !

Je soupire malgré moi.

— Attends une minute, ne me dis pas que c'est lui ?

— Ethan…

Je crois qu'il est en train de grincer des dents.

— Je rêve ou tu prends ça à la légère ?

— Non, du tout, je préfère réagir à froid pour mettre mon plan à exécution. Comment l'a pris papa ?

— À ton avis ?

Il va me bousiller les tympans si ça continue.

— Ben, je ne sais pas, il n'est pas très expressif, tu le sais bien. À part la colère ou la joie, je ne lui connais pas beaucoup d'émotions.

— Il a besoin que je lui fasse un rapport ?

— Il va te le réclamer dans pas longtemps si tu ne l'appelles pas.

— Je suis réellement obligée ? rouspété-je.

— Tu veux vraiment m'énerver, petite sœur !

Je vais devenir sourde, en fait.

— Je l'appellerai plus tard, je dois rester concentrée si je veux que mon plan fonctionne.

— Très bien, Tay. Par contre, je vais être clair avec toi : s'il retente quoi que ce soit à ton encontre, c'est un homme mort, je préfère te prévenir.

Ethan ne parle malheureusement pas à la légère.

— Inutile de me le rappeler et pas un mot à maman et à Josh pour le moment. Je n'ai pas envie qu'ils s'inquiètent.

— Tu peux compter sur moi.

— Je dois te laisser, je dois appeler Fong, c'est important.

— D'accord, prends soin de toi, petite sœur.

— À plus, Ethan.

Je raccroche et compose le numéro de Fong tandis que j'allume mon nouvel ordinateur.

Clémentine m'apporte une omelette avec du bacon. L'odeur m'enivre tout de suite. C'est exactement ce dont j'ai besoin en cet instant.

— Salut, Tay ! Bien dormi ?
— Oui, ça va. Merci pour l'ordinateur, je l'ai bien reçu.
— Impeccable, en quoi je peux t'aider ?
— Ça te dit de créer un cheval de Troie ?

24. Ralph's Café, 888 Madison Avenue

Liam

Vendredi, 16 h.

Je me suis déjà installé quand je vois Tessa arriver, tout sourire. Elle est plus belle que jamais avec ses magnifiques cheveux complètement lâchés. Cette vague de mèches ondulées qui tombe sur son visage me fait toujours autant craquer.

Je dévale les quelques marches qui me séparent d'elle et me précipite à sa rencontre. Je la serre contre moi comme pour me faire pardonner de l'avoir agressée.

— Bonjour, Liam.

Je lui caresse tendrement la joue et sonde ses yeux sans rien dire, c'est notre manière de communiquer. Après ce baiser, nous n'avons pas besoin de parler pour nous exprimer. La connexion est bien réelle entre nous, je ne l'ai pas inventée. Je lui effleure la nuque et remarque qu'elle a un léger bleu dans le creux du cou. Il est visible malgré son pull blanc tressé. Ça me révulse de voir ça sur son corps.

— Est-ce que tu as mal ? je lui demande, très inquiet.

Je frôle son épaule, alors qu'elle est toujours dans mes bras.

— Non, un peu de fond de teint et on y verra que du feu !

Je ne résiste pas et je l'embrasse. Ce baiser est encore plus intense que le premier. Je sens qu'elle lâche prise, blottie contre moi. J'appuie bien sur ses lèvres avec les miennes, ce qui fait augmenter mon rythme cardiaque. Nos langues se retrouvent et se délectent. La sentir près de moi ne fait qu'accentuer ce que je ressens, je suis amoureux et je ne peux plus rien y faire, impossible de faire marche arrière. Nous nous fixons très longtemps avant de rompre notre étreinte. Son visage s'illumine, ses yeux brillent, ses joues rosissent, son sourire est magnifique. Elle vient de se trahir. Je suis maintenant persuadé qu'elle ressent la même chose que moi.

— Viens t'asseoir, lui ordonné-je.

Elle s'installe et laisse son téléphone sur la table.

— Tu attends un appel ?

— Oui, de ma famille. Vu que c'est passé aux infos, je sens que vais recevoir plein de textos.

— Pourquoi d'ailleurs ? Enfin, ce n'est pas ce que je voulais dire, mais je pensais qu'Henry était quelqu'un de discret.

— Il a tellement été éprouvé que ça lui a fait du bien d'en parler, mais je dois t'avouer que le faire via des médias n'était peut-être pas judicieux. En tout cas, je sens que son château particulier va prendre encore plus de valeur.

Une serveuse vient à notre rencontre.

— Que désirez-vous prendre ? nous demande-t-elle.

— Une tasse de *Lapsang* pour cette belle femme et un verre de jus d'orange pour moi.

Son sourire n'a pas d'égal.

— Tu commences à drôlement bien me connaître.

— J'ai fait mes devoirs.

J'ai l'impression que le temps ne s'écoule plus comme il devrait. Nous sommes seuls au monde dans ce petit café, avec pour unique compagnie cette immense vitrine de pâtisseries et ces théières derrière le comptoir. J'aime bien ce décor, fait de tapisseries vertes et blanches, chaleureux et romantique à la fois.

— Je vois ça. Par ailleurs, je n'avais pas eu de tes nouvelles depuis mercredi, observe-t-elle.

— J'ai eu beaucoup de travail, mais je t'assure que tu as occupé toutes mes pensées.

Une lueur traverse son regard.

— Tu as également occupé les miennes.

La façon dont elle le dit n'a pas la même consonance que moi, d'autant que sa voix est soudainement grave.

— J'espère que tout va bien pour toi.

Elle sonde profondément chaque trait de mon visage comme si elle lui faisait passer un interrogatoire. J'ai l'impression qu'elle me tend une perche, ses mots sonnent comme des sous-entendus. Je dois lui parler à cœur ouvert.

— Tessa, tout est allé si vite, lui confié-je. Je dois t'avouer que ce baiser…

Nous sommes interrompus par la serveuse qui ramène nos commandes en même temps. À peine sa tasse posée qu'elle en boit une grande gorgée, son thé n'ayant même pas infusé.

— Je pense que je vais me commander à manger pour accompagner ce thé, deux roulés à la cannelle, ça te tente ? me suggère-t-elle avec un petit brin de malice.

— Oui, très bonne idée.

Elle quitte la table précipitamment et commence à faire la queue au comptoir sans me calculer. Je remarque que son téléphone traîne près de sa tasse. Je le fixe. Je le prends dans les mains machinalement quand je me rends compte qu'il n'est pas verrouillé. Venant d'elle, ça m'étonne. Quoique, son ordinateur non plus n'était pas vraiment protégé. Merde, c'est l'occasion rêvée. Qu'est-ce que je fais ? Si je dois lui avouer la vérité, je veux savoir qui elle est en premier. Tant pis ! J'appelle Lloyd sans perdre une seconde. Je jette un œil dans sa direction, elle discute avec la serveuse.

— Oui, Liam ?

— Fais la demande pour avoir accès à ses fichiers tout de suite, ne discute pas, fais-le.

— OK.

Le code apparaît soudainement sur son téléphone.

— 8824, lancé-je à Lloyd.

— C'est bon, je suis entré.

— Parfait, à plus tard.

Son écran redevient tout noir. Je le repose au même endroit en espérant qu'elle ne s'aperçoive de rien. Elle revient avec une assiette et plusieurs roulés à la cannelle, ainsi qu'un donut à la fraise.

— Je l'admets, j'ai un peu exagéré.

— Non, c'est parfait.

Elle commence à avaler le donut et fait tomber un peu de fraise sur son assiette, ce qui la fait rire. Pourquoi est-ce que je n'arrive pas à la cerner ? Elle paraît être une fille tout ce qu'il y a de plus normal sauf qu'elle peut aisément claquer 2 millions de dollars, son carnet d'adresses est incontestablement inquiétant, sans parler du fait qu'elle sait se battre et manie à la perfection n'importe quelle arme.

— Tu sembles soucieux. Tu n'étais pas censé me réconforter ? me pique-t-elle gentiment.

— Oui, pardonne-moi.

Je lui serre la main, ce qui provoque son sourire.

— Tu me fais goûter ?

Elle opine de la tête et porte un morceau de son donut à ma bouche que j'avale en léchant un peu ses doigts. Ce geste de tendresse me bouleverse. Tessa, je suis si bien avec toi. Néanmoins, je ne peux pas t'avouer ce qui se passe tant que je ne sais pas qui tu es réellement… Pourquoi est-ce si compliqué ? Je sens au fond de moi que je peux lui faire confiance, pourtant je ne sais pas. Comment va-t-elle réagir au moment où je vais lui dire la vérité ?

— Arrête de penser et occupe-toi de ce roulé à la cannelle.

Je ne peux m'empêcher de sourire et j'obéis. Nous mangeons ensemble dans la plus grande des simplicités. Je veux tout oublier et juste profiter d'être avec elle. Je grave ce moment de bonheur dans mon esprit.

Tessa

Vendredi, 17 h 15.

Liam règle l'addition et nous nous retrouvons devant le café. Je le regarde sans dire un mot.

— Merci pour le thé et les sucreries, lui lancé-je.

— Avec grand plaisir. Si tu as besoin de quoi que ce soit, n'hésite pas, j'aime tellement te voir joyeuse.

— Je m'en souviendrai.

— À bientôt.

Il m'embrasse tendrement sur la joue et s'en va. Il me fait un signe d'au revoir et je l'observe s'éloigner. Sa réaction me chagrine. Soudainement, il s'immobilise en pleine rue. Il fait demi-tour dans ma direction et se précipite sur ma bouche. Je m'accroche automatiquement à son cou tandis qu'il me tient fermement par la taille. Le baiser est plus sauvage, plus profond, plus puissant que le premier et le deuxième. Je suis sonnée par la passion qui se dégage de cette étreinte, je suis de nouveau entière quand je suis près de lui. Je ne fais qu'une avec moi-même et j'aime ce qu'il me fait ressentir, plus que je ne l'aurais imaginé.

— Au revoir, Tessa, me dit-il avant de disparaître.

Ses mots sonnent comme un adieu.

Où vas-tu comme ça, Liam ?

Trente minutes plus tard, je retrouve le chemin de la résidence. J'allume mon ordinateur et j'appelle Fong.

— Alors ?

— Bien joué, Tay, il a effectivement utilisé ton code pour avoir tes fichiers.

Je suis à la fois déçue parce qu'il l'a fait, et soulagée parce que mon plan a marché.

— Voilà pourquoi j'ai déclenché ANX.

— À cause de cette fonctionnalité ?

— Pas seulement. Je voulais avant tout protéger mes fichiers. Mais quand j'ai su que c'était lui, j'y ai vu une opportunité. En lui donnant l'autorisation via le protocole, il me donne accès à ses fichiers avec le code que tu as créé.

J'ai bien envie de me féliciter pour avoir eu cette idée.

— Mon cheval de droit, rectifie-t-il.

— Absolument, et maintenant je vais pouvoir accéder à l'ensemble de ses documents et voir ce qu'il cache. Ça va nous donner de l'avance.

— Mais tu lui donnes également accès aux tiens en faisant ça ?

— Voilà pourquoi nous avons un ordinateur par mission, c'est plus prudent.

— Tu es sûre de ne rien avoir de compromettant ? s'inquiète-t-il.

Heureusement que j'ai travaillé mes dossiers externes en ligne, Fong m'aurait arraché la tête sinon.

— Tous les documents que je possède sont uniquement liés à lui, ce qui n'est pas plus mal. Il va s'apercevoir de l'étendue de mes pouvoirs et comprendre que je sais que c'est lui.

S'il ne sait pas déjà que je l'ai démasqué...

— Et ensuite, qu'est-ce que tu feras ?

— Le confronter avec de réelles preuves en espérant qu'il y en ait qui traînent sur son ordinateur. Je l'ai sous-estimé, mais ça ne se reproduira plus. Dans combien de temps auras-tu trouvé ce qui nous intéresse ?

— ANX a commencé le balayage avec tes mots-clés. On devrait en apprendre plus d'ici une heure.

— Merci, Fong. On se tient au courant.

25. Hôtel particulier de Liam, 9 77e Avenue

Liam

Vendredi, 17 h 43.

Je rentre à la maison, fatigué de ma journée. Il n'y a que Tessa qui m'a donné de l'énergie aujourd'hui. Je remarque que Lloyd a une mine déconfite, les yeux sur mon ordinateur. Je viens le retrouver à la table de la salle à manger.

— Tu en fais une tête ! Quelqu'un est mort ?

— Liam, ne déconne pas là

Il retire ses lunettes qu'il nettoie avant de les remettre sur son nez. Il fait toujours ça quand il est angoissé.

— Qu'est-ce qui se passe ?

Je me positionne derrière lui pour voir ce qu'il a découvert.

— Son ordinateur, putain… Elle a accès à toute ta vie.

— Qu'est-ce que tu veux dire par là ?

— Elle a des photos de ta naissance à maintenant, sans parler de tes relevés bancaires, de tes comptes-rendus médicaux, une copie de tes diplômes, mais également le registre des visites de la prison où est incarcéré ton père, ainsi que des portraits de ta mère. Je n'ai jamais vu un truc pareil. Ta vie n'a aucun secret pour elle. Elle sait que c'est toi, c'est évident.

Je relève l'écran de l'ordinateur pour analyser les documents. Je ne sais plus quoi en penser. Elle sait que c'est moi depuis le début en réalité. Je ne comprends pas, qu'est-ce qu'elle attend pour me faire arrêter ?

— Elle a des preuves de mes cambriolages sur son ordinateur ?

— Non, rien, juste des indices, mais elle a fait le rapprochement, j'en suis persuadé.

J'arbore la même mine désemparée que Lloyd maintenant.

— Tu dois t'éloigner d'elle et vite.

— Oui, tu as raison.

Il va surtout me falloir un verre.

— Je n'ai jamais vu un tel degré de renseignements ni une organisation de cette ampleur. On dirait qu'un algorithme gère ses données et établit des pourcentages de probabilités, ce qui génère d'autres recherches, je ne saurais pas te l'expliquer. Pour être honnête, seule une intelligence artificielle peut être en mesure de faire un truc pareil.

Il est complètement perplexe, stupéfait même.

— Elle bosse pour qui cette fille déjà ?

— Aucune idée et l'envie de savoir me démange. Il vaut mieux être prudents, surtout avec le bal de demain. Il est préférable de ne plus avoir affaire à elle ni la revoir.

J'essaye de me convaincre comme je peux.

— Tu prends la bonne décision.

— C'est la seule chose à faire de toutes les façons.

Je me dirige vers le bar et le laisse en plan. Je me sers un verre de cognac que je bois cul sec. Boire n'est pas la solution. Cela ne m'empêche pas d'en reprendre un double. Le liquide ambré ne parvient pas à me calmer, mes nerfs partent dans tous les sens. Lloyd a raison, je ne dois plus la revoir. Mais c'est impossible, je suis raide dingue de cette fille. Je suis complètement perdu, tiraillé.

Elle sait pertinemment que c'est moi, il lui manque juste de quoi me faire tomber. C'est uniquement ça qu'elle souhaite ? Obtenir des preuves et me faire arrêter ?

Non, elle cherche autre chose sinon je serais déjà en prison. Pourquoi n'agit-elle pas ? Nos sentiments y sont-ils pour quelque chose ? Et si elle me manipulait ? Non, non, je me refuse à le croire. Je suis persuadé qu'ils sont réciproques, notamment à cause de cette façon qu'elle a de lâcher prise, de se laisser emporter comme ça quand elle est avec moi.

Tessa m'a électrisé dès le premier jour. J'étais foutu au moment où elle a posé ses yeux sur les miens. C'est si fort, si intense quand elle est près de moi, mais ça va également trop vite et je crois savoir pourquoi. Tout simplement, car nous sommes sur la même longueur d'onde, comme si on se cherchait depuis des années. Je ne peux pas me défaire aussi facilement de ce que je ressens, pourtant il va bien falloir, même si chaque jour qui passe ne fait que décupler mes sentiments.

Reste concentré, Liam, surtout avec ce qui se prépare demain.

26. Résidence Vail, château particulier d'Henry Vail, Bryant Park

Tessa

Vendredi, 18 h 54.

Henry s'est posé dans le salon pour regarder son émission de golf préférée. Je mets à jour des dossiers quand Fong m'appelle. Je me redresse tout de suite sur mon siège avant de lui répondre.

— Salut, Fong.

— Tay, j'ai passé au crible l'intégralité de ses fichiers et il n'y a rien qui m'ait alerté.

— Sérieusement ?

Je me laisse retomber sur mon fauteuil, déçue.

— Oui. Il n'y a aucune conversation louche, aucun document, aucun papier, son ordinateur est clean.

Ce qui prouve que Liam ne laisse rien au hasard. Je n'ai donc rien pour l'incriminer malheureusement.

— Tu n'as rien trouvé de suspect ?

— Non, si ce n'est un email avec un encodage particulier. Le mail n'a pas d'expéditeur et c'est une invitation pour se rendre à un bal.

— Tu peux me l'envoyer ?

— Bien sûr.

Le mail est un carton d'invitation.

Mr Liam Ward-Harper

Est cordialement invité et prié de se rendre au bal

qui se tiendra

à la Résidence Hawkner

◇

Long Island, Hubbard County Park

Le samedi 12 juillet à 20h précises

L'entrée ne vous sera autorisée que si vous êtes accompagné

Je lis attentivement et analyse les ornements sur chaque bordure quand un détail m'interpelle. Mon ventre se noue. *Putain de merde.*

— Ça craint, Fong, laissé-je échapper sans le vouloir.

— Pourquoi est-ce que tu dis ça ?

— L'invitation qu'a reçue Liam a été envoyée par Carter Abraham.

Au moment où je prononce son prénom, je me rends compte que je viens de faire une connerie.

— Qui est-ce ?

— Un organisateur d'événements en tout genre.

— À quoi tu vois que l'invitation vient de lui ?

Le losange entre les deux paragraphes, c'est le sigle pour représenter le A de Abraham.

— Euh, le bal a lieu dans une de ses résidences.

Je me résous à lui mentir, car il ne doit en aucun cas savoir que j'ai cette information en ma possession.

— Ah oui ? Elle n'est pourtant pas enregistrée dans la base de données.

Fong est trop doué. Même si je ne le vois pas, je sais déjà qu'il fronce le nez et que son front est complètement plissé.

— Fais-moi confiance, cela a bien lieu chez lui. S'il doit se rendre à une de ses réceptions, ce n'est pas pour faire de la pâtisserie.

— Mais pourquoi est-il invité ? Il est mouillé dans quoi ?

— Quelque chose de pas très net.

— Qui est ce monsieur ? m'interroge Henry, qui m'a rejointe.

Il prend une chaise et s'assied en face de mon bureau.

— Carter Abraham est un organisateur d'événements un peu particuliers.

— Du style ? m'interpelle Fong, visiblement avide d'en savoir plus.

Bon, tant pis, il demandera des explications à mon père.

— Pour la faire courte, si tu souhaites rencontrer un milliardaire japonais ou un trafiquant d'armes péruvien, voire éventuellement un politicien américain, c'est lui que tu vas appeler. Il peut te mettre en relation avec qui tu veux, son carnet d'adresses n'a pas de limite. Il a les coordonnées des personnes les plus influentes et dangereuses de la planète.

Et si quelqu'un reçoit une invitation de sa part, il est obligé de s'y rendre.

— Pourquoi n'a-t-il jamais été arrêté ? m'interroge Fong.

— Parce qu'il ne fait rien d'illégal, il met juste en relation des gens. Ce que font ces personnes ensuite, il n'y prend aucunement part.

— Mais il ne s'est jamais fait interroger ni capturer ?

Fong commence à poser beaucoup trop de questions.

— Non, car toutes les organisations gouvernementales le laissent faire. Elles espèrent obtenir des informations sur les rencontres qu'il organise. Ce mec est un fantôme, et, si jamais il devait se faire arrêter, tous ses contacts seraient exposés. Le losange est son assurance-vie.

Je me tape la main sur le front au moment où je lui balance cette information ! Tu n'es pas très futée ce soir ; Tessa ! Allez, autant tout lui avouer, ça devrait le faire bien cogiter.

— Comment ça ?

Je sens une pointe d'incompréhension de sa part.

— Le losange entre les deux paragraphes, en plus d'être un dessin, est une sorte de marqueur digital.

— Mais comment as-tu pu obtenir toutes ces informations ?

Parce que je le tiens de notre cher Carter lui-même, après plusieurs heures de torture.

Je me demande pourquoi papa a voulu que j'assiste à ça. Sans doute pour forger mon esprit. Les images me reviennent les unes après les autres et ça ne me fait ni chaud ni froid. Je n'éprouve rien, ce qui prouve que papa m'a bien entraînée. Il vaut mieux occulter ce souvenir, je dois rester concentrée.

— Peu importe.

J'élude auprès de Fong, car papa et moi sommes les seuls au courant. Enfin, plus maintenant…

— Je dois à tout prix m'y rendre, mais je ne peux pas m'infiltrer, cet événement est sous très haute surveillance et je ne dois pas me faire remarquer.

Ce qui sous-entend que je ne peux pas venir armée et que je suis dans l'obligation de retirer ma montre. Vu tout ce qu'elle contient, impossible de franchir la sécurité sans me faire arrêter. Je passe machinalement ma main sur mon poignet gauche par réflexe. Je vais juste pouvoir prendre mon téléphone portable.

Avec qui Liam y va ? Cette question me turlupine d'un seul coup. Rien que de penser qu'il y va avec une gonzesse me bousille le cuir chevelu.

— Qu'est-ce que tu as en tête ?

— Je dois accompagner un des invités. Peux-tu me retrouver, via le losange, l'ensemble des personnes qui ont reçu cette invitation ?

— Ça devrait être possible si tu me dis que c'est un marqueur, mais en revanche cela risque de prendre quelques minutes, voire quelques heures.

— Fais de ton mieux, envoie-moi la liste dès que tu l'as.

— Je te tiens au courant.

Fong raccroche et je sais déjà qu'il va quémander illico des explications auprès de papa. Puis ce dernier va probablement m'engueuler après. Il ne manquait plus que ça, me prendre un blâme !

Je soupire quand la douce odeur d'un steak sauce au poivre avec des frites fait une entrée remarquée. Mes papilles s'agitent. Clémentine vient nous apporter le dîner. Je suis aux anges. Elle pose une première assiette pour Henry et j'en salive. Je me frotte les mains, impatiente, quand je fais la moue. J'ai le droit pour ma part à du poisson blanc, des légumes verts et des pommes de terre bouillies.

— Ordre de Terrence, me répond Clémentine face à ma perplexité.

— C'est une plaisanterie ?

— Non, pas du tout, votre taux de cholestérol a explosé.

— Et alors ?

— Vous avez dépassé les seuils réglementaires autorisés, sans parler du poids que vous avez pris, m'annonce-t-elle le plus simplement du monde.

— Je vais tuer, Fong ! Il m'a juré que ma montre ne relevait pas ce genre de données.

— Je vous conseille de l'enlever dans ce cas.

J'ai les putains de nerfs.

— Merci pour la suggestion, j'en prends note pour le petit-déjeuner, histoire de narguer tout le monde. Je vais m'empiffrer de bacon et de saucisses rien que pour les emmerder. Je ne peux même pas manger un steak avec des frites tranquille ?

Je m'indigne toute seule.

— Non, mademoiselle. Par ailleurs, Terrence m'a chargé de vous rappeler votre programme d'entraînement hebdomadaire.

Vous devenez, je cite « un peu molle », selon ses termes, ajoute-t-elle, complètement impassible.

Je serre les poings, le sang me monte au visage. Calme-toi, il fait exprès de te provoquer. Dès que je rentre, je lui casse la gueule aux opérations. Et ensuite ce sera Fong ! Je vais lui faire avaler son écran plasma et la soi-disant balance qu'il a intégrée à ma montre ! Et puis quoi encore ! Je n'ai pas le temps de fomenter une vengeance que ce dernier me rappelle.

— Si vite ?

— Oui, apparemment un programme de reconnaissance avait déjà été installé sur nos serveurs avec le losange. C'est donc allé plus vite que prévu.

Sans doute papa, il n'y a que lui qui a pu faire ça.

— Impeccable.

— Ouvre le dernier email que je t'ai envoyé, tu y trouveras la liste des invités.

Je clique sur le document et fais défiler les noms sur mon ordinateur. Je remarque qu'il n'y a que des hommes qui sont conviés et on leur demande expressément de venir accompagnés d'une femme. Plutôt étrange. J'espère que certains ne sont pas homosexuels, ça risque de poser problème pour entrer.

— La liste des noms n'est pas rassurante.

— C'est le moins qu'on puisse dire.

Il y a des trafiquants d'êtres humains, des politiciens corrompus, des tueurs à gages, des mercenaires, des hommes d'affaires extradés. La plupart sont recherchés par une dizaine d'agences gouvernementales. Il y en a même un qui est traqué par Interpol depuis près de dix ans. Ça ne présage rien de bon. Je pourrais intervenir et en remettre certains à des organisations secrètes ou à la police sauf que je ne peux pas m'impliquer sans en avoir l'autorisation.

D'ailleurs, je suis persuadée que mon père fait défiler la liste en même temps que moi. Si le losange a été activé, ça lui a envoyé une alerte. S'il veut prendre quelqu'un pour faire le ménage, ça le regarde. Après tout, ce n'est pas tous les jours que nous y avons accès. Papa va inévitablement se saisir de cette occasion, surtout que Carter fait extrêmement attention à la circulation de ses invitations. Il est très prudent depuis la dernière fois.

Vu le nombre de personnes invitées, Carter fait d'une pierre plusieurs coups. Je ne peux donc pas savoir avec qui Liam a rendez-vous. Je dois accompagner l'un d'entre eux, mais qui ? Je ne vois aucun nom qui m'inspire quand… bingo !

— Jackson Rayne ! m'exclamé-je tout haut.

— Oui et bien ? me demande Fong.

— Il dirige la Rayne Gallery, du moins la galerie lui sert de couverture.

— Pour faire quoi ?

— C'est un trafiquant d'art, il fait non seulement du blanchiment d'argent, mais aussi du trafic de drogue et d'armes par le biais des sculptures qu'il vend.

— Plutôt original, fait remarquer Fong.

— Ouais, le mec est créatif.

Il est peut-être temps de mettre un terme à son business.

— C'est avec lui que je vais m'y rendre.

— Mais, Tay, le bal est demain ! fait-il remarquer, inquiet. Il a sûrement une cavalière. Comment vas-tu le convaincre de te choisir ?

— J'ai ma petite idée. Je vais lui montrer l'étendue de mes connaissances artistiques.

Et de mon porte-monnaie…

27. Rayne Gallery, 780 5e Avenue

Tessa

Samedi, 11 h.

Je pousse la porte de la Rayne Gallery et salue la fille de la réception avec un « bonjour ! » plutôt bruyant afin de me faire remarquer. Cet immense espace est immaculé de blanc, la hauteur sous plafond avoisine les quatre mètres, idéal pour les grands formats. La galerie en impose.

Jackson Rayne n'y travaille pas le samedi, j'ai donc ébruité une rumeur précisant qu'une superstar allait venir dans la matinée. Sachant qu'il adore s'exhiber sur les réseaux sociaux avec des gens célèbres, je suis sûre qu'il a dû sauter de son lit.

Il n'y a pas beaucoup de monde à cette heure-ci. Je m'attendais à en voir plus, mais ce n'est pas plus mal. Cette galerie est spécialisée en art moderne et contemporain, mais, si je veux l'impressionner, c'est en moderne que je vais devoir jouer. Rien de mieux pour faire monter l'addition. Étant donné qu'une œuvre en contemporain ne peut pas aussi aisément atteindre 1 million de dollars, il va falloir que je me dirige vers les impressionnistes. Je sillonne les allées quand une toile de Georges Braque m'interpelle tout de suite, mais pas pour la bonne raison. Je n'éprouve rien en l'observant alors que je suis admirative du travail de cet artiste. C'est bizarre. Soit il ne me fait plus d'effet, ce qui est peu probable, soit c'est un faux…

— Bonjour, madame ! s'exclame Jackson, qui est venu à ma rencontre.

Je le reconnais tout de suite grâce à son allure fine et très élancée. Son air angélique ne laisse rien présager de ses activités illégales. On serait à mille lieues de le soupçonner.

— Bonjour, monsieur, vous êtes ? m'exprimé-je en prenant un air de fille demeurée et écervelée.

— Jackson Rayne, pour vous servir.

Je lui tends ma main en agitant mon gros caillou de 6 carats devant sa gueule, ce qu'il ne manque pas de remarquer. Merci, Henry ! Ça devait sans doute être la bague de fiançailles de sa dernière épouse.

— Tessa Blaine, pour acheter !

Un immense sourire se dessine sur ses lèvres.

— Mais avec grand plaisir, madame.

— Mademoiselle, je vous prie, je ne suis pas encore mariée, gloussé-je comme une débile.

— Je suis ravi de voir qu'une femme aussi charmante apprécie ma galerie d'art.

— Parce que c'est la vôtre ? Waoooouh !

Je prends un air complètement ahuri comme si je venais de découvrir que le téléphone portable existait.

— Elle vous plaît ?

— Grave !

Je rigole très fort et pousse mes cordes vocales dans ses retranchements.

— Alors, qu'est-ce qui vous ferait plaisir ? poursuit-il, une lueur malsaine dans les yeux.

— Pour tout vous dire, c'est à cause de mon papa que je suis là. Il me rabâche tout le temps que j'achète trop de choses inutiles et futiles et que je ne suis pas très futée.

Je me mets à tortiller une mèche de cheveux. Faire des bulles de chewing-gum aurait légèrement manqué de sérieux. Je garde ce cliché pour plus tard.

— Il estime qu'en achetant de l'art, je deviendrai plus intelligente. Vous en pensez quoi ?

Je cligne plusieurs fois des cils comme si j'étais myope. Je le vois déjà en train de se frotter les mains intérieurement.

— Je pense que nous pouvons parfaire vos connaissances artistiques. Pour commencer, je vous conseille ce Georges Braque.

— Il est impressionniste, n'est-ce pas ?

— Vous avez fait vos devoirs.

— J'ai survolé *L'histoire de l'art pour les nuls*, ça veut dire qu'il est impressionnant, non ? lui quémandé-je une réponse.

— Absolument ! ment-il.

Pauvre con !

— Ce tableau est très très très beau.

— N'est-ce pas ?

— Je le prends ! m'écrié-je.

Jackson sursaute face à ce soudain empressement.

— Avec grand plaisir. Je n'ai plus qu'à le bloquer pour vous. Nous pouvons faire les papiers tout de suite si vous le souhaitez.

— Oh, mais attendez…

Je le laisse en plan et passe dans la salle d'à côté.

— Cet autre tableau est bizarre, j'adore.

Il me court après et observe la toile.

— En effet, ce Picasso est fantastique.

— Oh bah, je le veux aussi !

— Mais avec grand plaisir, Mademoiselle Blaine.

Et tu n'as encore rien vu ! Je m'agite un peu partout quand je m'approche d'une sculpture.

— Il ne manque pas les bras et la tête à cette sculpture ?

— *L'Homme qui marche* de Rodin a été conçu de cette façon par l'artiste.

— C'est moitié prix alors ?

Il affiche un sourire victorieux. Ouais, tu as compris que j'étais débile. Parfait. Comment s'est-il procuré une sculpture pareille ? C'est rarissime d'en trouver dans une galerie.

— C'est à peu près ça.

— Ah ben, ça ira très bien avec les autres tableaux, papa va adorer. Et celui-ci ?

— C'est un *Nu bleu* de Matisse.

— Il est trop beau, je le veux aussi. Oh, et ça aussi, c'est un Klimt ? lis-je sur le cartel qui se trouve plutôt éloigné de la toile.

— Vous êtes douée, Mademoiselle Blaine.

Tu vas voir à quel point !

— Il est bizarre, ce jaune dans ce tableau.

— Oh, il est d'époque, il a vieilli entre temps.

— Trop cool !

— Je dois vous prévenir qu'il coûte 2 millions de dollars.

— Vraiment ! Vous faites des soldes en plus ?

Il se met à ricaner. Vas-y, profite ! Je ne t'ai encore rien montré de l'étendue de mes connaissances artistiques.

— Oh, Mademoiselle Blaine, laissez-moi vous présenter la diversité de notre collection.

— Je vous suis !

Quarante minutes plus tard, après avoir arpenté tous les recoins de la galerie et lui avoir balancé quelques prénoms influents et leurs petites manies pour lui montrer qu'il n'avait pas affaire à n'importe qui, me voilà dans le bureau de Jackson à regarder la liste de la vingtaine d'œuvres que j'ai achetée. Il y en a pour approximativement 15 millions de dollars.

— Monsieur Rayne, merci pour tout. Puis-je vous inviter à dîner ce soir pour vous remercier de votre accueil si chaleureux ?

Je sors ma carte bleue de mon portefeuille.

— Cela aurait avec été plaisir, malheureusement je ne peux pas, je suis déjà pris.

— Ah, soufflé-je en lui faisant une petite moue.

Je tourne ma tête de gauche à droite et renifle.

— Finalement, je ne suis plus si emballée que ça par le Soulages.

Il se fige légèrement.

— Mais nous pouvons dîner un autre soir ? me propose-t-il immédiatement.

— J'aurais tellement voulu que ce soit ce soir, car nous devons fêter les 15 millions de dollars que je vais vous donner !

Je rigole toute seule avant de rebondir sur mon siège comme si on y avait installé un ressort.

— Mademoiselle Blaine…

— Si ce n'est pas ce soir, je ne compte pas fêter ça, dis-je en faisant semblant d'être triste.

— Croyez-moi, j'aurais préféré célébrer cela avec vous, mais je me suis déjà engagé, je dois me rendre à un bal et…

Tu viens de prononcer le mot magique…

— Oh, mais j'adore les bals ! m'écrié-je, surexcitée. Je veux absolument vous y accompagner, c'est fantastique. Tellement que je prendrais bien un Chagall pour fêter ça ! Celui à 800 000 dollars n'a pas été vendu, j'espère ?

Il est complètement abasourdi, je sens qu'il va s'étouffer avec sa salive.

— Eh bien, oui, le tableau est à vous, mais Mademoiselle Blaine, pour ce soir…

— Je me demande quelle robe je vais mettre ?

Je pense tout haut, mon index sur mon menton.

— Rien ne me ferait plus plaisir que de vous emmener à ce bal, mais j'ai déjà demandé à quelqu'un de m'accompagner…

— Monsieur Rayne, le coupé-je, et si nous faisions un pari ?

Je pose ma main délicatement sur son bras et soutiens son regard.

— Lequel ?

— Voilà ce qu'on va faire. Si ma carte bleue passe pour les 16 millions de dollars, Chagall inclus, nous allons à ce bal ensemble !

Il hausse un sourcil face à ce pari original. Je relâche tout doucement son bras.

— Mademoiselle Blaine…

— Allez, soyez joueur ! Vous n'avez rien à perdre.

Je lui tends ma carte et lui lance un regard hypnotisant, insistant, pour le faire plier à ma volonté.

— Si cela fonctionne, je serai votre cavalière ce soir ! Promis ?

— Nous avons un accord.

Il affiche un sourire moqueur, pensant qu'il est sûr de gagner.

— Un marché est un marché, lui rappelé-je sérieusement.

— Je n'ai qu'une parole, Mademoiselle Blaine.

Il prend ma carte, amusé, et la passe dans le terminal. Je tape mon code à sept chiffres. Il ne quitte pas la machine des yeux. Rayne tressaille lorsque le ticket sort au bout de trois secondes. Il en devient carrément livide. Ses mains tremblent lorsqu'il me la rend. Il essaye de se contenir tant bien que mal. Il sait désormais qu'il n'a plus le choix.

— À quelle heure je passe vous prendre ?

28. Hôtel particulier de Liam, 9 77e avenue

Liam

Samedi, 18 h 35.

Je déteste les nœuds papillon. Étant donné que c'est un bal, on est forcément obligé d'en porter un, sinon on ne pourra pas rentrer. Je suis tellement anxieux que je suis en avance. Je passe ma veste sur mes épaules quand je louche sur mon portable sur ma table de chevet. Aucun message de Tessa depuis hier. Cela vaut mieux, car si elle m'écrivait, je n'aurais pas la force de l'ignorer.

Elle me manque terriblement, alors que cela fait à peine une journée que je ne l'ai pas vue. Après ce que j'ai découvert sur elle, ou du moins les informations auxquelles elle a accès, je ne peux plus me permettre de la revoir. Pourtant, je ne peux pas me résigner à l'oublier. Cela m'est douloureux rien que d'y penser. J'aimerais que tout soit terminé et vite. C'est alors que la sonnette de mon appartement retentit. Qui est-ce ?

Je sors rapidement de ma chambre avec mon téléphone et me précipite vers l'entrée. Lorsque je dévale les escaliers, je vois Sarah se tenir sur le perron. Je lui ouvre, surpris qu'elle soit là.

— Sarah ? Qu'est-ce que tu fais ici ? Je n'étais pas censé venir te chercher ?

Je jette un œil à ma montre, je devais passer la prendre pour 19 h. Je louche sur sa tenue. Elle a choisi une robe rose saumon à fines bretelles, courte et proche du corps. Ses cheveux bouclés sont complètement détachés.

— Bonsoir, Liam, j'ai pensé qu'on pourrait prendre un verre avant d'y aller, suggère-t-elle.

Elle n'est franchement pas sérieuse là ? Si j'ai bien une règle, c'est personne chez moi et encore moins une femme.

Voilà pourquoi je les baise toutes chez elles. Car je n'ai pas envie qu'elles pénètrent dans mon refuge, mais surtout elles pourraient tomber sur tout mon matériel de cambrioleur.

Elle tente de forcer le passage. Je l'en empêche.

— Finalement, tu as bien fait de venir me chercher, on allait être en retard, la circulation est terrible ce soir.

Elle hausse un sourcil puis l'autre.

— Mais tu es sûr ? Attends…

— Retrouve-moi près de la voiture, dis-je en lui désignant la porte du parking.

Je passe rapidement mon manteau et récupère mes clés avant de mettre l'alarme pour éviter qu'elle ne s'incruste. Je n'en reviens pas qu'elle ait osé faire ça !

— Pourquoi ne suis-je jamais venue chez toi ?

— Tu es déjà venue, ne dis pas n'importe quoi.

— Oui, mais ce n'était que lorsque tu organisais des soirées d'affaires et tu ne m'adressais pas vraiment la parole.

Pourquoi évoque-t-elle ça maintenant ?

— Sarah, ce n'est pas le moment d'avoir cette conversation. Nous devons y aller, s'il te plaît.

Je suis carrément suppliant, ce qui n'est pas mon genre, mais là je n'ai pas le choix.

J'ouvre la porte du garage sans perdre de temps et nous nous dirigeons vers ma Mercedes de fonction. Pas envie de prendre mon Audi, elle s'imaginerait que je souhaite la séduire. Je ne prends même pas la peine de lui ouvrir la porte, car elle vient de m'agacer.

Quarante-cinq minutes plus tard d'un silence plus que pesant, nous sommes enfin arrivés. Nous sortons en même temps de la voiture. Le manoir dans lequel se passe la soirée est tout simplement gigantesque, avec cinq étages si je compte le grenier.

Il n'y a absolument rien aux alentours si ce n'est du gazon et d'immenses arbres qui indiquent que cet endroit est le point de départ d'une forêt. Je parie que des gens se sont perdus ici. Il me fait d'ailleurs penser au manoir dans *Jurassic World*, pourvu qu'il n'y ait pas de dinosaures dans les sous-sols ! J'observe cette imposante demeure construite au milieu de nulle part.

Heureusement que le chemin était bien indiqué et éclairé, car il n'y avait rien pour nous signaler ce point d'arrivée, si ce n'est peut-être tous les hommes armés près de la grille d'entrée. Je laisse mes clés au voiturier et Sarah se précipite sur lui pour récupérer le ticket. Je ne comprends pas son geste.

— Tu me raccompagneras ensuite ? me demande-t-elle alors qu'elle fourre le ticket dans son sac.

— Bien sûr, quelle question ! Tu ne vas pas prendre un taxi.

On dirait que ça lui fait plaisir. Je ne vais quand même pas la laisser en plan ! C'est alors que je comprends la raison de la question. Faites qu'elle n'y voit pas une occasion pour tenter une approche sur le chemin du retour.

Nous avançons en même temps et je me dois de lui tenir la main pour montrer aux organisateurs que nous sommes bien ensemble. Après tout, il fallait être accompagné d'une femme. Ce geste provoque un immense sourire chez elle. Je lui rends un sourire, mais pincé. Nous passons une sécurité extrêmement pointilleuse avant de nous diriger vers la réception de ce magnifique manoir. On dirait un hôtel, vu la façon dont il est aménagé. L'endroit est feutré et chaleureux.

— Votre invitation, je vous prie, nous demande l'hôtesse à l'accueil.

Je lui montre l'email et elle scanne quelque chose dessus.

— Bonsoir, Monsieur Ward-Harper, vous êtes invité à rejoindre la grande salle, ainsi que votre amie.

Elle ausculte Sarah de haut en bas et la toise presque avec mépris. Je me rends compte que ce n'est pas elle, mais sa tenue qu'elle regarde, et plus particulièrement ses jambes. Il fallait peut-être mettre une robe longue ?

— Nous offrons à vos accompagnants un moyen de rentrer si besoin.

Sarah et moi nous regardons, intrigués par cette remarque.

— Euh, oui, merci.

— Vous pouvez y aller.

Elle nous fait signe d'avancer vers une première salle remplie de canapés en cuir marron, un billard et une bibliothèque. L'endroit est assez accueillant, pourtant il ne dégage rien, il est sans âme. Je suppose que cette résidence ne doit pas être habitée et doit juste servir à organiser des rencontres ou réceptions. Nous voyons de l'agitation provenir d'une autre salle qui jouxte le salon. Nous nous y aventurons, toujours main dans la main, quand nous nous retrouvons face à un immense bar central, éclairé d'une lumière dans les tons orange. Un orchestre joue de la musique jazzy rythmée. Je balaye la salle furtivement. À vue d'œil, il y a une cinquantaine d'invités. Je ne reconnais absolument personne, je ne sais donc pas par qui je vais me faire aborder. Enfin si, j'ai ma petite idée.

— Que dis-tu de prendre un verre ?

— J'attendais que tu me le proposes, glousse-t-elle.

Je me dirige tout de suite vers le bar, avec Sarah, qui observe chaque détail de cet espace. Au moins, ça va l'obliger à lâcher ma main qu'elle tient un peu trop fermement. Ce contact avec sa peau me rend mal à l'aise.

— Que désirez-vous boire ? nous demande le barman.

— Une coupe de champagne, s'extasie-t-elle, j'espère que c'est compris dans la soirée.

— Bien évidemment, madame.

— Et vous, monsieur ?

— Un gin-tonic.

Nous nous sommes accoudés au bar, l'un à côté de l'autre. J'étudie une à une les bouteilles qui masquent en partie un imposant miroir.

— Pardonne-moi, Sarah, si je peux te paraître un peu sec. Je suis juste nerveux.

— Pourquoi donc ? Ce n'est pas une soirée pour récompenser les hommes d'affaires de l'année ?

Si seulement…

— Pas vraiment.

— En tout cas, merci de m'avoir invitée.

Sans que je m'y attende, elle pose sa main sur mon bras gauche. La douleur est encore bien présente, mais je fais ce que je peux pour la cacher.

— Je t'en prie.

Avais-je seulement le choix ?

Je suis complètement déprimé alors que j'avale une longue gorgée de mon verre. J'ai bien envie d'en reprendre un double.

— Si je suis ici avec toi, c'est parce que je suis importante à tes yeux, non ?

Un triple même.

— Je te fais comprendre que je suis anxieux et tu veux me parler de tes sentiments ?

Il ne manquait plus que ça !

— Ce n'est pas justement le bon moment ? Regarde le décor, c'est si romantique et nous agissons comme un vrai couple, c'est l'occasion parfaite.

Elle doit vite revoir sa définition « d'une occasion parfaite », voire de couple.

— Sarah, on dirait que tu le fais exprès, la réprimandé-je sans oser l'affronter.

C'est mon reflet que je préfère fixer.

— Je voudrais tellement que tu arrêtes de te mentir à toi-même.

Elle passe sa main sur ma joue, ce qui m'oblige à la regarder.

— C'est une évidence, je suis faite pour toi.

Ainsi que revoir sa notion « d'évidence ». Elle a prononcé ces mots avec une telle douceur, ce qui démontre l'étendue de ses sentiments. Après ce que je viens d'entendre, je pense que je dois définitivement prendre mes distances. Elle va s'accrocher à moi pendant encore combien de temps ? Je ne veux pas être avec elle, car je ne ressens rien si ce n'est de l'amitié et un peu de complicité, mais ça s'arrête là. Être honnête est le mieux que je puisse faire.

Je fais signe au serveur qui remplit mon verre sans perdre une minute. On dirait qu'il a compris ce qu'il se passe. Remarque, quand on voit l'air désespéré que j'arbore dans le reflet du miroir qui me fait face devant les bouteilles du bar, pas besoin d'être mentaliste pour s'en apercevoir.

— Sarah, je dois te parler franchement.

Je bois une longe gorgée de gin-tonic pour me donner du courage. Le liquide traverse sans encombre ma gorge quand, au moment où je fixe le miroir, je recrache précipitamment toute ma gorgée dans mon verre. Je peine à reprendre ma respiration, Sarah, inquiète, me tape dans le dos.

— Tu vas bien, Liam ?

Je me retourne : Tessa est là. Là. Mon cerveau part dans tous les sens, ainsi que ma queue. Je suis en état de choc. Elle porte une magnifique robe longue de couleur noire, très cintrée à la taille et évasée. Le bustier, tout en dentelle et transparent, épouse à la perfection sa poitrine. Ce fourreau est magnifique et laisse entrevoir les lignes de son corps. Je ne peux m'empêcher de l'admirer quand je remarque qu'elle porte la parure « Dualité » à son cou et à ses oreilles. Avec ce chignon bas, qui laisse échapper ses mèches ondulées, elle est à couper le souffle. Putain de merde, elle est à tomber à la renverse. Je croise son regard et je m'apprête à me connecter à elle quand ma vue est soudainement troublée.

— Liam, allô !

Sarah claque ses doigts devant moi, mais je ne réagis pas.

— Tu allais me dire quelque chose, s'empresse-t-elle de me demander.

Je ne peux décoller mes yeux de Tessa. Sarah l'a remarqué et la jauge avec mépris. Je passe de l'admiration à l'énervement quand je vois un homme se tenir près d'elle. Elle s'accroche tout de suite à son bras. Qui est le connard qui l'accompagne ? *Dégage immédiatement sinon tu vas recevoir une invitation avec mon poing*.

Tessa capte mon regard et se connecte à moi, son sourire est la preuve de cette connexion instantanée. Elle vient nous saluer avec ce trou-du-cul.

— Bonsoir, Liam, bonsoir, mademoiselle, nous lance-t-elle.

Elle s'agrippe toujours à lui, ce qui ne manque pas de m'énerver. Si je pouvais, je couperais le bras de ce type. Je crève d'envie de l'embrasser devant tout le monde pour signifier à cette assemblée qu'elle est mienne. Elle est hypnotisante et ce n'est pas à cause des diamants. Une douleur me traverse tout d'un coup le bras lorsque Sarah se cramponne fermement à mes doigts.

— Bonsoir, je suis Sarah, la cavalière de Liam, dit-elle en insistant bien sur ce terme.

Cette remarque m'agace tellement que je lâche abruptement sa main.

— Enchantée, lui répond-elle avec un sourire.

Je ne décèle aucune animosité de sa part, pas même de la jalousie de me voir avec une autre femme, comme si elle savait qu'elle n'avait rien à craindre. Oh que oui, tu as raison, ma belle, car je suis tout simplement fou de toi !

— Et vous êtes ? emploi-t-elle un ton condescendant.

Je n'aime pas qu'elle la prenne de haut.

— Tessa.

Elle n'ajoute rien de plus, ce qui veut tout dire à la fois.

Cette dernière me fait un sourire amusé, ce qui n'est pas le cas de Sarah dont la mâchoire vient de se crisper. Je me perds dans ses yeux une fois de plus. Elle est sublime. Malgré l'agitation environnante, je suis dans ma bulle avec elle, comme si le monde venait de disparaître.

— Je vous présente Jackson, qui a eu la gentillesse de m'inviter.

— Bonsoir à tous.

Je lui broie intentionnellement la main pour marquer mon territoire. Il étouffe un grognement.

— Et si nous allions prendre un verre, suggère-t-elle à son cavalier, il y a un peu moins de monde de l'autre côté.

Elle lui désigne le bar tout en me souriant.

— Oui, bien sûr.

Le mec semble ailleurs, ses yeux sont injectés de sang. On dirait qu'il est en état de manque. Je ne suis pas rassuré de la savoir avec lui. Ils nous laissent et je ne la quitte pas des yeux. Ils se positionnent à l'autre extrémité du bar. L'orchestre change soudainement de registre avec un slow, ce qui incite plusieurs couples à rejoindre en même temps la piste de danse.

— Tu la connais ? me demande Sarah, révoltée.

— Oui. Je…

— Tu quoi ?

— Rien.

— Tu ne m'invites pas à danser ?

— Non, Sarah, je te remercie de m'avoir accompagné, mais…

C'est alors que Tessa a un mouvement de recul, car Jackson vient de renverser son verre sur sa robe. Je me précipite à sa rencontre et laisse Sarah en plan, complètement médusée.

Tessa

Samedi, 20 h 15.

Liam s'est empressé de me retrouver comme pour me protéger de lui.

Mon cœur bat de manière irrégulière quand il est près de moi. Il est plus chaud que de la braise dans ce costume. Je le déshabille mentalement, j'aimerais en cet instant être à la place de sa chemise puis de son… Laisse tes hormones dans un de tes tiroirs !

— Est-ce que tout va bien ? s'adresse-t-il à moi.

Nous nous connectons de nouveau l'un à l'autre.

— Oui, Jackson a malencontreusement renversé son verre.

Il a dû bien boire avant de venir. Je parie pour un mélange antidépresseur-alcool-cocaïne. J'aurais dû prendre le volant de sa bagnole. Je me demande avec qui il a rendez-vous ce soir.

— À peine, rechigne-t-il.

Il essaye d'attraper mon verre, mais Liam l'en empêche.

— Je pense que vous devriez aller vous détendre dans le salon, lui ordonne-t-il.

Son ton est très menaçant. Jackson essaye de riposter, mais Liam fait signe à deux vigiles qui se tiennent à l'entrée de venir le retrouver. Les mecs rappliquent en un éclair et l'invité de Carter se fait escorter sans broncher. Je pense qu'ils vont l'emmener pioncer quelque part. Nous voilà seuls.

Il me caresse tendrement le bras puis la joue quand je remarque que sa cavalière nous observe, la mine complètement déconfite. Liam s'est retourné et, alors que Sarah s'apprête à venir vers nous en furie, il attrape fermement ma main comme pour lui faire comprendre quelque chose. Elle arrête subitement sa course. Elle se résigne et se tire de la salle. Je crois que le message de Liam vient d'être reçu.

— Je doute qu'elle revienne.

— Ce n'est pas plus mal que ça finalement.

Une musique que j'apprécie tout particulièrement vient de percuter nos oreilles. Je reconnais tout de suite la chanson *Dancing in the Dark.*

— Tu m'accordes cette danse ? me propose-t-il.

— Avec grand plaisir.

Nous prenons place et, au moment où Diana Krall commence à chanter, la lumière de la salle devient un peu plus tamisée, comme pour coller à la musique.

Nous nous balançons l'un contre l'autre sans rien dire. Je plonge mon regard dans le sien, je suis transportée, serrée contre lui.

We're dancing in the dark and it soon ends…
Looking for the light, for a new love to…

Il me tient par la taille et je passe mes mains autour de son cou quand je décide de presser subitement son bras gauche. Il serre automatiquement les dents et grimace.

— La prochaine fois, je vise le cœur.

Sa réponse à ma menace me prend de court, il plaque mon corps au sien et s'approche de mes lèvres.

— Ne te donne pas cette peine, tu l'as déjà atteint, dit-il avec tant de sensualité.

Cette révélation me trouble tout d'un coup, tellement que j'en frissonne.

— Où est-ce que tu appris à te battre comme ça ?

— Tu avoues donc que c'était toi ?

— Oui.

Sa soudaine franchise me prend au dépourvu.

— Pour le soir où tu es entré par effraction ou pour les cambriolages ?

— Tu m'as démasqué le premier jour, avoue-le, me réprimande-t-il.

— Non, disons le deuxième, rectifié-je.

Son sourire me contamine.

— Tu vas me faire arrêter ?

Sa question m'étonne tandis que nos corps se rapprochent de plus en plus.

— C'est uniquement ça qui te préoccupe ?

— Non, mais…

Il ne parvient pas à finir sa phrase, ses pensées se bousculent.

— Si j'avais voulu te faire arrêter, tu serais déjà en prison à l'heure qu'il est.

— Alors, pourquoi tu ne le fais pas ?

— Parce que j'ai le sentiment que tu ne fais pas ça pour t'amuser ni de ton plein gré.

L'expression qu'il arbore vient de le trahir. Il prend une profonde respiration contre mes lèvres et s'en approche dangereusement avant de quitter mon étreinte.

— Viens avec moi dehors.

Nous quittons la piste de danse. Il serre fort ma main pour qu'on ne fasse plus qu'un. Je le suis sans savoir où il m'emmène. Après une brève minute, nous nous retrouvons dans une sorte de solarium, à ciel ouvert, mais à l'abri des étoiles indiscrètes. Nous avons une vue dégagée sur un jardin entièrement éclairé qui donne sur une piscine olympique. Nous sommes à l'intérieur et à l'extérieur en même temps. Le domaine est complètement démesuré.

— Pourquoi sommes-nous ici ?

— Pour faire ça.

Il prend mon visage entre ses mains et plonge tout de suite sa langue dans ma bouche. Le baiser est d'une force déroutante, mais apaisante, car je lâche prise. Je suis sienne une fois de plus. La sensation est unique, magique, cosmique. J'éprouve des choses qui me sont étrangères et à la fois familières, même si je perds tous mes repères. J'aime ce qu'il me fait ressentir. Il caresse mes épaules tandis que nos langues s'agitent. Je veux me raccrocher à lui, me perdre complètement et tout oublier.

— Monsieur Ward-Harper, lance une voix derrière lui.

Nous sommes soudainement interrompus par un homme accompagné de plusieurs gars de la sécurité. Je quitte ses lèvres à contrecœur.

— Ne bouge pas d'ici, me chuchote-t-il.

Liam se retourne vers eux et se tient devant moi, tel un bouclier, pour me protéger.

— Vous êtes attendu, lui annonce-t-il plutôt froidement.

— Je vous suis.

Il rejoint ces mecs plus que louches et disparaît avec eux. Personne ne me calcule et tant mieux. Je me retiens d'intervenir, car, si je fais ça, je risque de lui causer des ennuis.

Une fois à bonne distance, je décide de les suivre par l'extérieur. La maison est complètement ouverte avec toutes ses fenêtres. Je peux donc voir leurs mouvements en m'éloignant légèrement. Où est-ce qu'ils l'emmènent ?

Ils montent au premier étage et je m'écarte un peu plus pour voir où ils sont. Ils ne bougent plus et se sont posés dans une pièce. Je recule de plus en plus, mais ne vois pas grand-chose. Je n'ai franchement pas envie d'escalader le mur avec mes talons et surtout cette robe. Je suis peut-être agile, mais ma tenue n'est pas faite pour ça. Je risque de tomber et la déchirer par la même occasion.

Si seulement j'avais le pouvoir de voler. Voler… Mais oui ! Je prends mon téléphone portable qui est dans une des poches de ma robe et je prononce à voix haute « activation mode air ».

La caméra apparaît des deux côtés. Fong m'a appris la technique. Je dois faire comme si je jonglais avec. Il faut que je calcule la hauteur que je souhaite obtenir afin de monopoliser la bonne force pour ne pas l'envoyer ni trop haut ni trop bas. Je lève la tête vers la fenêtre et fais sauter mon téléphone dans les airs au niveau la vitre. Je le lance une fois puis deux et encore une dernière fois. Je le récupère et fais défiler les images qui ont été prises en photo. Je regarde les différents clichés quand je repère tout de suite…

Putain de merde ! Qu'est-ce qu'Evan Shane fout avec Liam ? Je ne me souviens pas l'avoir vu sur la liste des invités. Comment est-ce qu'il s'est incrusté ? Sa présence ne me dit rien qui vaille, notamment parce que c'est un trafiquant d'armes. Quel est le rapport avec des diamants ?

Je lance mon téléphone une nouvelle fois dans les airs. Je le réceptionne et analyse les images pour observer ce qui se passe dans cette pièce. Je remarque qu'il n'y a plus personne.

Ils se sont tirés !

Je repars en direction de l'entrée quand je m'immobilise. Je repère Liam et un peu moins d'une dizaine de gars l'escorter vers deux SUV.

Merde, il est en train de quitter la résidence. Bordel, mais où vont-ils ?

Je dois à tout prix le suivre. Je m'apprête à faire demi-tour pour rejoindre le parking quand je me retrouve nez à nez avec des gars du service de sécurité, armés jusqu'au cou. Chacun m'ausculte de manière suspecte.

— Vous avez besoin d'aide, mademoiselle ? me teste le premier géant.

Soit je les maîtrise, soit je la joue plus fine.

— Euh non, je dois juste aller récupérer de la Ventoline pour mon ami, il est en train de faire une crise d'asthme, il l'a oubliée dans la voiture.

Ils me jaugent, hésitants. S'ils ne me laissent pas y aller, c'est par terre qu'ils vont finir.

— Allez-y, me dit le deuxième en me libérant le passage.

Pas le temps de les remercier. Je me dirige à vive allure vers le parking, ne percevant que le bruit de mes talons qui claquent contre le bitume. Il doit y avoir au moins une cinquantaine de bagnoles qui dorment en plein air. J'arrête ma course et appelle immédiatement Fong.

— Salut, Tay ! Tu as pu voir mon rapport sur le dernier prototype de…

— Fong, je n'ai pas le temps, je suis à la résidence Hawkner, mon téléphone te donne ma position exacte.

— En quoi je peux t'aider ?

— Je suis sur le parking, laquelle de ces bagnoles s'ouvre avec un téléphone portable ?

Je lui fais un balayage avec la caméra.

— La Maserati bleu marine, quatrième rangée, à droite, à la septième place !

Je fonce à vive allure. J'hésite à retirer mes escarpins pour aller plus vite, mais je risque de perdre du temps. Une fois devant la voiture, je colle mon téléphone sur la portière : elle s'ouvre.

— Fong, tu peux redémarrer le système interne, je n'ai pas envie que le propriétaire me coure après.

— C'est déjà fait ! s'exclame-t-il, satisfait. Tu as le contrôle complet de ce bolide.

J'ouvre la porte et m'y installe tant bien que mal avec ma robe. Je démarre en trombe et quitte le manoir. Fong active le haut-parleur, ce qui me permet de jeter mon téléphone sur le siège passager.

— Tu es connectée.

— Tu gères. Deux SUV viennent de quitter la résidence, est-ce que tu peux les suivre à distance ?

— Quelle question ! Je fais une localisation satellite immédiatement.

Je ne sais même pas où je vais. Merde, je ne peux pas passer par l'entrée principale du manoir, je vais inévitablement me faire arrêter.

— Fong, trouve-moi une autre sortie, je dois me tirer discrètement de cet endroit.

— Euh, tu es sûr de toi ?

— Affirmative.

— OK, dans trois secondes, braque à gauche et poursuis ta route, je te fais passer par la forêt, j'espère que tu sais toujours aussi bien zigzaguer.

— Je suis devenue pro depuis la dernière fois. Tu les as repérés ?

— Oui, mais ils viennent de se séparer à l'instant.

— Quoi ?

— Ils ont pris deux routes différentes.

Putain, dans quelle bagnole se trouve Liam ?

Mon cœur bat à tout rompre.

Calme-toi !

— Fais un balayage thermique et trace-les.

— Donne-moi quatre secondes.

Deux… Un…

— Tay, dans le premier SUV ils sont trois et dans l'autre ils sont quatre.

Fais chier !

Énervée, je cogne sur le volant avec mes bras.

— Je vais suivre celui où ils sont quatre, donne-moi la destination de celui où ils sont trois.

— C'est noté, ils sont marqués tous les deux. Tu n'as plus qu'à les filer avec l'aide du GPS de la bagnole, je viens de t'envoyer le chemin de sortie.

— Tu es le meilleur et, pour répondre à ta question, augmente l'ergonomie de l'espace intérieur de Vesper.

— Mais comment tu sais que je voulais te parler de…

— Merci, Fong. À plus.

Je mets fin à la communication. Une heure de route plus tard, je me gare à bonne distance du premier SUV, près du port de New York, et coupe le moteur ainsi que les feux. Ce n'est pas le genre de caisse qu'on a l'habitude de croiser dans ce type d'endroit. Je me suis garée en plein Brown Street, devant l'Atlantic Basin, à Brooklyn. Pourquoi se sont-ils arrêtés sur les docks ?

Je pousse un soupir de soulagement en voyant Liam descendre de la voiture. Son nœud papillon est complètement dénoué, ses épaules affaissées. Sa posture m'indique qu'il ne semble pas rassuré. Pourquoi l'ont-ils convié au manoir pour l'emmener ici ensuite ? L'endroit est vraiment tortueux, c'est peut-être un lieu stratégique ? Je pourrais demander à Fong d'activer le micro de son téléphone, mais ça risquerait de le mettre en danger. Il vaut mieux attendre sagement.

Vingt minutes plus tard, je suis toujours en train de patienter. Je fais défiler les images sur mon téléphone portable pour voir si je reconnais les gars qui sont avec Shane quand il y a de l'agitation. Toute une troupe apparaît sur mon rétroviseur intérieur, mais, soudain, un visage me frappe subitement.

Mon sang manque de se glacer. Je ne peux pas croire ce que je vois, ou du moins qui est là, accompagné de tous ces types. Ce ne peut être qu'une hallucination. Je me retourne pour les voir plus nettement. Ils se rapprochent dangereusement de leurs voitures. Je m'apprête à prendre plusieurs clichés, mais je me résigne. Si ça atterrit sur les serveurs, ça va générer plein d'alertes.

Merde ! Il n'y a donc pas de caméras dans cette voiture ? Mais si, bien sûr !

Je la démarre sans allumer les phares et passe en marche arrière. La caméra de recul s'active automatiquement. J'essaye de trouver le bon angle quand j'obtiens un visuel assez net. Je vais devoir appeler Annabelle pour m'aider à retrouver l'enregistrement interne de la bagnole, il n'y a qu'elle qui soit en mesure de le faire.

Mais dans quoi Liam est-il réellement impliqué ?

29. Entrepôts désaffectés près de l'Atlantic Basin, Brooklyn

Liam

Samedi, 22 h 03.

Je suis escorté dehors, mais les mecs me font comprendre qu'ils ne vont pas me ramener à la Résidence Hawkner. De toute façon, Sarah s'est probablement tirée avec ma Mercedes, puisqu'elle avait le ticket du voiturier. Elle voulait sans doute s'assurer que je rentre bien avec elle. Tous rejoignent leurs bagnoles et me laissent en plan en plein milieu de nulle part. Je ne sais plus où j'en suis ni même où je suis, si ce n'est qu'ils m'ont abandonné près des Docks. Je suis complètement désemparé, déprimé, je n'y arriverai jamais. Je veux tout plaquer, tout arrêter après ce qu'on vient de me demander de faire. Sauf que je n'ai malheureusement pas le choix.

Je marche sur le bitume, totalement paumé. Je suis à la recherche du nom d'une rue pour qu'un taxi puisse me géolocaliser, mais je ne repère rien. Vu mon état, je crois que je vais rentrer à pied.

Je marche sans savoir où je vais quand une voix me parvient aux oreilles.

— On est perdu, beau brun ?

L'espoir. L'espoir renaît. Elle est là, les bras croisés, devant une Maserati et me fixe, un sourire satisfait aux lèvres. Je me précipite vers elle.

— Tessa ? l'appelé-je pour être sûr que je ne rêve pas.

La connexion est bien réelle quand je m'arrime à son regard.

— Alors, quel est le programme ? me lance-t-elle.

— Finir ce que j'ai commencé.

Je prends son visage entre mes mains et colle ma bouche sur la sienne, puis la plaque contre la portière : je veux qu'elle sente mon désir pour elle. Le baiser dure des siècles. Je ne me contrôle plus, je suis à deux doigts de la prendre dans cette position. Je caresse sa nuque, ses épaules, et continue de l'embrasser pour l'empêcher de respirer, car elle est mon oxygène. Je veux la sentir, découvrir son corps, qu'elle soit mienne tout de suite et qu'elle m'appartienne.

— Vous savez accueillir les femmes comme il se doit, Monsieur Ward-Harper !

Elle peine à reprendre son souffle, ses joues sont toutes roses et ses yeux viennent de prendre la couleur du feu.

— Passe la nuit avec moi.

— C'est une proposition ou un ordre ?

— Les deux.

Elle écrase tout de suite ses lèvres contre les miennes en signe d'approbation.

30. Hôtel particulier de Liam, 9 77e Avenue

Tessa

Samedi, 23 h 12.

Liam referme la porte de son hôtel particulier sur nous juste après avoir composé le code de son alarme tandis que je pose mon téléphone sur la commode de l'entrée. L'intérieur offre une vue dégagée sur un escalier tout en marbre clair. L'endroit est froid, mais j'ai horriblement chaud. Il me prend par la taille, colle son sexe entre mes fesses puis pose plein de baisers le long de mon cou.

Je suis une fois de plus enivrée et prends une profonde respiration. Il ne perd pas de temps et me soulève par les jambes. L'attente a été horriblement longue pour retourner chez lui, je m'étonne qu'on n'ait pas baisé dans la voiture et qu'on ne se soit pas fait arrêter vu la vitesse à laquelle il conduisait.

Il me repose devant l'entrée de sa chambre, mais je ne vois qu'un salon avec un bureau et une cheminée. Puis il me conduit vers la seconde partie de cet endroit, la pièce qui jouxte est celle où il y a son lit. Les draps sont tout noirs. Il défait d'un geste net et précis la fermeture éclair de ma robe et je me libère de ce fourreau qui s'écrase par terre. Je me retourne sur lui afin qu'il découvre ma poitrine. Me voilà uniquement vêtue de ma culotte et de mes escarpins que je retire, un à un. Je défais mon chignon afin de laisser respirer ma crinière en adoptant des gestes très sensuels. Sa pupille ne réagit plus.

Samedi, 23 h 20.

Je bloque sur elle sans comprendre ce qui m'arrive, excepté pour ma queue qui sait très bien où elle en est. Je cligne plusieurs fois des yeux, car elle a un de ses corps !

Elle est tout en muscles et voluptueuse à la fois. Elle est magnifique. Je n'ose même pas la toucher tellement elle est irréelle. En fait si, elle est bien réelle, car mon pantalon devient trop serré. Ma queue ne va pas supporter longtemps d'être enfermée.

— Tu vas bien ? On dirait que tu n'as jamais vu de femme nue.

— Je crois bien que c'est la première fois que j'en vois une.

Elle s'apprête à enlever son collier, mais je l'en empêche.

— Non, garde-le sur toi.

Elle brille de mille feux avec, sans parler de ses boucles d'oreilles. Cette initiative semble la ravir, elle tend sa poitrine en guise de remerciement. Je touche tout doucement ses seins puis les caresse, ils pointent immédiatement. Ma queue adopte la même gestuelle. Je retire ma veste rapidement et elle en profite pour m'aider à déboutonner ma chemise. Je ne résiste pas à plaquer mon torse contre ses seins lorsqu'elle libère le dernier bouton. Sentir sa peau me fait perdre la raison. C'est la première fois que je ne sais pas comment réagir, elle me perturbe. Elle me fixe, impatiente. Je comprends dans son regard qu'elle me laisse le contrôle, elle me donne son approbation pour prendre le dessus et ça me va très bien. Je ne perds pas de temps et la fais tout de suite basculer sur mon lit. Je me défais de mes derniers vêtements tandis qu'elle s'apprête à se séparer de sa culotte.

— Laisse-moi le privilège de te l'enlever.

— D'accord.

Je fais glisser ce dernier bout de tissu et le lui retire. Je lui écarte les cuisses et ne peux m'empêcher de jeter un coup d'œil à son sexe quand je me fige, stupéfait. Elle est d'une beauté ! Je louche sur l'entrée de son vagin qui est incroyablement beau, on dirait qu'il a été dessiné par un grand artiste. Cette fille est une déesse ! Qu'est-ce qu'elle est belle ! J'ai l'irrésistible envie de la goûter, mais ma queue risquerait de m'en vouloir si je ne la pénètre pas tout de suite.

— Ne bouge pas.

L'inconvénient de n'avoir jamais de femme dans son lit est que je n'ai pas de préservatifs dans ma table de chevet. Erreur à ne plus commettre. Je cours à vive allure vers la salle de bain, récupère une boîte entière puis la retrouve, toute contente que j'ai pris mes précautions. Elle me dévore des yeux en se mordant légèrement l'index.

Je déroule le préservatif sur ma queue sans perdre de temps et la pénètre directement. Elle s'abandonne complètement. L'embrasser, en plus de la pénétrer, provoque mon extase. Je ne sais plus dans quelle dimension je suis. Elle m'enivre et j'ai à la fois envie de lui faire l'amour et de la baiser. Non, en fait je veux que ce soit le plus intense possible, car je veux qu'elle soit mienne, je ne désire qu'elle. La sentir entre mes caresses me permet d'être entier, je suis enfin réuni avec ma moitié, celle que j'attendais. J'accélère les mouvements, mais je veux prendre mon temps.

— Continue, halète-t-elle… plus fort…

— Oh que oui, Tay, lui susurré-je à l'oreille.

Son bassin se contracte avant de basculer sa tête en arrière. Je suis étonné, car elle supporte mon poids sans problème, ce qui n'est pas le cas de toutes les femmes. Nous nous embrassons avec plus d'ardeur. Je ne vais pas pouvoir m'arrêter, je ne veux plus la quitter. Je sens ses jambes se raidir et ma queue gonfler de plus en plus. Nous sommes proches de l'extase, pourtant je veux faire durer notre plaisir pour qu'il ne s'arrête jamais. Je suis dans une bulle de désir et de sexe et je me délecte d'être au plus profond d'elle.

Tessa, tu es mienne ce soir.

Tessa

Dimanche, 00 h 45.

Je reprends tout doucement mon souffle alors que nous fixons tous les deux le plafond. Combien de fois allons-nous recommencer ? J'ai senti sa queue dans les moindres recoins de mon vagin comme s'il voulait explorer toute mon anatomie. Je crois n'avoir jamais connu ça de ma vie. Je suis si bien avec lui, protégée, mais aimée également. Ça fait tellement peu de temps que je le connais, pourtant c'est si limpide, comme une évidence que je ne m'explique pas, qui n'obéit à aucune logique : c'est sans doute ça, l'amour. Avec lui, je me sens entière, moi-même, je n'éprouve plus cette dualité qui me caractérise à chaque instant. Il se redresse et tourne mon visage vers le sien.

— Tessa, j'ai très envie de te goûter.

— Tu demandes aux femmes en général ?

— Tu es la première.

Je suis aux anges ! Il me fait sentir unique à sa manière, ce qui n'est pas pour me déplaire. J'acquiesce et il se positionne à l'entrée de mon sexe. Il y plonge sa langue et c'est le nirvana une nouvelle fois. Il me lèche la chatte avec une telle dextérité, une telle douceur. Je prends ses mains et les emprisonne sur mes seins. Il en pince les bouts, les malaxe puis les caresse. Je vais exploser une nouvelle fois. Il relève la tête et je vois un sourire pervers se dessiner sur son visage. Il s'acharne sur mes grandes lèvres puis sur les petites. Qu'est-ce qu'il est doué ! Il est surtout tellement canon. Je ne me rendais pas bien compte à quel point il était baraqué, avec ses muscles, ses abdominaux, ses pectoraux… Je n'arrive plus à penser clairement avec cet Apollon vivant.

J'espère que sa blessure à l'épaule ne le fait pas trop souffrir. Je pourrais l'observer nu pendant des heures, comme une débile à baver devant ce corps. Euh, un peu de sérieux, Tessa ! Tu n'es plus une adolescente que je sache ! Je souris au plafond tandis que mon orgasme me déchire le corps une nouvelle fois. Je le fais tenir au maximum et prolonge ce bonheur que Liam provoque en moi. J'en veux encore, car, depuis qu'il est entré dans ma vie, mes émotions se bousculent et ça n'a jamais été aussi fabuleux.

Dimanche, 4 h 03.

Je me réveille de mon extase infinie et cherche à la prendre dans mes bras, mais je ne la trouve pas. Je me redresse d'un bond.

Merde, elle est où ?

Je me lève précipitamment de mon lit quand mes pieds heurtent sa robe noire. Je pars à sa recherche et la trouve en train d'enfiler ma chemise et remettre sa culotte près de mon bureau.

— Tu t'en vas ? lui demandé-je.

Sa tête bifurque vers moi.

— En général, les hommes n'aiment pas qu'on s'éternise trop longtemps dans leur lit, répond-elle par-dessus son épaule.

Je la prends par la taille et l'embrasse dans le cou alors qu'elle regarde une toile accrochée au-dessus de mon bureau.

— Il faudrait être cinglé pour te laisser t'échapper, lui chuchoté-je à l'oreille.

Elle se retourne sur moi et passe ses bras autour de mon cou.

— Tu serais donc fou alors ?

— Fou de toi, oui.

Je l'embrasse et je comprends à ce moment-là que je ne serai jamais rassasié d'elle. Je me sens si bien, même si je ne sais que très peu de choses à son sujet.

— Enlève ma chemise et ta culotte et viens te recoucher.

— C'est demandé avec tellement de gentillesse que je ne peux pas refuser, se moque-t-elle ouvertement.

Je la lui retire et elle se colle contre moi. Je remarque qu'elle a enlevé son collier et ses boucles d'oreilles. Le chemin pour arriver à mon lit me paraît trop long, je soulève ses jambes et décide de la prendre sur mon bureau. Je vire toutes les conneries qui s'y trouvent et plaque son dos dessus avant de faire glisser cet ultime bout de tissu. Bien évidemment, je n'ai de préservatifs dans aucun de mes tiroirs. Deuxième erreur à ne plus commettre. Je quitte son étreinte sous son regard interrogateur. J'en repère plusieurs par terre et je me précipite pour aller en chercher un. À peine dans ma main que je l'enfile, je ne perds pas une minute et décide de ne pas la ménager, car elle est sacrément endurante. Contrairement à moi, elle s'essouffle beaucoup moins. Son corps est tout en force et en douceur. Je la pénètre un peu plus brutalement, ce qui ne la dérange pas, elle se délecte d'ailleurs. Elle se laisse complètement aller et j'en profite. Je n'ai qu'une envie cette nuit, dominer cette déesse une fois de plus.

Dimanche, 7 h 05.

Un rayon de soleil a réussi à se faufiler à travers la fenêtre et s'est posé sur le corps de Tessa. Elle est sur le ventre, son visage de mon côté. C'est la première fois qu'une femme dort chez moi, dans mon lit, cet espace qui m'est si intime. Pour une fois que j'ai envie qu'une femme me colle, elle est trop éloignée de moi. J'ai l'irrésistible envie de la sentir, de la toucher, mais cela risquerait de provoquer son réveil, elle, qui est si paisiblement endormie. Je préfère toujours dormir chez elles, car ici c'est mon sanctuaire, où je suis à l'abri des autres, mais maintenant c'est elle, mon refuge.

Je m'approche un peu plus d'elle et remarque une cicatrice ovale sur son omoplate gauche. Elle en a une seconde, de la même taille, légèrement plus bas, au niveau des reins.

— Qu'est-ce que tu regardes ? me demande-t-elle, les yeux fermés.

Je lui caresse l'épaule et touche du bout des doigts sa cicatrice.

— Est-ce que ce sont…

— Des impacts de balle ? complète-t-elle ma phrase en ouvrant les yeux.

La réponse me ramène brutalement à la réalité. Je fixe soudainement le plafond avant de me passer la main dans les cheveux. Elle se redresse sur les coudes et m'observe.

— Qui t'a fait ça ?

— Disons qu'il n'est plus là pour corroborer ma version des faits.

Je me lève d'un bond de mon lit et enfile un pantalon de survêtement.

— J'ai dit quelque chose qu'il ne fallait pas ? se soucie-t-elle, face à ma réaction.

— Qui es-tu ?

Elle cligne plusieurs fois des yeux devant ma question.

— Et si on prenait le petit-déjeuner pour commencer ? Je ne fais jamais d'aveu le ventre creux, s'amuse-t-elle.

Elle vient de m'arracher un sourire. Elle se lève et souhaite se rhabiller. Elle cherche sa culotte entre les draps qu'elle soulève, mais ne trouve rien à se mettre. Sa petite moue me fait craquer.

— Attends, je t'apporte des vêtements.

Ma chambre est dans un état. Je ne me rendais pas bien compte à quel point nous avions retourné cette pièce. Je récupère sa culotte près du bureau et lui donne une de mes chemises. Je les lui tends et elle s'habille sans perdre de temps.

— Et si on passait un marché ? me propose-t-elle.

— Lequel ?

Elle fait remonter sa culotte avec une telle sensualité.

— Je te dis qui je suis si tu me dis dans quoi tu trempes réellement ?

Je ne m'attendais pas à cette sortie. Je soupire, mais, si c'est la façon d'en savoir plus, je vais devoir me résoudre à tout lui avouer.

— Marché conclu.

Tessa

Dimanche, 7 h 23.

L'intérieur de son hôtel particulier est dans les tons bleus, noirs et blancs. Heureusement qu'il y a une sublime cheminée qui met un peu de chaleur dans ces tons froids. J'adore ce petit bar qui jouxte son immense cuisine et qui donne sur le salon dont les canapés sont tous noirs.

— Je n'ai pas de *Lapsang*, *Earl Grey,* ça te va ?

— Oui, c'est parfait, merci.

Il revient de sa cuisine et me tend une assiette avec des fruits, du fromage blanc et des muffins aux myrtilles. J'ai même droit à une omelette aux champignons. Le bonheur après cette nuit. Il est vraiment très attentionné et ça me plaît. Son omelette est parfaite.

Il me regarde de l'autre côté du comptoir, son verre de jus d'orange à la main.

— Tu ne manges pas ?

— Je préfère te voir t'empiffrer.

Je suis sûre que je suis de la teinte de mes framboises.

— Alors ? me presse-t-il.

— Alors quoi ?

— Qui es-tu ?

— Pourquoi ce serait à moi de parler en premier ?

— *Ladies first*, me lance-t-il.

La personne qui a inventé cet adage est sans équivoque un mec.

— Je ne sais pas par quoi commencer, pour tout te dire.

— Tay, c'est ton surnom ?

Tiens, je ne m'attendais pas à cette question.

— Effectivement, mes proches m'appellent comme ça.

— Pourquoi pas Tess ?

— Je ne sais pas, ils se sont sans doute pris d'amour pour mes initiales.

— Je ne comprends pas, renchérit-il, un sourcil levé.

— Tay est un acronyme, c'est la première lettre de mes autres prénoms.

— Qui sont ?

— Tessa Ayrton Ylsa. Tay, quoi.

Un joli sourire passe sur son visage tandis qu'il me sert une tasse de thé.

— Premier mystère résolu, pour qui tu bosses ?

— Tu ne poses pas la bonne question.

— Qui est ?

— Pas pour qui, pour quoi.

— Ça fait une différence ?

— Oui.

— Alors, vas-y, je t'écoute.

Il croise les bras devant moi, torse nu.

Déconcentration au maximum.

— Je ne sais pas si je vais pouvoir te répondre vu ta tenue, je risque de me perdre dans les détails.

Je pouffe de rire dans ma tasse de thé. Ce compliment lui fait plaisir à en voir cette lueur dans ces yeux.

— Arrête, s'il te plaît.

Il essaye de me gronder, mais ça sonne faux, car il rigole à son tour.

— D'accord. Ce que je m'apprête à te dire… Pour faire simple, tu veux la pilule rouge ou la pilule bleue ?

— Tu me cites *Matrix* ?

Contente de voir qu'il a compris l'allusion.

— Oui, car tu vas sortir de la matrice là. Tu ne pourras plus faire marche arrière après ce que je vais t'avouer, ce sera à toi de le croire ou non.

Il me fixe intensément et prend une profonde inspiration. Il doit avoir suffisamment confiance en moi pour se livrer et me dire la vérité. Étant donné que nous sommes tous les deux dans le même rapport de force, ça va être donnant-donnant.

— Je prends la pilule rouge.

— Très bien. Je me lance alors.

J'avale une longue gorgée de thé pour m'éclaircir la gorge.

— Depuis la nuit des temps, deux forces s'affrontent : le bien et le mal, si je peux m'exprimer ainsi. Mais ce que tu ignores, c'est que l'une ne doit jamais prendre le dessus sur l'autre. Elles doivent s'équilibrer et c'est ce que je fais, je maintiens l'équilibre entre ces deux forces.

— Qu'est-ce que tu veux dire par là ?

Il décroise soudainement les bras et son front se plisse par la même occasion.

— Que le monde n'est pas tel que le journal de 20 heures te le dicte, il y a des nuances, il y a une sorte d'entité qui gouverne ce monde.

— Tu es au-dessus des lois, c'est ça ?

Il paraît perplexe.

— Non, je suis au-dessus de ceux qui font les lois.

— Dis-m'en plus.

Je poursuis alors qu'il est très attentif.

— Pour être honnête, j'ai le pouvoir de provoquer des guerres comme celui de maintenir la paix. Si tu réétudies l'Histoire, tu verras qu'il y a eu des périodes où le mal comme le bien ont pris le dessus. Nous devions donc maintenir l'équilibre. Je veille à ce qu'aucune force ne soit désavantagée par rapport à l'autre.

— Quand tu dis « nous sommes », tu parles de qui ? Tu travailles pour une organisation secrète, c'est ça ?

— Ce n'est pas une organisation et elle n'est pas secrète à proprement parler.

— Vous êtes quoi ? Une sorte de franc-maçonnerie des temps modernes ? Non, attends, j'ai mieux là, tu es une Illuminati, c'est ça ?

Je n'aime pas sa réplique cinglante que je perçois limite comme une insulte.

— Non, Liam, je réponds d'un ton tranchant. Les francs-maçons ainsi que les Illuminati ont commis l'erreur de nommer leur organisation, ce qui leur a conféré une existence. C'est leur arrogance comme leur orgueil qui ont réduit à néant leurs efforts. Ils ne souhaitaient que dominer le monde sans se soucier de ce qu'ils pouvaient provoquer.

— Et quelle est la différence avec ce que tu fais ?

— Nous n'agissons pas pour dominer le monde, mais pour le maintenir tel qu'il doit être. Le mal ne doit jamais prendre le dessus et c'est aussi le cas du bien. Tu arrives à suivre là ?

— Oui, merci, dit-il les dents bien serrées. Emploie le terme que tu veux, mais ça s'appelle dominer le monde ce que tu fais, il m'annonce, amer.

— Effectivement, tu as raison, nous le dirigeons, mais sans servir nos intérêts. Sache que nous faisons en sorte que le monde ne bascule pas dans l'anarchie ni dans l'utopie.

— Vu comme ça, pourquoi pas.

Je ne comprends pas pourquoi il s'énerve de cette façon. Je décide de poursuivre pour essayer de le calmer en adoptant un ton neutre.

— Les membres qui y travaillent font ce métier comme n'importe quelle personne ordinaire, c'est ce qui amplifie notre pouvoir. Nous ne sommes pas des agents secrets. Tessa Blaine est ma vraie identité et avant que tu me le demandes, la personne qui est en face de toi est authentique, je ne joue pas un rôle, tu me vois telle que je suis.

Il essaye de dissimuler son sourire, à croire que cela semble le rassurer. Eh oui, j'aime réellement le *Lapsang Souchong* ! Je me retiens de rire.

— Nous sommes le fruit du hasard, une fâcheuse coïncidence, nous sommes la théorie du complot si tu préfères. Nous contrôlons le monde sans qu'il le sache, et ce, depuis toujours.

— Vous avez bien merdé au XXe siècle !

S'il continue à me provoquer comme ça, je vais sortir de mes gonds.

— Qui te dit qu'on a foiré ?

Sa mâchoire se contracte tout de suite, ce qui m'inquiète.

— Nous agissons à visage découvert, cela semble donc plus réel aux yeux du monde. Faire partie d'une organisation secrète, c'est ce que tu vois dans les films, mais imaginer qu'il y a un ordre mondial au-dessus de tout relève des mythes et légendes, et j'en passe.

— Donc tout ce qui me semblait être le fruit du hasard ne l'est pas ?

— Si tu crois que le président des États-Unis est la personne la plus puissante au monde, tu te trompes lourdement.

Ce n'est peut-être pas le moment de lui avouer que c'est mon père. Une flippe à la fois.

— Merci, j'ai à peu près compris, son ton est cinglant. Et tu fais quoi exactement là-dedans ?

— Comme je viens de te le dire, je maintiens l'équilibre.

Il soupire bruyamment, son verre de jus d'orange à la main.

— Et de quelle manière ?

— Pose-moi vraiment la question à laquelle tu souhaites avoir une réponse.

— Tu es un assassin, c'est ça ?

Je lui ai donné cette impression ? Il a écouté ce que je viens de dire ? Mouais, il a vu trop de films, je crois.

— Qu'est-ce que tu veux que je te dise ? Oui ?

Sa profonde inspiration ne m'échappe pas.

— Sois honnête, je t'en prie.

Je sens que la réponse va déterminer la suite de ce qu'il va se passer.

— Je ne suis pas un assassin, je ne tue pas les gens de sang-froid si c'est cela qui t'inquiète.

Contrairement à Ethan.

Tout ça m'a creusé l'estomac, je mange sans rien dire les derniers morceaux de mon omelette.

— Mais tu as déjà tué des gens, n'est-ce pas ?

Mes couverts heurtent l'assiette. J'avale précipitamment un morceau de muffin, sans mâcher, après cette question à laquelle je n'ai pas envie de répondre. Son regard insistant quémande une réponse. Tant pis pour lui s'il veut la vérité.

— Oui, j'ai effectivement du sang sur les mains, je me résous à lui avouer, mais c'était soit eux, soit moi.

Cela semble le soulager.

— Comment tu fais pour rester aussi détachée ? On dirait que rien ne t'atteint.

— J'ai des émotions, Liam, je ne suis pas un robot. Mais pour faire ce que je fais, je dois avant tout les contrôler.

Enfin, elles partent en vrille depuis que tu es entré dans ma vie...

— Tu as une morale au moins ? me demande-t-il, très concerné.

Mais merde, comment lui faire comprendre que je vis dans un monde où la morale ne détermine pas ce que je fais ?

— Je n'éprouve pas de fierté quand je fais le bien et je n'éprouve pas de remords quand je fais le mal, je ressens uniquement de la satisfaction lorsque j'ai mené à bien ma mission. Maintenant que tu sais tout, à ton tour.

— Je connais les grandes lignes, Tessa, mais pas tout non plus.

Il est sérieux là ? Je lui déballe tout et il en veut plus !

— Alors qu'est-ce que tu veux savoir ?

Je hausse le ton et me retiens de taper du poing sur la table.

— La vérité par exemple ?

Son ton sarcastique m'irrite.

— Tu te fous de moi en plus ?

— Non, il croise les bras avant de me toiser.

Il est en train de me chauffer, mais pas de la bonne façon.

— Oui, Liam, je suis un agent super-entraîné comme tu l'as peut-être remarqué, mais pour le moment, c'est tout ce que tu as besoin de savoir. Maintenant, à toi.

— Je n'ai rien à dire.

— Ne m'oblige pas à te torturer ! lui lancé-je un regard noir.

— Je demande à voir !

— Tu as une paire de ciseaux ?

Il se fige complètement, je vois ses muscles se contracter les uns après les autres.

Reste concentrée face à ce si beau torse musclé !

— Parle ! lui ordonné-je gravement.

— Je fais ça pour le fun, Tessa. Il n'y a rien de plus à savoir.

Il se fout de ma gueule en plus.

— Comme tu veux, je m'accommoderai d'une fourchette.

— Je suis un cambrioleur tout ce qu'il y a de plus simple, c'est tout. Je fais uniquement ça parce que je suis en manque de sensations fortes, voilà, ajoute-t-il en haussant les épaules.

— Tu me dis ça pour me protéger ? Ou parce que tu n'as pas confiance en moi ?

À la façon dont il m'observe, je coche la première option.

— Tu n'y es pas, soupire-t-il, la tête inclinée vers le sol.

— Donc si je résume, tu n'es qu'un vulgaire cambrioleur. C'est bien ça ?

— Oui, absolument.

— Ça tient la route. Mais tu as oublié un petit détail.

— Lequel ?

Il boit une longue gorgée de son jus d'orange, comme pour s'empêcher de se confier.

— Qu'est-ce qu'Evan Shane fout dans l'équation ?

Il recrache la gorgée sur le comptoir de la cuisine, manquant de peu ma tête. Il peine à reprendre sa respiration et tousse très fort en me dévisageant, incrédule. Je reste impassible à sa réaction.

— Liam, passe à la casserole maintenant sinon je vais te montrer à quel point je suis habile avec une agrafeuse.

Il souffle un bon coup pour se donner du courage puis me lâche abruptement…

— Tessa, je fais ça pour sauver mon père.

— Hein ? De quoi tu parles ?

Je ne m'attendais pas à cette sortie…

Je me lève de mon tabouret et me dirige vers lui. Je sens que tout son corps vient de s'affaisser, comme s'il avait le poids du monde sur les épaules. Il me serre fort contre lui, acceptant mon geste sans hésitation, comme pour l'aider à encaisser la suite.

— Je t'écoute, je lui réponds tout doucement.

— Il y a plusieurs mois, j'ai dû aller en Arizona en urgence. Mon père venait de se faire poignarder de plusieurs coups de couteau par un autre détenu, il a failli y rester.

— Qui a fait ça ?

— Des hommes qui travaillent pour Evan Shane. C'était un avertissement.

— Pourquoi ?

— Soit je faisais ce qu'ils me disaient, soit ils le tuaient.

— Tu veux dire que tu as refusé au départ et que ton père en a payé le prix ?

Voilà pourquoi il y est allé plusieurs fois au mois d'avril. Je comprends mieux désormais.

— Oui, c'est exact. Si seulement j'avais accepté sans broncher…

Il lève les yeux vers le plafond.

Je vois à quel point il se sent horriblement mal.

— Mais comment ont-ils fait le rapprochement ? Enfin, je veux dire, tu avais déjà fait ça avant ?

Il me caresse tendrement la joue.

— Je l'ai fait autrefois.

— Peux-tu m'expliquer ?

— Ma mère est morte quand j'avais dix ans. Après ça, mon père s'est occupé de moi de la pire des façons.

— Il a fait de toi un criminel, je me trompe ?

Il hausse un sourcil, étonné. Ce n'était pas compliqué à comprendre.

— Un complice plutôt, et j'ai fini par être aussi doué que lui. Je l'aidais sur toutes ses combines. Sauf qu'un jour, il a eu les yeux plus gros que le ventre et il s'est fait prendre.

— Qu'est-ce qu'il s'est passé ensuite ?

— J'ai conclu un accord avec la défense : soit j'allais en prison avec mon père, soit je témoignais contre lui et contre tous ses petits copains. J'ai accepté et on m'a fait rentrer dans le programme de protection des témoins.

Voilà pourquoi son dossier est scellé.

— Tu n'as pas changé d'identité pourtant ?

Enfin, rajouter un nom de famille n'est pas à proprement parler une nouvelle identité.

— En réalité, mon témoignage n'était pas nécessaire pour les envoyer en prison, le procureur avait de quoi les mettre à l'ombre pour quelques années, mais ce n'est pas ce qu'il cherchait. Il voulait obtenir une peine maximum. Avec mes aveux, ils ont tous écopé de vingt ans de taule.

— Tu as donc été retiré du programme ?

— Pas exactement. On m'y a fait rentrer juste pour la forme. En témoignant à visage couvert, je n'avais pas besoin de changer d'identité. D'autant que si je l'avais fait, mon père aurait su que c'était moi qui l'avais dénoncé.

— Pourquoi ne pas lui avoir dit ?

— Parce que le lâche que je suis n'a rien voulu lui avouer de peur de sa réaction.

— Liam, c'est ton père, je suis sûre qu'il préfère te savoir en liberté qu'en prison avec lui.

— C'est là où tu te trompes, rétorque-t-il plein de colère, car c'est d'abord un criminel et ensuite mon géniteur.

Je vois tout de suite où il veut en venir. Cela me fait subitement de la peine pour lui.

— Les criminels ne font pas de sacrifices pour les autres. Mon père n'aurait jamais accepté que je témoigne contre lui pour que je sois libre. Il aurait préféré me voir croupir avec lui.

Cela démontre la nature conflictuelle de leur relation.

— Tu veux dire qu'après toutes ces années, ton père ne sait toujours pas que c'est toi ?

— Non, pas du tout. D'ailleurs, je ne l'ai pas vu pendant dix-huit mois, lui faisant croire que j'avais été placé dans un centre pour mineurs.

Je vois qu'il a pensé à tout.

— Malgré tout ça, je me sens coupable et redevable envers lui, m'avoue-t-il. J'ai témoigné contre lui sans qu'il le sache, c'était la seule condition pour que je le balance. J'ai ensuite pris le droit chemin, mais j'ai toujours cette partie de moi qui me rappelle le mal que j'ai causé. J'ai fait des choses dont je ne suis pas fier.

— C'est à moi que tu dis ça ?

Son sourire n'a jamais été aussi tendre, il recale tout doucement une mèche de mes cheveux derrière mon oreille.

— Tu n'as pas répondu à ma question. Suite à l'agression de ton père, ils t'ont contacté, mais comment ont-ils fait le rapprochement ?

— Je n'en sais rien. Je rends visite à mon père pour les fêtes et pour son anniversaire en mars, ils ont dû me repérer.

— Oui, sans doute.

Je le conforte dans sa croyance, mais ça m'étonnerait.

— Lorsque j'ai reçu des photos de mon père dans sa chambre d'hôpital, j'ai compris qu'ils ne bluffaient pas.

Cette histoire est de plus en plus inquiétante.

— Mais pourquoi autant de cambriolages ? Que cherchent-ils ?

— Tout ce que je sais, c'est qu'ils veulent des diamants et que ce n'est jamais suffisant. J'avais tablé sur trois ou quatre cambriolages, mais j'ai compris qu'ils en exigeaient beaucoup plus. Au début, je dois t'avouer que j'ai trouvé ça excitant, renouer avec le danger, l'adrénaline que cela provoque, ainsi que ce sentiment de puissance et d'impunité, mais là je n'en peux plus, et je ne vois plus le bout du tunnel de cet enfer.

Je le comprends plus qu'il ne le pense.

— Liam, qu'ont-ils fait de tous les diamants ?

— Aucune idée. Après chaque cambriolage, je les leur remets.

— Comment ?

— Je reçois un message et je dépose tout ce que j'ai dérobé dans un carton que je laisse dans un endroit différent à chaque fois. Ils sont allés jusqu'à m'envoyer des photos de mon père dans sa cellule pour s'assurer que je leur obéisse.

Shane ne fonctionne pas de cette façon, il n'a pas besoin de motiver ses victimes pour qu'elles coopèrent. Tout ça cloche, sans parler du fait que c'est un trafiquant d'armes, pourquoi s'intéresse-t-il aux diamants ? Dans quel but ?

— Pourquoi se donnent-ils autant de mal ? Ils sont aussi puissants que ça ?

Cela sous-entend qu'ils auraient un complice au sein de la prison pour bien motiver Liam ? Pas le genre de Shane et pas besoin d'aller jusque-là.

— Je ne sais pas. Une fois les diamants remis, ils m'indiquent ma prochaine cible en me remettant les plans qu'ils m'envoient par coursier.

Tout ça ne rime absolument à rien.

— Tu es en train de me dire qu'ils sont organisés au point de te donner une liste et de te filer les plans des joailleries en plus ?

Quelque chose m'échappe dans ce mode opératoire.

— Oui, apparemment, et ma bijouterie était la dernière.

Ce qui veut dire qu'ils connaissent exactement la quantité de diamants dont ils ont besoin. Après ces révélations, j'en déduis que le cerveau de cette opération n'est pas Shane, mais l'homme avec lequel je l'ai vu.

— Liam, pourquoi étais-tu convié à ce bal ?

Je redoute la réponse alors que je suis toujours dans ses bras.

— Pour rencontrer en personne Evan Shane. Je dois commettre un dernier cambriolage, ensuite ce sera enfin fini. Ils quitteront le pays, lui et toute sa bande.

— Que veulent-ils ?

— Le diamant Enigma.

Les bras m'en tombent et mon cœur dégringole dans mon estomac. Je recule d'un pas comme pour encaisser ce qu'il vient de me dire. Je quitte sans le vouloir son étreinte.

— Tu n'es pas sérieux là ?

— J'en ai bien peur.

— Enigma 1 ou Enigma 2 ?

— Enigma 1.

J'affiche un air grave. Ma réaction ne se veut pas rassurante et Liam l'a remarqué, son front vient de se plisser complètement.

— Ce collier est inestimable, notamment à cause des dix diamants de 25 carats qui le composent, sans parler de leur pureté, mais, au-delà, les rubis qui l'entourent sont des pierres de sang.

— Merci, je suis gemmologue, je te rappelle.

— Ah pardon, excuse-moi, je pensais que tu étais d'abord cambrioleur, ensuite gemmologue.

Il soupire et je me prends son désarroi en pleine gueule. Je me rapproche de lui et l'affronte droit dans les yeux. Nous nous connectons comme nous savons si bien le faire.

— Je ne sais plus quoi faire, Tessa, si je ne le leur donne pas, ils me renverront la tête de mon père dans un carton.

Un frisson lui parcourt le corps alors qu'il me tient par la taille.

— Quand doit avoir lieu ce cambriolage ?

— Samedi prochain, il est exposé au MET lors d'une très grande exposition. Je dois le dérober, et je ne veux pas que tu interviennes, il réplique en adoptant un ton très ferme.

Je ne sais pas quoi lui répondre si ce n'est qu'il y a des zones d'ombre dans cette histoire. Je découvre en face de moi un autre homme, plein d'amour et de tendresse. Pour faire ça, il doit être extrêmement attaché à son père malgré le fait qu'il l'appelle « son géniteur ».

— Liam, quelle relation entretiens-tu avec lui ?

— Comme je te l'ai dit, je me sens redevable et coupable. Malgré nos différends, je ne veux pas qu'on s'en prenne à lui. Il sortira dans quelques années, je ne sais pas ce qu'il adviendra ensuite, mais il reste mon père quoi qu'il arrive. Je n'ai pas envie de remuer ça, s'il te plaît.

Je vois à quel point cela est pénible pour lui. J'ai l'impression d'être une éponge, je ressens ses émotions et je suis tout autant mal que lui. Cela ne m'arrive jamais, car je ne laisse rien m'atteindre, mais avec lui c'est différent : il parvient à me toucher très profondément.

— D'accord. Plus besoin d'une cuillère à soupe pour te torturer.

Il affiche un sourire timide, tout près de mes lèvres.

— Merci de t'être confié à moi.

Je le fixe très intensément pour renforcer notre connexion.

— Merci de m'avoir dit la vérité, me dit-il.

— Je l'ai fait parce que j'ai confiance en toi.

— Moi aussi, Tay.

Entendre mon surnom provoque un frisson. Il m'embrasse à pleine bouche et plaque son corps contre le mien, plus fort. Bon, après l'émotion, le réconfort. Je m'accroche à son cou et il me soulève pour que mes fesses atterrissent sur le comptoir. Il fait descendre tout doucement ma culotte et commence à baisser son pantalon quand un claquement de porte nous oblige à mettre fin à notre étreinte.

— Liam, elle est à toi la Maserati garée devant l'entrée ?

Je me redresse précipitamment et boutonne un peu plus mon chemisier. Un gars chauve de petite taille avec des lunettes rondes se dresse devant moi. Il a des plans dans sa main. Il me dévisage avec mépris avant de quémander en silence des explications à Liam.

— Lloyd, qu'est-ce que tu fous là ? lui répond-il, tout gêné.

— On devait se voir suite à… enfin, tu vois ce que je veux dire. Mais je pense que tu as dû oublier, ajoute-t-il en louchant sur moi puis sur lui.

Je pars à sa rencontre à moitié dénudée, laissant Liam complètement pantois.

— Bonjour, je m'appelle Tessa, enchantée.

Je lui tends la main, mais il ne réagit pas. Il préfère fusiller Liam du regard. Je comprends à ce moment-là qu'il a eu vent de mon existence. Il porte une veste noire avec, en dessous, un t-shirt représentant tous les héros de la Justice League. OK, je crois que j'ai trouvé le Fong de Liam.

— Bonjour, me répond-il froidement.

On dirait que je le dégoûte à la façon dont il m'ausculte.

— Je pense que je vais vous laisser entre hommes.

Dimanche, 8 h 02.

Tessa est très mal à l'aise alors qu'elle quitte la salle à manger en direction des escaliers.

— Putain, tu es sérieux là ? gueule Lloyd dès qu'elle a le dos tourné.

— Tu vas redescendre d'un ton tout de suite. Attends-moi ici.

— Je n'avais pas l'intention de partir, tu vois.

Je cours après Tessa et la trouve près de mon bureau en train de rassembler ses affaires.

— Tout va bien ?

Je ne résiste pas à la serrer dans mes bras.

— Je peux te demander un service ?

— Tout ce que tu voudras.

— Tu peux me prêter des affaires pour rentrer ?

L'embrasser est ma réponse à sa question. J'en profite pour explorer encore plus profondément sa bouche avec ma langue. Je rapproche tout son être contre moi, pour ne faire plus qu'un. C'est si naturel avec elle, je me sens complètement libéré d'un poids maintenant que je lui ai tout avoué.

— Je ne savais pas que je pouvais m'habiller avec tes baisers, glousse-t-elle.

— J'aimerais que tu ne portes que ça toute la journée, lui susurré-je à l'oreille.

— Monsieur Ward-Harper, c'est une excellente idée, mais je ne peux pas sortir dans cette tenue !

Elle est tellement sexy avec ma chemise et sa culotte. Son sourire me fait complètement fondre.

— Attends, je vais te trouver quelque chose. Garde ma chemise, elle te va à ravir.

— D'accord. Est-ce que tu peux me prêter des chaussures également ? Une paire de baskets fera l'affaire.

Je lui tends un pantalon de jogging noir, des chaussettes et des converses qui sont un peu trop grandes pour elle, mais qu'elle enfile quand même. Elle prend ses escarpins et sa robe qu'elle roule en boule.

— Tu reprends la Maserati pour rentrer ?

— Oui, elle ne doit pas rester là, on pourrait croire que tu l'as dérobée, me fait-elle observer avec un clin d'œil.

S'il n'y avait pas Lloyd en bas en train de m'attendre, elle serait déjà nue dans mon lit.

— Je te raccompagne à la voiture alors.

Nous dévalons les escaliers, main dans la main. Elle récupère son téléphone qu'elle a laissé dans l'entrée et le fourre dans la poche de son pantalon sans prendre la peine de consulter ses messages. L'alarme de la voiture se déconnecte au moment où Tessa s'en approche. Je n'ai pas envie de savoir comment elle se l'est procurée. Elle pose ses affaires sur le siège passager avant de prendre le volant. Je referme la portière et me penche, ce qui l'incite à baisser la vitre.

— À plus tard, me lance-t-elle.

— Je t'appelle, d'accord ?

— Bien sûr, et puis je ne suis jamais bien loin.

Ses yeux s'illuminent.

— Bonne journée, Liam, dit-elle avant de partir.

Je glisse mes doigts dans ses cheveux et l'embrasse une dernière fois. Ce baiser est trop rapide. Ses lèvres sont devenues une addiction, je ne peux plus m'en passer. Je lui souris comme un idiot et m'éloigne quand un vrombissement s'échappe de la voiture.

Je retrouve le chemin de mon hôtel particulier, toujours avec ce sourire béat sur les lèvres. Je cherche Lloyd, que je trouve dans la bibliothèque, debout, en train de faire les cent pas.

— Depuis quand une femme est autorisée à venir ici ? Et en plus tu as passé la nuit avec elle ? s'offusque-t-il. Elle t'a bien baisé la cervelle !

À ces mots, je perds le contrôle. Je me jette sur lui et l'attrape par le col de sa veste, fou de rage, et le plaque contre le premier mur que je vois.

— Encore un mot désagréable à son encontre et tu prends la porte.

— Mais tu es cinglé ou quoi ?

Il me repousse et remet sa veste en place en me regardant sévèrement.

— Mes excuses, mais je n'aime pas la façon dont tu la traites.

— Putain, c'est ta copine ou je rêve ?

Elle est plus que ça, mais ça ne regarde que moi.

— Cette fille est dangereuse, tu me l'as toi-même avoué et maintenant tu changes d'avis ! gueule-t-il. Je te croyais plus responsable que ça. Rassure-moi, tu l'as baisée uniquement pour en savoir plus à son sujet, j'espère ?

— La porte est à quelques pas d'ici.

Je ne supporte pas qu'on dise du mal d'elle, ça me fout hors de moi.

— Tout ça va mal finir, je peux te le prédire, m'engueule-t-il en pointant son doigt sur moi.

Je remarque qu'il a posé les plans sur la table. Il allume l'ordinateur et se connecte avant de s'asseoir, sans me calculer.

— Pourquoi est-ce que tu es là ? lui demandé-je des explications.

— Le bal, tu as oublié ? Tu voulais qu'on se voie pour faire un débriefing ce matin.

Il pianote plutôt bruyamment. Je l'ai visiblement agacé.

— En voyant les plans devant ta porte, j'ai tout de suite compris.

— Ils ne perdent pas de temps, sifflé-je.

— Quelle est ta prochaine cible ? s'enquiert-il en me désignant les feuilles.

— Le Metropolitan.

— Carrément ? dit-il, éberlué.

— Oui, lui avoué-je, pas très rassuré. Je dois faire ça samedi prochain.

— On se met au travail dès maintenant alors, me fait-il observer très sérieusement.

Il se lève et commence à déplier les plans. Son empressement m'inquiète.

— Ça ne peut pas attendre ?

— Non, justement, objecte-t-il, très irrité.

Je peux comprendre sa réaction vu la façon dont je m'en suis pris à lui.

— Comme tu veux, finissons-en rapidement. Je vais prendre une douche et j'arrive.

— Je t'attends.

Je retourne dans ma chambre où son odeur a embaumé toute la pièce. Après ces révélations, je comprends mieux pourquoi je me sens si proche d'elle, pourquoi je me suis connecté au premier regard. Mon attirance vient de prendre tout son sens. À aucun moment elle ne m'a jugé, elle m'a accepté tel que je suis. Pour la première fois de ma vie, je me sens compris. Elle aussi possède la même noirceur intérieure à la différence qu'elle l'assume et la maîtrise. Je viens de me rendre compte que c'est elle que je veux avec tout ce que cela implique.

Quoiqu'il en soit, je n'ai pas d'autre choix que de l'éloigner. Je ne veux pas qu'elle me vienne en aide. Ça serait la mettre en danger et je veux la préserver de toute cette merde. Je prends des affaires dans mon dressing et me dirige vers la salle de bain quand je remarque que sa parure trône sur la table de chevet. Elle ne l'a pas prise ? Je la contemple de plus près, le collier comme les boucles d'oreilles. Je ne résiste pas à caresser les pierres. C'est tout un symbole qui est en face de moi. C'est peut-être un souvenir qu'elle me laisse.

Tessa, tu es beaucoup plus que ça, tu es désormais tout pour moi. Cela peut sembler dingue, mais je suis sûr de ce que j'éprouve pour elle. Une idée vient subitement de jaillir de mon esprit. Je pars à la recherche d'un écrin ou d'une pochette dans un des tiroirs de mon bureau. Je dois bien avoir quelque chose pour protéger cet objet si précieux. Elle était sublime avec.

Tessa, si belle Tessa…

31. Résidence Vail, château particulier d'Henry Vail, Bryant Park

Tessa

Dimanche, 8 h 38.

Je me gare devant la résidence Vail où Clémentine se tient déjà prête à m'accueillir.

— Bonjour, Mademoiselle Blaine, bien dormi ?

Elle me fait un petit sourire en coin.

Ne deviens pas rouge !

Oui, merci, Clémentine. Vous ne vous êtes pas inquiétée au moins ?

— Non, Fong a été prévenant en m'envoyant la dernière localisation de votre téléphone.

Ben voyons ! Vie privée : zéro.

— Vous avez besoin d'aide ?

Elle fixe ma robe de soirée roulée en boule ainsi que mes vêtements avec un petit sourire espiègle.

— Ça ira, merci. En revanche, pouvez-vous me rendre un service ?

— Bien sûr.

— Pouvez-vous faire un tour avec la Maserati et l'abandonner dans le centre, je n'ai pas envie qu'on la voie près de la résidence.

Son visage s'illumine.

— Avec grand plaisir, me dit-elle, toute contente. Désirez-vous manger quelque chose ?

— Une tasse de *Lapsang,* mais je m'en occupe, la Maserati est la priorité ce matin.

Je lui tends les clés que j'ai trouvées dans la boîte à gants. Elle me les arrache presque des mains. Je constate qu'elle aime toujours autant la vitesse.

— C'est d'accord, mademoiselle.

Elle se dirige précipitamment vers le bolide.

Je monte rapidement les escaliers et file directement vers ma chambre, où je remets tout de suite ma montre que j'avais laissée dans un tiroir de ma table de chevet avec mon arme. À peine sur mon poignet que le numéro de mon père apparaît. Je n'ai pas envie de lui répondre, mais je n'ai pas vraiment le choix. Je me dirige à vive allure vers mon bureau pour prendre l'appel via mon téléphone. Je remarque qu'il fait nuit à Hong Kong. Je fais rentrer une bonne dose d'oxygène dans mes poumons avant de décrocher.

— Tay, chérie, comment vas-tu ?

— Bonsoir, papa, je vais bien et toi ?

— Comment se passe ton séjour ?

Je le trouve bien préoccupé. Enfin, il sait que je suis allée au bal, il veut donc un bref rapport.

— Pour tout te dire, le service que je devais rendre prend des proportions inquiétantes.

— À quel niveau ?

— Evan Shane est impliqué.

— Étrange. Depuis quand fait-il dans le trafic de diamants ?

— J'ai eu la même réaction que toi. Je ne sais pas de quoi il retourne réellement et ce n'est pas franchement rassurant, surtout que Liam est…

Je comprends que je viens de faire une connerie au moment où je prononce son prénom.

Trois… Deux… Un.

— Et comment va ce jeune homme ? me demande-t-il avant que je finisse ma phrase.

— Il est en forme.

Je viens vraiment de lui dire ça ?

— Tu sais pertinemment ce que j'en pense, ma chérie.

— Laisse-moi deviner, tu n'as qu'une envie, celle de me pousser dans ses bras ? Je me trompe ?

— Effectivement.

C'est le moment de ma tirade préférée.

— Tout simplement parce que l'amour est la chose la plus puissante sur cette Terre, mimé-je ses paroles. Et parce que la haine ou la colère ne mènent qu'au chaos alors que l'amour permet de faire des choses extraordinaires, de dépasser ses limites. Inutile de te rappeler tout ça.

Voilà pourquoi il veut absolument me pousser dans ses bras, car je vais augmenter mes performances et faire des merveilles. Il fallait être sacrément intelligent pour comprendre que l'amour était le liant entre le bien et le mal. L'amour est la balance entre ces deux forces, c'est ce qui peut faire basculer le mal vers le bien et vice versa. C'est cette force plus puissante que tout qui permet d'établir un équilibre.

— En effet, papa. Ce n'est pas moi qui vais te contredire.

— Es-tu amoureuse ?

Mon père vient-il vraiment de me poser cette question ? Là, je rêve !

— Ma vie amoureuse n'est pas la priorité pour le moment.

Je préfère le rembarrer, je lui fais comprendre que je ne compte pas lui faire un compte-rendu sur ce sujet.

— Tu voulais me dire quelque chose en particulier ?

— Oui, que le dîner de départ de ton frère aura lieu dans deux semaines.

Mince, Josh ! Je n'ai pas pris de ses nouvelles depuis la fin de son entraînement, il y a un mois maintenant. Je fais une piètre grande sœur. Je dois l'appeler et vite.

— J'y serai, bien évidemment.

— Ma chérie, je ne t'accapare pas plus que ça, tiens-moi au courant.

— De l'avancée de ma mission ou de ma vie amoureuse ?

— Les deux, me gronde-t-il. Par ailleurs, d'après les dernières informations que tu viens d'obtenir, il devient évident que ce n'est plus un simple service d'ami, mais une réelle mission.

Je n'avais pas vu les choses sous cet angle, mais il a effectivement raison. Il y a désormais trop d'enjeux.

— En effet.

— Tu sais ce que cela requiert ?

Merde.

— Oui.

Son autorisation. S'il ne me la donne pas pour intervenir, je dois me retirer en espérant qu'il ne la confie pas à quelqu'un d'autre.

— Est-ce que je l'ai ?

Je suis suspendue à ses lèvres.

— Tu as carte blanche, ma chérie, pour mener ta mission à terme. J'attends ton rapport avec impatience.

— Compte sur moi. Merci, papa, Bonne soirée.

Je raccroche, soulagée, et me prends le visage dans les mains. Henry vient à ma rencontre et me pose une assiette de frites avec du bacon grillé, ainsi qu'une tasse de *Lapsang*. Je ne pouvais rêver mieux en cet instant malgré mon estomac noué.

— Merci, Henry.

Il repart sans dire un mot. Il doit sûrement être dans un de ses rêves. Mon cœur n'arrive pas à se calmer et ce n'est pas avec tout ce que j'ai appris et ce que doit faire Liam que ça va s'arranger. Je dois poser à plat toutes les informations que je viens de recevoir. Mais avant de commencer, il faut que j'appelle Ethan.

— Bonjour, petite sœur.

— Coucou, Ethan. Je viens d'avoir papa au téléphone.

— À quel sujet ?

— Devine qui est dans le coup pour les cambriolages.

— Là tout de suite ?

— Evan Shane.

— Pas son style.

— Je te l'accorde, mais, ce qui m'inquiète le plus, c'est la personne avec qui je l'ai vu.

— Qui ça ?

Sa voix est devenue d'un seul coup très grave.

— Marcus Chan.

Je l'entends se racler la gorge.

— Si c'est une plaisanterie, je n'ai pas envie de rire.

— Crois-moi, j'aimerais te faire cette blague, mais ce n'est pas le cas.

— Tessa, je te signale qu'il est mort.

— Je suis au courant.

— Je lui ai quand même collé deux balles dans le cœur et une dans la tête, me rappelle-t-il sèchement.

— Avant qu'il ne plonge d'une falaise, rajouté-je, merci j'ai lu ton rapport. Mais figure-toi qu'il a trouvé un moyen de ressusciter.

— Tu as une preuve de ce que tu avances ?

— Je l'ai vu de mes propres yeux et je travaille pour corroborer ce fait, mais je suis persuadée que c'était lui.

Il va falloir que j'appelle Annabelle et, vite, c'est la seule qui puisse me venir en aide.

— C'est impossible, Tay, je te l'assure.

— Dans ce cas, si tu as d'autres hypothèses à me soumettre, je suis preneuse ? Un clone éventuellement ?

Ce genre de remarque le fait rire d'habitude, mais pas cette fois.

— Non, mais je ne vois pas comment ça peut être possible. La seule chose à laquelle je pense… et encore, enfin c'est peu probable…

— Éclaire-moi ?

— Tu aurais pu le confondre avec son frère jumeau, mais il est mort lui aussi.

— Eung Chan ?

Je suis étonnée de cette information.

— Oui, il est décédé, il y a quelques mois, dans sa prison. Suicide apparemment.

— Je ne savais pas qu'il avait été arrêté et encore moins qu'il n'était plus de ce monde.

— Il n'a sans doute pas survécu au soleil arizonien.

Je me redresse tout de suite sur mon siège.

— Qu'est-ce que tu viens de dire, Ethan ?

— Eh bien quoi ?

— Il était incarcéré en Arizona ?

— Oui, au centre pénitentiaire de Scottsdale, il est mort là-bas, quelques mois après avoir été emprisonné.

Le même où est incarcéré le père de Liam.

C'est une coïncidence de taille. Qu'est-ce que c'est que ce merdier ? Je pensais que c'était un détenu qui avait agressé le père de Liam, et sous les ordres de Shane. Enfin, j'avais un doute sur Shane. Mais si Chan était déjà dans cette prison à ce moment-là, ce serait donc lui derrière tout ça ? Non, il ne savait même pas manier un couteau, alors c'est peu probable. Je ne comprends rien à rien. Shane est certes dangereux, mais c'est un mercenaire. Il obéit toujours à quelqu'un de plus puissant que lui. C'est donc à Chan qu'il rend des comptes, mais dans quel but et pourquoi se donner autant de mal avec le père de Liam ?

— Ethan, tu as sans doute raison, c'est Eung que j'ai vu hier, et non Marcus. Mais dans ce cas, il a dû faire un relooking de l'extrême parce qu'il était complètement empoté, toujours à la traîne et dans l'ombre de son frère. Souviens-toi, c'était son larbin.

— C'est le moins qu'on puisse dire.

— La personne que j'ai vue hier était sûre d'elle jusque dans sa démarche et ses mimiques. Une réplique parfaite de son frère.

Et pour que Shane lui obéisse, il a dû lire *Comment être un bon criminel pour les nuls.*

— Tu penses qu'il se ferait passer pour son frère ?

— C'est plus qu'envisageable. Excepté papa, toi et moi, personne ne sait que Marcus est mort.

— Je te le confirme.

Ethan avait été tellement méthodique sur cette opération. Il a orchestré cet assassinat de façon à ce que personne ne soupçonne qu'il soit mort.

— Sans oublier que Shane n'oserait jamais bosser pour Eung. Ce serait une insulte pour lui.

— Un bon point pour toi, Tay.

Cette hypothèse semble se confirmer et, si c'est le cas, nous connaissons donc celui qui tire les ficelles, dans un système pyramidal.

— Tu l'as dit à papa ?

Je décèle de l'inquiétude dans sa voix au moment où il mentionne notre père.

— Pas encore, tant que je ne suis pas sûre à 100 %.

— Gardons ça pour nous alors.

— Ethan, nous devons nous voir.

— Donne-moi ta position GPS et une heure et j'y serai.

— Je te tiens au courant. À plus, Ethan.

Voilà la pièce manquante du puzzle sauf qu'il en manque d'autres. Eung et le père de Liam se sont sans doute rencontrés, c'est une certitude. Shane travaille donc pour lui. Mais qu'est-ce que cela sous-entend ?

J'allume mon ordinateur pour essayer d'assembler les nouvelles informations que je viens de recevoir afin d'y voir un peu plus clair quand je remarque un email avec tout mon programme d'entraînement pour la journée. Terrence n'y va pas de main morte. La liste fait environ une page. Je pense que je vais aller pioncer maintenant histoire d'être en forme demain.

Je me balance sur mon siège et repense à Liam. Cette nuit a été magique et il me manque. J'aimerais qu'il me prenne dans ses bras en cet instant, mais ce n'est pas le moment de penser à ça ni à mes sentiments pour lui qui ne cessent de décupler maintenant qu'il m'a dit la vérité. Vérité qui est plus complexe que je ne me l'imaginais et qui vient de soulever d'autres questions.

De quoi cette histoire retourne-t-elle vraiment ?

32. Central Park, autour du Réservoir de New York

Tessa

Lundi, 16 h.

Je fais une pause, car mes jambes vont me lâcher. La journée a été incroyablement sportive et j'ai rempli mes objectifs dans les temps. Je sens que Terrence va enfin me lâcher, mais pour quarante-huit heures uniquement. Il est temps pour moi de rentrer.

Je retrouve le chemin de la résidence, tout en sueur. Au moment où je pousse la porte de ma chambre pour me changer, Liam m'appelle. Mon cœur s'emballe tout de suite en voyant son prénom apparaître.

— Bonjour, Liam.

— Tu me manques, me dit-il d'emblée.

Mon sourire reste figé tandis que je m'assieds sur mon lit. On dirait que je n'ai jamais eu de relations avant lui ? J'ai eu des hommes, certes, mais la plupart faisaient partie de la mission. Quant aux autres, je n'étais pas complètement moi-même. Ils n'avaient le droit qu'à une moitié de moi. Liam est le premier avec lequel je me sens entière.

— Toi aussi. Quelles sont les nouvelles ?

— Lloyd a élaboré un plan dont il vient de finaliser les détails, il voudrait me l'exposer demain matin et j'aimerais que tu sois là.

— Tu veux ma validation ?

— Je veux ta présence surtout, un autre avis serait le bienvenu.

Je ne le sens pas complètement rassuré, je décèle de la nervosité dans sa voix.

— Tu peux compter sur moi dans ce cas.

— Merci, Tay, on se donne rendez-vous chez moi à 8 h 30, m'annonce-t-il. Il me tarde de te revoir.

— Également ! À demain.

J'espère que ça va bien se passer vu l'animosité qui règne quand Lloyd me voit. Je ne comprends pas son comportement à mon égard. Quoi qu'il en soit, je ne lui fais pas confiance et c'est viscéral, je ne me l'explique pas. Et comme mon instinct ne me trompe jamais, je préfère rester sur mes gardes. Quelque chose chez lui me turlupine. On verra ça plus tard.

Liam a raison, je ne dois pas m'en mêler, il a réussi les douze premiers cambriolages, il n'y a pas de raisons qu'il foire le treizième. Ça ne pouvait pas être un autre chiffre ?

Maintenant que j'ai les idées claires après avoir bien évacué, je me décide à l'appeler. Je ne sais pas pourquoi, mais je préfère sortir de la résidence pour le faire. Je quitte ma chambre et dévale les escaliers pour me poser dans le patio où je m'avachis sur le banc en fer forgé blanc. Ce petit bout de jardin est trop kitch. Je compose son numéro. Une voix robotisée me demande :

— Veuillez saisir votre identifiant s'il vous plaît.

Je tape mon code.

— Identifiant correct. Veuillez décliner votre identité.

— Tessa Blaine.

— Reconnaissance vocale correcte. Quel est l'objet de votre demande ?

— Je souhaite obtenir une connexion sécurisée avec Annabelle Dyvenor Devlin.

— Je vous mets en relation.

Dev, tu es un peu trop à cheval sur les protocoles de sécurité ! J'entends une tonalité.

— Hey hey hey ! Mais qui est-ce ? rigole-t-elle, c'est la sublime Tay !

Je manque de lever les yeux au ciel.

— Annabelle, qu'est-ce que t'a dit le médecin ?

— Que je devais arrêter les excitants ?

— Et tu l'écoutes ?

— Euh, un jour sur deux.

— Arrête le sucre, s'il te plaît, tu vas finir diabétique si ça continue.

— Oh, tu sais, je vais trouver un remède contre.

— Prétentieuse va !

Son rire est unique en son genre : plus tonitruant, tu meurs !

— Pour être honnête, si je suis super excitée, c'est parce que j'ai fini l'encodage de mon programme de géolocalisation multidimensionnel, c'est incroyable.

— Déjà ?

Je suis étonnée par sa rapidité, elle va beaucoup plus vite que prévu.

— Oui, je suis super fière. Des années de travail ! Toutefois, écrire un programme, ce n'est pas si compliqué que ça, mais le mettre en place va prendre plus de temps. Enfin, ça, c'est une autre histoire. Qu'est-ce que je peux faire pour toi ?

— Ça te dit de retrouver un mort ?

Je crois qu'elle vient de faire tomber un truc.

— Sérieusement ?

— Oui.

— Wow wow wow, alors là tu m'intéresses ! Par quoi je commence ?

Son excitation va provoquer un tremblement de terre.

— J'ai besoin que tu retrouves Eung Chan, décédé cette année, frère de Marcus Chan. Il était incarcéré au centre pénitentiaire de Scottsdale en Arizona. Si tu te connectes au serveur des opérations, tu vas pouvoir retrouver le numéro de la plaque de la Maserati que j'ai empruntée.

— Menteuse ! Tu l'as volée !

Je me mets à rire.

— Pas du tout. À l'heure qu'il est, le propriétaire l'a sans doute récupérée.

— Ne joue pas sur les mots, Tay !

— Oui, bon, et puis c'est la même chose. Quoi qu'il en soit, je l'ai filmé via la caméra de recul, mais je n'ai pas les images, je suis sûre que tu peux me les retrouver.

— Pourquoi ne pas l'avoir fait via ton téléphone ?

— Je ne voulais pas que ça arrive sur les serveurs.
— Tu es inquiétante, tu le sais ?
— Je voulais être sûre de ce que j'avance. Je dois en avoir le cœur net.
— C'est peut-être Marcus que tu as vu ? s'enquiert-elle. Ils sont jumeaux après tout.
Merde, elle ne sait pas qu'il est mort, cette information est classifiée. Je ne dois pas éveiller ses soupçons.
— Ethan a émis l'hypothèse que c'est Eung. Pour valider cette théorie, il me faut des preuves.
— Ethan ? m'interroge-t-elle, surprise. Euh… oui, Ethan, ton frère, bien sûr. Qui d'autre ? Euh, je m'en occupe.
Elle bégaye ce qui n'est pas son genre. Annabelle nerveuse ? C'est une première.
— J'ai un point de départ en Arizona et un point d'arrivée à New York. Mais je n'ai pas le chemin entre les deux, est-ce que tu peux dessiner ça pour moi ?
— C'est un défi de taille que tu me lances.
— Rien ne te résiste, Dev.
— Vas-y, flatte-moi pendant que tu y es !
Son rire me contamine. Comment fait-elle pour pétiller autant ?
— Absolument !
— Pas besoin, Tessa, je suis déjà dessus.
— Merci, Dev, j'ai également un autre service à te demander.
— Tu n'es pas rassurante en ce moment !
Soit elle analyse ma fréquence vocale, soit je montre plus d'émotions que d'ordinaire. Pas besoin de me dire d'où cela provient.
— Je te l'accorde. J'ai besoin que tu établisses un profil pour moi.
— Bien sûr, transmets-moi toutes les infos que tu as et je m'en occupe.
Est-ce que c'est une bonne idée de lui demander ça ?

33. Hôtel particulier de Liam, 9 77e Avenue

Liam

Mardi, 8 h 30.

Je n'ai jamais été aussi content de me lever à cette heure et c'est parce que je vais la revoir. Je suis impatient d'excitation. Tout semble tellement léger avec elle.

La sonnerie retentit et je cours lui ouvrir. Je bloque un instant sur sa tenue. Elle est vêtue de noir, son pantalon en cuir comme sa veste. Ses cheveux sont impeccablement coiffés avec ce chignon haut, seules ses mèches ondulées se rebellent et s'échappent. Je la fais rentrer.

— Bonjour, Liam. Elle me fait un grand sourire.

— Euh… bonjour, Tessa, enfin Tay.

Face à ma perplexité, elle arque tout doucement un sourcil.

— Tu vas bien ? Tu me regardes bizarrement.

— Oui, c'est juste que…

— Ma tenue te déplaît ?

Elle retire sa veste et je remarque qu'elle porte un t-shirt noir à manches courtes en dessous.

— Euh non, c'est très sexy au contraire, mais enfin…

— C'est ma tenue de bureau si je peux m'exprimer ainsi, puisque nous sommes là pour travailler.

Je me demande comment elle est sur le terrain. Sans doute intransigeante et professionnelle.

— Est-ce que tu es armée ? lui demandé-je en fixant son sac à main.

Elle roule des yeux devant moi.

— Non pas besoin, je suis une arme à moi toute seule, rigole-t-elle, ce qui me fait rire à mon tour.

Elle est bien armée.

— Liam, ce ne sont que des vêtements.

— Que j'aimerais bien t'enlever à un autre moment.

Ses mains atterrissent autour de mon cou et je me connecte à elle, sans rien dire. Je l'attrape par la taille. J'aime me perdre dans son regard qui me transporte à chaque fois.

— Reste concentré, s'il te plaît.

C'est raté.

— Donc si je t'embrasse tout de suite, ce n'est assurément pas une très bonne idée.

— Au contraire, ça risquerait de te rendre plus fort.

Je ne résiste pas et je la plaque contre moi avant d'écraser mes lèvres sur les siennes. Je ne veux faire que ça de mes journées tellement la sensation est incroyable. Je la pousse contre la commode et soulève légèrement son t-shirt pour toucher sa peau, je veux qu'elle sente à quel point elle me fait enfler.

— Rassure moi, ce n'était pas un stratagème pour me faire venir chez toi et nous envoyer en l'air ?

— Si seulement, lui susurré-je à l'oreille.

Son épaule remonte, ce qui la rend encore plus sexy. Je nous donne deux secondes avant que ça ne se termine dans la bibliothèque.

— Reviens sur Terre, Liam, tu vas finir au septième ciel sinon.

— Je ne demande que ça, murmuré-je près de sa bouche. Je vais devoir travailler juste après, mais est-ce qu'on peut dîner ensemble ce soir ?

— Eh bien…

Nous sommes interrompus par la porte d'entrée qui s'ouvre d'un trait. Tessa se retire automatiquement de mes bras quand elle aperçoit Lloyd s'avancer vers nous. Il la toise avec mépris avant de me dégommer du regard.

Tessa

Mardi, 8 h 34.

Je n'aime pas la façon dont il me dévisage.

— Bonjour, Lloyd.

— Oui, bonjour, siffle-t-il.

— Qu'est-ce qu'elle fait là ? crache-t-il à Liam.

Je m'offusque immédiatement.

— Si ma présence vous indispose, je peux vous laisser, décrété-je pour essayer de calmer l'ambiance pesante.

Je ne comprends pas son animosité envers moi. Dès qu'il me voit, il est anormalement nerveux.

— Non, tu restes, Tessa, objecte fermement Liam. Je dois aller bosser après, alors autant commencer. Si tu nous exposais ton plan ? demande ce dernier à Lloyd.

— Allons dans la bibliothèque, on y sera plus à l'aise que dans l'entrée, me jauge-t-il.

Il peut se les mettre où je pense ses commentaires sarcastiques !

Nous le rejoignons dans la bibliothèque où Liam ne se prive pas de me tenir la main juste devant lui. Son geste me va droit au cœur. Dans ta tronche, Lloyd ! Il déplie devant nous plusieurs plans sur une grande table qui se trouve en plein centre de cette pièce. Ils représentent la salle d'exposition principale du Metropolitan et celles qui jouxtent. Ce musée est un véritable labyrinthe.

— Le Metropolitan organise une importante exposition de très haute joaillerie qui se déroulera dans la section consacrée à l'Égypte, au rez-de-chaussée. Enigma 1 sera exposé ici, il nous désigne l'immense salle où réside l'imposant Temple d'Isis de Dendour.

Je me penche pour voir ça de plus près.

— Le cocktail sera situé sur toute la longueur devant le bassin, à côté des statues de Amenhotep III. Les vitrines seront tout autour du temple, nous informe-t-il, et Enigma sera en plein centre.

Non, Enigma est sur un des côtés.

— Dans cette salle, il n'y a que deux sorties de secours, à environ trois mètres de distance de là où sera exhibé le collier.

Erreur, Enigma est à six mètres du point d'exfiltration le plus proche. Le collier est plus loin que ça sur le plan. Il n'a pas fait correctement ses devoirs contrairement à moi.

— Voilà les premières informations.

— OK, et quel est ton plan ? demande Liam.

— Après avoir revu avec toi les différentes options dimanche, j'ai finalement opté pour un black-out général. Rien de mieux qu'une bonne diversion pour dévier toute l'attention qui sera sur le collier.

L'idée n'est pas mauvaise.

— Tu vas tout couper ?

— L'eau, l'électricité, la chaufferie et le système de ventilation vont être neutralisés, ainsi que les alarmes. Tout le musée va être plongé dans le noir le plus total, je vais provoquer une panique générale.

On dirait qu'il éprouve du plaisir à faire ça, cela semble le mettre en joie.

— Comment tu vas faire ça ?

— Là est le clou du spectacle, je vais pouvoir faire tout ça à distance.

Liam est impressionné, ce qui n'est pas mon cas. Le MET possède un système électrique complètement fermé, ce bâtiment est une antiquité qui a été édifiée juste après la guerre de Sécession. Le circuit n'a pas été modernisé au point de pouvoir tout faire sauter à distance et je me demande si ce n'est pas fait exprès. Pour pouvoir générer un black-out de cette envergure, il faudrait provoquer un tremblement de terre.

— Et ensuite ?

— Tu vas adorer. Le système étant hors service, l'alarme autour du diamant sera automatiquement coupée, tu pourras donc le dérober sans problème.

— Bien joué. Il n'y aura personne pour le protéger ? s'interroge Liam.

J'écoute très attentivement leurs échanges sans intervenir.

— Un vigile est prévu en permanence devant la vitrine. Si jamais une alarme venait à se déclencher, la salle doit être évacuée et les invités escortés. Ça te laissera en conséquence le champ libre.

Sauf que, petit problème, ils seront trois à le surveiller, et non une seule personne, comme il l'affirme. Soit ce Lloyd est complètement amateur, soit Liam fonce droit dans un piège.

— Tu sembles soucieuse, Tessa.

— Quoi, euh non, bafouillé-je. Je vous écoute.

J'arrête de me mordre les lèvres.

— Donc, une fois que le vigile sera parti, tu n'auras plus qu'à le subtiliser et retrouver le chemin de la sortie.

— Comment je brise sa paroi ?

— Avec un laser. C'est du verre simple, tu devras juste faire très vite et attention.

Faux. Ce n'est pas du verre simple, mais du verre trempé chimique. Ce choix ne m'étonne pas, car sa résistance est supérieure à du verre trempé thermique, ce qui prouve qu'Enigma a été placé dans une véritable forteresse. Cela va prendre un temps fou avec un laser, temps dont il ne dispose pas. Seuls des ultra-sons peuvent faire sauter la vitrine dans un laps de temps aussi court. Et puis même s'il réussit à la briser, il va inévitablement se faire remarquer, panique générale ou pas.

— Tu en dis quoi, Tessa ?

Liam me sort de mes pensées. Lloyd ne se cache même pas, il est complètement offusqué et arbore une mine dégoûtée parce que Liam a l'audace de me demander mon avis.

— C'est un très bon plan.

Je jauge tout de suite la réaction de Lloyd qui est sans équivoque : sa mâchoire se crispe complètement, il croise immédiatement les bras et appuie ce geste devant moi avant de me dégommer du regard. Eh bien, quoi ? Tu t'étonnes que je valide ton plan foireux ? Ça ne lui fait pas plaisir à ce que je vois. Il est carrément contrarié. Pourquoi donc ?

Il s'attendait sans doute à ce que je rétorque, ce qui m'aurait placée dans une situation délicate vis-à-vis de Liam. Mes félicitations, Lloyd, tu viens de tomber dans mon piège mental. Ce mec n'est pas bête, il sait exactement ce qu'il fait, à savoir mener Liam derrière les barreaux. Tout ça me prouve qu'il mène un double jeu, mais dans quel but ?

— Tu n'as plus qu'à te préparer pour samedi soir, Liam, lui annonce son coéquipier d'un air nonchalant.

— J'ai été convié à cet événement par la joaillerie Vance, me communique-t-il cette information. Rentrer ne posera pas de problème, mais il faudra que mon équipement soit sur place.

— Ne t'en fais pas pour ça, je connais quelqu'un qui te remettra tout lors de la soirée, ce sera l'un des serveurs.

Et où vont-ils mettre un laser ? Dans leur seau à champagne ? Liam ne veut pas que j'intervienne, mais, si je ne le fais pas, c'est la prison assurée et ils tueront son père. Pourquoi Lloyd agit-il de la sorte ? Ce mec n'est pas un amateur, c'est certainement lui qui épaule Liam sur chaque cambriolage. Pourquoi l'aider jusqu'ici si c'est pour l'enfoncer maintenant ? Je dois lui venir en aide, mais avant je dois découvrir pourquoi Lloyd l'envoie tout droit dans un piège. Sans oublier que Liam doit absolument récupérer Enigma s'il ne veut pas qu'on s'en prenne à son père. Tout se complique.

— Eh bien, tout est parfait, déclaré-je pour sortir de mon silence.

— Si Tessa est d'accord, on reverra les détails une dernière fois vendredi soir. Qu'en pensez-vous ? nous lance-t-il.

— Oui, vendredi, ça me va.

Je quitte rapidement la bibliothèque sous l'œil interrogateur de Liam. Je récupère mes affaires et ne prends pas la peine de dire au revoir à son collègue pour marquer mon mécontentement. Liam me rattrape par le bras alors que je me tire de chez lui.

— Où est-ce que tu te sauves comme ça ?

— Je suis désolée, mais je ne peux pas rester.

— Tu allais partir sans m'embrasser ?

Je n'ai pas le temps de répondre qu'il prend mon visage entre ses mains et plonge sa langue dans ma bouche. Ce geste m'est désormais essentiel. Cette connexion que je ressens quand je suis avec lui… Je voudrais l'embrasser toute la journée et oublier ce monde pour l'éternité.

— Je passe te prendre ce soir ?

— Non, je ne vais pas pouvoir me libérer, demain plutôt, est-ce que ça te conviendrait ?

— Oui, bien sûr, mais je ne sais pas si je vais pouvoir attendre autant de temps.

— Tu devrais pouvoir t'en sortir. Bonne journée, Liam.

Je remarque qu'il est inquiet de me voir partir relativement vite.

— Toi aussi, Tay.

Je l'embrasse encore et me précipite dehors. Une fois à bonne distance, j'appelle immédiatement Fong.

— Salut, Tay !

— Fong, tu t'y connais en gemmologie ?

34. Yakuza, 347 West 46e Avenue

Liam

Mercredi, 19 h 30.

Je n'ai pas eu de nouvelles depuis qu'elle s'est sauvée hier matin. Elle est restée silencieuse depuis tout ce temps. La retrouver me fait le plus grand bien quand elle passe la porte de ce petit restaurant fusion japonais. Elle porte une sublime robe cache-cœur anthracite et ses magnifiques cheveux sont complètement lâchés.

Je me précipite tellement que je renverse presque ma chaise. Je ne cache même plus mon attirance et je veux que tout le monde le sache. Je prends son visage entre mes mains et l'embrasse comme si c'était la dernière chose que je désirais faire sur cette Terre. Sa langue vient saluer la mienne de manière très sensuelle. Cette femme sait comment me mettre en manque. J'entends plusieurs toux gênées dans mon dos, mais je m'en contrefiche, l'embrasser est primordial.

— Je ne me lasse pas de la façon dont tu m'accueilles, halète-t-elle.

— La prochaine fois, on dîne chez moi.

Je la libère de mon étreinte.

— À ce rythme, pas sûre qu'on atteigne la salle à manger.

Et probablement pas l'entrée.

— Je ne vais pas vous contredire, Mademoiselle Blaine.

Elle me déshabille mentalement, son regard sous-entend qu'on prendra le dessert dans ma chambre, ou peut-être le vestibule, voire dans les escaliers… Merde, je ne me contrôle plus quand il s'agit d'elle. Nous nous installons dans cet endroit très intimiste, il ne doit y avoir que dix couverts à vue d'œil. Tessa fait de nombreux sourires au vu de la décoration à la fois chaleureuse et encombrée :

j'ai l'impression d'être dans la cuisine d'un appartement plutôt que dans un restaurant.

— Ce lieu est génial, rêve-t-elle tout haut.

— Je suis d'accord avec toi. Je me suis inquiété lorsque tu es vite partie hier, est-ce que tout va bien ? lui demandé-je en agrippant sa main.

Ce geste provoque un immense sourire chez elle.

— Oui, parfaitement.

— Je suis désolé de te poser cette question, mais, maintenant que tu m'as démasqué, est-ce que tu vas en informer le lieutenant Powell ?

Son sourire vient de s'effacer.

— Laisse Matthew en dehors de ça, je me charge de lui.

Sa voix grave refait surface, ce qui m'indique son état d'esprit.

— Tu dois avant tout te concentrer sur ton objectif. Le plus important est que tu dérobes Enigma, que tu le remettes à Evan Shane et que tout cela s'arrête.

— J'aime votre façon de penser, Mademoiselle Blaine.

— Et si on dînait ? Je suis affamée !

— Qu'est-ce qui te ferait plaisir ?

— Je te laisse choisir !

Je fais signe au serveur et commande toute la sélection de *gunkan*, makis, yakitoris et sushis. Elle va être éblouie.

— Comment s'est passée ta journée ?

J'essaye d'en savoir plus suite à son silence de ces dernières trente-six heures. Sa mâchoire se contracte, elle se redresse sur son siège et carre bien ses épaules.

— Enfin, non, ce n'était pas la question, j'essaye de tempérer, tu as des centres d'intérêt ? Ou bien ta vie…

— Ne tourne qu'autour de ma mission, tu veux dire ? finit-elle ma phrase.

— Tu m'as compris.

— Non, Liam, j'ai une famille qui me demande beaucoup d'énergie, si je peux m'exprimer ainsi. J'ai des amis aussi qui, techniquement, pensent que je suis avocate en droit international.

— Ah oui ?

— Plus facile pour justifier mes nombreux déplacements, admet-elle. Je dois paraître normale aux yeux du monde. J'éprouve de réels sentiments pour ma famille et mes amis, mais je suis scindée entre celle que je suis et celle que je montre, sans parler de ce que je fais. Tout ça n'est qu'une couverture qui, je l'espère, un jour ne le sera plus.

Elle vient de piquer ma curiosité.

— C'est-à-dire ?

— Je ne suis pas vouée à faire ça toute ma vie, j'ai une durée de péremption en quelque sorte.

Son regard dévie sur la table d'à côté où un couple est en train de feuilleter le menu.

— C'est vrai ?

— Oui, un jour je suis censée être libérée de mes obligations et retrouver une vie normale, mais ce n'est pas pour tout de suite.

L'espoir qu'on puisse mener cette vie tous les deux me rend soudainement très heureux.

— Et quand tu as du temps libre, qu'est-ce que tu aimes faire ?

— Liam, qu'est-ce que tu as envie de savoir ?

— Tessa, je tiens énormément à toi et je n'ai pas envie qu'après ça, tu disparaisses.

J'imbrique fermement ma main dans la sienne pour lui faire comprendre que je la veux auprès de moi pour longtemps. Pour toujours, en réalité.

— Liam, pour le moment, tu dois faire le vide et te focaliser sur ton objectif. Une fois que ton père sera réellement en sécurité, et, en conséquence, que tu seras libéré, on en reparlera. Qu'en penses-tu ? tente-t-elle de me rassurer.

— C'est un bon programme.

Le serveur revient avec toute une sélection de poissons crus et Tessa fait les yeux ronds. Elle prend une paire de baguettes et se saisit d'une composition originale au thon mariné épicé et noix de Saint-Jacques.

— À la tienne !

Elle attend que je prenne l'autre paire du *gunkan* pour faire trinquer nos sushis.

Elle a ce côté enfantin que j'adore. Elle se délecte dès la première bouchée. J'espère que tout va se passer comme prévu samedi. Je dois réussir, car, maintenant, il ne s'agit plus uniquement de sauver mon père, mais également d'envisager un futur avec elle.

— Humm, c'est divin ! dit-elle, la bouche pleine.

— Non, toi en train de manger des sushis, c'est ça qui est divin.

Nous nous mettons à rire ensemble et je saisis cet instant.

35. Hôtel particulier de Liam, 9 77e Avenue

Tessa

Jeudi, 7 h 03.

Liam dort à poings fermés dans mes bras, nos fronts se touchent presque. Il ne m'a pas ménagée cette nuit, j'ai eu le sentiment qu'il voulait me faire jouir comme personne, me montrer à quel point il me désire, il m'admire. C'était si intense que je quitte à contrecœur son corps et m'éclipse tranquillement de sa chambre en prenant soin de ne pas le réveiller en me rhabillant.

Je dévale les escaliers quand, à travers la fenêtre de l'entrée, j'aperçois Lloyd sur le perron, qui prend le courrier de Liam. Il est un peu tôt, mais, surtout, il le récupère et s'en va avec. Je décide de le courser et ouvre brutalement la porte.

— C'est gentil à vous de prendre son courrier.

Il se retourne sur moi, mort de peur. Pris de panique, il renverse tout par terre. Je me précipite pour l'aider à tout ramasser et repère le logo d'une compagnie fiduciaire, d'une compagnie d'assurances et d'un cabinet d'avocats sur les enveloppes. Il m'arrache les lettres des mains et se barricade avec comme pour m'empêcher de les reprendre.

— Tessa, c'est bien ça ?

Il m'affronte en me prenant de haut.

— Oui, vous faisiez quoi là ?

— Euh, ben, c'est mon travail, hésite-t-il.

Il range tout de suite les lettres dans sa sacoche.

— De prendre son courrier et de vous en aller avec ?

Je tends une main vers sa sacoche, mais il recule d'un pas.

— Je ne mêle pas de vos affaires, occupez-vous des vôtres, me crache-t-il en plein visage.

Il se tire rapidement en me laissant en plan. C'est très étrange. Ce mec n'est franchement pas net et je n'ai toujours pas élucidé ce mystère, sans parler du plan foireux qu'il a concocté pour Liam.

Je retourne dans l'hôtel particulier pour prendre mes dernières affaires que j'ai laissées dans l'entrée.

— Où est-ce que tu t'en vas comme ça ?

Je sursaute quand je vois Liam descendre les marches et venir me retrouver. Il m'enlace par-derrière et dépose une pluie de baisers le long de mes épaules.

— Euh, ben, je comptais y aller, mais il semble que tu veux remettre ça.

— Si on continue sur cette voie, je prends ma journée, crois-moi.

Il pose un baiser dans le creux de mon cou.

Ce geste m'enivre instantanément. Je me retourne vers lui.

— Ça te dit de prendre le petit-déjeuner avec moi ? me propose-t-il.

— Je te remercie, mais je n'ai pas le temps ce matin.

Il me fait une moue à laquelle je ne résiste pas.

— Même pas une petite minute ?

Je craque et en plus il est torse nu, ce qui réduit à néant ma volonté de lui résister.

— Bon, d'accord, si tu me fais un thé, je veux bien rester, mais pas longtemps.

Un sourire victorieux passe sur son visage. Il m'embrasse furtivement avant de me conduire dans son immense cuisine. Puisque je reste, autant obtenir plus d'informations.

Je m'installe à la grande table quand il commence à faire chauffer de l'eau.

— Je peux te poser une question sur Lloyd ?

— Laquelle ? s'enquiert-il, intrigué.

— Tu le connais comment ?

— C'était un camarade de jeu lorsque j'étais plus jeune. Il est sorti de prison il y a peu de temps et je lui ai demandé un coup de main.

Ce qu'il me dit m'étonne. J'hésite à lui poser la question sur la raison de son envoi à l'ombre.

— Réellement ?

Il me sert une tasse de *Lapsang*. Ça me touche qu'il en ait acheté.

— Tu veux dire que c'est un ami à toi ?

— C'est un ami d'enfance, mais, contrairement à lui, j'ai pris le bon chemin. Je me suis ressaisi après avoir témoigné contre mon père. J'ai décidé de reprendre ma vie en main, mais lui a continué ses combines. Il a fait cinq ans de prison. Il n'a jamais pu se réinsérer par la suite, du coup je l'ai contacté pour qu'il m'aide. Je lui fais confiance, il m'a bien assisté.

Pas pour le bouquet final en tout cas !

Qu'est-ce que ça cache ? Pourquoi travailler avec lui si c'est pour l'enfoncer maintenant ?

Je bois une gorgée de mon thé tandis qu'il me tend une assiette avec un cookie au chocolat. Son petit geste est trop mignon. Ce mec va me rendre débile !

— Liam, quand ils t'ont demandé de cambrioler les joailleries, ils ont précisé le montant que tu devais amasser ?

— Non, mais j'ai vite compris qu'ils voulaient beaucoup d'argent. Je m'attendais à en cambrioler deux ou trois au départ, mais ils ont eu les yeux plus gros que le ventre. J'ai eu de la chance puis c'est devenu addictif, ce sentiment de pouvoir, d'être au-dessus de tout. J'y ai pris goût malheureusement.

Il prêche une convaincue.

— Mais je ne peux plus continuer comme ça, m'avoue-t-il, comme s'il pensait que j'allais le convaincre d'arrêter.

— Liam, sache une chose, je ne serai jamais celle qui te dira ce qui est bien ou non, toi seul es en mesure de répondre. Je te soutiendrai, peu importe ce que tu feras, du moment que c'est ce que tu veux.

Ses yeux brillent, je ne pensais pas que ça lui ferait aussi plaisir que je lui dise ça.

— Ce qui ne me rassure pas en revanche, c'est que le prochain cambriolage ne soit pas le dernier et que ton père ne soit pas en sécurité. Avec un gars comme Evan Shane, tout est possible.

Je pourrais faire sortir son père et le mettre à l'abri, mais ça risquerait de se compliquer et provoquer des réactions en chaîne que je ne suis pas sûre de pouvoir maîtriser. Il vaut mieux rester en retrait le concernant et s'en tenir au plan.

— Tu as raison, je ne lui fais pas confiance, mais je n'ai pas le choix.

Je finis d'une traite ma tasse de thé et avale en trois bouchées ce délicieux cookie.

— Merci pour ce petit-déjeuner, mais je dois y aller et tu dois bosser.

— Et si je prenais un jour de congé ?

Il me fixe tellement intensément qu'il va me foutre en feu. Il contourne la table de la cuisine et vient se placer derrière moi. Il m'enlace par-derrière et pose sa bouche dans mon cou qu'il embrasse très lentement. Putain de merde.

— Tu as une idée en tête, lui demandé-je tandis que je sens sa respiration proche de la mienne.

— Te libérer de cette chaise pour commencer.

Je me lève et il en profite pour la faire disparaître avant de me plaquer sur le ventre, à même la table. Ce geste brusque fait rebondir ma tasse vide. Il fait glisser ma culotte sans perdre de temps. Il baisse son pantalon et ma volonté disparaît quand je sens sa queue descendre le long de mes fesses. Son sexe enfle entre mes jambes. Il va vraiment me prendre comme ça ? Il a dû avoir cette idée en tête lorsqu'il est descendu me retrouver, car j'entends le bruit d'un sachet qui se déchire. Il colle son visage contre le mien et s'enfonce tout doucement.

Plus un bruit si ce n'est son souffle et la sensation de sa queue qui se délecte de retrouver mon sexe après cette nuit torride.

— Je suis prêt à n'importe quoi pour que tu restes avec moi.

Ces mots viennent de provoquer une décharge électrique. Je sens un courant puissant me traverser le corps. Je ressens le plaisir que cela lui procure de me dominer et je le laisse faire, car je lâche prise. Lui donner le contrôle amplifie mon désir. Ses mouvements sont sensuels, mais aussi puissants, bestiaux, et j'en redemande. La façon dont il me prend me permet d'être fragile, à sa merci, vulnérable, ce qui me rend plus humaine. Je me libère émotionnellement.

— Liam, Liam, prononcé-je son prénom dans un long souffle.

Il grogne le mien en réponse. Il attrape mes mains et nous ne formons plus qu'un dans cette position qui est tout sauf confortable, mais qui me procure du plaisir. J'essaye de me redresser, mais il m'en empêche, son sexe entre mes fesses. Bon, autant rester comme ça.

L'étreinte est violente, puissante, insolente. La sensation est unique, je me sens en sécurité, forte, je peux laisser libre cours à mes envies, mes pulsions sans être obligée de le contrôler.

Les mouvements sont de plus en plus rapides, je ne veux pas qu'il ralentisse. Je ne contrôle pas son étreinte, je le laisse faire et ça m'excite. Le pouvoir qu'il exerce sur mon corps me rend euphorique. J'en veux encore, je suis presque en état de manque.

L'orgasme se propage dans nos deux corps en même temps, dans une synchronicité déroutante, comme si nous étions faits l'un pour l'autre. Il se retire tout doucement et me libère progressivement. Il enlève le préservatif et je me redresse. Je n'ai pas le temps de me remettre de cette baise que je me retrouve assise sur ses genoux, complètement débraillée, ma culotte, par terre. Je reste dans cette position sans réagir, avant de finir par reprendre mes esprits.

— Tu comptes me la remettre, j'espère.

— Bien évidemment.

Je me lève et passe un pied après l'autre, il la fait remonter et en profite pour caresser mon entrejambe avant de me faire de nouveau asseoir sur ses genoux. Il tourne mon visage vers le sien et m'embrasse à pleine bouche. Il écarte mes cuisses et passe une main dans ma culotte, il est en train de titiller mon clitoris en faisant de longs cercles tout autour.

On devrait prendre plus souvent le petit-déjeuner ensemble !

— Tu veux des préliminaires après cette baise ?

— Pourquoi pas ? Je veux te faire jouir de toutes les manières possibles.

Je bascule ma tête en arrière, prête à le laisser faire, quand ma montre vibre, ce qui me fait revenir sur Terre.

— Une autre fois, Liam, je dois y aller, dis-je à contrecœur.

— On se revoit quand ?

Ses doigts sont toujours en train de caresser mon sexe. Je m'agrippe à son cou et plonge dans ses yeux dont la couleur vient de virer au bleu.

— Tu ne serais pas insatiable à tout hasard ?

— Ça se pourrait, me chuchote-t-il à l'oreille, tandis que sa main caresse délicatement ma poitrine à travers ma robe.

De ses deux mains, il provoque mon corps, de mes seins à mon sexe. Bordel, ne le laisse pas faire sinon on ne va plus pouvoir s'arrêter. Je quitte son étreinte et il m'agrippe plus fort.

— Tu veux réellement m'empêcher de partir ?

— Oh que oui !

Il est vraiment obligé de travailler aujourd'hui ? Résiste à l'envie de remettre ça. Ses caresses s'accentuent et il fait glisser sa main à l'intérieur de mon soutien-gorge tout en enfonçant un doigt puis un autre dans mon vagin. Il fait des mouvements que je n'arrive pas à qualifier, je ne pense plus clairement. Il joue avec le bout de mon sein puis le pince très fort, mais la douleur est compensée avec ce qu'il passe plus bas… Quelle dextérité ! Si je ne le stoppe pas dans la seconde, il va continuer et ça va se finir sur le carrelage cette fois, pourtant c'est si agréable. Mon corps en redemande, je veux être à sa merci, être celle qui s'en remet à lui puis…

Allez, Tessa ! Oppose de la résistance là ! me souffle ma conscience. Rabat-joie !

Je me redresse et attrape ses poignets en faisant pression dessus pour le repousser, me libérant de son étreinte. Il me fixe, complètement pantois.

— Tu n'as pas répondu à ma question ? me rappelle-t-il, un sourire satisfait aux lèvres.

Laquelle, déjà ? Ah oui, ça me revient.

— Demain soir, puisque Lloyd veut nous voir.

— Faisons comme ça.

Je remets mes vêtements en ordre et nous quittons la salle à manger, main dans la main, puis il me raccompagne devant la porte d'entrée.

— Bonne journée, Liam ! lui lancé-je devant son perron.

— Tu me manques déjà.

Ses mots résonnent en moi, je vibre tellement fort que je me jette à son cou et l'embrasse.

Mon empressement l'étonne, mais je suis gratifiée d'un magnifique sourire. Moi aussi j'ai des sentiments pour toi, ce qui ne me rassure pas, notamment à cause de ce qui se prépare.

Il referme la porte et je quitte son hôtel particulier.

Cette baise matinale m'avait fait oublier Lloyd. Je décide d'appeler Dawn tandis que je retrouve le chemin de la résidence. Marcher me fera le plus grand bien. Henry va se demander où je suis à force de me voir découcher.

— Salut, Dawn !

— Gloire à Tay !

— Hein ?

— Tu es tout simplement mon héroïne.

— Et on peut savoir ce que j'ai fait ?

— Démolir la tronche de Dante, par exemple ?

Je ne peux m'empêcher de glousser.

— Je ne vois pas de quoi tu parles, il a juste trébuché sur le tapis du ring, c'est tout.

— Ne joue pas les modestes, tu lui as pété le nez en beauté ! Ce mec m'exaspère et il traite tout le monde comme de la merde.

Sa tronche pleine de sang fait ressurgir en moi un sentiment de pure satisfaction.

— Si ça peut te faire plaisir, j'en suis ravie.

— Invite-moi la prochaine fois !

Je rigole aux éclats.

— Samedi 27 à 17 h, salle d'entraînement numéro 4 au quarante-septième étage des opérations.

— Je t'adore ! jubile-t-elle.

Je sais qu'elle est déjà en train de regarder les caméras d'enregistrements sur les serveurs.

— Je ne t'ai rien dit.

— Promis, ça restera notre secret. Mais si tu m'appelles, c'est que tu as besoin de mon aide ?

— Crois-moi, j'aurais bien aimé prendre un verre avec toi. Dawn, j'ai un truc particulier à te demander.

— Tout ce que tu voudras.

— Tu peux te renseigner auprès d'avocats, notaires ou agents immobiliers et me dire si Liam Ward-Harper a effectué des transactions financières récemment ?

— Oui, bien sûr. Tu cherches quelque chose de précis ?

— Une intuition, seulement.

Les touches de son ordinateur produisent un son bien marqué, elle tape toujours aussi vite et bruyamment.

— Ah ah ! s'exclame-t-elle.

— Si vite ? Qu'est-ce que tu as trouvé ?

— Woo Tay, il compte prendre la fuite ton ami ?

Je me fige en pleine rue.

— De quoi tu parles ?

— Son hôtel particulier a été vendu. La vente vient de se faire et les nouveaux propriétaires doivent emménager la semaine prochaine.

— Mais comment est-ce possible ? Enfin, oui, ça l'est, mais il n'a pas l'air d'avoir fait ses cartons.

Il aurait prévu de tout plaquer ? Si c'est le cas, je me suis lourdement trompée le concernant. Liam est sans appel ma Kryptonite rouge.

— Je ne saurais répondre à ta question. Je peux juste t'indiquer qu'il a pris des dispositions extrêmement précises concernant ses actifs. Il a nommé un certain Lloyd Lemar comme unique légataire s'il venait à mourir ou à aller en prison. C'est le Cabinet Dhorem & Korsh qui s'en est occupé, ajoute-t-elle.

Mais ça n'a pas de sens. Liam a été prévoyant et je peux le comprendre, mais pourquoi vendre sa maison ? Il aurait prévu de fuir après ce dernier cambriolage ? Mais pourquoi tout céder à son soi-disant coéquipier en cas d'échec ? Pourquoi ne rien laisser à son père ? Enfin, je ne le connais pas depuis si longtemps, alors ce n'est pas impossible. Non, fie-toi à ton instinct. Je sens au fond de mes tripes qu'il n'a pas prévu de prendre la fuite. Il est trop attaché à son père et il a beau avoir été un criminel, il n'a jamais fait ça de son plein gré.

— De quand date tout ça ?

— Alors, la vente est vraiment récente, elle s'est faite cette semaine.

— Cette semaine ? Tu es sûre ?

Je ne peux pas croire ce qu'elle me dit.

— Oui, l'hôtel particulier de Liam est une pièce unique sur New York, c'est un bien très recherché. Cela ne m'étonne pas que la transaction se soit faite aussi vite.

— Dawn, j'ai besoin de la date exacte.

— Donne-moi quelques secondes et… je l'ai ! Le bien est sur le marché depuis dimanche.

Soit le lendemain du bal. Il savait donc à ce moment-là qu'il allait devoir dérober Enigma.

— La vente a été faite mardi, ajoute-t-elle. Et, d'après les informations dont je dispose, les propriétaires s'étaient déjà manifestés il y a quelques mois auprès de Liam, car ils étaient très intéressés par son bien. Ce dernier a cependant refusé leur offre. Ils ont dû sauter sur l'occasion en voyant le bien en vente. Voilà pourquoi cela s'est fait aussi rapidement.

Il aurait changé d'avis et vendu son hôtel particulier entre temps ? Après tout, s'il est sûr de sa réussite, il veut peut-être tout plaquer et fuir. Je n'y comprends rien, et puis il n'a pas commencé ses cartons, il est tout, sauf sur le départ.

— Dawn, je suis très étonnée, quelque chose cloche là-dedans.

— Je confirme.

— Éclaire-moi.

— Les dispositions qu'il a prises ont été faites à la demande de Monsieur Lemar, et non de Liam. C'est la signature de Lloyd sur tous les documents, Liam a signé plusieurs procurations lui conférant les pleins pouvoirs afin d'agir en son nom.

— Tu plaisantes ?

— Non, pas du tout.

— Tu peux faire une analyse graphologique de la signature sur chaque document et la comparer avec celle de Liam ? Je veux être sûre. Je pense que tu peux retrouver sa signature via les documents que j'ai sur mon serveur attitré.

— Je l'ai, Tay ! s'écrit-elle, tout contente. Je lance le protocole de reconnaissance sur les documents que j'ai et…

Elle marque un temps d'arrêt. Je suis suspendue à ses lèvres. J'espère que mon instinct est bon.

— Le diagnostic vient de sortir plus vite que je ne le croyais. Je t'annonce que les procurations sont fausses. Liam n'a pas signé, la correspondance est de 59 %. Il l'a imité, mais pas assez bien.

Je pousse un énorme soupir de soulagement.

— Personne n'a pris le temps de vérifier ? Ils sont aussi incompétents que ça ?

— Oh, tu sais, que ce soit les banquiers ou les notaires, ils n'ont pas besoin d'aller jusque-là et ils n'ont pas que ça à faire. Et puis, rappelle-toi que Liam et Lloyd se connaissent, donc il est d'autant plus facile pour Lloyd de prouver qu'il y a un lien de confiance entre eux.

Il a dû bien embrouiller ses interlocuteurs, *comme le font les bons criminels*.

Voilà pourquoi Lloyd a concocté un plan foireux. Pour s'emparer de la fortune de Liam. Il est en train de se faire rouler dans la farine par ce fumier. Pourtant ça ne colle pas. Pourquoi l'aider tout ce temps si c'est finalement pour l'enfoncer maintenant ? Il pouvait le faire arrêter bien avant ?

Probablement parce que Liam a dit à Lloyd que ce serait le dernier cambriolage. Il a vu cette ultime chance pour l'enterrer. Il attendait le bon moment pour le faire tomber et sans doute avoir assez de preuves pour l'enfoncer, sachant que Liam est très doué. Mais surtout, Liam lui fait toute confiance, et c'est ça qu'il cherchait à obtenir.

— Dawn, les fausses procurations concernant la liquidation de ses actifs datent de quand ?

— Environ quelques semaines. Je peux également t'indiquer qu'à la minute où Liam serait décédé ou incarcéré, tout son argent irait chez Lloyd. Tout a parfaitement été orchestré, d'après ce que je vois.

Il prévoyait son coup depuis le début, attendant patiemment le bon moment. Enigma est l'opportunité qu'il espérait. Envoyer

Liam dans un piège pour pouvoir lui voler tout son fric. Est-ce que Lloyd serait de mèche avec Evan Shane ? Non, impossible. Shane a besoin de ce diamant.

Je me passe les mains dans les cheveux, je manque d'oxygène. Tout s'embrouille et s'emmêle. Il est horriblement tard et je dois vite retrouver le chemin de la résidence.

— Tessa, tu es toujours en ligne ?

— Oui, merci, Dawn. J'ai besoin de tout ce que tu peux me trouver sur Lloyd Lemar.

— Tu cherches quoi exactement ?

— Absolument tout.

36. Quartiers généraux des entreprises Vance, bureau de Liam, 672 Madison Avenue, New York

Liam

Jeudi, 14 h.

Impossible de me concentrer après cette dernière baise ce matin avec elle. Je n'ai pas envie de travailler, juste de la retrouver. Comment vais-je faire pour attendre autant de temps ?

Bon, tant pis, je lui propose de dîner avec moi ce soir. On pourrait peut-être faire quelque chose de différent après avoir mangé. Il me vient une petite idée qui devrait la mettre dans son élément. Je compose son numéro.

— Toujours en état de manque, Monsieur Ward-Harper ? me demande-t-elle directement.

Sa voix est grave. Maintenant, je comprends pourquoi, cela sous-entend qu'elle bosse.

— Oh que oui, Mademoiselle Blaine. Tu es occupée ?

— J'ai toujours du temps à te consacrer, mais, oui, je concentre mes efforts sur un projet.

— De quelle sorte ?

— Liam, c'est malheureusement top secret.

Je me gratte le menton face à sa réponse. Ai-je réellement envie de savoir ce qu'elle fait ? J'aimerais qu'elle m'en dise plus, mais elle n'est sans doute pas autorisée à le faire, ce qui attise de plus en plus ma curiosité. J'ai envie de tout savoir d'elle, et dans les moindres détails.

— Tu tergiverses trop, me fait-elle remarquer.

— Avec toi, tout le temps. Tu es libre ce soir ?

— Oui, mais pas demain matin, ajoute-t-elle.

— Pourquoi tu me dis ça ?

— Parce que je ne vais pas pouvoir passer la nuit avec toi, à mon grand regret.

Ma queue le regrette également.

— J'aimerais te proposer une activité originale après le dîner, tu es partante ?

— Je relève toujours les défis. On se retrouve où et à quelle heure ?

— Je t'envoie une adresse. Il me tarde.

— Pas autant que moi, ajoute-t-elle.

J'entends son sourire à travers le combiné. Cette activité va me permettre d'en savoir un peu plus à son sujet, et de voir l'étendue de ses talents.

37. Westside Rigle & Pistol Rang, Shooting Club, 20 West 20e Avenue

Liam

Jeudi, 20 h 47.

Tessa a vraiment un sacré appétit. Elle a aspiré ses *linguine* aux fruits de mer en un temps record. Nous nous baladons, main dans la main, dans les rues de New York quand nous arrivons à notre destination.

— Alors, où est-ce que tu m'emmènes, ce suspens est insoutenable !

— Que dis-tu d'aller tirer ?

Elle s'arrête net et lâche ma main alors que nous sommes à quelques pas du club de tir de New York.

— Tirer ?

Elle hausse un sourcil puis un autre.

— Nous allons dans le stand de tir d'une fête foraine, tu veux dire ? dit-elle sur ton sarcastique.

— Non, un vrai club de tir.

Elle s'est complètement figée. Je ne m'attendais pas à cette réaction, je pensais au contraire que ça allait l'exciter, mais non.

— Est-ce que ça te tente ?

— Puisque nous sommes arrivés, allons-y.

Elle n'est pas franchement enthousiaste. Elle semble reconnaître la porte qui mène au club qui se situe au troisième sous-sol d'un parking. Autant dire que cet endroit est très secret. Je lui reprends la main et nous empruntons les escaliers plutôt que l'ascenseur. Une fois devant l'entrée, j'appuie sur la sonnette de l'interphone. Une voix grave me demande de décliner mon identité et de présenter mon badge à la caméra. Une fois la vérification faite, le déblocage de la première porte blindée s'actionne, ouvrant sur le sas de sécurité.

Tessa est sur ses gardes.

— Tu viens souvent ici ? me demande-t-elle.

— Oui, ça permet de me défouler, je dois t'avouer.

— Ça reste une activité sportive.

Après un court instant, la deuxième porte blindée s'ouvre et nous arrivons enfin.

Pierce, qui est là pour nous accueillir, fronce les sourcils lorsqu'il me voit avec elle. Je ne supporte pas ce gars.

— Bonsoir, Liam, bonsoir, mademoiselle.

Il l'ausculte de haut en bas avant de m'interroger mentalement.

— Bonsoir, Pierce.

— Vous allez tirer tous les deux ? nous demande-t-il en ne la quittant toujours pas des yeux.

Il remue ses lèvres. Sa réaction m'irrite, mais je ne sais pas si c'est de la curiosité ou si c'est parce qu'elle l'intéresse.

— Non, intervient-elle, je vais regarder Liam me montrer ses talents.

Mince, elle n'a pas l'air de vouloir participer à cette activité, ce qui pique ma curiosité.

— Tu ne veux pas tirer ?

— Non, pas vraiment.

La gravité de sa voix me perturbe. Était-ce une bonne idée au final ?

— Tu veux quoi comme calibre ? me demande Pierce, rompant ma conversation avec Tessa.

— CZ 75 Shadow, mon préféré avec le Glock, précisé-je à Tessa.

— Ça ne te réussit pas, les Glock, réplique-t-elle avec un petit sourire en coin.

Je comprends à quoi elle fait référence.

— Vous ne voulez vraiment pas tirer ? réitère Pierce.

— Non, objecte-t-elle encore une fois.

Après mûre réflexion, je n'aurais peut-être pas dû l'emmener ici.

Jeudi, 21 h.

Il ne cache pas sa déception de ne pas me voir participer à cette activité, mais je ne suis pas autorisée à manier une arme dans un stand de tir autre qu'aux opérations. Je ne dois pas attirer l'attention.

— Cible ronde ou silhouette ?

Le mec de l'accueil n'arrête pas de me zyeuter, il pourrait être discret au moins. Il n'a jamais vu une fille ici ? Ou il n'a jamais vu Liam avec une nana peut-être ?

— Silhouette, lui répond-il.

Pierce lui tend une mallette et plusieurs feuilles. Nous nous dirigeons vers une sorte de lounge plutôt spacieux avec tous ses canapés en cuir beige. Plusieurs personnes me matent avec insistance, je préfère détourner le regard. Je suis peut-être trop chic pour cet endroit avec mes escarpins et ma robe bleu nuit. Que cherche à faire Liam en m'amenant ici ? La journée a été longue et j'ai bien envie de me coucher, sachant celle qui m'attend demain. Remarque, tirer pourrait me permettre de me défouler, sauf que ce n'est pas l'endroit approprié.

— Tessa ?

Liam me sort de mes tergiversations.

— Oui, j'étais perdue dans mes pensées. Je vais te regarder à travers la vitre.

Je m'apprête à partir, mais il me retient par le bras.

— Si ça te met mal à l'aise, on peut s'en aller.

— Bien sûr que non, lui affirmé-je.

L'odeur de la poudre m'avait manqué, ce qui me fait tout de suite penser à mon instructeur. Je m'étonne du silence de Declan. Je suis sûre qu'il m'attend de pied ferme à l'armurerie des opérations pour faire une remise à niveau.

— Je suppose que tu vas également dans des stands de tir ? hésite-t-il à me demander.

— Oui, en quelque sorte, je préfère rester évasive.

Je tire rarement sur une cible immobile quand je m'entraîne. Je le fais uniquement lorsque je tiens compagnie à Ethan. La plupart du temps, je suis dans un espace de simulation.

— Je suppose que tu dois avoir tout un arsenal.

Que cherche-t-il à savoir en me posant ce genre de question ?

— En effet, Liam.

Ce n'est pas le moment de lui avouer que l'armurerie des opérations est sur trois étages, il risquerait de prendre peur.

— Alors, tu vas me montrer tes talents de tireur ?

Je préfère qu'il arrête de m'interroger.

— Absolument. À tout de suite.

Il quitte le lounge et se dirige vers le stand. Une vitre en verre blindée nous sépare, je ne peux pas donc l'entendre et c'est réciproque. Il se met rapidement en position. Je l'observe toujours debout, je n'ai pas envie de m'asseoir. Une fois l'arme sortie de sa mallette, le verrou de pontet retiré, le chargeur garni et enclenché, la culasse actionnée, Liam est enfin prêt, son casque sur les oreilles. Il installe sa cible et l'envoie à vingt-cinq mètres. À cette distance, il cherche carrément à m'impressionner. Alors que je le reluque, et plus particulièrement ses fesses, je sens de l'agitation dans mon dos. Le mec de l'accueil vient de quitter son poste pour venir me retrouver.

— Vous êtes la copine de Liam ? me demande-t-il abruptement.

— Cela semble vous surprendre.

— De vous à moi, c'est plutôt l'homme d'une nuit. Il va vous jeter ensuite, sans ménagement, m'avoue-t-il le plus simplement du monde.

J'ai bien envie de rire face à sa mise en garde.

— Sans doute, mais, comme vous venez de vous en apercevoir, il est armé. Je vous déconseille donc de draguer son coup d'un soir, une balle perdue est vite arrivée.

Ma réplique le fait tout de suite tiquer. Il se rapproche un peu plus de moi et je ne quitte pas des yeux Liam qui commence à tirer.

— Vous êtes donc le coup d'un soir alors ?

— Ça vous choque ? lui dis-je sur un ton moqueur.

— Il vous paye bien au moins ?

Son insulte me donne envie de lui fracasser ses doigts un à un.

— Car je pourrais doubler la mise, rajoute-t-il, sa respiration proche de mon visage, si vous voyez ce que je veux dire.

Malgré la faible distance qui nous sépare, je ne recule pas. J'affronte ce connard droit dans les yeux et je lui fais découvrir l'étendue de ma noirceur à travers mon regard.

Il s'écarte immédiatement de moi. Le bruit des coups de feu nous parvient aux oreilles, ce qui permet de rompre cet échange verbal plus que glauque.

Liam envoie une première salve, cinq cartouches en tir rapide, les deux premières dans le blanc et trois dans le noir, pas loin du cœur.

Il se débrouille plutôt pas mal. Il récupère sa fiche et en place une nouvelle.

— Si vous me le permettez, je vais aller le rejoindre.

— Vous n'avez pas de casque, me fait-il remarquer.

Je quitte la salle et pars à la rencontre de Liam, m'abstenant de tout commentaire. Je suis entraînée pour supporter le bruit. Je m'approche de Liam, qui vient de tirer d'autres cartouches tandis que ses camarades me jaugent tous bizarrement.

— Tessa ? s'étonne-t-il de me voir derrière lui.

Il enlève son casque.

— Oui.

— Tu n'as pas le droit d'être ici, c'est interdit.

— C'est soit je reste à côté de toi, soit Pierce va recevoir mon poing dans la gueule.

Sa réaction est immédiate. Liam agrippe fermement son flingue.

— Il a tenté quelque chose ?

— Lâche ton arme d'abord.

Il s'exécute en la remettant dans la mallette.

— Oui, mais je me suis tirée avant qu'il ne montre ses talents.

Liam s'apprête à passer devant moi, mais je m'interpose.

— Où est-ce que tu vas comme ça ?

— Lui démolir sa tronche en premier.

— S'il te plaît, ne passons pas une mauvaise soirée à cause de lui, tenté-je de le calmer.

Je sens ses muscles se contracter, alors que nous sommes l'un contre l'autre.

— Bon, d'accord, renchérit-il en serrant quand même les poings. Tu supportes le bruit ?

— Ne t'en fais pas pour mes oreilles. Qu'est-ce que ça donne ? lui demandé-je en regardant sa nouvelle feuille.

— Plutôt pas mal.

Il a mis les cinq cartouches dans la cible. C'est alors que tout le monde s'arrête de tirer et nous regarde, car Pierce vient nous retrouver. Liam le dégomme du regard.

— Tu ne veux pas qu'on y aille ? lui demandé-je. L'ambiance devient pesante.

Liam

Jeudi, 21 h 47.

Tessa est mal à l'aise tandis que Pierce vient nous retrouver. Mes camarades se sont tous arrêtés de tirer en le voyant arriver.

— Pardonnez-moi pour tout à l'heure, je ne voulais pas vous faire fuir, lui dit-il sans me calculer.

Je le dévisage sévèrement et reprends mon arme dans la main. Par ce geste, je lui fais comprendre de vite dégager.

— Non, je ne recule jamais devant le danger, le nargue-t-elle. On y va, Liam ? Je n'ai pas envie de m'éterniser.

— Oui, bien sûr.

— Mais attendez, ne partez pas si tôt. Enfin, je m'adresse à vous, s'adresse-t-il à Tessa en la fixant, pas à toi, Liam. Vu qu'il va vous jeter, revenez me voir demain. Les coups de feu dans le stand reprennent.

Tessa s'interpose tout de suite avant que j'aie le temps de bondir sur lui. Sans que je m'y attende, elle prend mon arme des mains, retire le chargeur, tire la culasse vers l'arrière afin d'éjecter la dernière cartouche avant de la reposer dans sa mallette. Elle a dû sentir que j'allais faire une connerie.

— Messieurs, voyons. Inutile de vous battre pour moi, j'ai quelque chose de plus intéressant à vous proposer.

Où veut-elle en venir ?

— Quoi ? s'enquiert Pierce.

— Prenez une arme, une cible, et je passe la nuit avec celui qui aura le meilleur score.

Elle est sérieuse là ? Le visage de cet enfoiré s'illumine.

— Ça me va, lance Pierce, tout content. Je vais chercher mon arme.

J'attrape Tessa par le bras pour quémander des explications.

— Rassure-moi, tu plaisantes, j'espère ?

— Liam, non seulement tu vas le dégommer, mais en plus, tu vas donner une bonne leçon à ce petit con. Si tu crois que je n'ai pas remarqué l'animosité qui règne entre vous. Il ne rêve que d'une chose, c'est de te prendre ce qui est à toi. Prouve-lui qu'il ne t'arrivera jamais à la cheville ! Fais-moi honneur !

Elle s'accroche à mon cou avant de m'embrasser.

Cette fille est incroyable ! Son sourire me contamine et sa confiance me va droit au cœur. Pour elle, je serais prêt à tout. Pierce revient avec son arme.

— Quelle distance ? lui demandé-je.

— Vingt-cinq mètres, tu n'as jamais réussi à me battre aussi loin, me nargue ce merdeux.

Elle a raison, c'est le moment de lui prouver que c'est un naze. Nous nous plaçons l'un à côté de l'autre et il charge son arme. Je fais de même et réapprovisionne mon semi-automatique.

— Cinq cartouches, m'impose-t-il.

— Pas besoin d'autant pour faire mieux que toi, le nargué-je à mon tour.

Tessa se recule de quelques pas afin de nous observer. Je m'étonne qu'elle n'ait pas besoin d'un casque pour ses oreilles.

— À vous de jouer, messieurs.

Nous nous positionnons l'un à côté de l'autre et commençons à tirer. Tessa me donne tellement de force, elle m'apaise, me comprend. Je me sens si bien avec elle. Je me concentre, vise le cœur de ma victime et tire sur ma cible. Les tirs défilent de part et d'autre. Les grognements de Pierce ne m'échappent pas, ce qui me fait jubiler. Nous ramenons nos fiches jusqu'à nous. Tessa les examine, un superbe sourire se dessine sur son visage.

— Nous avons un gagnant ! Monsieur Ward-Harper, je suis tout à vous ce soir !

Pierce serre tout de suite les dents.

— Allons-y !

Bordel, mais qu'est-ce qu'elle est belle !

Je pose mon arme que je remets dans la mallette et agrippe la main de Tessa en passant devant ce con avant de retrouver le chemin de la sortie.

— Pétasse, siffle-t-il alors que nous sommes juste devant la porte du sas qui nous sépare du lounge.

Tessa s'arrête net puis se retourne sur ce petit merdeux qui arbore un air satisfait. Je m'apprête à aller lui démolir sa tronche quand elle fait demi-tour pour le retrouver, les poings serrés.

— Vous m'avez traitée de pétasse à ce que j'entends, affronte-t-elle directement Declan.

— Ça te pose un problème ?

— Tu as combien en petites coupures sur toi ?

— Cent dollars, pourquoi ?

— Je te parie que je fais mieux que toi sur ce tir ? Tu veux que je te prouve qu'une femme peut te battre ?

— Hey, Liam, me lance-t-il, ta gonzesse a du cran, on dirait ? Allez, pétasse, vas-y, montre-moi de quoi tu es capable ?

Tessa s'installe à ma place et je viens la retrouver, elle me prend la mallette des mains avant de retirer son blouson que je récupère tandis que ce connard pose les billets sur la table.

— Tay, tu n'es pas obligée, ce mec est vraiment doué.

— Je vais te montrer ce qu'est une personne douée. Tu me passes ta cravate ?

— Tu vas l'étrangler ?

— Une autre fois.

Elle me fait un clin d'œil qui en dit long. Je retire ma cravate, ne sachant pas pourquoi elle en a besoin, quand elle se met en position. Toute la salle s'est tue et la regarde. Les autres gars se sont rapprochés pour mieux l'observer. Elle prend mon arme et met les cartouches dans le chargeur, une à une, au nombre de dix. Ses gestes sont rapides et extrêmement précis, tandis qu'une nouvelle feuille arrive devant elle.

Elle prend ma cravate qu'elle noue autour de ses yeux. Elle va faire ça à l'aveugle ? Elle se met en position, immobilise son corps et tire sur sa cible, dix tirs d'affilée. Je me demande si elle a pris le temps de respirer. Je suis complètement stupéfait. Elle récupère sa feuille dont le cœur est entièrement troué. Elle a utilisé dix cartouches sur un seul et même point. Ce qu'elle vient de faire demande beaucoup de pratique.

La foule qui l'observe est ahurie.

Elle retire son bandeau improvisé et remet ses cheveux en place. Elle récupère les 100 dollars que Pierce a laissés entre eux.

— Tu viens, Liam ? J'ai de quoi t'inviter à prendre le dessert ! pouffe-t-elle face à la mine déconfite de toute l'assemblée. Pierce, ce fut un plaisir.

Ce dernier ne sait plus quoi dire.

Nous sortons du stand de tir et je lui remets sa veste sur les épaules tandis qu'elle me rend ma cravate. Une fois dehors, une légère brise nous accueille, elle respire le bonheur.

— Mademoiselle Blaine, je suis fou de vous !

Elle se jette à mon cou et me tend ses lèvres en guise de réponse.

Je la serre très fort en retour.

— Moi aussi, Monsieur Ward-Harper.

38. Commissariat de police de New York, 240 Centre Street

Tessa

Vendredi, 14 h.

Le dernier coup de téléphone de Matthew m'a fortement inquiétée. Anxieuse, je pousse la porte du commissariat et le rejoins sans perdre de temps. Une fois devant son bureau, je toque. J'entends un « entrez » plutôt froid. Matthew me fait face, les bras croisés. Il me désigne un siège, arborant un air très sévère.

— Bonjour, Matthew, tu vas bien ?

Je m'assieds prudemment comme si j'allais subir un interrogatoire.

— Bonjour, Tessa. Tu as bien été silencieuse, ces derniers temps.

Cela sonne comme un reproche et je ne peux pas le contredire.

— J'avais beaucoup de choses à faire.

— Je dois te parler.

Son ton n'est pas franchement rassurant.

— Euh, je te rappelle que j'ai demandé à ce qu'on se voie aujourd'hui, justement afin que je sorte de mon silence.

— Si tu ne l'avais pas fait au préalable, je pense que je t'aurais fait arrêter.

Sa remarque me fait immédiatement tiquer. À ces mots, je lui lance un regard noir, pour lui faire comprendre qu'il n'essaye même pas un tant soit peu d'y penser, que s'il franchit cette limite, c'en est fini pour lui, et que je n'hésiterais pas une seconde à lui montrer de quoi je suis capable.

— Pardonne-moi, je ne voulais pas te dire ça.

Message mental bien reçu.

— Excuses acceptées, mais je peux savoir ce qui te met dans cet état ?

— Tessa, tu sais à quel point je t'apprécie, mais ma carrière a bien failli partir en vrille.

— De quoi tu parles ?

— Le commissaire a reçu ça ce matin.

Il me lance un gros dossier et soupire. Je l'ouvre, prudente, tandis que Matthew détourne le regard. Je me fige subitement. Il y a des photos de Liam lorsqu'il remet les diamants, lorsqu'il s'introduit dans les joailleries, une copie de son casier judiciaire avant qu'il ne témoigne contre son père, des conversations enregistrées entre lui et les hommes de Shane. Il est également fait mention de preuves qu'auraient reçues Matthew et n'aurait pas transmise à la police. Je suis complètement estomaquée.

— Matthew, qu'est-ce que ça veut dire ? C'est ton patron qui te l'a remis ?

— Non, mais j'ai eu très chaud. Il est actuellement en séminaire à Miami et m'a demandé de récupérer un dossier.

— Un dossier ?

— Il a reçu un appel anonyme ce matin. Une personne lui aurait fait parvenir des documents intéressants sur une enquête en cours, sans préciser laquelle. Étant son larbin, il m'a demandé de le récupérer pour lui. Mon sang n'a fait qu'un tour quand j'ai vu le contenu.

J'aurais eu la même réaction que lui.

— Qu'est-ce que tu as dit au commissaire ?

— Que c'était juste un canular. J'ai intercepté ce torchon juste à temps. J'ai eu de la chance, s'il avait eu vent des informations nécessaires que j'ai eues, mais dont je n'ai rien fait, je me serais fait renvoyer, Tay !

C'est la première fois que je vois Matthew dans un tel état et je peux le comprendre.

— Tu as des idées sur la provenance de ce dossier ?

— Non rien, si ce n'est qu'il y a une lettre avec. Apparemment, c'est signé d'un certain « justicier », comme il se prénomme.

Justicier ? Justice, vérité… Je pense tout haut quand tout d'un coup… la Justice League ! LLOYD !

Je serre les poings, ainsi que ma mâchoire. Il est temps que je lui règle son compte. Fong aurait dû pirater l'ordinateur de Lloyd plutôt que celui de Liam. Toutes les preuves étaient bien au chaud chez lui. Tout ça me prouve que ce connard avait tout manigancé depuis un bon bout de temps.

— Je sais qui te l'a envoyé et pardonne-moi de t'avoir mis dans cette position délicate.

— Je dois le faire arrêter maintenant, je n'ai plus le choix, Tessa.

— Au contraire. Si je t'ai appelé, c'est parce que j'ai des informations.

— Lesquelles ?

— Il doit commettre un cambriolage demain soir au MET. C'est uniquement à ce moment-là que tu devras le faire arrêter et l'envoyer en prison.

— Quoi ? Et c'est maintenant que tu me le dis ? s'indigne-t-il.

— J'allais t'en parler justement, mais je ne pouvais pas le faire avant.

Il soupire longuement devant moi.

— Tout s'explique, marmonne-t-il.

— Qu'est-ce que tu veux dire par là ?

— Le dossier, Tay, fulmine-t-il. Il est précisé qu'il faut le coincer, mais pas avant demain soir, comme toi par la même occasion. Mon nom est également mentionné dedans. Tiens, jette un œil à cette lettre qui accompagnait ce ramassis de conneries.

Il me la tend et je la lis plus vite que Mach 3. Tout est décrit avec une putain de minutie. Mon sang bouillonne. J'écrabouille ce bout de papier que je vais brûler.

— Matthew, écoute-moi attentivement.

Je le prie de se calmer, car il est complètement désemparé.

— Si tu me fais confiance, tu ne vas pas le regretter.

— Tu as toute mon attention.

39. Résidence Vail, château particulier de Henry Vail

Tessa

Vendredi, 17 h.

La journée a été pénible et je dois retrouver Liam chez lui à 18 h 30 pour voir les derniers détails et le déroulé des opérations de demain. Je bascule dans mon fauteuil en essayant de me détendre quand je reçois un appel. Voir son prénom me redonne le moral d'un seul coup.

— Bonjour, maman !

— Tay chérie, comment vas-tu, mon ange ?

— Anxieuse, mais je vais bien.

— Serait-ce à cause de Liam ?

Personne ne sait donc tenir sa langue dans cette famille ?

— Oui et non, en quoi je peux t'aider ?

— Je ne peux donc pas prendre des nouvelles de ma fille ?

— Dans un autre monde, oui.

J'aimerais juste, pour une fois, faire des choses normales avec ma maman.

— Je te l'accorde. Je voulais t'informer de la bonne réception de l'importante collection d'œuvres que tu as achetées à la Rayne Gallery.

Tiens, ça m'était sorti de la tête.

— Euh oui, disons que j'ai fait des folies.

— Tu comptes passer ça en note de frais, je suppose ? ironise-t-elle.

Si seulement.

— J'ai légèrement explosé le budget.

— Je m'en étais aperçue.

— Pour tout te dire, si je te les ai envoyées, c'est que j'ai besoin de ton aide à ce propos. Je soupçonne que certaines peintures sont des faux et que d'autres sont spoliées.

— Jackson Rayne est connu pour être un trafiquant d'art de renommée internationale, me fait-elle remarquer.

— C'est certain, mais il a toujours eu une éthique et ce n'est plus le cas. Peux-tu les faire expertiser ? J'aimerais également que tu interroges la base de données et que tu remettes les œuvres en question à leurs véritables propriétaires si j'ai raison à ce sujet.

— Tu sais comment parler à mon âme Tay.

Ma maman, un ange incarné.

— J'aimerais que tu lui rendes une petite visite afin de mettre un terme à son business, pour moi il a dépassé les bornes.

— M'enverrais-tu en mission ?

— Pour tout te dire, j'ai pensé qu'une personne aussi qualifiée que toi, et dont le charme est plus que légendaire, pourrait aisément y parvenir.

— Tu me prends par les sentiments en plus, jeune demoiselle ?

Sa remarque me fait sourire.

— Oui, je l'avoue.

— Depuis quand es-tu aussi directive ?

Depuis qu'il a fait irruption dans ma vie, je me sens pousser des ailes.

Papa a effectivement raison, l'amour est la chose la plus puissante sur cette Terre.

— Tu poses une question dont tu connais la réponse. Tu acceptes ?

— Bien évidemment, et c'est pour la bonne cause. Tu sais de quel côté je serai toujours.

Du bien…

— Merci, maman. Cela tombe bien que tu m'aies appelée, car je vais avoir besoin de toi pour une mission de la plus haute importance.

— Qui consiste en quoi ?

— Pour commencer, il va falloir que tu prennes ton plus beau maillot de bain.

40. Hôtel particulier de Liam, 9 77e Avenue

Liam

Vendredi, 18 h 30.

Je pars ouvrir la porte à Tessa qui se tient sur le perron. À peine entrée, je la serre fort dans mes bras et respire longuement son odeur, comme si je rechargeais mes batteries. Son jean bleu très foncé et sa blouse noire lui vont à ravir

— Bonsoir, Liam, comment tu te sens ?

— Prêt, je dirais.

Je la conduis dans le salon de la bibliothèque. Ce n'est pas l'envie de l'embrasser qui me retient, mais Lloyd étant déjà là, je préfère rester discret. Je récupère ses affaires et nous le rejoignons. Il a disposé tous les plans avec une modélisation 3D, il s'est vraiment bien appliqué. Tessa croise les bras face à cette simulation.

— Bonsoir, Lloyd, lance-t-elle en serrant les dents.

— Bonsoir, Tessa.

Il la jauge abruptement.

— Alors, êtes-vous prêts ?

— Affirmatif, ajoute Lloyd. Voilà comment ça va se dérouler. Tu es invité pour 20 h, le mieux est que tu sois là à 19 h 45 pour te familiariser avec l'endroit. Le diamant est localisé ici.

Il dessine un cercle sur le plan pour me montrer la place exacte d'Enigma.

— Il y aura pas mal de monde. Le discours d'ouverture pour présenter l'exposition et le diamant aura lieu à 20 h 30 précises.

Tessa pince tout de suite les lèvres.

— Parfait, et à quel moment tout se met en place ?

— J'ai prévu une coupure pendant le discours, je vais lancer l'alarme incendie pour provoquer un mouvement de panique avec un court-circuit complet. Tu auras ce laps de temps pour t'emparer du collier. Le début des opérations commence donc à 20 h 32 précises. Tu pourras voler le diamant à partir de ce moment-là. Sois proche, mais pas trop, tu dois toujours l'avoir dans ton champ de vision.

Tessa rompt soudainement son silence :

— Lloyd, vous comptez donc lancer l'opération quelques minutes après le discours, si j'ai tout compris ?

— Oui, absolument. Pourquoi ? s'étonne-t-il.

— Non, juste pour être bien sûre de l'heure.

Une lueur traverse ses yeux.

— J'ai un homme à l'intérieur qui t'apportera le laser.

— Comment va-t-il me reconnaître ?

— Je lui ai envoyé une photo de toi, tu n'as rien à faire, il viendra te retrouver directement. Sois juste en alerte.

Tessa plisse les yeux en direction de Lloyd.

— Et ensuite ? nous demande-t-elle.

— Une fois que j'ai le collier, je dois contacter Evan Shane, qui me précisera où le remettre.

— Tu as une idée de l'endroit ? m'interroge Tessa, concernée.

— Sans doute près des docks, non loin de là où j'étais la dernière fois. Je n'en suis pas certain. Il se peut que je me trompe, mais je pense que c'est dans les environs, car, d'après ce qu'il m'avait dit la dernière fois, c'est par la voie maritime qu'il repartira.

Elle hoche la tête.

— Le Metropolitan est à six blocs de chez toi, tu devrais garer ta voiture plus près dès demain, suggère-t-il.

— Pourquoi ne pas prendre ta moto, rétorque-t-elle, ça ira nettement plus vite.

Lloyd la dévisage sévèrement, on dirait qu'il lui en veut d'avoir fait cette suggestion.

— Tessa a raison, mais je vais combiner vos idées, je vais rapprocher ma moto du musée. En faisant ça, ce sont de précieuses minutes que je vais gagner.

— Tout est donc bon pour demain soir et tu pourras enfin laisser cette histoire derrière toi, m'assure Lloyd.

Tessa se mord la lèvre inférieure et le dégomme du regard.

— Tu as donc besoin d'une bonne nuit de sommeil et de concentration, tout va se passer comme sur des roulettes.

Les yeux de Tessa viennent de virer au noir. Elle n'a pas l'air rassurée, pourtant elle affiche une attitude confiante.

— Je pense que tout a été dit, ce plan est infaillible.

Elle vise directement Lloyd au moment où elle prononce cette phrase.

— Et tu devrais te reposer, n'est-ce pas, Tessa ? Nous devrions laisser Liam seul ce soir.

— Oui, absolument, il comptait se coucher tôt de toute façon ! renchérit-elle.

Dormir, franchement ? Je n'ai pas envie de pioncer là.

— Merci, Lloyd.

— Oui, merci, Lloyd, ajoute froidement Tessa.

Sa posture lui ordonne de déguerpir, et vite. Si je n'arrête pas cette joute verbale, ça risque de s'envenimer. C'est limite si elle veut le foutre dehors.

— Liam, je te dis à demain soir ! Je serai au plus près pour tout superviser si jamais il devait y avoir un problème, mais rassure-toi, ça va bien se passer, tu peux compter sur moi pour couvrir tes arrières.

Il me tape sur l'épaule. Le visage de Tessa s'assombrit encore plus qu'il ne l'est déjà. Pourquoi réagit-elle ainsi ?

— Où est-ce que tu seras ? Tu ne m'as rien précisé à ce sujet-là ?

— Euh… pas loin du musée, bafouille-t-il, mais ne t'en fais pas pour ça.

— D'accord, merci pour ton aide. Bonne soirée.

— Tu vas complètement gérer.

Sa confiance me touche. Il nous laisse et repart vers la porte d'entrée. Je le raccompagne avant de retrouver Tessa dans la bibliothèque. Son attitude vient de changer, elle est tout d'un coup plus joviale, ses yeux sont tout simplement brillants.

— Lloyd est parti ?

— Oui. Est-ce que je dois vraiment aller dormir ?

— Non, m'affirme-t-elle, mais tu dois te détendre avant tout et évacuer les dernières tensions.
— Qu'est-ce qu'on fait alors ?
— Et si on allait danser ? me propose-t-elle.

41. Blue Lounge, rooftop du trente et unième étage de l'immeuble Ink 48, 653 11e Avenue

Tessa

Vendredi, 20 h 04.

Je ne pensais pas qu'il y aurait autant de monde. La queue est vraiment longue. Je m'apprête à rejoindre la file quand Liam agrippe ma main et me tire directement vers l'entrée en passant devant tout le monde.

— N'oublie pas que je suis un homme d'influence, me susurre-t-il à l'oreille.

Il va me faire chavirer. On nous laisse passer et je suis aux anges. Le club est rempli et Liam est tout simplement canon ce soir, notamment avec sa chemise noire entrouverte et dont il a relevé les manches sur les avant-bras. Je meurs d'envie de la lui retirer.

Il me conduit sans perdre de temps sur la piste de danse et je reconnais la chanson *Drinks on you* d'André Aguado. La lumière qui nous entoure est d'un bleu électrique avec des nuances de turquoise et de violet, mais je ne vois que le vert de ses yeux qui m'hypnotisent encore une fois. Il me tient par la taille et je me laisse guider par ses mouvements. Il danse extrêmement bien et je m'abandonne complètement. Je perds toute volonté, mais, pour autant, je ne me suis jamais sentie aussi forte.

Avec lui, je suis connectée, aimée, protégée, complète, je peux enfin me laisser aller, ce qui représente pour moi ce que je n'ai jamais eu : la liberté.

Il rapproche mon corps du sien et m'embrasse comme il sait si bien le faire, mon visage entre ses mains. Mon être frissonne et vibre au rythme de son étreinte.

Puis il me fait tourner sur moi-même avant de me plaquer de nouveau contre lui, sentant tout de suite le désir qu'il éprouve pour moi. Pas besoin d'être devin pour comprendre que le reste de la soirée va se passer chez lui. Je crève d'envie en cet instant de le sentir en moi. Il m'embrasse encore et plonge sa langue au plus profond, je me délecte de ce moment en même temps que je danse.

Liam

Vendredi, 20 h 17.

Tessa est en train de me faire perdre la tête. Elle a tenu à se changer avant d'aller au Blue Lounge, et que dire de sa tenue, si ce n'est qu'elle est canon. Sa robe en cuir noir est tout simplement torride, offrant une vue plongeante sur sa poitrine et sa chute de reins. Peu d'hommes l'auraient laissée sortir comme ça, mais je m'en fous parce qu'elle est dans mes bras et que je ne vois qu'elle, mais surtout elle ne voit que moi. Elle ne remarque pas tous les gars qui sont en train de la reluquer de haut en bas. J'ai bien envie de les cogner un par un pour avoir osé poser les yeux sur elle, mais quelqu'un en profiterait pour me la voler.

Malgré la foule qui nous entoure, nous sommes seuls, dans notre monde, tout a disparu autour de nous. Elle bouge en rythme avec la musique et m'admire, un immense sourire aux lèvres, puis elle se tourne et pose mes mains sur ses hanches. Elle remue ses fesses contre ma queue qui suit la même gestuelle. Elle va mettre mon sexe en feu.

Elle se lâche, ce qui ne fait qu'augmenter mon désir pour elle. Mais surtout elle semble complètement se perdre, elle ne s'en remet qu'à moi, elle me fait confiance et ça me plaît qu'une femme comme elle m'ait choisi. Je ne me l'explique pas, mais tant pis. Ça ne doit pas lui arriver souvent de lâcher prise. Je la serre plus fort par la taille et l'encercle, elle cale sa tête contre mon épaule, enivrée de mes caresses. Je me retiens du mieux que je peux pour que cela ne devienne pas indécent, mais l'envie d'explorer son corps alors que son dos est contre mon torse me démange.

— Et si on rentrait chez moi ? lui demandé-je alors qu'elle bouge de plus belle.

— Tout dépend, tu es assez détendu ?

— C'est chez moi que je veux me détendre.

Elle se retourne sur moi, m'embrasse, puis se mord ouvertement les lèvres avant de les humidifier. Le message qu'elle vient d'envoyer à mon sexe est clair. Si je ne me retiens pas, je vais la prendre dans cette position devant tout le monde. Putain, elle me rend complètement cinglé.

— La séance de danse va se poursuivre chez moi, Mademoiselle Blaine.

Elle glousse, ce qui la rend encore plus sexy.

— Allons-y dans ce cas !

42. Hôtel particulier de Liam, 9 77e Avenue

Liam

Vendredi, 21 h 14.

Les vêtements disparaissent les uns après les autres et je veux tout oublier avec elle. Je la prends directement sans me poser de question et elle accepte les mouvements avec délectation.

— Liam, halète-t-elle.

— Tay.

Je plaque ma bouche pour l'empêcher de parler, je veux sentir ses lèvres au moment où ma queue rencontre son sexe. Me perdre, tout oublier, m'abandonner : elle semble d'accord avec cette idée. Deux êtres qui se sont retrouvés et qui ont les mêmes attentes. Je ne sais pas ce qu'il adviendra demain, mais je ne souhaite pas y penser, son corps est la seule chose sur laquelle je désire m'attarder.

Tessa ouvre en grand les cuisses et se laisse aller, je me connecte au plus profond avant que nos orgasmes finissent par nous séparer de notre étreinte. J'accélère les mouvements, car je veux me lâcher avec la femme que j'aime, la faire mienne une fois de plus. Je m'empare fermement de ses doigts pour m'accrocher à elle. Notre orgasme est mutuel et, alors que j'explose de bonheur, elle soulève son corps et le mien en même temps, puis se redresse. Elle est désormais à califourchon sur moi et m'observe. Je reste incrédule face à sa force.

— Comment est-ce que…

— Chut, me fait-elle du bout des lèvres.

Elle se retire tout doucement de mon sexe et enlève le préservatif avec beaucoup de douceur. Je ne sais pas ce qu'elle a en tête. Elle le pose sur la table de chevet avant d'attacher ses cheveux. Elle est d'une beauté à couper le souffle lorsqu'elle atteint l'extase. Avec ses cheveux en bataille, ça lui donne un côté plus sauvage.

— Puisque tu me le demandes à chaque fois, tu permets que je te goutte à mon tour ?

— Mademoiselle Blaine, faites donc.

Je lui désigne ma queue. Un sourire pervers se dessine sur son visage. Je n'ai pas le temps de me rétracter qu'elle pose ses lèvres sur mon sexe. C'en est fini de moi, je suis complètement foutu. Sa langue passe autour de mon gland, puis ma queue disparaît dans sa bouche. Ses mouvements sont d'une sensualité déroutante, putain, elle fait ça avec tellement de passion. Elle s'applique parfaitement, ses dents heurtent doucement mon sexe, ce qui ne fait que décupler mon plaisir. Bordel, je viens à peine de jouir qu'elle me fait de nouveau enfler, je n'arriverai jamais à débander avec elle.

Tessa

Vendredi, 21 h 56.

Liam vient de me faire vibrer une fois de plus. Mais je pense qu'il voulait plutôt se venger après que ce que je lui ai infligé avec ma bouche.

Nous contemplons le plafond, complètement essoufflés.

— Le premier qui reprend ses forces domine l'autre, lui lancé-je.

Je ne peux m'empêcher de rire.

— Tu veux réellement jouer à ça ?

— Pourquoi pas ?

— Tu as beau être sacrément forte, tu ne vas pas me résister très longtemps.

Nous nous regardons en même temps quand nous nous jetons brutalement l'un sur l'autre. Sa langue rentre la première dans ma bouche, et, face à cette offensive, je le fais basculer sur le dos et m'installe sur sa queue. Je pourrais aisément lui dire que les préservatifs sont en option, mais laissons-le mariner un moment. Il riposte en me soulevant par la taille. Il m'agrippe fermement par les hanches avant que l'on ne quitte le lit. Mon dos atterrit sur le mur sans que je comprenne comment il a réussi. Nous sommes debout l'un contre l'autre.

Étant plus grand que moi, il me domine par sa hauteur, je ne peux plus fuir, car son corps m'emprisonne, sa queue ne va pas tarder à forcer le passage.

— Qu'est-ce que tu réponds à ça ?

— Vous êtes doué, je le reconnais, Monsieur Ward-Harper, mais pas autant que moi.

Il n'a pas le temps de réagir que je prends rapidement appui sur ses épaules afin de me hisser au-dessus de lui. Face à mon agilité, il contracte ses muscles, ce qui le rend encore plus sexy. J'enroule mes jambes autour de sa taille et colle mon corps sur sa peau, je fais désormais une tête de plus que lui, mes seins sont à la hauteur de sa bouche.

— Tu veux me rendre cinglé en réalité ?

— Oh que oui !

En guise de représailles, il attrape un de mes tétons avec sa bouche et me le mord sans vergogne. Je gémis face à ce mouvement. Putain, je ne l'avais pas vu venir, celle-là ! Il continue, avec l'autre cette fois-ci. Ses grognements m'excitent, j'aime la hargne qui se dégage de lui. Il s'acharne sur cette partie sensible de mon anatomie. Cela m'excite tellement que mes jambes finissent par flancher avant que mes pieds ne touchent le sol. Il m'a dégagée de son emprise physique en un rien de temps.

Je n'aurais peut-être pas dû le provoquer, car il est en train de me dominer… Sa queue effleure mon sexe, ses yeux brûlants m'enflamment… Je viens de provoquer la bête qui sommeille en lui… Je ne réponds plus de rien lorsqu'il me regarde comme ça…

Bordel, il est trop doué !

Liam

Samedi, 9 h 12.

Tessa dort tendrement dans mes bras. Quelle soirée, mais surtout quelle nuit !

Danser avec elle m'a permis d'évacuer les premières tensions, mais c'est dans mon lit en compagnie de son corps que j'ai libéré les dernières. Elle est unique. J'ai hâte d'en finir ce soir. Mais ensuite, qu'adviendra-t-il de nous deux ?

Je l'observe contre mon torse.

— Qu'est-ce que tu regardes ? me questionne-t-elle, les yeux fermés.

— Toi, bien sûr.

Elle me sourit, toujours faussement endormie.

— Tessa, j'ai quelque chose à te demander.

Elle ouvre brusquement ses paupières et se redresse.

— Je te demande de ne pas intervenir ce soir.

— Pour tout te dire, je n'en avais pas l'intention. D'ailleurs, je pars à Los Angeles aujourd'hui.

Je nous redresse en même temps, surpris par cette révélation.

— Et à quel moment comptais-tu me le dire ?

— Là, maintenant, m'annonce-t-elle le plus simplement du monde.

Sa réaction m'offusque, je me laisse retomber sur le lit en me passant la main dans les cheveux. Je fixe le plafond sans rien dire.

— Liam, m'oblige-t-elle à l'affronter en tournant mon visage vers le sien, je pars dans un spa pour quelques jours.

— Qu'est-ce que tu vas faire là-bas ?

— Prendre du repos, car un certain cambrioleur m'a épuisée ces derniers temps.

Et elle éclate de rire, les yeux rivés au plafond, ce qui la rend divinement belle. Je provoque son silence en l'embrassant à pleine bouche.

— Tu es incorrigible.

— Tu es insatiable, rétorque-t-elle.

— Tu reviens quand ?

— Si tout va bien, on se revoit lundi matin, m'annonce-t-elle en me caressant la joue.

Je décèle de l'inquiétude sur son visage à la façon dont elle plisse légèrement le front. Elle a peur que je n'y arrive pas ? Pourtant, je n'ai jamais été aussi sûr de moi, notamment parce que quelqu'un d'extraordinaire me motive pour réussir.

— Il me tarde de te revoir. Mais pourquoi ne pas m'en avoir informé ?

— Ça m'était sorti de la tête, mais j'ai pensé que ce serait mieux si j'étais loin le temps que tu règles toute cette histoire. Ça risquerait de te perturber plus qu'autre chose.

— Je ne peux qu'être d'accord avec une femme aussi perturbante que toi.

Elle m'a rendu complètement accro.

— Tu peux m'accompagner à l'aéroport ce matin ?

— Bien sûr. À quelle heure est ton vol ?

— En début d'après-midi.

Je touche ses lèvres et les caresse tout doucement. Je ne vais pas la voir pendant deux jours, je ne sais pas comment je vais tenir autant de temps.

— Je t'y emmène, mais avant je profite de toi !

Je rabats la couverture sur nous et me place au-dessus d'elle. Elle est complètement surprise et son expression vaut tout l'or du monde.

— Liam !

43. Aéroport de JFK, hall des départs

Tessa

Samedi, 10 h 45.

Liam vient de se garer juste devant le hall des départs. Il coupe le moteur et me jauge.

— Tessa, tu m'as fait une promesse.

— De ne pas intervenir ?

— Oui.

— Comment je peux intervenir si je m'en vais ?

— Ce n'est sans doute pas cela qui va t'arrêter.

Il m'a bien cernée. Je me penche vers lui et plonge mon regard dans le sien.

— Je n'ai qu'une parole, tu peux me déposer tranquillement, et même directement dans l'avion si tu veux !

Son sourire me fait toujours autant craquer. Je vais finir par régresser mentalement si ça continue.

— J'ai toute confiance en toi.

Il prend ma main et l'embrasse. Ce geste de tendresse est si beau.

Nous sortons de concert en faisant claquer respectivement les portières de son Audi. Il prend ma petite valise que nous avons récupérée à la Résidence Vail. J'en ai profité pour dire au revoir à Henry et Clémentine par la même occasion.

— Tu vas où à Los Angeles ? m'interroge-t-il.

— À Terranea, sur la péninsule. Leur spa est magnifique. Je t'enverrai des photos de moi à mon arrivée si tu veux, le taquiné-je gentiment.

— Plutôt de toi en maillot de bain.

— Marché conclu !

— J'aurais juste aimé être avec toi.

Il me tend ma valise, mais je n'y prête pas attention, je m'approche de lui et passe mes bras autour de son cou. Il me serre fort par la taille et nous nous embrassons longuement, sa langue vient dire au revoir à la mienne, très lentement comme si nous ne voulions plus rester une minute loin de l'autre.

— Tu vas très bien t'en sortir.

— Je ne suis pas contre une vague d'encouragements.

Il sonde profondément mon regard, tellement fort que je vais m'évanouir dans ses bras. Je ne réponds plus de rien avec lui, je lui appartiens corps et âme. Je n'ai pas besoin de lui demander ce qu'il éprouve, car c'est réciproque.

Ce qu'il me fait ressentir est tout simplement unique. Je me repose pour la première fois de ma vie sur quelqu'un, je lui ai confié mes émotions, chose que je ne fais jamais. Mais j'ai également peur de le perdre, sachant tout ce que cela implique. Il m'embrasse si puissamment que mes jambes vont me lâcher, pourtant elles n'ont jamais été aussi solides. Il me rend plus forte, plus combative, plus déterminée que jamais. Les mots de mon père viennent de prendre tout leur sens, l'amour est sans conteste le sentiment le plus puissant sur cette Terre.

Je me détache de son étreinte. Il m'accompagne devant le comptoir de ma compagnie aérienne et scrute attentivement tous les vols.

— C'est celui de 13 h 45, lui précisé-je.

— Tu es en avance.

— Je vais aller flâner, notamment au duty-free.

Il caresse délicatement ma joue.

— Au revoir, Tay.

J'adore quand il prononce mon surnom. Je sens qu'il hésite à me dire quelque chose, sa bouche s'ouvre, mais aucun son ne sort.

— Bon voyage, tu m'enverras des photos de toi au spa.

— Compte sur moi !

Il m'offre un dernier baiser puis s'éloigne en me faisant un signe d'au revoir. Oui, Liam, je t'enverrai des photos de moi au spa, mais avant je dois faire une escale.

En Arizona...

44. Hôtel Arizona Biltmore, 2400 Missouri Avenue, Phoenix, Arizona

Tessa

Samedi, 17 h 03.

Je sirote une tasse de *Lapsang* sur la terrasse de l'hôtel avec une vue dégagée sur la piscine. Cette chaleur m'est étrangement réconfortante. Alors que j'observe les gens s'éclabousser ou en train de bronzer, je songe à en faire autant et me changer, ça me permettrait de me détendre, légèrement. Je m'apprête à reprendre une nouvelle gorgée quand je repose ma tasse. Une onde protectrice me traverse tout le corps. Malgré cette foule qui s'éclate devant moi, je perçois le bruit de ses pas dans mon dos. Il pose ses mains sur mes yeux avant de me basculer la tête en arrière. Il me libère et un magnifique lagon d'un bleu intense m'accueille.

— Salut, toi !

— Coucou, toi !

Il pose un long baiser sur mon front avant de venir s'asseoir en face de moi. Je suis si heureuse de le voir.

— Tu as bonne mine, petite sœur.

— Toi aussi, grand frère.

Ethan porte un jean bleu foncé et une chemise blanche dont il a relevé les manches sur ses avant-bras. Ce style décontracté lui va à ravir. Ça fait longtemps que je ne l'ai pas vu aussi détendu. Il semble serein, apaisé, déconnecté.

— Comment se fait-il que tu sois déjà arrivé ? Je ne t'attendais pas avant au moins deux heures.

— J'ai pris Aston 12.

J'écarquille les yeux.

— Tu n'es pas sérieux là ? Tu as pris le jet de Fong ?

— Ça se pourrait, me répond-il nonchalamment.

— Attends une seconde, répliqué-je en employant un ton moralisateur, il n'a même pas dix heures de vol et pire que tout il n'a jamais fait son voyage inaugural.

— C'est chose faite maintenant.

— Fong le sait ?

Il jette un coup d'œil à sa montre.

— Il devrait s'en apercevoir dans quinze minutes environ.

— Il ne te reste donc que quinze minutes à vivre, j'en ai bien peur.

Et ça le fait rire en plus !

— Je n'ai pas pu résister, il se pilote avec une telle facilité, sans parler de la vitesse de croisière. Ça glisse tout seul. Mettre sept heures pour effectuer un vol Hong Kong/Phoenix, c'est de l'exploit. Sans doute parce que c'est le croisement entre une fusée, un avion de chasse et un Gulf Stream avec un petit côté Boeing.

— Tu as pris un risque démesuré, Fong va t'arracher la tête.

Il me fait un petit sourire en coin. Il a ce côté je-m'en-fous-de-tout, qui m'exaspère.

— Ce n'est pas Fong qui disait que, plus il volerait, plus il augmenterait ses performances en matière de vitesse. On peut dire que je lui ai rendu service.

— Alors là, je suis impressionnée, tu as écouté Fong lors de la présentation ? Comment c'est possible ? Car si je me souviens bien, tu n'as même pas daigné te pointer.

— J'ai écouté le replay, se moque-t-il.

Il m'énerve ! Je remarque que deux serveuses observent Ethan avec insistance. Je comprends en lisant sur leurs lèvres qu'elles sont en train de se chamailler pour savoir qui va venir prendre sa commande. Elles finissent par arriver en même temps.

— Bonjour, monsieur, lui disent-elles en chœur.

— Bonjour, mesdemoiselles.

Ben voyons, fais-leur ton numéro de charme pendant que tu y es !

— Que prendrez-vous ?

— Un double expresso avec un peu de lait.

Leurs sourires vont leur arracher la mâchoire. Quand je pense que j'ai au moins attendu quinze minutes avant que quelqu'un ne vienne prendre ma commande !

— Nous vous apportons ça tout de suite, disent-elles encore en chœur.

Elles sont jumelles ou je rêve ?

— Et, moi, j'aimerais bien encore de l'eau chaude, réclamé-je en levant ma théière vide devant elles, s'il vous plaît.

Elles me fusillent tour à tour avant de repartir.

— Je parie que l'une va te rapporter le lait et l'autre le café.

Son rire n'a jamais été aussi expansif, ça fait du bien de le voir comme ça.

— Je n'ai pas envie de faire ce pari avec toi. Assez sombre ta tenue, mais ce blouson en cuir te va à ravir.

J'inspecte mes vêtements, je ne me fonds pas vraiment dans le décor. Mettre un maillot serait une tenue plus appropriée. Je vais piquer une tête après.

— Il faut se mettre dans la peau du personnage.

— Alors, dis-moi comment s'est passée ton entrevue ?

— Enrichissante, je dois dire.

Je fixe la piscine une fraction de seconde avant d'osciller sur Ethan, qui me jauge, inquiet.

— Si je t'ai fait venir, c'est parce que j'ai bien la confirmation que c'était Eung Chan.

Je lui transmets un dossier que je sors de mon sac. Il l'ouvre et le lit attentivement quand les deux serveuses reviennent avec son expresso. Il le referme abruptement en les voyant arriver. L'une pose la cuillère et le lait et l'autre la tasse et le sucre. J'hallucine.

— Et mon thé ? les provoqué-je. Sans eau, il va se dessécher et ce monsieur va se fâcher.

Mon frère les observe avec insistance, ce qui accentue son charme qui est animal. Il dégage quelque chose de bestial, mais avec une profonde douceur, ce qui le rend encore plus séduisant, sans parler de son impeccable carrure. Aucune femme ne lui résiste. Heureusement que je suis sa sœur, j'en aurais fait les frais sinon. Mais pour toutes les autres, il ne fait que des ravages. Il est en train d'utiliser son regard hypnotique afin de les envoûter. Les deux serveuses viennent de se figer, elles bavent littéralement devant lui. Il se tapote les lèvres sans les quitter des yeux, pour leur donner l'illusion qu'elles vont pouvoir y goûter. Dans peu de temps, il y en a une qui va tomber dans la piscine en entraînant l'autre. Il adresse un sourire en coin à chacune d'elles afin de leur faire comprendre que ce n'est pas un rêve. Elles deviennent de plus en plus rouges.

Je lève légèrement ma tasse et la fais presque tomber pour les faire revenir sur Terre. Il est temps de rompre le charme que vient de provoquer mon frère.

— Bien sûr, madame.

Elles repartent à reculons pour avoir Ethan en visuel.

Ce dernier rouvre le dossier.

— Où en étions-nous ? dit-il comme si je n'avais rien remarqué de son petit numéro.

Deux pauvres malheureuses vont devenir complètement accros par sa faute.

— Pour résumé, Eung Chan était bien dans cette prison. Il s'est soi-disant suicidé il y a quelques mois de ça.

— « Soi-disant » ? répète Ethan.

— Le décès a été prononcé par le médecin de garde, enfin le médecin remplaçant, puisque l'habituel était malencontreusement malade ce jour-là.

— Je vois ça.

Il lit attentivement le rapport.

— Quelques minutes plus tard, ils ont transporté sa dépouille dans un four crématoire afin de l'incinérer. Sauf qu'à cette date, il n'y a aucune incinération recensée dans aucun four crématoire, ni même les jours d'après.

Son front commence à se plisser de plus en plus.

— Et ensuite ?

— Un camion transportant le linge de la prison est bizarrement venu, puis un autre à deux heures d'intervalle.

Ethan tourne chaque page avec beaucoup d'attention.

— Ce camion s'est ensuite rendu dans un aéroport privé de Phoenix. Selon le manifeste du vol, il n'y avait que deux personnes et une malle qui n'a pas été fouillée à l'arrivée. C'était un trajet pour Los Angeles avant que la destination ne soit Séoul, la ville d'origine de nos frères diaboliques.

— Je suis impressionné par la qualité de ton récit, mais ça, insinue-t-il en agitant les feuilles, ce n'est pas un dossier de Fong.

— Bien observé, j'ai demandé à Dev.

Au moment où je prononce son prénom, une lueur traverse ses yeux.

— Tu as sollicité Annabelle ?

La façon dont il prononce son prénom est presque sensuelle. Tiens, tiens…

— Oui.

— Fong le sait ?

— Non.

— Je pense qu'il ne te reste que dix minutes à vivre dans ce cas.

Je ne peux m'empêcher de rire tandis qu'on me ramène de l'eau chaude. L'une m'apporte une nouvelle théière et l'autre le sucre avant de repartir. Ethan s'amuse de voir son charme opérer. Je préfère m'abstenir de tout commentaire.

— Pourquoi lui avoir demandé ?

— Parce que tu sais très bien que Fong balance tout à papa, alors qu'Annabelle est une vraie tombe, sans parler du fait qu'elle n'est pas expressément rattachée à nous.

— Ça, c'est sûr, elle est extrêmement douée.

Ethan, qui complimente une femme autre que maman et moi ? Je décide de le tester.

— Euh, non, pas plus que ça en réalité.

— Pas du tout, Tay, rétorque-t-il immédiatement.

Il est tombé dans le panneau ! Il l'a défendue tout de suite ! Grand frère, tu n'en pincerais pas pour notre… Dev est quoi d'ailleurs ? Génie ? Surdouée ? C'est une intelligence artificielle à elle toute seule.

— Tu as travaillé avec elle récemment ? lui demandé-je, curieuse d'en savoir plus.

— Oui, Fong étant accaparé avec toi, je l'ai sollicitée pour qu'elle m'assiste dans mes dernières missions.

Il se retient de sourire.

Qu'est-ce qui se passe entre eux deux ?

— Dev est la meilleure, c'est une évidence, mais, si je lui ai demandé son aide, c'est pour être sûre que ce soit lui et c'est bien le cas.

— Ça sous-entend quoi ?

— Qui est assez puissant pour extraire Eung Chan, faire croire à son suicide, le rapatrier en Corée et le faire passer pour son défunt frère ?

Ethan se redresse de sa chaise.

— Tu penses qu'il se fait passer pour son frère ?

— Oui, personne ne lui aurait accordé de crédit sinon. Souviens-toi, Eung n'était qu'un larbin, complètement empoté, il savait à peine tenir une paire de baguettes. Toujours dans l'ombre de son frère. Ce geek de Eung a dû subir un important entraînement pour qu'on n'y voie que du feu. Le jumeau a remplacé l'autre.

— Mais dans quel but ?

— Relancer le business familial ou espérer que Marcus réapparaisse. Car s'il apprenait que son frère l'a remplacé, il rappliquerait directement. Sachant ça, il ressusciterait automatiquement ! Sauf que petit problème : personne ne sait qu'il est mort, pas même son frère. Chan étant de nouveau actif, rien de mieux qu'un bon trafic pour entrer en scène, et Shane est l'homme qui s'y prête. En revanche, je ne sais pas pourquoi les diamants. Cette donnée m'échappe.

— Je dois avouer que c'est étonnant.

— À ton avis, qui peut faire croire au suicide d'un détenu, l'extrader à l'autre bout de la planète et le remplacer par un des plus grands criminels de cette dernière décennie ?

— Pas beaucoup de monde.

— Réduis à trois personnes.

Ses yeux se rétrécissent.

— Tay, ne plaisante pas.

— Réduis à une.

Je ne distingue plus le bleu de ses yeux, craignant d'avoir provoqué un orage.

— Tu n'es pas rassurante.

— C'est pour ça que je t'ai demandé de venir, je veux que tu ailles en Corée pour enquêter et voir de quoi il retourne. Nous devons savoir qui tire les ficelles et dans quel but.

— Tu donnes les ordres maintenant ?

— Non, mais nous devons en savoir plus avant d'intervenir.

— Super, rechigne-t-il. Je n'ai plus qu'à prévenir mon nouvel employeur afin de lui demander de décaler ma date de prise de fonction.

Il soupire bruyamment. Je m'en veux de lui faire ce coup.

— Tu devais commencer quand ?

— Dans une dizaine de jours, au service des prêts et des fraudes.

— Tu vas faire un super banquier, j'en suis persuadée ! lui témoigné-je toute mon admiration.

— Si tu savais à quel point il me tarde, je vais enfin pouvoir mener ma vie comme je l'entends.

Ethan mérite tellement de pouvoir passer à autre chose, de laisser enfin tout ça derrière lui.

— Ethan, je fais appel à toi, pour que justement tu puisses aspirer à cette vie normale que tu as tant attendue. Si un danger plane, il est préférable de l'écarter. Et je te demande juste d'enquêter, pas d'intervenir, car tu connais les Chan mieux que personne.

— Ça, c'est sûr, j'ai décimé la moitié de la famille.

Son ton est ambigu. Je ne sais pas s'il éprouve de la satisfaction ou des regrets.

— Nous devons en apprendre le plus possible avant d'intervenir.

— Mais, attends une minute, tu as décidé de partir en mission là-bas, toute seule ?

— Je comptais demander à papa de m'aider.

Un raz-de-marée vient de se former au fond de ses yeux. Il cogne immédiatement du poing sur la table, tellement fort que ma tasse sursaute.

— Je ne te laisse pas en mission avec papa, tu m'as compris, Tessa, je suis très sérieux, profère-t-il sa menace en me pointant du doigt.

— Je ne te demandais pas la permission.

— Ne prends pas cet air avec moi, c'est hors de question, tu m'entends ! hurle-t-il.

Les gens se retournent sur nous, mais il ne les calcule pas.

— Ethan.

Je reste impassible pour qu'il se calme ; je tente d'apaiser la vague et ça marche.

— Ça abîme l'âme, ajoute-t-il tout doucement.

Sa tête dévie instantanément vers la piscine. Son visage se voile à la fois d'une profonde noirceur et d'une tristesse. Je ne veux même pas imaginer quel souvenir est en train de remonter à la surface. Je lui attrape la main qu'il serre fort avant d'imbriquer mes doigts avec les siens.

— Tu crois que je ne le sais pas ? Moi aussi, je suis passée par là, lui fais-je remarquer.

Il me serre encore plus fort les doigts comme pour m'empêcher de penser.

— Raison de plus. Toi et Josh êtes ce que j'ai de plus cher dans ce monde. Je ne te laisse pas avec papa et c'est un ordre. Tant pis, rechigne-t-il en haussant les épaules, je dirai à mon patron que je viendrai plus tard.

Rare sont les fois où je le vois rouspéter, ce qui montre bien à quel point ça l'enchante d'y aller.

— Certainement pas. Je ne veux pas que tu te sacrifies maintenant, tu as attendu trop longtemps pour qu'on te prive de ça. Je te demande juste d'enquêter, rien de plus. Nous devons en premier lieu avoir un maximum d'informations. Si je t'ai fait venir, c'est parce que le point de départ est ici.

— Ce qui sous-entend que le point d'arrivée est en Corée.

Il regarde de nouveau la piscine. Ce pays n'est pas le théâtre de joyeux moments pour lui.

— Je sais que ça ne t'enchante pas d'y aller, mais tu es l'homme de la situation. Une fois que nous en saurons plus, nous interviendrons.

— Par « nous », tu penses à qui ? Papa ? Qu'est-ce que je viens de te dire ? me gronde-t-il.

— De toutes les façons, je ne serai pas seule avec lui. À vrai dire, j'avais quelqu'un d'autre en tête pour m'épauler sur cette mission.

— À qui tu penses ?

Je sors de mon sac un autre dossier que je le lui tends. Il ne lit même pas le début qu'il le jette sur la table.

— Tu es devenue cinglée ou je rêve ?

— Non, pas du tout.

— Faut vraiment que tu arrêtes le *Lapsang*, c'est en train de te bousiller la cervelle.

— Ethan…

Je tente de le raisonner, mais je sais à quel point il est buté.

— Tu as essayé la camomille ?

— Non, mais…

— Essaye une « désinthéoxe, » si tu veux mon avis.

— Sois sérieux, je t'en prie.

— Non sans déconner, mets-toi à la caféine.

Je lève mes yeux sur le ciel tellement il m'énerve.

— Il est compatible à 88 %.

— Et alors ? Tu crois franchement qu'il va vouloir nous rejoindre ? Mais attends une minute, tu lui as tout raconté ?

— Oui, je lui réponds le plus simplement du monde.

Mon grand frère s'indigne et me fait les gros yeux, je sens qu'il va tout casser.

— Parce que tu lui fais confiance en plus ?

— Oui, je rétorque en employant un ton plus ferme.

Je le dégomme du regard et il s'incline. Moi aussi, j'ai ce pouvoir sur toi !

— Mais peu importe, l'avoir avec nous serait un atout.

— Tu joins l'utile à l'agréable là ?

— Je le reconnais, et ce n'est même pas sûr qu'il accepte, enfin…

Je bloque sur ma tasse de thé, essayant de cacher mes émotions, car je me retiens de sourire en pensant à lui.

— Qu'est-ce que tu ressens pour lui ?

Étrange qu'Ethan pose ce genre de question.

— Je suis amoureuse.

Je suis étonnée de ma franchise.

— Réellement ? Et ça fait quoi ? me demande-t-il, intéressé.

Tiens, je pensais qu'il allait se foutre en pétard. Au contraire, il semble avide d'en savoir plus.

— C'est indescriptible. Je me sens plus forte, protégée, en sécurité, mais, surtout, il me fait tout oublier. Je n'ai pas besoin de choisir entre celle que je suis et ce que je fais, il m'accepte en entier. J'ai enfin l'impression d'être complète, et pas séparée en deux.

La réaction d'Ethan est surprenante, car il vient d'avoir la même que la mienne, il s'est mis à sourire en observant sa tasse de café. On dirait qu'il a ressenti la même chose il n'y a pas si longtemps.

— Je pense comprendre, mais ça reste toutefois un risque que tu fais prendre à tout le monde.

— J'en suis consciente et, de toute façon, tu sais parfaitement que je ne suis pas décisionnaire. Et je ne suis même pas sûre qu'il le veuille.

— Et s'il décidait de nous suivre ?

— Je n'en sais rien, tout va dépendre de ce soir.

45. Metropolitan Museum of Art, 1000 5e Avenue

Liam

Samedi, 19 h 45.

Je regarde le parterre d'invités devant l'entrée du MET. L'endroit est blindé de monde. Je n'ai plus qu'à me fondre dans la masse. Lloyd pense qu'il est préférable de ne pas me joindre par le biais d'une oreillette, mais uniquement par téléphone. Je me ferai moins remarquer. Je ne sais pas lequel des serveurs viendra me donner mon matériel pour récupérer le collier. C'est lui qui doit se présenter à moi.

Je traverse les premiers espaces consacrés à l'Égypte ancienne sans trop m'attarder sur les artefacts. Me voilà quelques pas plus tard, dans la grande salle d'exposition où l'imposant Temple d'Isis de Dendour me fait à présent face. Je ne dois pas rester statique. Je décide de m'y aventurer d'un peu plus près pour mieux l'observer.

La partie droite est complètement ouverte sur l'extérieur par le biais d'une imposante baie vitrée. Ce mur de verre est somptueux et permet de profiter d'une vue éclairée sur la nuit.

Je pars à la recherche de ma proie sauf qu'elle n'est pas à l'endroit indiqué par Lloyd. Où est Enigma ? Une foule de personnes s'est agglutinée sur la droite du temple. C'est l'indice que je cherchais.

Je me dirige pour voir ce qui provoque cette agitation quand je repère le collier. Fais chier, ils ont dû le changer de position entre-temps.

Qui sont ces trois hommes devant la vitrine ? Il ne devait y avoir qu'un seul gars.

Je défais légèrement mon nœud papillon, soudainement anxieux. Je me faufile pour mieux l'observer sous sa cloche de verre. Les rubis et les diamants sont plus étincelants que jamais. J'en étudie chaque recoin même si je connais tous les détails. J'envoie un message à Lloyd pour l'informer que je suis dans la place et que j'ai ma cible en visuel. Pas de réponse. Je vais à la rencontre de chaque serveur pour prendre un verre, mais aucun ne semble me calculer, ils font bien semblant de ne pas me reconnaître. Si je n'ai pas mon matériel, comment est-ce que je vais faire ? Mon nœud papillon me serre de plus en plus.

Trente minutes plus tard, mon stress est à son comble : personne n'est venu à ma rencontre. Mon cœur bat de plus en plus vite et je n'arrive pas à me calmer alors que je dois être concentré. Lloyd ne m'a toujours pas répondu.

Je jette un coup d'œil à ma montre tandis que le commissaire d'exposition fait son apparition. Des applaudissements retentissent dans toute la salle. Il est 20 h 30 et je dois intervenir dans deux minutes sauf que je n'ai rien pour briser la cage de verre d'Enigma. Il prend position devant un pupitre installé pour l'occasion. Au moment où il commence à parler, je sens les secondes défiler.

— Mesdames et messieurs, le Metropolitan Museum et toutes ses équipes vous remercient de votre présence ce soir pour cette exceptionnelle et magnifique exposition.

Plus que deux minutes avant que Lloyd n'intervienne. Bon sang, mais où est le serveur qui doit me remettre mon matériel ?

— Les diamants qui sont présentés ce soir sont plus que de simples pierres. Ce sont des contes, des légendes, des mythes qui enrichissent la beauté de ces pièces d'exception. Pour n'en citer qu'un, le diamant Arford, plus connu sous le nom d'« Étoile de lumière », renferme une incroyable histoire d'amour.

Les deux minutes sont passées.

Bordel, mais qu'est-ce qu'il fout ?

— Je ne suis pas le mieux le placé pour vous la raconter, mais sachez que ce soir, nous vous offrons une histoire, ce qui est beaucoup plus important que ces joyaux. Le récit qui accompagne chaque pièce est unique et empreint de mystère. Comme vous l'avez remarqué, le clou de cette exposition est le diamant Enigma.

Les deux minutes sont écoulées et tous les yeux sont braqués sur ma cible.

— Ce somptueux joyau est d'une beauté à couper le souffle, notamment en raison de la taille des rubis qui ornent le collier.

Je suis de plus en plus stressé. Je m'isole pour appeler Lloyd, ça commence à bien faire.

« *Le numéro que vous avez demandé n'est plus attribué* ».

J'ai pourtant bien appelé le sien. Qu'est-ce qui se passe ?

Mais enfin c'est quoi, ce merdier ?

Il devait couper tout le système. Est-ce qu'il a eu des problèmes ? Non, je serais tombé sur le répondeur directement, et pas sur ce type de message. Je lui écris un email rapidement pour voir de quoi il retourne quand je reçois une notification de renvoi. Bon sang, mais qu'est-ce qui lui est arrivé ?

Je dois remettre le collier à Evan Shane le plus vite possible et je n'ai pas ce qu'il faut pour le voler. Le temps commence à s'évaporer à une vitesse folle. J'angoisse, mon nœud papillon se resserre de lui-même, mes mains sont complètement moites. Je sens mon cœur s'agiter dans tous les recoins de mon corps.

Qu'est-ce que c'est que ce bordel ?

Je n'ai pas de plan de secours. Je tente une nouvelle fois de le joindre quand des bruits assourdissants viennent percuter toute la salle. Plusieurs hommes cagoulés, armés jusqu'au cou, font une entrée fracassante en pointant leurs mitraillettes sur le plafond et la baie vitrée. Des balles viennent de déchirer les airs. Toute la salle s'est jetée par terre, moi y compris. Des projectiles atterrissent sur les invités qui sont tous tétanisés, leurs cris en sont la preuve. Je rattrape de justesse mon portable qui a bien failli me tomber des mains.

— Tout le monde à terre, regroupez-vous loin du temple, nous hurle un des gars.

L'équipe de sécurité du musée tente d'intervenir, mais se résigne vite face à la situation. Nous nous exécutons tous, nous regroupant les uns à côté des autres.

Je me suis agenouillé près de la vitrine, juste à côté d'une sculpture.

— Rassemblez-vous par ici et pas un bruit, pas un geste sinon tout le monde y passe.

Ils doivent être au moins une dizaine, armés jusqu'aux dents, plutôt bien équipés avec leurs gros calibres. Plusieurs d'entre eux surveillent les invités tandis que les autres font le casse du siècle. Je les observe par-dessus mon épaule. Ces fils de putes sont en train de ramasser toute l'exposition. Je me retourne sur Enigma quand je remarque que sa vitrine a entièrement explosé. Il est complètement à l'air libre. Putain de merde, il est à moins d'un mètre. Je pourrais presque le prendre de là où je suis.

Est-ce que Tessa est avec eux ? Ou est-ce que c'est Lloyd ?

Je fixe un gars plutôt longuement et ne le quitte pas des yeux. Il remarque mon regard insistant et pointe sa mitraillette sur ma tête.

— Tu as un problème avec moi ? me crache-t-il à la gueule.

— Vous êtes avec Tessa ? lui chuchoté-je.

— De quoi tu parles ?

— Vous bossez avec elle ?

Je n'ai pas le temps de demander plus d'informations qu'il me fout son poing dans la gueule. Je me laisse tomber par terre avant de me relever. Je touche ma lèvre qui est en sang. Le mec ne m'a pas raté.

— Baisse la tête et ferme-la, m'ordonne-t-il.

Putain, mais je me serais fait doubler ? C'est ma veine. Je ne peux pas croire ce qu'il se passe, je vis un cauchemar éveillé. Nous sommes tous surveillés, impossible de faire le moindre mouvement. Enigma est en train de me narguer. L'occasion est trop bonne de le récupérer.

Un des gars regroupe les invités d'un côté tandis que les autres rassemblent tout ce qu'ils peuvent dans leurs sacs quand, soudainement, c'est le noir complet. Impossible de distinguer ce qu'il se passe. Des sirènes retentissent dans tout le building et la panique générale s'empare de la salle. Des phares de lumière traversent la baie vitrée et visent les cambrioleurs.

— Police de New York, veuillez vous rendre immédiatement.

Ces mots résonnent de partout que ce soit de l'extérieur comme de l'intérieur. Des points lumineux rouges visent chacun d'eux.

C'est alors que des échanges de coups de feu commencent à avoir lieu entre la police et les assaillants. Les balles traversent une nouvelle fois la baie vitrée.

Ils n'ont pas le temps de riposter qu'ils se font neutraliser, un par un, en un éclair. Bordel de merde, je suis complètement stupéfait par le spectacle qui se joue devant moi.

— Le bâtiment est encerclé, réitère la même voix.

Des fumigènes viennent d'envahir la pièce, je ne sais pas d'où ils proviennent, mais cela laisse la salle dans un brouillard complet. C'est l'occasion rêvée, d'autant que je n'ai pas le choix. Je fais abstraction et profite de cette diversion pour me rapprocher d'Enigma. Autour de moi, les invités baissent tous la tête. C'est la confusion totale. Profitant de cette opportunité, je décide d'agir sans perdre de temps. D'un mouvement vif, je saisis tout de suite le collier que je fourre dans la doublure de ma veste, prévue à cet effet. La police s'est infiltrée dans la salle avec l'aide du SWAT qui a probablement mené l'opération. Je suis impressionné par la minutie de l'intervention.

Comment ont-ils fait pour s'introduire aussi vite ?

Je suis complètement dubitatif. En à peine une minute, ils ont réussi à tous les arrêter.

Nos sauveurs sont en train d'interpeller les gars un par un. La plupart sont à terre. Je dois à tout prix fuir cet endroit, mais, si je passe par la sortie de secours, je vais inévitablement me faire repérer.

— Ils sont tous neutralisés, il faut faire évacuer les invités et s'occuper des blessés, crie un mec dans sa radio. Nous devons les interroger un par un.

Je n'ai pas le temps qu'il prenne ma déposition. Je dois m'évader et vite. Un agent de police nous crie dans la salle :

— Merci de tous vous regrouper dehors, s'il vous plaît. Nous allons sortir, mais nous voulons éviter un mouvement de panique.

Le mieux est de me fondre rapidement dans la masse. Je remarque qu'un homme assez âgé est blessé, il est toujours par terre et ne parvient pas à se relever. Sa femme est complètement paniquée. Voilà mon ticket de sortie. Je décide de partir à sa rencontre et de l'aider à se relever. Il a des égratignures sur tout le corps.

— Mon mari saigne de partout, me fait remarquer sa femme.

— Il lui faut une ambulance, je vais vous aider à vous relever.

Il prend appui sur moi. Un policier me repère et libère le passage pour que nous sortions. Je parviens avec sa femme à le tirer hors du musée où nous sommes escortés par deux flics qui nous conduisent vers une ambulance. On dirait que tout avait été orchestré à l'avance. C'est impossible pourtant. Et puis pourquoi Lloyd ne répond-il pas ?

Une fois l'homme pris en charge par les urgentistes, j'en profite pour m'échapper discrètement et rejoindre ma moto que j'ai garée deux blocs plus loin. J'informe Shane que j'ai le collier. Il me répond dans la seconde et m'indique où je dois le retrouver.

C'est exactement là où je l'ai vu la dernière fois, près des Docks. Je rappelle Lloyd, et toujours pas de réponse, son téléphone est court-circuité. Il va m'entendre. Je tente de joindre Tessa, qui est aussi sur répondeur. Je veux vite en finir.

Je place le collier dans l'écrin que j'ai laissé dans le coffre de ma moto et mets mon casque.

Miraculeusement, il n'est pas abîmé. Je démarre en trombe, tout ça m'a fait perdre un temps de dingue.

Quarante minutes plus tard, je suis enfin arrivé à destination où je repère plusieurs SUV. Evan Shane est prêt à m'accueillir sur ce terre-plein abandonné. Je coupe le moteur et le rejoins directement avec l'écrin dans les mains.

— Vous êtes en retard, m'annonce-t-il gravement.

— Parce que je devais vous le remettre avant minuit, peut-être ? lâché-je, énervé.

— Tu veux vraiment faire le malin, Ward ?

Tu as oublié le nom de ma mère pauvre con, je me retiens de lui sortir.

— J'ai ce que vous voulez pour me faire pardonner, ça vous va ?

— Remettez-nous le collier. Nous allons le faire expertiser.

Perte de temps.

Je lui remets Enigma et prie pour que ce soit la dernière fois que je voie sa gueule. Il ne daigne même pas le regarder, il le refourgue directement à son expert.

— Nous en avons bien fini après ça ?

Il allume machinalement sa cigarette et me fixe sans rien dire. L'odeur de la fumée atterrit en plein sur mon visage. Il me jauge bizarrement comme s'il se posait des questions à mon sujet, comme si ma vie l'intéressait. Je n'aime pas sa façon de me toiser, cela ne me dit rien qui vaille.

— Nous n'allons pas nous revoir de sitôt, mais reste tranquille, on ne s'en prendra pas à ton paternel.

On dirait qu'il se retient de rire. La réaction qu'il a est surprenante. L'expert revient nous voir et prend une mine contrite.

— C'est bon, on peut lever l'ancre ? s'adresse-t-il à lui avant de jeter sa cigarette à mes pieds.

— C'est un faux. Je n'ai jamais vu une réplique aussi parfaite.

— Quoi ?

Je n'ai pas le temps de réagir que mes mains se mettent en l'air. Ils viennent tous de braquer leurs armes sur ma tête.

— Putain, tu nous as doublés ? s'écrie Shane.

— Mais bien sûr que non, je viens tout juste de le dérober au MET.

— Où est le vrai ? me crache-t-il en plein visage.

Il s'approche de moi et pointe son arme sur mon front avant de me mettre à genoux devant lui. Putain, comment c'est possible ?

— Refaites votre expertise, il est vrai. Il était exposé au MET il n'y a même pas une heure.

— C'est un faux, réitère-t-il, jugez par vous-même, me dit l'expert qui me le colle devant les yeux, tellement près que je louche.

J'ai un mouvement de recul pour mieux l'observer. C'est l'incompréhension la plus totale qui me traverse. Les pierres sont en train de se désintégrer de l'intérieur. Pourtant, je l'ai vu lorsqu'il était sous sa cage de verre, c'était l'original. Et si je m'étais trompé ? Le collier était-il un faux ? Mais non, c'est impossible, personne ne peut reproduire une réplique pareille.

— Vous vous êtes vraiment bien foutu de notre gueule et vous allez en payer les conséquences.

Il me colle son flingue sur le front, la sensation du canon sur ma peau me fait frémir. Je ferme les yeux une seconde. Tout s'arrête. Je sais que je vais crever ici, maintenant. La seule chose à laquelle je pense, c'est Tessa. Ma dernière volonté, être avec elle pour l'éternité. Je pense fort à elle puis affronte droit dans les yeux ce connard et son arme. Je ne vais pas mourir en lâche.

J'entends une puissante détonation, mais mon corps ne touche pas le sol. Je suis toujours dans la même position. Mes yeux se ferment automatiquement. Est-ce que je suis mort ? C'est donc ça, ne plus rien ressentir ?

C'est alors que quelqu'un me relève et que Shane tombe par terre. Des sons me parviennent aux oreillles, mais je mets un temps fou à reprendre mes esprits. J'affronte la réalité pour comprendre ce qu'il se passe. Des coups de feu éclairent cet endroit complètement abandonné. Il y en a dans tous les sens et je ne sais pas comment, mais on m'a mis en sécurité. Les hommes de Shane se font maîtriser en un temps record.

La police est présente, mais également toute une équipe d'intervention du FBI. Mais comment ont-ils fait pour me suivre ? C'est moi qu'ils visaient ? Ou les hommes de Shane ?

Un agent me malmène, mais je me laisse faire, il me menotte et me plaque la tête contre le capot d'un SUV. Malgré cette position inconfortable, je vois que Shane n'est pas mort, mais a le bras en sang. Plusieurs voitures de police viennent de nous encercler. Mais putain, dans quoi je me suis fourré ?

Je vois soudainement le lieutenant Powell sortir d'un grand 4x4. Il vient à ma rencontre alors que j'ai les mains attachées. Je n'ai jamais été aussi soulagé de le voir.

— Monsieur Ward-Harper, vous êtes en état d'arrestation pour cambriolages, entrée par effraction sur une propriété privée et complicité dans un trafic international de diamants.

— Mais attendez, m'adressé-je au lieutenant, je n'y suis pour rien.

— Amenez-nous le collier, demande Powell à un de ses agents.

Je vois que Shane est en train de se débattre et hurle tout seul. Qu'est-ce que le FBI fait ici ?

— Vous n'avez rien contre nous, rouspète Shane, c'est un faux collier.

Un agent le remet à Matthew, qui le place dans un écrin pour le protéger. Il repart avec dans sa voiture. La tête contre le capot, je remarque qu'il le tend à une personne qui se trouve à l'intérieur. Tout d'un coup, il s'écarte du SUV pour qu'elle puisse sortir. Je ne parviens pas à la distinguer nettement, quand je remarque une paire d'escarpins noirs. C'est une femme qui accompagne le lieutenant Powell. Je m'arrête de respirer une fraction de seconde quand je la reconnais. C'est Nathalie Daley-Fehr, la conservatrice du musée et de l'exposition. Les deux viennent à ma rencontre.

— Madame Daley-Fehr, ici présente, va expertiser ce collier, m'annonce Matthew.

Elle sort de son sac une petite pochette qui contient un œil de verre. L'analyse dure des siècles. Qu'est-ce qu'elle cherche ?

Le collier est un putain de faux !

— Soit votre expert est aveugle, soit vous êtes dans de beaux draps, nous confie-t-elle. Enigma est bien là.

— C'est impossible ! hurlé-je.

— Elle ment ! Les pierres sont fausses, crie Shane, qui se débat avec des agents du FBI qui le retiennent.

— Regardez par vous-même, me demande-t-elle.

Elle jette le collier sous mon nez, alors que j'ai toujours la tête sur le capot. Malgré cette position plus qu'inconfortable, je le fixe avec insistance avant de sombrer dans l'incompréhension. Enigma 1 est là. Je ne comprends plus rien, je l'ai vu de mes propres yeux. Il était en train de se désintégrer. Je suis formel, c'était bien un faux que l'expert a analysé. Je vis un cauchemar éveillé. Lloyd qui disparaît, le cambriolage au MET, l'intervention de la police deux fois. Shane est en train de se faire embarquer avec toute son équipe.

Un agent me relève et me tire par-derrière. Je me retrouve face au lieutenant Powell.

— C'est un coup monté, je vous assure.

Il reste complètement impassible.

— Vous avez le droit de garder le silence, tout ce que vous direz pourra être retenu contre vous…

— Matthew, lui hurlé-je dessus, c'était un faux que j'ai volé.

Il me balance un uppercut en plein sur le visage et je me retrouve une nouvelle fois sur le capot de la voiture, les mains dans le dos. Putain, sa droite était sacrément violente.

— Embarquez-le.

Deux flics m'escortent vers une voiture de police.

Mais putain de merde, qu'est-ce qui vient de se passer ?

46. Prison de Rikers Island, 1616 Hazen Street

Liam

Samedi, 23 h 03.

Je fixe le plafond de ma cellule, vêtu de cette affreuse combinaison de couleur ciment, avec un horrible mal de crâne. Je rembobine les événements. On m'a déféré directement à Rikers, où on a pris ma photo, mes empreintes, et complètement déshabillé. Je n'ai jamais été aussi humilié. Dites-moi que je vais me réveiller de ce cauchemar ! Je n'ai même pas eu le droit d'appeler un avocat et encore moins de passer un coup de téléphone. Est-ce que je vais être jugé ou est-ce que mon sort est déjà réglé ? Je pourrais obtenir un accord avec la défense comme je l'ai fait autrefois.

Putain, mais qu'est-ce qui s'est passé ? Est-ce qu'elle y est mêlée ? M'aurait-elle trahi ? Ou est-ce Lloyd ?

Je devais leur remettre le collier et me défaire de ce merdier, mais, au lieu de ça, je me retrouve prisonnier. Je ne comprends rien.

Il est tard et j'espère pouvoir m'entretenir avec un avocat, mais nous sommes samedi soir, ce ne sera pas avant demain, voire lundi matin.

Est-ce que quelqu'un va mettre Tessa au courant ou l'est-elle déjà ?

Je me rends compte en cet instant que je n'ai personne sur qui compter. Ma seule famille est incarcérée à l'autre bout du pays, mon soi-disant ami m'a lâchement abandonné, j'ai coupé les ponts avec Sarah et mes collègues de travail n'ont jamais su qui j'étais. Depuis que j'ai mis les pieds à New York, je n'ai eu de cesse de mentir à tout le monde et sur qui j'étais vraiment. Ce n'est pas le moment de faire une introspection sur ma vie, pourtant l'occasion s'y prête. La seule à qui je pense, c'est Tay. Elle me donne la sensation d'exister et de pouvoir compter pour quelqu'un. Où est-elle ? Le lieutenant Powell a certainement dû la prévenir.

Je ferme les yeux en essayant de trouver le sommeil, mais je n'y arrive pas. Cette journée avait si bien commencé.

Dimanche, 17 h 29.

Je compte les heures depuis que je suis enfermé. Prendre l'air avec les détenus m'a empêché de respirer. Ils me regardaient comme si j'allais être leur prochain petit-déjeuner. J'ai envie de sombrer. On ne m'a laissé parler avec personne. Comment est-ce possible ? De toute façon, ça devait bien arriver à un moment ou à un autre, je paye pour les crimes que j'ai commis, les gens que j'ai fait souffrir par mes agissements.

J'ai été le complice de mon père durant toute mon adolescence afin que nous nous en sortions financièrement, mais je regrette tellement. La frontière entre subvenir à nos besoins et aimer faire ça est très fine. À la fin, nous avions assez d'argent pour arrêter, mais cela ne lui suffisait jamais. Puis nous avons commencé à éprouver du plaisir et ça nous a porté préjudice.

Je devrais suivre les conseils de Tessa et accepter qui je suis, ce que j'ai fait et arrêter de vivre dans le passé.

Quelqu'un ouvre subitement la porte de ma cellule. J'y vois une once d'espoir et me redresse de mon lit quand je remarque que c'est un détenu.

— Voilà ton nouvel ami pour te tenir compagnie, Ward-Harper, ricane un gardien.

— Quand est-ce que je pourrais passer un coup de fil ? supplié-je presque cet abruti.

— Pas au courant.

Il fait rentrer mon nouveau camarade. Je ne prends pas la peine de m'attarder sur le gars, mais analyse uniquement sa carrure. Il est petit, pas très costaud, frêle même. Parfait, il ne pourra pas m'emmerder. Il s'installe sur le lit d'en dessous.

— Pourquoi tu as été arrêté ?

— Meurtre, m'annonce-t-il le plus froidement possible.

Il fait craquer ses doigts les uns après les autres. Je ne devrais sans doute pas le juger à son apparence.

Bon, je ne vais dormir que d'un œil. En fait, je ne dors déjà plus depuis hier, ça ne changera pas grand-chose à mon sommeil. Je pousse un long soupir et reste figé dans mon lit. Je dois voir quelqu'un au plus vite.

Lundi, 9 h 01.

Trente-six heures que je suis en prison. À quoi bon les compter ? Sans doute pour me rassurer d'une certaine manière, mais du temps qui me sépare de quoi ? Ma liberté ? Peu probable. Je vais croupir ici pour de longues années. Même si j'ai fait ça sous le coup de la menace, je reste coupable. J'aurais pu en informer la police, mais je ne l'ai pas fait. D'une certaine manière, je voulais inconsciemment renouer avec celui que j'étais, celui que je suis toujours, en réalité. Je n'ai jamais pu accepter mon passé. C'est d'ailleurs pour ça que je m'en suis caché.

Je dois joindre mon avocat en priorité, mais il ne se passe rien : on me laisse pourrir là. Je fixe le plafond en attendant que les secondes défilent. C'est alors que la porte de ma cellule s'ouvre.

— Ward-Harper, tu as de la visite, lance une voix.

Je ne peux cacher mon soulagement.

— Ce n'est pas trop tôt ! sifflé-je dans ma barbe de deux jours.

Je me redresse et saute presque de mon lit. Un gardien et un autre détenu viennent de faire leur apparition. On va être trois dans ce trou à rat ? Le mec me ressemble étrangement. Je ne comprends pas trop où il veut en venir. C'est ce gars qui me rend visite ?

— Bouge-toi, m'ordonne le gardien.

Je m'exécute et me casse précipitamment, content de sortir de cet enfer. Mon regard croise celui du nouveau détenu qui s'installe à ma place tandis que mon premier compagnon de cellule fait je ne sais quoi avec ses doigts.

Qu'est-ce que cela signifie ? Je suis dans l'incompréhension la plus totale.

Je marche le long des couloirs, ne sachant pas trop où il m'emmène. On me conduit dans une salle d'interrogatoire. Je pensais que ce serait celle des téléphones. Je reconnais tout de suite le lieutenant Powell qui me dévisage sévèrement. Je ne sais pas si ça me rassure ou non de le voir.

— Bonjour, Monsieur Ward-Harper, asseyez-vous.

Il me désigne une chaise.

— Bonjour, Lieutenant Powell.

Je m'assieds en face de lui, prudent. Cela semble lui faire plaisir de me voir comme ça. Je n'ai plus un plouc en face de moi, mais un mec beaucoup plus sûr de lui, qui a pris du poil de la bête en, à peine, quelques semaines.

— Voici pour vous.

Les documents qu'il me tend provoquent l'arrêt subit de mon cœur une fraction de seconde, avant qu'il ne s'emballe. J'ai l'impression que ma vie va se jouer ici. Je prends une profonde inspiration au moment de les lire. Je suis complètement abasourdi en voyant l'intitulé.

— Un accord d'immunité ? Mais qu'est-ce que ça veut dire ?

— Vous êtes un homme libre, un officier vous escortera jusqu'à la sortie.

— Mais attendez, qu'est-ce que c'est que ce merdier ? Vous me faites arrêter pour me libérer ensuite.

— Signez ces papiers et foutez le camp, sinon c'est la prison pour vingt ans, Liam.

— Comment est-ce que je peux être sûr que ce n'est pas un piège ?

— Vous voulez vraiment jouer à ce jeu-là ? Après m'avoir pris pour un con pendant tous ces mois, alors que c'était vous derrière tout ça.

Je ne réponds rien face à cette vérité.

— Vous ne dites plus rien ?

— Avez-vous un stylo ?

Il en sort un de la poche de sa veste et me le tend.

— Si j'ai un conseil à vous donner, c'est de disparaître de cette ville, quittez New York et n'y remettez plus jamais les pieds. Je ne veux plus voir dans mon périmètre.

Je signe tous les papiers sans prendre la peine de regarder.

— Est-ce qu'elle est impliquée dans tout ça ?

— Je ne vois pas de quoi vous voulez parler.

— Merci, Lieutenant Powell.

— Plus pour longtemps, rectifie-t-il.

Je ne relève pas sa remarque. Je récupère une copie et on m'escorte vers la sortie. Je ne m'éternise pas et me tire.

Je remets mon costume de samedi soir qui ne sent pas la rose, mais, tant pis, ce sera toujours mieux que les vêtements que je porte. Je suis soulagé de pouvoir les reporter : ils sont en quelque sorte le signe de ma liberté.

Une fois habillé, on me remet mes effets personnels. Je récupère mon téléphone portable, les clés de ma moto et de mon appartement, ainsi que ma montre. J'ai hâte de rentrer chez moi. Je remarque que je n'ai aucun appel ni message. Je suis bien seul et invisible aux yeux du monde.

Une fois dehors, l'air frais envahit mes poumons. Il a beau être pollué, il est tout simplement pur pour moi. Et maintenant ? Qu'est-ce que je vais faire ? Je suis libre, mais je n'ai pas d'explications pour autant. Revenir en prison, mais de l'autre côté m'a été insupportable, je me suis senti faible, vulnérable et je ne veux plus éprouver ça.

Je quitte les fils de fer barbelés de cette prison de Rikers quand j'atterris sur le parking. Je doute qu'il y ait un voiturier. Je me ravise quand je vois une Ferrari noire, le modèle qui me fait face coûte 1 million de dollars. Une femme vêtue de noire se tient devant la bagnole. Plus je m'approche, plus je sens mon cœur battre.

— Je t'avais dit qu'on allait se revoir lundi matin.

— Tessa ? l'appelé-je pour être sûr que je ne rêve pas.

Je suis content de la voir, mais pas rassuré pour autant.

— Monte dans la voiture, je vais t'expliquer en chemin.

Elle ne prend pas la peine de me saluer et contourne la bagnole. Je m'assieds côté passager. Elle démarre la voiture sans perdre de temps et nous quittons cet enfer.

— Qu'est-ce que tout cela veut dire ?

— Si je résume, tu es un homme libre, m'annonce-t-elle le plus simplement du monde.

Sa voix est grave.
— Tu m'as fait libérer ?
— Oui et non, m'avoue-t-elle froidement.
— Je ne comprends rien à rien.
— Tu étais déjà libre quand tu es rentré dans cette prison.
— Tu peux m'expliquer ?
Je la fixe, mais c'est la route qui accapare son champ de vision.
— Je vais reprendre depuis le début.

47. Hôtel particulier de Liam, 9 77e Avenue

Tessa

Mardi dernier, 9 h 02, *juste après que Lloyd a exposé son plan foireux.*

— Fong, tu t'y connais en gemmologie ?

— Euh, vite fait, pourquoi ?

— J'ai besoin d'une réplique du collier Enigma 1.

— Quoi ? Tu n'es pas sérieuse là ?

— Je n'ai pas envie de rire.

— Tay, c'est impossible, enfin si, je veux dire, c'est possible, mais pas avec des diamants de cette taille. Les rubis font plus de dix carats. Je peux en faire une copie, mais un œil aguerri verra que c'est un faux.

— J'ai besoin d'une réplique parfaite parce que Liam doit la voler, il ne doit pas se douter un seul instant qu'il est faux.

— Même si tu veux une copie, je ne peux pas faire illusion, les diamants sont trop imposants pour ça. Je n'en trouverai jamais de cette taille.

— Et si tu utilises des nanites ?

Je n'entends plus rien, je crois qu'il s'est arrêté de faire glisser ses doigts sur son écran plasma.

— Alors là, Tay, c'est un défi technologique de taille que tu me lances !

Je ne peux cacher ma satisfaction, car, si je suis bien sûre d'une chose, c'est que Fong ne résiste pas à relever les challenges. S'il est motivé, il va y arriver sans problème.

— Tu peux donc le faire ?

— Oui, je peux donner cette illusion pour les diamants les plus gros. Toutefois, le collier aura une durée de vie réduite à plusieurs heures.

— Mets-toi dessus dès à présent, c'est une priorité.

— Tay, ça va demander de réquisitionner toute une équipe.

Il ne saisit pas l'importance de la situation, sachant que Shane veut ce collier. Je viens juste de prendre conscience que je ne peux pas laisser Liam voler le vrai.

— Rien à foutre !

— Tessa.

Je comprends à sa voix qu'il essaye de me calmer, mais je n'y arrive pas.

Les enjeux sont beaucoup trop importants. Je souffle un bon coup avant de me reprendre.

— Fong, j'ai toutes les accréditations possibles et nécessaires pour passer cette mission comme prioritaire.

— Mais, tu ne peux pas…

— Ne m'oblige pas à appeler mon père, le coupé-je direct.

— Entendu, Tay.

— Il me le faut le plus rapidement possible. Le cambriolage a lieu samedi soir.

— Ça ne laisse pas beaucoup de temps, les nanites ne vont pas tenir éternellement.

— Quelle est leur durée de vie ?

— Les derniers tests montrent qu'elles tiennent environ quarante heures avant de se désintégrer, nous n'avons pas encore réussi à les stabiliser au-delà de ce délai.

Merde, ça va rendre le timing très serré. Il me le faudra donc vendredi au plus tard.

— On fera avec, Fong.

Liam

Lundi, 9 h 38. Temps présent, *dans la voiture avec Tessa.*

— C'était donc un faux que j'ai volé ?

— Effectivement. Une réplique qui s'est désintégrée plus tard que je ne l'aurais cru ! dit-elle, toute contente.

— Tessa, je t'en prie.

— D'accord.

Elle s'arrête de sourire.

— Mais ce n'est pas la partie la plus intéressante.

— Ne me dis pas que tu as un lien avec ce cambriolage au sein du musée ?

— Là aussi, je vais t'expliquer.

48. Résidence Sienneti, là où vivent Armand et sa famille, lieu top secret

Tessa

Mercredi dernier, 16 h, *juste avant que Liam et Tessa ne dînent dans ce fabuleux restaurant japonais.*

Je me dirige vers la résidence Sienneti. L'entrée est tout au fond d'une ruelle complètement abandonnée. Je pousse une porte en acier et me retrouve dans une cour intérieure, prisonnière entre quatre murs en béton. Je tourne sur moi pour chercher la porte noire avec la poignée dorée quand je la repère. Je m'en approche, sachant que ce n'est pas ma destination. Elle est ouverte, comme si on s'attendait à ma venue.

En la poussant, je découvre la véritable entrée de la résidence. Un immense hôtel particulier de quatre étages me fait face. Cet endroit me fait penser au 12, square Grimmaurd dans *Harry Potter*. Deux géants me jaugent, mais ne sortent pas leurs armes pour autant. L'un me fixe longuement sans rien dire avant de m'escorter vers cette bâtisse perdue en plein Greenwich Village.

On est à mille lieues de penser que c'est ici que vit le chef de la mafia italo-américaine.

Trop de sang a imprégné cette devanture de style antique. Quelque chose de froid et de chaud en même temps règne ici. Je rentre dans le vestibule et quelqu'un récupère mon manteau avant qu'on me conduise dans le salon du rez-de-chaussée.

Armand se lève de son canapé et vient à ma rencontre.

— Bonjour, Armand.

— Bonjour, Tessa.

Il pose un furtif baiser sur ma tempe avant de reprendre sa position d'origine. Nous nous asseyons l'un en face de l'autre, lui sur un grand sofa orange clair et moi sur un fauteuil. Seule une table en verre nous sépare.

— Merci de me recevoir.

— Seuls les membres de ma famille viennent ici, tu le sais bien.

— C'est sans doute pour ça que tu ne vas pas me laisser m'aventurer au-delà de cette pièce.

— Ce que j'aime le plus chez toi, c'est que tu comprends très vite.

— Merci d'avoir fait exception avec moi.

— Je te dois la vie deux fois, mais n'en abuse pas.

La façon dont il s'adresse à moi me rappelle mon père.

— Si j'ai souhaité qu'on se rencontre chez toi, c'est avant tout pour des raisons de sécurité et de confiance. Étant donné que seule la famille est autorisée à venir, j'ai pensé que ce serait mieux au cas où tu aurais des doutes sur les gens qui travaillent pour toi.

Sa mâchoire se ferme puis se contracte. J'ai probablement vu juste. Il soupçonne sans doute quelques personnes parmi ses employés.

— Merci pour ce prélude, mais tu ne peux pas t'éterniser. Quel est l'objet de ta venue ?

— Voilà ce que j'aime le plus chez toi, tu ne perds jamais de temps. Je te propose de mettre fin au règne des Pirelli.

Il se frotte lentement le menton, signe que je viens de capter son attention, tandis qu'il me sert un verre de Prosecco.

— Continue.

— Ils veulent vous faire passer pour des petits joueurs, je pense que c'est le moment de leur prouver qui est le grand patron.

— De quelle façon ? s'enquiert-il tout doucement.

— Avec une rumeur. Je veux que tu fasses courir le bruit que tu comptes t'attaquer aux plus grandes joailleries de la capitale, mais que tu souhaites taper très gros dès le départ. Il te faut quelque chose de plus spectaculaire comme la collection qui se trouve au MET. C'est pour toi l'occasion idéale.

— Dans quel but ?

— J'ai besoin d'eux pour faire diversion. Tu dois préciser que tu comptes faire le coup dimanche soir, soit un jour après l'inauguration de l'exposition, car il y aura moins de monde et que tu n'es pas à la hauteur pour le faire ce samedi.

— Parce que je dois me rabaisser en plus ?

L'ego d'Armand…

— Tu vas adorer la suite.

— Tu crois qu'ils vont marcher ?

— Si tu fais comprendre aux bonnes personnes que ceux qui réussiront ce coup en si peu de temps régneront sur la ville, alors oui. Provoque leur arrogance, leur orgueil. Ils veulent le pouvoir, montre-leur ce que cela implique vraiment.

— Et ensuite ? demande-t-il, très attentif.

— Je les conduis droit dans un piège, car la police sera là pour tous les arrêter.

Ce qui implique de voir Matthew rapidement. Ses yeux brillent soudainement. Ce plan semble lui plaire, vu les étincelles que je viens de provoquer.

— Tu veux faire arrêter tous ces minables en même temps ?

— Ça te pose un problème ?

— Au contraire, m'affirme-t-il en se frottant les mains. J'ai bien saisi le message et tu peux compter sur moi. Je vais dire à mes hommes de commencer à se préparer, ça doit paraître plausible. Cela me permettra également de démasquer les éventuels traîtres.

— D'une pierre, deux coups, je lui réponds.

— Salute !

Il prend son verre de Prosecco et trinque avec le mien. Je n'en bois qu'une petite gorgée même s'il est délicieux.

— J'ai également besoin de David, lui annoncé-je le plus simplement du monde, sachant ce que cela va provoquer chez lui.

Son verre est suspendu à ses lèvres, il le repose abruptement sur la table basse et je l'imite.

— Tu n'impliqueras pas mon petit-fils là-dedans, me fait-il comprendre très sérieusement.

— Ne t'en fais pas, je n'ai besoin que de ses compétences de pilote, il ne lui arrivera rien, je t'en fais le serment.

— La réponse est non, Tessa ! objecte-t-il fermement.

Il va faire trembler les murs. Nous sommes interrompus par une soudaine agitation. La porte d'entrée claque brusquement et Alessandro apparaît, vêtu de noir de la tête aux pieds.

— Tessa ? s'étonne-t-il de me voir.

— Bonjour, Alessandro.

Nous nous jaugeons avant que son regard ne se porte sur son père pour lui quémander silencieusement des explications, ce à quoi Armand détourne le visage.

— Puisque tu es là, tu peux convaincre ton père de me laisser emprunter ton petit-neveu pour une mission sans risque ?

— Tu es sacrément gonflée, Tay, me réprimande Armand.

— En effet, mais je te garantis qu'il ne lui arrivera rien, j'ai fait une promesse à…

Je me tourne vers Alessandro pour lui envoyer un message.

— Emilio, avant, qu'il meurt.

Ce dernier se fige.

— Papa, tu peux faire confiance à Tessa, et David sera plus que ravi de l'aider.

Message bien reçu.

— Deux contre un, alors.

— Il ne lui arrivera rien, je te le promets.

Il rouspète et grommelle un truc incompréhensible.

— Très bien, je capitule, car je me fais vieux.

Nous nous mettons tous à rire.

— Tu peux contacter David, ensuite tu le laisses tranquille !

Le contraire m'aurait étonnée.

— Je n'ai qu'une parole et, ça, tu le sais.

Armand se lève et je fais de même.

— Tu me remercieras après, lui lancé-je.

— Je compte sur toi, je fais passer le message. C'est toujours un plaisir de travailler avec toi.

— Plaisir partagé. À bientôt.

Il me caresse brièvement les épaules avant de se retirer par les escaliers, me laissant seule avec Alessandro. Je m'apprête à retrouver la sortie et passe devant lui quand il m'attrape tout doucement par le bras.

— Attends, Tessa, comment es-tu venue jusqu'ici ?

— J'ai pris un taxi.

— Laisse-moi te raccompagner alors.

— Si tu veux.

Nous sortons de la résidence et il me conduit vers une Lamborghini noire flambant neuve. Il m'ouvre la portière et je m'installe, surprise.

— Depuis quand es-tu aussi gentleman ?

— Je vais te faire un aveu, la galanterie d'un homme dépend de la femme qu'il a en face de lui.

— Je suis flattée.

Il claque la portière avant de venir me retrouver. Nous attachons en même temps nos ceintures.

— Tu es dans quel hôtel ?

— Résidence Vail.

Il se racle la gorge avant de déglutir.

— Je ne vais pas m'éterniser alors.

— Il ne vaut mieux pas.

Il démarre la voiture et nous nous engouffrons dans la circulation.

— Tessa, je…

— Tu sais pertinemment que tes secrets sont bien gardés avec moi.

Il pile brusquement, projetant nos têtes un peu trop près du pare-brise. Il redémarre la voiture, nerveux.

— Si ton père l'apprend, tu es un homme mort.

— Pourquoi ne pas lui avoir dit ?

— Parce que ça le détruirait et que j'ai beaucoup de respect pour lui, et puis ce ne sont pas mes affaires. En revanche, s'il sait que je suis au courant et que je ne lui ai rien dit, je ne donne pas cher de ma tronche.

— Je te mets dans une position délicate, m'avoue-t-il.

— Ne t'en fais pas pour ça. À vrai dire, je ne pensais pas que tous vos secrets allaient m'exploser en pleine tête. Je ferme ma gueule pour David, car il a une chance de s'en sortir et d'avoir une vie normale.

— Voilà pourquoi j'ai tué mon frère, pour David justement. Je préfère porter la responsabilité de cet empire plutôt que ce soit mon fils.

Je vois à quel point ça l'angoisse encore.

— Je ferai tout ce qu'il faut pour le tenir à l'écart. Hors de question qu'il soit mêlé à tout ça.

Je sens qu'il s'est fait une promesse à lui-même.

— Est-ce que David va un jour savoir que c'est toi son père ?

— Je ne veux pas qu'il le sache. J'ai fait une connerie en me tapant la femme de mon frère, mais qu'est-ce que tu veux que je te dise ? J'étais jeune, j'étais con et je vivais dans son ombre, mais je voulais surtout l'anéantir après tout ce qu'il m'avait fait subir. J'ai mis fin au règne de mon frère pour protéger mon fils, pas envie qu'il suive ses traces meurtrières.

C'est la première fois que je le vois aussi touchant. Il est loin de la personne intransigeante, froide et sans scrupules que je connais.

— Et je ne peux qu'approuver la raison pour laquelle tu as fait ça.

— Je préfère que ce soit moi qui aie du sang sur les mains plutôt que mon propre sang. Mon fils ne reprendra jamais les rênes, m'affirme-t-il très clairement.

Je trouve cela admirable de sa part, et étonnant aussi. J'ai le sentiment au fond de moi qu'il n'a jamais voulu cette vie, contrairement à Emilio, qui lui en a payé le prix.

— Tu as fait ça pour le protéger.

— Ça commençait à me rendre malade, j'en faisais des cauchemars. David allait irrémédiablement prendre son chemin. Si je n'étais pas intervenu, il aurait commis son premier meurtre et, crois-moi, j'étais prêt à tout pour qu'il n'ait jamais à le faire.

La peur traverse son visage. Nos yeux se percutent instantanément, comme si nous avions pensé à la même chose en même temps.

— Je vois ce que tu veux dire.

La circulation n'est pas terrible et j'ai rendez-vous avec Liam ce soir. Je jette un coup d'œil à ma montre.

— Tu es en retard ? m'interroge-t-il.

— Légèrement, mais ça ira.

— Je ne te demande pas l'objet de ta venue à New York.

Je pensais qu'Armand l'en aurait informé, mais il faut croire que non.

— Tu souhaites réellement connaître la réponse ?

— Oh que non. La première fois que je t'ai vue, j'ai cru que c'était une farce. Qui était cette gamine qui parlait à mon père ? Et que mon père écoutait attentivement, plus qu'Emilio et moi.

À ces mots, je ressens une petite pointe de fierté et ça ne m'arrive pas souvent. Liam a débloqué une palette d'émotions chez moi depuis qu'il est entré dans ma vie.

— Ça, c'est un secret.

— J'ai compris rapidement que j'avais affaire à une personne plus dangereuse qu'elle ne le laissait paraître.

Sa réflexion provoque un sourire satisfait.

— C'est un compliment que tu me fais ?

Nos rires envahissent tout l'habitacle de la voiture.

— Une vie ne suffirait pas pour énumérer toutes tes qualités.

Je ne le savais pas aussi charmeur. Il a bien changé depuis la dernière fois.

— Arrête, tu vas me faire rougir.

— Comment tu fais pour gérer ?

— Gérer ? répété-je, étonnée.

— Je ne comprends pas ce détachement que tu as, tout coule sur toi. On dirait que tu ne ressens rien, pourtant tu sembles si humaine en même temps.

La façon dont il me décrit est intéressante, je dois dire.

— Je suis entraînée, Alessandro, tout simplement.

Je m'avachis sur mon siège, laissant le paysage défiler sans me soucier de rien. J'ai besoin de déconnecter le temps de ce trajet, cette pause en sa compagnie me fait du bien et me renvoie à une époque qui n'est pas si lointaine au final.

— C'est aussi facile que ça ? me demande-t-il.

— Pour être honnête, je comprends ce que tu ressens.

— Vraiment ?

— Ne fais pas comme si tu ne savais pas. Tu sais pertinemment que j'ai du sang sur les mains.

— À quel point ?

Je préfère répondre à côté.

— Sache que ça ne m'empêche pas de dormir la nuit. Ce qui compte le plus, c'est mon objectif ; c'est le point d'arrivée qui m'importe, pas le chemin pour y parvenir. Je fais abstraction de tout pour toujours mener à bien ma mission. Mais pourquoi me demandes-tu mon avis là-dessus ?

Je ne pense pas être la mieux placée pour répondre à ses tergiversations.

— Parce que je suis tiraillé. Parce que c'était mon frère et que je m'en veux, mais j'ai fait passer mon fils en premier. C'est la seule chose de bien qui ne me soit jamais arrivée.

— Alessandro, je peux juste te dire que tu as pris la bonne décision, car tu l'as fait pour une cause qui te semble juste et honorable. Tu l'as fait par amour et c'est ça qui compte, c'est plus puissant que tout. Toutefois, tu vis avec des secrets qui risquent d'exploser un jour.

— Je serai mort bien avant et je ferai tout ce qui est en mon pouvoir pour éloigner David de tout ça.

— Et comment tu feras ensuite ? En étant le chef, je veux dire, il va bien falloir que tu te maries et que tu aies des enfants un de ces jours, sinon ton père risque de t'y t'obliger.

— Je lui ferai croire que je suis gay.

Sa blague, qui a provoqué nos rires, vient de détendre l'atmosphère. Nous échangeons un sourire que je qualifierais de complice. Je découvre plein de facettes de lui que j'ignorais.

— Pas sûre que cela empêche ton père de te marier.

Son rire n'a jamais été aussi prononcé. Ça fait plaisir de le voir autant insouciant.

— Je retarde au maximum, d'autant qu'il m'a un peu lâché avec ça. La mort d'Emilio est encore trop récente à ses yeux. De toutes les façons, ce ne sont pas les volontaires qui manqueront.

— Ça, c'est sûr, elles vont se bousculer. Un homme riche, canon et parrain de la mafia, crois-moi, il y a des filles prêtes à tout.

Il pouffe.

— J'en veux une qui me comprenne, pas une cruche qui fasse tout ce que je lui dis.

Il louche sur moi.

— Tu pourrais bien être surpris.

— Elles ne comprendront malheureusement pas ce que je fais. Je n'ai pas envie de lire le dégoût sur leur visage ni la peur. Je cherche une femme aussi intense que puissante et en qui j'ai toute confiance et…

— Attends une minute, le coupé-je, tu me demandes en mariage là ?

Je me suis légèrement redressée sur mon siège.

— Je dois avouer que l'idée est tentante, me confie-t-il, un beau sourire sur ses lèvres. Tu sais ce que je ressens pour toi.

Rafraîchis moi la mémoire ? lui demandé-je en faisant semblant de ne pas savoir.

— Tay, me réprimande-t-il.

— Je suis flattée, mais c'est impossible, enfin non, ça ne l'est pas en tant que tel. Reparlons-en dans une décennie, qu'en penses-tu ?

Je préfère ne pas avoir cette conversation avec lui, car je ne saurais qualifier notre histoire.

— C'est un bon plan, m'avoue-t-il, l'espoir traversant son visage.

Je sens qu'il a retrouvé de l'énergie.

Quelques minutes plus tard, nous arrivons devant la résidence. Henry est déjà là à m'attendre, son fusil chargé entre les mains. Mais comment sait-il que j'étais en approche ? Suis-je bête, ma montre ! Je n'ai décidément plus aucune vie privée, enfin c'est avant tout pour ma sécurité. À moins qu'il ne fasse le guet depuis des heures. Ou alors, j'ai dépassé ma permission de sortie. J'étouffe un rire sourd.

— Le comité d'accueil est toujours aussi chaleureux.

— En effet, merci de m'avoir ramenée.

— Pourquoi as-tu besoin de David ?

— Pour une mission à distance qui ne requiert que ses compétences en matière de pilotage, tu n'as absolument rien à craindre.

— C'est uniquement parce que c'est toi, Tessa.

— Crois-moi, si j'avais le choix, je ferais autrement.

— Je lui transmets le message.

Il sort de la voiture et vient m'ouvrir la portière sous le regard réprobateur d'Henry. Il croit sans doute que je trompe Liam. Misère, j'espère qu'il ne va pas le dire à papa !

Nous nous faisons face.

— Prends soin de toi, Tessa.

Il recale une mèche derrière mon oreille et ce geste provoque un souvenir bien précis.

— Toi aussi, Alessandro.

Il embrasse ma joue avant de retrouver sa voiture. Je repense soudainement à notre dernière conversation, il y a deux ans. Nous nous faisons un signe d'au revoir. Je dois me préparer avant de retrouver Liam ce soir. Je rejoins Henry devant la porte d'entrée.

— Je préfère Liam et de loin, me confie-t-il.

Sa remarque me fait sourire.

— Moi également.

Liam

Lundi, 9 h 48, temps présent. *Dans la voiture avec Tessa.*

Je la trouve nostalgique d'un seul coup, elle dissimule à la perfection son sourire.

— Je suis impressionné.

— Pour réussir ce cambriolage, rien de mieux qu'un autre cambriolage. Cette idée était sacrément géniale ! se félicite-t-elle.

— Je t'avais pourtant expressément demandé de ne pas intervenir.

— Oui, mais tu n'as pas précisé directement ou indirectement, donc…

Et ça la rend fière en plus.

— Tu joues sur les mots à ce que je vois.

Elle vient de glousser.

— En effet, m'annonce-t-elle le plus simplement du monde.

Cette femme va me rendre cinglé !

— En tout cas, très bonne diversion puisque pour marquer leur arrivée, dans leurs conneries, ils ont pété la vitrine qui renfermait le collier.

— Liam, tu crois franchement être assez chanceux pour que des tirs au hasard puissent pulvériser une vitrine en verre trempé thermique ?

49. Résidence Vail, château particulier d'Henry Vail, Bryant Park

Tessa

Jeudi dernier, 11 h 30, *juste après avoir baisé dans la cuisine de Liam.*

La matinée a été bien intense, mais il est temps de se remettre au boulot. Je n'en reviens pas qu'il m'ait baisée sur la table de sa cuisine. On sous-estime le pouvoir d'un bon mobilier.

À peine sur le parvis que je repère David sur son vélo.

— Bonjour, David, merci d'être venu.

— Salut, Tay !

Il descend de son vélo et me fait une rapide bise sur la joue.

— Tu peux le laisser juste devant, dis-je en lui désignant le patio, il ne risque rien.

Il le pose près du banc, pas très rassuré.

— Merci pour l'invitation, mais je t'avoue que je suis un peu surpris. Mon oncle et mon grand-père m'ont demandé de t'aider.

— Ils sont tous les deux coriaces, c'est dur de te donner une mission, tu sais.

— Je dois t'avouer que cela m'intrigue. Ça consiste en quoi ?

— Quelque chose qui devrait te plaire. Suis-moi.

Nous prenons les escaliers pour nous diriger vers le premier étage et je le fais rentrer dans le bureau où j'ai déplié en grand le plan du MET. Clémentine profite de notre arrivée pour nous apporter un plateau avec des roulés à la cannelle, des donuts, des cakes et des jus de fruits, ainsi qu'une tasse de *Lapsang*.

— Bonjour, monsieur, désirez-vous une boisson chaude ? lui demande Clémentine.

— Non, ça ira, je vous remercie, madame.

Il regarde les pâtisseries sans rien dire.

— Tu ne veux rien manger ?

D'ordinaire, il se serait jeté dessus.

— Quand tu m'auras expliqué de quoi il retourne, je m'empiffrerai peut-être comme toi !

Il me connaît drôlement bien.

— À peine ! rechigné-je.

— Alors, qu'est-ce que cela représente ?

Il désigne le plan tout en salivant devant le plateau.

— Le MET. J'aimerais que tu y fasses un casse !

Il repose le roulé à la cannelle qu'il vient de prendre.

— Oui, je suis sérieuse.

Je lui tends une petite boîte carrée.

— Ouvre-la.

Il fronce le nez puis s'exécute.

— Qu'est-ce que c'est ? Une mouche ?

— Regarde de plus près.

Il colle l'insecte à ses yeux et observe chaque détail. Il est soudainement stupéfait.

— Ne me dis pas que c'est…

— Un drone, oui, finis-je sa phrase.

— Mais comment tu as pu obtenir un truc pareil ?

— Je le tiens d'un professeur du MIT qui me doit un service.

— C'est un pur bijou de technologie.

La mouche est toujours entre ses mains, collée à ses doigts.

— C'est surtout un prototype ultra-secret, continué-je.

Qui coûte quatre bras…

Je ne sais pas comment je vais annoncer à Michaels qu'il ne la reverra jamais.

— Et pourquoi en as-tu besoin ?

— Je veux que tu la pilotes à l'intérieur du Metropolitan, mais surtout que tu la diriges vers la vitrine du diamant Enigma à un moment bien précis.

Il est complètement dubitatif.

— Je ne te suis pas ?

— Ce n'est pas simplement un drone, c'est une arme qui génère des ultra-sons extrêmement puissants capables de briser n'importe quelle vitrine en moins de deux secondes. J'ai besoin que tu pulvérises la paroi qui retient le diamant Enigma, qui se trouve juste ici.

Je lui montre son emplacement sur le plan.

— Mais le bruit que ça va provoquer va attirer l'attention ?

— Justement, j'ai une diversion pour ça. Si tout se passe comme prévu, des cambrioleurs devraient faire une entrée fracassante samedi soir dans le musée.

En admettant qu'ils viennent bien ce soir-là…

Je compte sur leur arrogance démesurée.

— Vu leurs profils psychologiques, ils ne vont pas se gêner pour se la jouer *Gangs of New York* et tirer des coups de feu à tout va.

Le but étant que les coups de feu provoqués par les Pirelli fassent croire à Liam qu'ils sont à l'origine de l'explosion de la paroi. Je sais qu'il aura le diamant en visuel toute la soirée. Il ne va donc pas trop s'en éloigner. Si jamais il est à l'air libre, ce sera une occasion pour lui de le récupérer sans encombre. En espérant que tous mes calculs soient exacts, car c'est un plan avec beaucoup de variables…

— Tu comprends maintenant quand je te demande de faire un casse ?

— Oui, rigole-t-il. Donc, tu veux que je suive à distance ce cambriolage ?

— Et que tu pilotes la mouche de là où tu te trouves.

— De combien est la portée ?

— Environ trois kilomètres. Je t'ai même trouvé un super café où tu pourras te poser. Le logiciel est prêt à être téléchargé.

— Il va falloir que je trouve une entrée pour la faire passer, c'est une technologie de pointe, ce truc.

Elle est encore dans ses mains, je ne sais pas s'il va vouloir s'en séparer.

— Et je ne vais pas pouvoir la récupérer, tant pis, elle finira dans les ordures.

— Pourquoi ?

— Parce que le verre de la vitrine va inévitablement lui tomber dessus, à moins que tu parviennes à la ramener à son point de départ. Je ne sais pas si tu pourras l'exfiltrer.

Je suis prise d'un soudain fou rire.

— Oui, en effet, ça risque d'être compliqué, rigole-t-il face à ma réaction, avant de reposer la mouche dans sa boîte en soupirant.

Son geste ne me rassure pas. Je reprends tout de suite mon sérieux.

— Il y a un problème ?

— Pourquoi est-ce que tu fais ça ? Je veux dire, ton but est de commettre un vol ?

Sa morale me touche. Je le prends entre quatre yeux, pour lui faire comprendre à quel point c'est important pour moi.

— Je fais ça pour sauver l'homme que j'aime, c'est suffisant comme raison ?

Il me regarde, complètement éberlué.

— Je ne m'attendais pas à ça, venant de toi.

Moi non plus…

Si on m'avait dit ça un jour…

— Liam a besoin de nous, lui confié-je en prenant un air désespéré pour tenter de le convaincre de m'aider. Si on n'intervient pas, il fonce droit dans un piège. Tu es le meilleur pilote que je connaisse et c'est pour ça que je sollicite ton aide pour cette mission.

Il caresse tout doucement mon bras pour me rassurer.

— Alors, dans ce cas, tu peux compter sur moi !

— Merci, David. On élabore un plan avec des roulés à la cannelle ?

— Avec grand plaisir.

Liam

Lundi, 10 h 03, temps présent. *Dans la voiture avec Tessa.*

Elle reste concentrée sur la route, je ne sais même pas où on va.

— Je suis impressionné, Tessa.

— Merci, ce fut assez difficile de le convaincre de m'aider, je dois dire.

Elle se retient de sourire.

— Je commence à voir chaque pièce du puzzle de ton plan.

— Il te reste encore des questions ?

— Si c'était une réplique, alors pourquoi la conservatrice du musée l'a-t-elle authentifiée ?

50. Metropolitan Museum of Art, 1000 5e Avenue, bureau de Nathalie Daley-Horth

Tessa

Vendredi, 11 h 12.

Fong m'a fait parvenir la réplique du collier et je dois retrouver Liam ce soir pour finaliser le plan. Le compte à rebours a démarré. Techniquement, il devrait commencer à se désintégrer demain en début de soirée. D'après les calculs de Fong, la décomposition devrait débuter aux alentours de 20 h, sauf qu'il n'en est pas sûr. J'espère que Liam parviendra à le dérober toujours intact. Je prie pour qu'il tienne le temps qu'il faudra. Je dois également voir Matthew juste après mon rendez-vous avec la conservatrice du musée dont le bureau est tout simplement austère, sans âme, à son image en somme.

Elle me fait poireauter depuis plus de dix minutes. Je m'impatiente lorsqu'enfin la porte s'ouvre en trombe dans mon dos.

— Bonjour, Mademoiselle Blaine.

Elle fait claquer la porte plutôt brutalement avant de venir s'asseoir en face de moi.

Elle me jauge, avec un air satisfait sur son visage, comme si j'étais sa prochaine proie.

— Madame Daley-Horth, merci de me recevoir.

— En quoi puis-je vous aider ? Je ne savais pas que le FBI avait des vues sur l'art, pouffe-t-elle de rire.

Sa réaction provoque mon irritation. J'aurais pu trouver plus original comme couverture, mais c'était la seule qui pouvait me conférer une autorité naturelle, sachant qu'elle n'est pas le genre de femme à se laisser faire.

— Pour tout vous dire, j'ai besoin de votre coopération. Un cambriolage va avoir lieu demain soir au sein de votre musée et plus précisément lors de la grande exposition de joaillerie.

— Comment pouvez-vous être au courant ?

— Nous avons des informations.

— Fiables ? rétorque-t-elle avec un petit air narquois.

Provoque-moi et tu verras de quoi je suis capable !

— Elles le sont, mais dans tous les cas, si elles ne l'étaient pas, nous ne souhaiterions pas que Enigma soit volé.

— C'est Enigma qu'ils veulent ?

— Affirmatif. Je voudrais que vous intervertissiez l'original avec une copie par mesure de sécurité.

Je lui tends un écrin qu'elle ouvre précautionneusement avant de hausser un sourcil.

— C'est à s'y méprendre. Comment avez-vous fait pour obtenir une si bonne copie ?

Elle referme la boîte et la pousse dans ma direction, comme si elle refusait cette mission.

— Je ne suis pas autorisée à vous le dire. Le fermoir a un point bleu, ce qui n'est pas le cas d'Enigma 1, voilà comment vous ferez la différence.

Sans parler du système de géolocalisation intégrée. Merci, Fong !

— Je dois intervertir le collier qui sera exposé afin que les cambrioleurs volent le mauvais, n'est-ce pas ?

— C'est plus complexe que ça.

— Pourquoi ?

— Nous voulons les prendre en flagrant délit sur le lieu de l'échange, mais puisque c'est un faux, il n'y aura pas de quoi les mettre en prison, sauf si vous vous rendez sur place pour l'authentifier. Vous pourrez aisément intervertir les deux à ce moment-là.

— Vous voulez piéger les cambrioleurs, en réalité ?

Les Pirelli en premier, puis Shane.

— Exactement. Le Lieutenant Powell de la police de New York sera votre interlocuteur et vous escortera jusqu'au lieu de l'échange. Puis-je compter sur votre coopération ?

Je pousse le collier dans sa direction, comme si j'avançais un pion sur un échiquier.

— Si vous en êtes si sûre que ça, je ne vois pas pourquoi je vous aiderais.

Elle croise les bras devant moi.

Elle est sérieuse là ?

— Vous voulez prendre le risque qu'Enigma soit dérobé ?

— Il ne lui arrivera rien puisque je sais désormais qu'un cambriolage va être commis, je n'ai plus qu'à augmenter le niveau de sécurité tout autour.

Elle me nargue en avançant l'écrin devant moi.

— Vous êtes bien audacieuse. Je suis surprise de votre attitude, sachant que votre poste est actuellement sur un siège éjectable.

Sa réaction est sans équivoque et je ne peux cacher ma satisfaction. Sa mâchoire se crispe et elle serre les poings avant de me regarder avec véhémence. J'en profite pour pousser la boîte de son côté. Je vais te montrer qui est la plus douée aux échecs.

— Je ne vois pas où vous voulez en venir.

Une ouverture italienne pour commencer.

— Laissez-moi vous rafraîchir la mémoire. Apparemment, un conflit aurait éclaté entre le président du conseil d'administration et vous. Ce dernier aurait mis en exergue un climat toxique dénoncé par certains de vos employés, ainsi que de vos méthodes de travail que je qualifierais de proches du harcèlement moral.

Elle fait craquer ses doigts devant moi.

— Rien n'a jamais été prouvé à ce sujet.

Passons à la défense slave.

— Pardonnez-moi si je me trompe, mais des noms pour vous remplacer ont déjà été évoqués. Ne vous a-t-on pas préféré l'épouse d'un héritier d'une des plus grandes fortunes de ce pays ? Il n'est d'ailleurs pas un de vos plus importants mécènes ?

Du sang va finir par sortir de ses lèvres vu le nombre de fois qu'elle se les mord. Je vais lui montrer à quel point je maîtrise la défense sicilienne.

— Imaginez les retombées médiatiques : vous, sauvant Enigma 1 d'un odieux et vulgaire cambriolage. Vous pourrez également vous vanter d'avoir déjoué un important trafic de diamants, sans compter tous les criminels que vous ferez arrêter grâce à votre coopération. Après ça, vous serez collée à ce poste comme de la glue.

Une sombre lueur traverse ses yeux.

— Mademoiselle Blaine, je ne suis pas totalement sûre de vouloir vous aider, sachant tout ce que cela implique. Mais je dois vous avouer que ce qui me fait le plus jouir, lâche-t-elle en s'avançant vers moi, ce sont les problèmes que vous aurez si je ne coopère pas.

Connasse. Tu veux te la jouer comme ça ? Je vais te montrer que je n'ai pas qu'une seule reine sur mon échiquier.

— Laissez-moi deviner, il vous faut plus que ça pour vous motiver. Je vous demande juste d'intervertir le collier durant l'exposition et de l'authentifier auprès de la police comme un vrai. C'est si compliqué pour vous ?

— Que voulez-vous que je vous dise ? Que je jubile de voir les gens me demander des services ?

Elle se met à ricaner tellement fort qu'elle va endommager mes oreilles. Elle en profite pour avancer de nouveau la boîte vers moi. J'aurais peut-être dû la menacer avec mon arme ? Non, ça l'aurait fait rire, sachant que j'ai besoin d'elle.

— Vous préférez que ce soit un ordre ou une menace ?

— Une menace, ricane-t-elle encore, mais avec quoi allez-vous me menacer ?

— Votre mari infidèle ?

Elle s'arrête subitement de rire et se redresse sur son siège avant de déglutir.

— Mon mari l'est peut-être, mais ça n'est d'aucune importance. Je resterai toujours mariée avec lui, m'affirme-t-elle.

— Sans doute, mais lui n'est pas foncièrement de cet avis. Il n'a pas clamé haut et fort qu'il était fou amoureux de sa maîtresse ?

Elle me torpille du regard.

— Ce ne sont que des mensonges !

Elle tape du poing sur la table.

Commence à sortir de tes gonds, c'est de ça que j'ai besoin.

— Enfin, pour ce que j'en sais… Après tout, sa maîtresse est enceinte de lui, n'est-ce pas ?

Je viens de franchir la ligne rouge.

Et si on passait à une ouverture anglaise ?

— Cette traînée est enceinte d'un enfant qui n'est pas le sien ! s'écrie-t-elle, folle de rage.

— Je dois avouer que votre réputation de manipulatrice vous précède quand même. Je suis impressionnée. Faire croire à votre mari que le bébé qu'elle porte n'est pas de lui en falsifiant les tests, c'était vraiment ingénieux. Vos petits espions sont véritablement doués, mais vous êtes allée bien loin pour garder votre époux et sauver les apparences.

Ses yeux se rétrécissent. Ce ne fut pas une mince affaire que de découvrir ces petits secrets. Je connais ce genre de personnage, elle veut montrer son pouvoir rien que pour faire chier son monde. Ce profil psychologique ne devrait pas être mis sur le marché du travail ni sur la Terre tout court.

— Imaginez si votre mari apprend ça.

— Il ne le saura pas, n'est-ce pas ?

— Bien évidemment, si je peux compter sur votre coopération.

— En échange de vous, pourquoi pas ?

— Comment ça ?

Elle vient de me faire un gambit de la dame ou je rêve ?

— Un service est un service. Si je coopère, vous devrez me rendre la pareille et, à tout moment, sans poser de question de surcroît. Vous serez donc à mon entière disposition.

Lui devoir quelque chose serait suicidaire, je ne fais pas confiance à ce type de femme. Elle pourrait aisément faire chanter un maître chanteur.

— Vous exigez donc un service de ma part en échange de ce service, n'est-ce pas ?

— Absolument.

Son regard est victorieux.

Elle est à deux doigts de poser ses pieds sur son bureau.

Tu connais le gambit du roi ?

— Madame Daley-Horth, je vous encourage à me rendre ce service et d'en rester là, je vous conseille même de vous plier à ce que j'ai dit.

— Ah oui ? ricane telle. Sinon quoi ?

Je quitte mon siège et me place au-dessus d'elle, ce qui l'oblige à lever la tête vers moi. Je lui lance un regard qu'elle n'est pas près d'oublier. Elle s'apprête à m'imiter, mais je l'en empêche avec mon ultime question.

— Votre fils ne s'est pas étonné, ce matin, de trouver deux dinosaures dans sa boîte de céréales ?

Son visage se ferme complètement, son teint vient de virer au blanc. Je suis satisfaite de la voir pâlir et j'en profite pour lui mettre la boîte directement dans les mains : elle la récupère, tremblante. Je lui fais comprendre que je n'hésiterai pas une seule seconde à m'en prendre à sa progéniture si elle ne coopère pas. Elle incline le visage vers la table, comme si elle n'avait plus la force de m'affronter, elle m'implore silencieusement de laisser son fils en dehors de ça.

— Bonne journée, Madame Daley-Horth.

Elle ne relève pas la tête et fixe l'écrin.

— Vous, de même, Mademoiselle Blaine.

Je peine à entendre sa voix, qui est inaudible.

Je quitte son bureau sans me retourner.

Échec et mat.

Liam

Lundi, 10 h 12, temps présent. *Dans la voiture avec Tessa.*

Je comprends désormais pourquoi la conservatrice l'a authentifié. Son plan était imparable.

— Tu as d'autres questions ? me demande-t-elle, toujours concentrée sur la route.

— Mon accord d'immunité. Je ne comprends pas ?

— Quoi donc ?

— Comment tu as fait pour en obtenir un ?

— Tu veux vraiment le savoir ?

— Oui.

51. Commissariat de police de New York, 240 Centre Street

Tessa

Vendredi dernier, 14 h, *après que Matthew a menacé Tessa de la faire arrêter.*

Matthew m'écoute attentivement.

— J'ai besoin que tu fasses incarcérer Liam, mais pas avant demain soir.

— Expose-moi ton plan.

— Un premier cambriolage orchestré par les Pirelli va avoir lieu au MET.

— Comment as-tu obtenu cette information ?

Je soutiens son regard pour lui faire comprendre de ne pas poser la question.

— J'ai mes sources.

Il se tapote le menton.

— Si elles sont fiables, ça me ferait plaisir de mettre un terme à leur affaire. Ils pourrissent la ville ces derniers temps.

— Il me faut une équipe d'intervention non loin du MET afin de les cerner, elle devra se positionner autour du musée, et ce, dans la plus grande discrétion, ils ne doivent pas se faire repérer. Est-ce que tu peux t'en occuper ?

— Oui, je peux même avoir le SWAT, si tu le souhaites.

Je décide de répondre positivement à son ton ironique pour lui faire comprendre que je ne plaisante pas.

— Impeccable.

Il se redresse tout de suite de son siège.

— À quelle heure aura lieu le vol ?

— Le discours d'ouverture est à 20 h 30, la fenêtre de tir est entre 20 h et 21 h, je dirais.

Je ne connais pas encore le déroulé du plan foireux de Lloyd, mais peu importe. Sachant qu'il se tire samedi soir, laissant donc Liam livré à lui-même, ça ne fera pas une grande différence. La seule chose qui m'importe est que les Pirelli viennent bien demain, sinon je peux dire adieu à ma diversion.

— Parfait, je mets toute une équipe d'intervention en position. J'ai intérêt à ne pas me tromper.

— Et ensuite ?

Je les conduis dans un piège... Le piège de leur arrogance.

— Une fois neutralisés, je te propose de coincer Evan Shane.

Il est complètement abasourdi, tellement qu'il renverse la tasse contenant son café sur son pantalon.

— Tu te fous de moi ?

Je lui tends un mouchoir, il en a partout.

— Non.

— C'est un énorme morceau, tu le sais ?

— Liam doit voler le diamant et le lui remettre. Et c'est uniquement pendant cet échange que tu cueilles les deux, et pas avant.

— Tu ne me dis pas tout, Tessa, crache le morceau ! m'ordonne-t-il.

Matthew commence à m'énerver, il doit se plier à ce que je lui demande, sinon tout volera en éclats.

— Je ne vais pas te le répéter cent fois, j'ai besoin que tu arrêtes les Pirelli en premier. C'est une diversion pour que Liam puisse voler le diamant Enigma sans se faire prendre. Il doit le remettre à Evan Shane, sauf qu'il lui remettra un faux.

— Pourquoi ?

— Parce que je ne prends pas le risque qu'il se volatilise pendant l'échange. Je ne connais pas les raisons qui le poussent à l'avoir et c'est un motif suffisant pour qu'il ne l'ait pas.

Malheureusement, je n'ai pas le choix, je mets Liam en danger et ça m'emmerde, mais il ne doit en aucune façon pouvoir repartir avec. J'espère surtout qu'il parviendra à le dérober sans se faire prendre. Inutile que je m'inquiète. Je le connais, il va y arriver sans problème, car il est beaucoup plus doué qu'il ne le laisse penser. Je n'ai aucune raison de m'en faire.

— Donc tu veux les arrêter au moment de l'échange ?

— Le timing va être serré, mais ce sera l'occasion de les prendre en flagrant délit.

— Et comment tu vas les retrouver ?

— La réplique est marquée d'une balise GPS. Il suffira que tu suives le collier, accompagné de la conservatrice qui procédera à l'expertise. Je lui ai déjà dit que tu allais la contacter. Une fois Enigma hors du musée, tu n'auras plus qu'à le suivre et cueillir tout le monde. Je pense que l'échange aura lieu près des Docks.

Sauf si je me trompe.

— Ton plan est très compliqué, tu le sais ?

— Il y a énormément de variables là-dedans, sans parler du risque que je fais courir à tes équipes et aux invités. Dans tous les cas, j'ai besoin que tu arrêtes Liam, mais je veux un accord d'immunité pour lui.

— Dans quel but ?

— Ça me regarde.

— Tay.

Il me fait un regard insistant qui se veut implorant.

— Oublie Liam et pense à toi.

— Moi ? Quel est le rapport ?

— Imagine coincer les Pirelli, remettre Evan Shane au FBI qui sera ravi de le coffrer, sauver un diamant inestimable, et tout ça en une seule soirée. Non seulement tu auras les bonnes grâces d'un des plus grands musées au monde, mais aussi la reconnaissance de toute la ville sans parler de tes pairs.

Je viens de mettre Matthew sur une rampe de lancement.

— Tout ça pendant que ton supérieur est en vacances sur un parcours de golf, enfin un soi-disant séminaire à Miami. Je ne donne pas vingt-quatre heures au maire de la ville pour te nommer commissaire à sa place. Qu'en penses-tu ?

Je viens de provoquer un feu d'artifice. Le visage de Matthew s'illumine.

— Ça serait incroyable. Tu penses pouvoir mener à bien tout ça ?

— Si tu me fais confiance, oui. Contacte le FBI pour t'épauler sur cette intervention.

— Je vais m'en occuper, crois-moi, m'annonce-t-il vivement.

— Je veux que tu coinces Liam samedi soir et que tu le conduises directement en prison.

— Réellement ? s'étonne-t-il.

— Oui, parce qu'il doit être arrêté, et sur ça je ne peux pas t'en dire plus. Tout ce que je peux te confier, c'est qu'il n'est pas au courant de ce plan. Je ne veux pas qu'il puisse passer un coup de téléphone, il doit être coupé du monde le temps qu'il y sera.

Il semble ravi de cette idée.

— Tu veux le libérer quand ?

— Lundi matin, avec ton aide.

— Dans ce cas, tu as toute ma coopération. Je me charge d'obtenir l'immunité pour les faits qui lui seront reprochés.

Je ne le lui montre pas, mais je respire de soulagement, car je ne suis pas sûre que cela se passe comme je l'ai prévu. Je dois être convaincante pour lui faire comprendre que ce plan est imparable.

— Merci, Matthew.

— Mais j'ai une condition.

— Laquelle ?

— Est-ce que je pourrai lui foutre mon poing dans la gueule quand je l'arrêterai ?

Je me retiens de rire.

— On va faire comme si je n'avais rien entendu.

— Si je passe commissaire de police suite à ça, c'est donc moi qui devrai te rendre un service.

— Et tu pourras compter sur moi pour te le rappeler.

Lundi, 9 h 07, temps présent. *Dans la voiture avec Liam.*

Liam se passe la main dans les cheveux, je crois qu'il va devoir assimiler toute cette histoire.

— Pourquoi est-ce que tu m'as fait arrêter ?

— Parce que, pour te libérer, il fallait que je te fasse enfermer. C'était l'unique moyen de te défaire de ceux qui te faisaient chanter. Plus personne ne pourra faire pression sur toi maintenant que tu es en prison, où tu croupiras pendant des années.

— L'autre détenu, n'est-ce pas ?

— En effet, qui a été jugé pour escroquerie et cambriolage, avec ton numéro de matricule. Une broutille de paperasse, je dirais.

Il se pince l'arête du nez, mais je crois que c'est uniquement parce qu'il a mal.

— Je suppose que tu as une réponse toute trouvée pour Lloyd ?

— Ça ne va pas te plaire.

— Vas-y, je suis prêt à tout entendre.

— Lloyd s'est tiré aux îles Caïmans, samedi soir, avec tout ton fric. En parlant de ça, ton hôtel particulier a été vendu dans la foulée.

Sa réaction est sans équivoque.

— QUOI ? hurle-t-il, fou de rage. Mais, putain de merde, qu'est-ce qui lui a pris ?

C'est la première fois que je le vois autant en colère. Je m'en veux de l'avoir envoyé en prison, car Lloyd a pu lui voler tout son fric. J'aurais pu l'en empêcher pour mettre à mal le plan de ce fumier, mais dans tous les cas, avec ou sans moi, il aurait fini en taule. Ce connard avait vraiment pensé à tout.

— Mais, bordel, il est taré ? reprend-il. Pourquoi est-ce qu'il a fait ça ?

— Quand il nous a exposé son plan, j'ai compris qu'il te menait droit dans un piège, et pire que tout il t'a balancé aux flics, ainsi que Matthew et moi.

— Comment ça ?

— Il a compris que j'avais vu clair dans son jeu et que j'allais intervenir pour te venir en aide. C'est pourquoi il a essayé de tous nous court-circuiter.

— Nous ? De qui tu parles ? renchérit-il.

— Il a monté un dossier sur toi avec toutes les preuves de tes cambriolages, plus accablantes les unes que les autres. Il l'a fait parvenir au commissaire de police de New York. Matthew et moi étions directement visés dans ce dossier. Il nous a limite fait passer pour tes complices, j'ai failli me faire arrêter par sa faute. Heureusement que Matthew l'a intercepté juste à temps.

Je savais que ça allait le foutre en pétard. Je lui avouerai plus tard que les nouveaux propriétaires sont en train d'emménager chez lui.

— Mais pourquoi m'aider si c'est pour m'enfoncer ensuite ?

— La jalousie, Liam. Tu as pris le bon chemin contrairement à lui, et il t'en a voulu, c'est aussi simple que ça. Vous aviez le même parcours, excepté que le sien est truffé de mauvaises décisions, je lui fais comprendre tout doucement, car il est en train de bouillir.

Ses phalanges sont devenues toutes blanches.

— Pour Lloyd, tu aurais dû terminer comme lui, au fond du trou, et non comme un millionnaire arrogant et prétentieux.

Je suis contente de le voir sourire malgré son front complètement plissé.

— Il a d'abord cherché à gagner ta confiance. Une fois obtenue, il pouvait agir dès qu'une occasion se présenterait. Enigma lui a été servi sur un plateau d'argent. Il a donc tout orchestré pour te conduire droit dans un piège. Tu lui faisais une confiance aveugle. Même un idiot se serait rendu compte de la totale absurdité de ce plan complètement pourri.

Il bascule sa tête en arrière et fixe l'habitacle sans rien dire. Il inspire bruyamment.

— Il ne peut pas s'en sortir comme ça.

— Ne t'en fais pas pour lui. À l'heure qu'il est, il dort dans une prison. Une personne de confiance l'a fait arrêter pour détournement de fonds et escroquerie.

— J'espère que ce n'est pas une blague ?

Il braque son visage sur le mien.

— Pas du tout, son arrestation s'est faite sans encombre sur une superbe plage.

Merci, Maman ! J'aurais trop aimé la voir en train de le coffrer.

— Tu ralentis ? me demande-t-il alors que nous venons d'arriver à destination.

— Oui.

Je coupe le moteur.

Je sors de la voiture la première. Il m'imite et part à ma rencontre devant la Ferrari. Il fixe Aston 12 bizarrement.

— Attends, qu'est-ce que tout cela veut dire ?

— Je rentre chez moi.

Je vois qu'il a du mal à encaisser cette nouvelle. Il me serre les bras comme s'il ne voulait pas me laisser partir. Je lui caresse la joue et me connecte à lui.

— Liam, si je suis venue à New York, c'était pour démasquer et faire arrêter le cambrioleur.

Il retire brusquement ma main de son visage.

— C'est désormais chose faite, ton plan s'est déroulé à la perfection, m'annonce-t-il sèchement.

Il est furieux et je peux le comprendre.

— Oui, à une exception près.

— Laquelle ?

— Je suis tombée amoureuse du cambrioleur.

Il ne peut s'empêcher de sourire face à cette révélation. Sa colère vient de disparaître, laissant place à sa joie. Le vert de ses yeux me paralyse et m'envoûte encore une fois. Il prend mon visage entre ses mains et m'embrasse passionnément, tellement fort qu'il va me faire décoller du sol. Il me plaque puissamment contre lui. Je voudrais rester dans cette position pour le reste de ma vie.

Liam

Lundi, 9 h 21.

Ce qu'elle vient de m'avouer se répercute sur mon cœur. Il cogne partout dans mon corps, comme s'il voulait sortir de ma poitrine, car ses mots viennent de le réveiller, lui qui dormait profondément. Avant, il battait uniquement pour me maintenir en vie, maintenant il commence enfin à vivre.

— Et, moi, je suis tombé amoureux de celle qui m'a fait arrêter, renchéris-je, son corps contre le mien.

— On forme une sacrée paire.

— Qu'est-ce qu'il se passe maintenant ?

Elle se détache tout doucement de mon emprise.

— Tu es libre de faire ce que bon te semble. Si tu restes ici, sache que la Ferrari est à toi et qu'il y a dans le coffre 200 000 dollars en petites coupures et plusieurs cartes de crédit. Le montant de tes actifs restants s'élève à 2 millions de dollars. Pardonne-moi, c'est tout ce que j'ai pu récupérer. Le reste ira sans doute à des associations.

Je vois qu'elle a pensé à tout. Je ne peux m'empêcher de l'admirer.

— Ça me convient, cet argent ira aux personnes qui en ont besoin. Ce sera une façon de me racheter en quelque sorte.

— Tu as également de nouveaux papiers.

— Une nouvelle identité ?

— Disons que j'ai enlevé Ward et j'ai conservé le Harper, tu restes le même, uniquement avec le meilleur.

Ça me touche plus que je ne l'aurais imaginé. Liam Harper, ça me plaît, je vais pouvoir faire complètement honneur à ma mère.

— Et si je monte avec toi dans cet avion ?

Je m'arrête un instant sur son jet.

— Tu seras également libre de faire ce que bon te semblera.

— Nous concernant, je veux dire ?

— Liam…

Elle baisse les yeux sur le bitume de ce terrain vague.

— J'ai des devoirs qui m'incombent et des engagements que je dois respecter.

Je lui relève le menton pour qu'elle m'affronte. Malgré sa tristesse, elle n'a jamais été aussi belle.

— Tu peux me suivre, mais, en contrepartie, tu devras accepter ce que je fais sans poser de questions.

— Et si je…

Elle pose son index sur ma bouche.

— C'est une conversation qu'on aura si jamais tu décides de venir.

Elle sort une carte de visite de la poche de son blouson et me la tend.

— Cette carte te permettra de me retrouver à Hong Kong.

Je l'examine attentivement. Sur une face, il y a un QR code et sur l'autre, des coordonnées géographiques.

— Je ne m'en fais pas pour toi, me répond-elle face à ma perplexité, tu es assez doué pour me retrouver.

— Tessa, je ne sais pas…

— Prends tout le temps dont tu as besoin, réfléchis à tout ça à tête reposée avant de prendre une quelconque décision. On n'a pas de compte à rebours, tu sais, j'espère juste que tu me tiendras informée.

— Je n'y manquerai pas. Je te remercie, Tessa, merci pour tout.

Le moment est trop triste pour lui dire que je l'aime si c'est pour qu'elle s'en aille après. Ça nous ferait trop de mal.

— Au revoir, Liam.

Elle s'éloigne pour rejoindre son jet, mais je ne peux résister à l'embrasser une dernière fois. Ce baiser est plein de promesses.

— Tu vas pouvoir arriver à destination avec cet engin ?

— Ne te fie pas aux apparences, il a le moteur d'un avion de chasse.

Je ne vois pas l'équipage. Elle s'éloigne pour retrouver son jet privé, enfin je ne sais pas trop ce que c'est. Elle a raison, je dois prendre une décision à tête reposée, réfléchir à tout ce qui vient de se passer.

— Au revoir, Tessa, lui lancé-je, mais elle est déjà trop loin pour m'entendre.

À mon grand étonnement, elle se retourne sur moi et me fait un signe, comme si elle m'avait entendu.

Elle s'engouffre à l'intérieur et un bruit assourdissant retentit avant de laisser place à un calme absolu. L'avion se soulève de lui-même avec une telle grâce, comme si c'était un hélicoptère. Je n'ai jamais vu un truc pareil. Il décolle à la verticale de façon impressionnante avant de disparaître dans les airs.

Je ne sais plus où j'en suis, mais une chose est sûre, je suis désormais libre et libéré de toute cette merde. Pourtant, je ne suis pas encore prêt à la rejoindre, pas tout de suite, pas maintenant. Enfin, si jamais je me décidais à le faire, il me reste certaines affaires à mettre en ordre.

52. Île de Chep Lap Tok, aérodrome top secret près de l'aéroport, Hong Kong

Tessa

Lundi, 22 h 45, heure locale.

Ethan avait raison. Piloter Aston 12 est d'une facilité déconcertante, il se laisse flotter dans les airs. Le programme que Fong a installé pour détecter les vents arrière afin de gagner en vitesse est incroyable, j'ai mis très exactement quatre heures, ce qui est un exploit. L'atterrissage s'est fait tout en douceur avec un pilotage automatique des plus performants. Ce fut un jeu d'enfants. Fong a assuré grave, il est temps de le ramener au bercail, dans son hangar. Je vais le laisser gérer le retour, il est impatient de le retrouver.

Je récupère mes affaires et, au moment où je sors de l'avion, je repère tout de suite ma voiture. Ma BMW I8 remasterisée m'avait manquée. Je cale mes empreintes sur la poignée du coffre pour y déposer mon sac et ma petite valise en premier.

Une fois à l'intérieur, j'attache ma ceinture puis pose de nouveau mes doigts sur le tableau de bord pour démarrer ce bolide.

À peine installée qu'une voix familière me parvient aux oreilles.

— Bonjour, Mademoiselle Blaine.

— Bonjour, Vesper.

— Souhaitez-vous enclencher le pilotage à distance ?

— Non, ça ira, je récupère les commandes.

— Selon vos données biométriques, vous êtes à 87 % en mesure de prendre le volant.

Physiquement seulement. Mentalement, je dois être en dessous des 50 %.

— C'est largement suffisant.

— Bon trajet, Mademoiselle Blaine.

Je démarre la voiture quand mon téléphone sonne. Il a attendu quoi, trois minutes après que j'atterrisse ?

— Bonsoir, papa.

Je le mets directement sur haut-parleur.

— Tay chérie, je constate que tu es bien arrivée.

Sans déconner. Je manque de lever les yeux en l'air.

— Le vol était impeccable.

— Ravie de l'entendre. Je dois t'avouer que j'ai pris un immense plaisir à lire ton rapport de mission.

— Je te remercie.

— J'aimerais te voir.

Je ralentis légèrement en entendant sa demande alors que je me dirige vers la ville.

— Pour une visite de courtoisie ou une convocation ? lui proposé-je en espérant qu'il choisisse la première.

Je reprends une vitesse normale attendant sa réponse.

— Une convocation.

Merde.

— À cette heure-ci ?

— Oui.

Ouch.

— À la tour ou à la maison ?

— À la tour.

Je manque de freiner brusquement. Mince, il va falloir que je me change si je le retrouve dans son bureau.

— C'est d'accord, laisse-moi le temps d'arriver.

— À tout de suite.

Je vais devoir me dépêcher.

Une heure plus tard, me voilà au dernier étage de la tour. La porte de l'ascenseur m'invite à sortir de la cabine où je suis directement projetée sur une longue allée blanche. Ça fait toujours aussi mal aux yeux. Je traverse cet interminable couloir qui doit scanner mon ADN, et mon esprit par la même occasion.

Arrivée au bout de ce paradis tout blanc, la porte du sas s'ouvre.

— Identité confirmée : Tessa Blaine, précise la voix robotisée.

J'atterris directement à la réception où je vois Sineya, assise à son bureau, qui m'attend devant son ordinateur.

— Bonjour, Sineya.

— Bon retour parmi nous, Mademoiselle Blaine.

— Merci.

— Votre arme, votre montre et votre téléphone, je vous prie, me somme-t-elle de lui remettre en me tendant un grand bac en acrylique.

Je pose tout dedans.

— L'autre arme également.

Je manque de lever les yeux au ciel. Je lui donne mon deuxième flingue.

— C'est parfait. Vous pouvez rentrer.

Je pousse l'immense double porte en merisier et me retrouve dans le bureau de mon père. Il me fait face, les manches de sa chemise blanche retroussées. Il semble fatigué même s'il ne vit pas en fonction du fuseau horaire local.

— Je m'impatientais, ma chérie.

— Demande à Fong de me téléporter la prochaine fois.

Il quitte son bureau et vient me retrouver. Il pose un baiser furtif sur mes cheveux et me caresse brièvement les épaules.

— Prends un siège.

Je m'exécute sans dire un mot, en attendant qu'il prenne la parole en premier. La clepsydre en cristal qui est posée sur son bureau vient de commencer à s'écouler.

— Je suis impressionné, m'avoue-t-il. Ton rapport vient corroborer ta réussite, notamment toutes les variables qui allaient avec. C'est sans commune mesure avec tes missions précédentes.

— C'est parce que je me suis appliquée, tenté-je un sarcasme pour jauger sa réaction.

Rien. Il est toujours aussi impénétrable.

— À vrai dire, ce ne fut pas une mince affaire, mais je te remercie pour tes encouragements.

— Ce qui prouve bien que l'amour est à mon sens la chose la plus puissante sur cette Terre. Réussir une mission de cette envergure est au-delà de l'excellence.

Ce petit sourire en coin est encore plus énigmatique que celui de la Joconde.

— Ce n'est sûrement pas à toi qu'il faut tenter de mentir, mais, en me voyant, tu sais ce que je ressens.

— L'amour que tu éprouves pour lui a décuplé ta force, ainsi que ton intelligence, et tu as maintenu l'équilibre avec brio et tout en finesse. Je t'adresse mes plus amples félicitations.

Lui qui d'ordinaire n'est pas très expressif est plus que joyeux. Sans doute parce que ça fait de moi un bon soldat à ses yeux.

— Génial ! Je suis l'employée du mois alors ?

— Oui, rigole-t-il tout en serrant les dents. Qu'est-ce qui te ferait plaisir ?

— Une requête.

Il se tapote légèrement le menton et me fixe de ses beaux yeux bleu acier.

— Tu as toute mon attention.

— Est-ce que tu t'opposerais à ce que Liam vienne nous rejoindre ?

Il se fige légèrement avant de se redresser de son imposant fauteuil.

— C'est une requête intéressante que tu me soumets.

— C'est pour ça que je le fais.

— Vu ce qu'il provoque chez toi et tes dernières performances, je ne peux pas te le refuser, mais, avant tout, il faudrait faire une évaluation de…

— 88 %, le coupé-je.

Il hausse les deux sourcils.

— Je vois que tu as déjà étudié la question.

— Et c'est pour ça que je te demande une réponse.

Il me jauge attentivement, impassible.

— Si tu souhaites connaître le fond de ma pensée, alors sache que je ne m'y opposerai pas, mais il faudra combler les 12 %. Je devrais pouvoir y remédier.

— C'est moi qui l'entraînerai, rétorqué-je immédiatement, et c'est une condition non négociable.

Je viens vraiment d'imposer ma volonté à l'homme le plus puissant de la planète ? Tessa, tu as du cran, dis donc !

— Depuis quand es-tu aussi féroce ?

Il n'a pas même vrillé face à mon ton tranchant. Il m'impressionne.

— Ce n'est pas toi qui viens de me dire que l'amour est la chose la plus puissante dans ce monde ?

— Tu viens de me prouver que j'ai une fois de plus raison, dit-il, relativement content. Très bien, comment envisages-tu les choses avec lui ?

— Je n'y ai pas songé, je voulais d'abord avoir ton aval.

— Et tu l'as.

Je le vois déjà se frotter les mains intérieurement.

— Faire équipe avec lui va inexorablement provoquer des feux d'artifice.

Sa réflexion me prend au dépourvu.

— Tu aimerais qu'on bosse ensemble ? J'ai toujours travaillé seule pourtant, sauf lorsque je suis réquisitionnée.

— C'est une possibilité que je viens d'envisager.

Je suis complètement stupéfaite, je ne m'attendais pas à ça. Et puis, quel camp va choisir Liam si on devait bosser ensemble ? Des questions viennent de me submerger d'un seul coup. Il vaut mieux les faire disparaître pour le moment.

— Merci pour ton accord.

— Mais ce sera à la condition qu'il passe un entretien avec moi, et ce sera sans toi, ma chère fille.

Papa et Liam dans la même pièce. Fong doit absolument me miniaturiser pour que j'assiste à la conversation.

— Si tu veux, mais ce n'est pas sûr qu'il finisse par nous rejoindre, ni même me retrouver.

— Ne te sous-estime pas.

— On verra bien.

— Quand repars-tu en mission ?

Il a l'air pressé que je retourne sur le terrain.

— Pas avant deux semaines. Je suis en perfectionnement avec Fong puis je reprends les entraînements avec Terrence puis Declan, toute une semaine durant.

Et je sais déjà que je vais morfler grave.

— C'est un bon programme.

Nous fixons tous les deux la clepsydre, l'eau a bientôt fini de s'écouler, preuve que l'entrevue est terminée.

— Je te vois vendredi soir, Tessa, pour le dîner de départ de ton frère.

— Oui, absolument. Merci, papa, à plus tard.

Nous nous levons en même temps, il quitte son fauteuil et m'embrasse la joue avant que je ne disparaisse de son bureau. Je récupère mes effets et dis au revoir à Sineya avant d'emprunter le long tunnel blanc pour retrouver le chemin de l'ascenseur. Au moment où je m'engouffre dans la cabine, mon téléphone sonne.

Putain, pas lui. Je décroche sans dire un mot.

— Blaine ! s'écrie-t-il, il paraît que tu es de retour.

— Dante, qu'est-ce que tu me veux ?

— Toujours aussi chaleureuse.

— Avec toi, c'est une certitude. Je réitère, qu'est-ce que tu me veux ?

— Une revanche ?

— Sans déconner, ton nez a déjà eu le temps de cicatriser ? Je suis impressionnée.

— Ouais, grogne-t-il, et je veux démolir ta belle gueule.

Je sors de l'ascenseur et retrouve ma voiture que je démarre sans perdre de temps.

— Je dois pouvoir te le fracturer une deuxième fois. On se retrouve aux opérations ?

— Que dis-tu d'aller au club de Wan Chai ?

— Sérieusement ? Tu veux un public pour assister à ta prochaine défaite ?

Il grogne encore, je sens qu'il se retient de m'insulter. Je fous ce connard sur haut-parleur.

— Pourquoi pas ? J'ai envie de montrer à quel point tu adores le corps à corps, me provoque-t-il.

Ce fils de pute va finir la tronche en sang.

— Partante pour un match de boxe ?

— L'adrénaline t'est montée à la tête, je vois. Ça me va. Combien de reprises ?

— Pourquoi pas cinq ?

— Ça me convient, mais j'ai mieux à te proposer. Que dis-tu d'aller plutôt à celui de Tsim Tsa Tsui ?

— Tu veux parier du fric ?

— Pourquoi pas ? Tu as peur de finir à terre et ruiné ? gloussé-je toute seule.

— Ne m'énerve pas, Blaine, grogne-t-il de plus belle.

— Pourquoi ? Tu as peur de te rétamer ?

Je le vois déjà en train de me cracher à la gueule.

— 50 000 HKS[3] la partie, tu en es ?

— Putain, oui.

J'adore énerver ce connard.

— On s'y retrouve dans une heure. Sors les grosses coupures. À plus.

Je lui raccroche au nez tandis que je prends la route pour rentrer chez moi. Je dois rassembler mes affaires avant de le retrouver. Je suis fatiguée, mais l'envie de lui démolir la tronche et de me défouler par la même occasion vient de me redonner de l'énergie. Et puis ça m'évitera de penser à Liam. J'espère qu'il va bien…

---

[3] Environ 6000 euros

53. Pénitencier de l'État d'Arizona, 3700 North 75e Avenue, Scottsdale, Arizona

Liam

Mercredi, 17 h.

Je viens de me garer devant la prison où est incarcéré mon père. Je pense que c'est l'une des rares fois où je suis content d'y aller, surtout avec tout ce qui s'est passé.

J'ai roulé pratiquement deux jours sans m'arrêter. Ça m'a permis de me vider l'esprit. Sur la route, j'ai ressassé toute ma vie, comme si j'étais en train de faire une thérapie.

Je ne savais pas où j'allais les premières heures, avant d'avoir l'illumination. J'ai compris que je devais d'abord me rendre ici.

Ma seule pause était uniquement pour dormir et revendre la Ferrari. Elle était trop voyante, j'allais me faire repérer avec. Je ne sais pas ce que Tessa avait en tête en me la laissant.

Je dois m'assurer qu'il va bien et lui annoncer que tout ça est derrière nous désormais. Et ensuite, qu'est-ce que je ferai ? La retrouver ? Je ne sais pas ce qui m'attend là-bas si j'accepte de la suivre. Est-ce réellement ce que je veux ?

Je m'inscris sur le registre et on me conduit dans cette salle que je ne connais que trop bien, celles des téléphones. J'arrive juste à temps avant la fin des visites. J'attends patiemment quelques minutes et je le vois se présenter. Il hausse un sourcil et son visage se ferme au moment où nos regards se croisent. Il soupire presque. Qu'est-ce qu'il a ?

Nous prenons chacun un téléphone.

— Bonjour, papa.

— Qu'est-ce que tu fais là ?

Je suis étonné du ton de sa voix.

— Je suis venu te voir pour t'annoncer que c'est terminé.

— De quoi tu parles ? Qu'est-ce qui est terminé ?

Son timbre est complètement rocailleux.

— Evan Shane s'est fait arrêter, ainsi que tous ses associés, dis-je, soulagé.

— Ils sont en prison ?

Il est soudainement pris de panique. Pourquoi réagit-il ainsi ? Je pensais que ça allait lui faire plaisir ?

— Oui, lui affirmé-je. C'est pourquoi je suis venu te l'annoncer en personne. Ils ne pourront plus s'en prendre à toi.

— Je me suis fait doubler, marmonne-t-il.

— De quoi tu parles ?

Il grommelle de nouveau, mais c'est incompréhensible. Ce n'est pas la peur qui a provoqué sa panique, c'est autre chose. En réalité, il est contrarié. Il se tourne vers la caméra et la fixe en rouspétant.

— Je t'assure, c'est terminé, tu n'as rien à craindre. Ils se sont tous fait arrêter.

Il regarde nerveusement encore une fois la caméra. Il gigote sur son siège, on dirait qu'il hésite. C'est la première fois que je le trouve aussi expressif.

— Je dois t'avouer quelque chose, me lâche-t-il à contrecœur.

— Oui, quoi ?

— Je t'ai vendu.

Mon cœur rate un battement. Je comprends exactement ce qu'il sous-entend, pourtant je suis comme sourd face à cette révélation.

— Tout ça n'était qu'un coup monté, ajoute-t-il. C'est moi qui ai donné ton contact, j'ai dit à tous ces types que tu ferais le travail, que tu te sentais redevable envers moi.

La foudre vient de s'abattre sur moi. Je suis au bord d'une falaise et je m'écroule par terre, attendant de basculer dans la mer.

— Qu'est-ce que tu essayes de me dire au juste ?

Je ne reconnais pas ma voix pleine de rage. La colère m'envahit tellement fort que je suis en train d'écrabouiller le combiné.

— Je ne me suis jamais fait agresser dans cette prison, tout ça n'était qu'une mise en scène.

Mon sang ne fait qu'un tour avant de me monter au visage. Je serre mes deux poings en même temps.

— Ils ne m'ont jamais menacé, m'avoue-t-il.

La joie de lui annoncer qu'il était désormais tranquille vient de s'évanouir, laissant place à un soudain mépris pour lui.

— Pourquoi est-ce que tu as fait ça ?

— Parce que c'est à cause de toi que je suis là, petit merdeux ! Tu croyais franchement que je ne le saurais pas ? Après tout ce que j'ai fait pour toi, tu as balancé ton père comme le lâche que tu es.

Il cogne contre la paroi vitrée, ça ne me fait même pas sursauter.

— Je me suis servi de ta culpabilité pour t'obliger à leur rendre ce service.

Cette révélation me brise, mon monde vient d'être anéanti et je ne trouve rien à quoi me raccrocher à part ma colère.

— J'ai enfin eu l'occasion de me venger. Si tu savais comme j'ai attendu ce moment avec impatience.

Je vais pulvériser la vitre avec le combiné. Je contiens du mieux que je peux ma rage et ma haine en cet instant.

— Tu jouais la comédie toutes ces années quand je venais te voir ?

Je ne reconnais plus ma voix qui n'a jamais été aussi grave.

— La première fois que tu es venu me rendre visite, j'ai compris que tu ferais tout pour t'en sortir, pour gagner du fric. Je t'ai soutenu dans tout ce que tu faisais pour obtenir ce que je voulais. Je n'allais pas me mettre à dos ma source de revenus à ma sortie, puis je me suis dit qu'en fait, la vengeance aurait une meilleure saveur. Te savoir toi aussi en taule m'aurait fait jubiler, car c'est uniquement ce que tu mérites. Mais à voir ta présence ici, tu es beaucoup plus doué que je le pensais, ce qui m'impressionne.

Je sens que je vais gerber. Je n'ose plus le regarder en face. Comment a-t-il pu me faire ça ?

— Que t'ont-ils promis en échange de ma coopération ?

— Un million de dollars et une remise de peine.

Heureusement que cette vitre nous sépare, sinon je l'aurais étranglé.

— Tu as parié sur le mauvais cheval. Tous tes petits copains sont en prison et tu n'auras rien.

— Peu importe maintenant, j'ai rempli ma part du marché. Je veux mon fric, elle me l'a promis.

Je relève instantanément la tête vers lui.

— Elle ?

Tessa

Samedi dernier, 15 h 30, *juste avant que Tessa ne prenne le thé avec Ethan.*

Un homme au visage extrêmement marqué me fait face. Il a des rides, le teint terne, il fait dix ans de plus que son âge. À première vue, on ne dirait pas que c'est le père de Liam. Cet homme n'a rien dans le regard et sans doute rien dans l'âme. Son fils ressemble sans équivoque à sa mère. Mais je reconnais quelques expressions alors qu'il s'assied en face de moi.

Nous prenons en même temps un téléphone.

— Bonjour, Monsieur Ward, commencé-je la conversation.

Il se lèche automatiquement les lèvres.

— Ce n'est pas Noël pourtant. Quoique, vous n'êtes pas le genre à être une pute.

— Si votre fils était assis à côté de moi, il vous aurait fracassé la tronche.

Sa langue vient de mystérieusement disparaître dans sa bouche. Il s'est redressé sur son siège et adopte une gestuelle plus professionnelle.

— Liam vous envoie ?

— Non, c'est moi.

— Qui êtes-vous ? Sa copine.

— Non, celle qui veut des explications.

Il remue ses lèvres bizarrement.

— Je ne vois pas de quoi vous voulez parler, dit-il tout simplement.

— Dans quoi êtes-vous réellement mêlé, Harold ?

Il gratte machinalement sa barbe et me scrute.

— Éclairez-moi, là tout de suite, je ne vois pas.

— Et si je vous dis que les diamants sont éternels, ça provoque de la lumière dans votre cervelle ?

Sa soudaine inquiétude me percute, ce qui me prouve que j'ai vu juste.

— Je ne vois pas de quoi vous voulez parler, il détourne le regard comme s'il cherchait de l'aide.

— Au contraire, vous savez exactement à quoi je fais allusion. Sachez que je vais rester ici jusqu'à obtenir des réponses, car quelque chose me dit que vous êtes à l'origine de toute cette merde.

— Vous avez des preuves de ce que vous avancez ?

— Vous êtes en prison, je n'ai pas besoin de preuves pour vous accuser de quoi que ce soit, or, j'ai le pouvoir de vous faire sortir dans un an au lieu de trois si vous me dites la vérité.

Techniquement, deux minutes me seraient en réalité nécessaires pour le libérer tout de suite.

— Je demande à voir.

— Vous ne trouvez pas cela étrange d'avoir de la visite à 15 h ? Ce n'est pourtant pas autorisé à cette heure-ci.

Il balaye la salle qui est complètement vide, avant de hausser un sourcil puis l'autre dans ma direction.

— Si vous voulez un bon conseil, coopérez.

— Je n'en ai franchement pas envie.

Je cache mon mécontentement comme je peux.

— Laissez-moi deviner, vous ne parlerez que le ventre plein, je me trompe ?

— On ne peut pas manger ici, c'est interdit, m'annonce-t-il.

— Qu'est-ce qui vous ferait plaisir, pour voir ?

Trente minutes plus tard, on lui apporte un cheeseburger avec des frites de chez Inn and Out. Il se délecte, avalant une bouchée puis une autre sans prendre le temps de respirer. Ça doit bien faire un siècle qu'il en rêve.

— Comment est-ce que vous avez fait ça ? demande-t-il, la bouche pleine.

— Alors, vous allez passer aux aveux ? éludé-je.

Il s'attarde maintenant sur ses frites.

— Je ne vois toujours pas de quoi vous voulez parler.

Finalement, je reconnais chez lui quelques traits de caractère que possède Liam.

— Harold, ça fait presque une heure que nous sommes ici et il n'y a pas âme qui vive. Nous pouvons rester toute la nuit si cela vous chante. Je peux aisément faire en sorte que personne ne se demande où vous êtes passé ou faire courir le bruit que vous êtes en train de balancer vos petits copains à la police. On n'aime pas trop les balances en prison, je me trompe ?

Ses yeux se rétrécissent. Je me rapproche de la vitre pour qu'il saisisse chaque trait de mon visage.

— Regardez au fond de mes yeux, vous voulez vraiment savoir jusqu'où je peux aller pour obtenir des réponses ?

Il finit par baisser son regard sur ses mains avant de reprendre des frites.

— Comment est-ce que cela a commencé ?

Sa profonde inspiration ne m'échappe pas. Il m'affronte, tout en mâchouillant ses bâtonnets.

— Un gringalet s'est fait arrêter il y a quelques mois de ça, se résout-il à m'avouer. Un empoté total qui était au mauvais endroit, au mauvais moment.

Eung Chan.

— C'était mon compagnon de cellule, nous avons sympathisé, ajoute-t-il. Ma protection contre du fric, apparemment il en avait. Il s'est suicidé par la suite.

— Sympathisé à quel point ? lui demandé-je.

— J'ai étalé mes exploits, je lui ai dit que j'avais été cambrioleur et que j'attendais patiemment ma sortie.

— Que s'est-il passé ensuite ?

— Un gars est venu à ma rencontre quelques mois plus tard. Je ne l'avais jamais vu avant. Apparemment, il avait été rencardé à mon sujet et on lui avait dit que je pouvais l'aider.

Shane.

— Par qui ?

— Le gringalet, mais je ne vois pas comment c'est possible, sachant qu'il était mort. Peu importe, je ne m'en suis pas trop soucié à ce moment-là. Ces gens avaient besoin d'un cambrioleur et d'un bon. Je leur ai confié que je connaissais quelqu'un, mais que je voulais de l'argent en échange, auquel cas ils auraient le meilleur, ils auraient un bon toutou, un pigeon qui dirait oui à tout.

— Liam.

Je comprends désormais. Harold vient de me donner la pièce manquante de cet abominable puzzle.

— Fallait cependant le motiver.

— Laissez-moi deviner, vous n'avez jamais été agressé dans cette prison, ce n'était qu'une putain de mise en scène ?

— Qu'est-ce que j'ai rigolé intérieurement, ricane-t-il.

Cela en dit long sur ce centre pénitencier pour avoir orchestré un truc pareil.

— Vous auriez dû voir sa tête, il était désemparé, j'ai toujours su qu'il se sentait coupable de m'avoir envoyé au trou. Je m'en suis servi pour obtenir ce que je voulais.

Je suis révoltée d'apprendre ça. Je fais tout mon possible pour ne pas lui montrer à quel point j'ai envie d'exploser sa tronche.

— Vous saviez que c'était lui, n'est-ce pas ?

— Vous croyez quoi ? s'indigne-t-il. Que ce petit merdeux allait garder ce secret toute sa vie ? J'ai toujours voulu savoir qui était le fils de pute qui m'avait trahi, alors quand j'ai appris que c'était lui, ça m'a mis hors de moi. Il est venu me voir en prison plusieurs mois après mon incarcération. Il m'a dit qu'il voulait prendre un nouveau départ, faire des études. Il était déterminé à gagner sa vie honnêtement. Le petit était doué, et je savais qu'il allait tout faire pour y arriver, mais pas seulement, il avait de l'ambition, il voulait se faire beaucoup d'argent. Je n'allais pas me détourner de ma seule source des revenus à ma sortie de prison.

— Vous l'avez bien manipulé toutes ces années.

— Et bon sang, j'ai tellement pris sur moi. Alors quand l'occasion de me venger s'est présentée, je n'ai pas pu résister. La vengeance est bien un plat qui se mange froid, jubile-t-il.

Ce son me fait littéralement grincer.

— Ce petit a risqué sa vie pour me venir en aide, c'est dire à quel point il se sent coupable de m'avoir foutu ici, ajoute-t-il, très amer.

Je suis outrée.

— Qu'est-ce que vous avez obtenu en échange ?

— Une remise de peine et 1 million de dollars à ma sortie de prison, paraît que ces gars ont de très bons avocats.

Ils sont surtout bien armés.

— Et vous leur faites confiance ? Vous pensez qu'ils vont réellement vous donner ce que vous avez demandé ?

— Ils ont intérêt.

— Je ne savais pas qu'il y avait un code d'honneur entre criminels. Je serais vous, j'éviterais de compter sur ces gars, comme vous dites.

Il hausse un sourcil. Je lui cache sciemment qu'ils vont se faire coincer ce soir, car il a peut-être assez de pouvoir pour les prévenir.

— Ce ne sont sans doute pas des enfants de chœur, continué-je. Ils ont peut-être la trahison dans le sang. Vous-même avez trahi votre propre fils comme un vulgaire criminel

— Parce qu'il m'a trahi en premier, après tout ce que j'ai fait pour lui !

Il cogne brutalement contre la vitre qui nous sépare. Ce sursaut de violence ne provoque aucune réaction de ma part. Je mets mes émotions en stand-by sinon je vais péter un câble et il ne vaut mieux pas être dans les parages.

— C'est comme ça que ce merdeux m'a remercié après m'être occupé de lui toutes ses années alors que j'aurais pu facilement l'abandonner, crache-t-il. Il a bien mérité ce qui lui arrive. Si vous saviez à quel point j'ai pris un malin plaisir à lui envoyer des photos de moi mal en point pour le motiver. J'espère qu'il se fera arrêter et qu'il finira en prison, c'est le seul endroit où il mérite d'être.

— Merci, Harold, pour votre franchise, je m'empresse de lui répondre afin de mettre fin à sa tirade malsaine. Je vous propose de faire un marché avec moi.

— Lequel ? s'enquiert-il, un peu dérouté.

— Je propose le double, ainsi qu'une remise de peine.

Il me toise, intrigué.

— Vous avez vraiment ce pouvoir ?

Il se frotte le menton.

— Oui, lui affirmé-je, d'autant que vous n'avez aucune assurance qu'Evan Shane tienne sa parole. Après tout, les promesses sont faites pour être déliées.

Il se tapote la bouche avec ses doigts, comme s'il pensait déjà à tout l'argent qu'il va se faire. Je le vois en train de compter mentalement les billets, ce qui me répugne.

— Je suppose que vous voulez quelque chose en échange ?

— La vérité.

— Je ne comprends pas.

— La prochaine fois que Liam viendra vous rendre visite, vous devrez lui avouer tout ce qui s'est passé sans vous dérober.

— J'espère qu'il ne se pointera jamais alors, pourvu qu'il se fasse prendre et arrêter.

— Et si vous aviez tort ? Après tout, il est doué.

— Je ne le verrai pas avant Noël de toutes les façons.

Si mon plan se passe comme prévu, il ira peut-être lui annoncer que tout est terminé en personne plutôt que par téléphone. Il tient énormément à son père, en tout cas au point de risquer tout ce qu'il a pour lui venir en aide. Je me rends compte à ce moment-là qu'il a une belle âme malgré tout ce qui a pu lui arriver.

Liam, c'était une évidence pour moi de tomber amoureuse de toi.

— Eh bien, dans le cas contraire, je veux que vous lui disiez tout ce qui s'est passé et je m'assurerai que vous faites bien ce que je vous demande.

— Comment ?

— Vous voyez la caméra derrière vous ?

Il se retourne.

— Dans trois secondes, elle va osciller sur vous avant de reprendre sa place.

— Vous n'avez…

Il ne finit pas sa phrase qu'elle se braque sur lui avant de retrouver sa position d'origine. Il tourne sa tête vers moi, incrédule.

— Puis-je compter sur votre coopération, Harold ?

Il ouvre la bouche sans émettre le moindre son.

— Et si je ne le fais pas ?

Je quitte mon siège, le téléphone collé à mon oreille. Harold, toujours assis, lève son visage vers le mien.

— Croyez-moi, vous n'avez pas envie de savoir ce qui se passera si vous ne coopérez pas.

Je raccroche et m'en vais en évitant soigneusement de me retourner.

Liam

Mercredi, 17 h 12, *temps présent.*

Tout mon être vient d'être envahi par la haine. Je ne sens que ce sentiment couler dans mes veines. Je n'arrive pas à refaire surface, tout se bouscule dans ma tête, je suis en train de me noyer, je peine à respirer.

— Alors, tu lui diras ? reprend-il tandis que je suis sous terre.

— Dire quoi ?

— Que je t'ai avoué toute la vérité.

— Pourquoi ?

— Shane m'a proposé 1 million de dollars et une remise de peine, mais, maintenant qu'ils sont en prison, je peux leur dire au revoir. Elle m'a promis le double si je te disais la vérité. C'est ce que j'ai fait, donc je veux mon fric et quitter rapidement cet enfer.

Il vient de me bousiller. Je ne reconnais pas la personne que j'ai en face de moi, je ne vois qu'un étranger, un inconnu qui m'a élevé, sans doute adopté. Je ne peux pas partager le même sang que cet enfoiré.

— J'ai éprouvé tellement de culpabilité de t'avoir trahi, mais ce que tu as fait n'est rien en comparaison. Après toutes ces années, je me rends compte que j'ai pris la meilleure décision de ma vie en témoignant contre toi.

Me voir dans cet état le fait sourire.

— Ça te fait marrer ?

— C'est tout ce que tu méritais.

Je vais finir par l'étrangler.

— Si c'est comme ça que tu réagis, sache que tu peux oublier les visites. Je vais m'assurer que tu ne reçoives rien de sa part, ni même que tu sois remis en liberté. J'ai beau partager le même sang que toi, tu n'es plus rien pour moi. À partir d'aujourd'hui, tu es mort et enterré. Je ne veux plus avoir affaire à toi. Tu es désormais tout seul.

— Attends, fiston, ça peut s'arranger !

— Je ne suis plus ton fils ! lui hurlé-je dessus.

Tout le monde se retourne sur nous.

— Elle m'a juré qu'elle me donnerait mon pognon si je te disais la vérité, tu me dois bien ça, tu entends ! me menace-t-il.

Je me lève furieux.

— Elle a fait ça uniquement parce qu'elle tient à moi, parce qu'elle m'aime. Ce qui n'a jamais été ton cas.

Cette vérité me fait énormément de mal au moment où je l'énonce.

— Shane est en taule, et si tu n'y étais pas déjà, je t'y aurais envoyé. Au lieu de ça, je vais personnellement m'assurer que tu finisses tes jours ici pour avoir été complice de leurs crimes. Si tu croyais pouvoir t'en sortir, tu t'es lourdement trompé.

— Liam, m'implore-t-il d'une voix suppliante qui va me donner la nausée. Je ne resterai pas ici toute ma vie !

Je ne prends même pas la peine de remettre le téléphone à sa place et me tire pour toujours de cet endroit, hors de moi.

— Attends ! Liam, reviens ! Liam !

Il hurle mon prénom encore et encore, mais je ne lui accorde aucune attention. Ce sont désormais les derniers mots que j'entendrai de sa bouche.

54. Résidence des Blaine, lieu top secret, Hong Kong Island

Tessa

Vendredi, 20 h 12.

— Tessa ? Tessa ? m'appelle-t-il.

Je suis tellement ailleurs que je n'ai pas remarqué que mon père me parle. Je me redresse sur mon siège.

— Oui, tu disais ? je lui réponds alors que je fixe ma fourchette piquer mon dos de cabillaud.

Je n'ai pas touché à mon assiette, ce qui n'est pas dans mes habitudes. Josh et maman me lancent le même regard inquiet.

— Que ton frère va accomplir de belles choses, reprend-il.

— J'en suis persuadée.

Ils ont tous fini de manger leur plat et on débarrasse immédiatement nos assiettes dans un profond silence.

— Vous avez des nouvelles d'Ethan ? nous questionne maman.

— Il est en Corée pour une mission, je lui réponds la première.

— Tout seul ? s'interroge-t-elle.

Tiens, c'est bizarre, d'habitude elle ne fait pas ce genre de remarque.

— Ne t'inquiète pas, maman, la rassure tout de suite Josh, il est avec Annabelle. Je suis sûre qu'elle l'empêche de faire n'importe quoi.

Nous partageons tous un rire tandis qu'on nous apporte le dessert. *Pavlova* au chocolat, avec un coulis de thé vert. Je ne réfléchis pas et avale les morceaux avec délectation.

— Il est juste parti enquêter, rien de plus, et il regrette de ne pas être là ce soir.

— Oui, il m'a envoyé ses encouragements, renchérit mon frère.

— De toutes les façons, ça ne devrait pas l'empêcher de commencer son nouveau travail.

Le sifflement que vient de faire mon père ne m'échappe pas. Ouais, ça le gonfle qu'Ethan nous quitte pour mener sa nouvelle vie. Il aurait sans doute aimé que son meilleur agent continue ad vitam æternam, comme lui. Enfin, le jour où mon père nous quittera, il devra inévitablement reprendre le flambeau. Pourvu que papa soit immortel alors !

— Il ne m'a même pas précisé dans quelle institution financière il commence, lui reproche maman.

— Il ne s'est pas éternisé là-dessus, réplique Josh. C'est une banque européenne qui a une antenne à Hong Kong, il est au service des prêts et des fraudes. Il a hâte de commencer, c'est tout ce que je sais.

Josh doit en savoir plus que moi à ce sujet.

— J'ai hâte aussi pour lui, m'adressé-je à mon père pour lui faire comprendre qu'Ethan a désormais droit à une vie normale.

Fin de contrat oblige.

Nous finissons de manger et je dis au revoir à mes parents qui se retirent, bras-dessus bras-dessous, ils sont toujours aussi touchants à voir. Je récupère ma veste que j'ai laissée à l'entrée quand mon frère vient me retrouver.

— Tu t'en vas déjà ? s'étonne-t-il.

— Oui, pourquoi ?

— Viens, on va prendre une tasse de thé sur la terrasse.

Il récupère ma veste et la repose avant de me conduire dehors. Nous traversons toute la salle à manger, main dans la main.

— Je ne vais pas te voir avant un moment, j'aimerais profiter un peu de ma petite sœur.

— Petite parce que tu fais deux têtes de plus que moi, mais je reste ta grande sœur !

— Qui ne résiste pas à prendre son arme pour un dîner familial.

— Simple précaution, dis-je ironiquement.

— Ici ? Ne me fais pas rire, personne ne peut s'introduire dans cette forteresse.

— Ça reste encore à prouver.

Il me fait les gros yeux.

— Laisse-moi deviner, maman t'a expressément demandé de la déposer à l'entrée sinon tu ne franchissais pas la porte ?

— Effectivement. J'ai d'ailleurs négocié avec elle pour l'avoir à l'intérieur, elle voulait que je la laisse dans ma voiture.

Ma remarque le fait soupirer. Il ouvre la porte coulissante et nous nous asseyons l'un à côté de l'autre sur les immenses canapés blancs qui bordent la piscine éclairée. La vue à 360° sur Hong Kong est imprenable. Nous sommes si haut, si loin de la terre, du monde, au-dessus de tout. Ici, nous avons une vision globale de ce qui nous entoure.

Je m'assieds, les jambes repliées, et m'accoude sur ce canapé qui est aussi doux qu'un nuage. Je remarque qu'il est en chaussettes.

— Tu dors ici ?

— Ça fait plaisir à maman, je ne peux pas lui refuser.

— Tu te fais passer pour le fils parfait ou je rêve ?

Il se met à rire, ce qui fait ressortir ses si jolies fossettes que je me plais à caresser. Il prend ma main et l'embrasse alors que nous sommes face à face.

— Ça se pourrait, mais j'aimerais aussi me faire passer pour le petit frère parfait.

— Où veux-tu en venir ?

— Tu m'inquiètes.

— Moi ? je lui réponds en me pointant du doigt, incrédule.

— Depuis quand tu fais des combats de boxe clandestins ?

Je sursaute dans le canapé.

— Qui t'a informé de ça ? lui demandé-je sérieusement.

— Hey, je suis ton frère, me réprimande-t-il, pas un inconnu.

On nous apporte une tasse de thé, ainsi qu'un expresso avec du lait pour Josh. Mes deux frères ont beau travailler pour des camps adverses, ils se ressemblent beaucoup dans certaines de leurs manies.

— Pour répondre à ta question, Dante m'a provoquée.

— Et c'est une raison pour lui exploser la mâchoire ?

— Mais comment tu le sais ?

Il me quémande des explications tandis qu'il me tend ma tasse de *Lapsang*.

— Oui, bon, fallait que je me défoule, et au moins ce connard arrêtera de dire des conneries pendant un bon moment, gloussé-je toute seule dans mon thé.

— Tay… me réprimande-t-il.

— Oui ?

Je bois une gorgée pour ne pas l'affronter.

— Promets-moi que tu ne le referas pas.

— Ouais.

Il plonge son regard océan sur le mien, ce qui m'intimide, légèrement. C'est bien la première fois qu'il me fait les gros yeux.

— C'est d'accord, je te le promets, mais au moins je me suis calmée.

Il boit une longue gorgée de son café avant de reposer sa tasse.

— J'aimerais comprendre pourquoi tu es aussi préoccupée ?

— Je ne te savais pas à ce point-là observateur. Ça se voit tant que ça ?

— Oui, et c'est bien la première fois. Tu es d'une maîtrise sans pareille d'habitude, rien ni personne n'arrive à t'atteindre.

Excepté mes frères. Je me retiens de le corriger.

— Tu as raison, mes émotions partent en vrille ces derniers temps, mais, d'après papa, ça me rend encore plus performante.

Il siffle. Cette réflexion l'énerve plus que je ne l'aurais imaginé.

— Il exagère.

— Pour être honnête, deux choses me préoccupent.

— Lesquelles ?

Il reprend une gorgée de son café.

— Toi.

Son geste est suspendu dans les airs. Il bloque sur moi avant de reposer sa tasse.

— À quel sujet ?

— Je doute de moi, je ne suis pas rassurée.

— Pourquoi ? Tu connais le doute, toi ?

Je lui tape l'épaule, ce dont il s'offusque.

— Aïe ! N'utilise pas ta force contre moi !

— Promis, je ne le referai plus.

Ou pas…

Josh a ce don de souvent me faire retomber en enfance.

— Qu'est-ce que tu as ?

— Je ne sais pas si je t'ai bien entraîné, je n'avais jamais fait ça auparavant. Enfin, tu sais comme moi que papa a entraîné Ethan et ça fait de lui le meilleur.

— Toi aussi, tu es la meilleure, renchérit-il.

— Ce que je veux dire, c'est que, papa ne t'ayant pas entraîné, contrairement à Ethan et moi, j'ai juste peur pour toi. Et je doute également de moi parce que mon entraînement est peut-être moins efficace et performant que celui de notre père. Je ne sais pas si c'était judicieux de faire le travail à sa place.

Il attrape ma main et la serre très fort. Son geste de tendresse me fait tellement de bien.

— Tay, ne doute pas un seul instant de toi. Avec Ethan, vous avez été parfaits, je ne pouvais rêver mieux. Je peux vous remercier d'avoir fait le travail, mais surtout de vous être fermement opposés à ce que papa le fasse. Vous avez assuré et il ne m'arrivera rien. Je suis censé faire le bien sur cette Terre, pas me prendre des balles.

Je bouge machinalement les épaules comme si mon corps se rappelait des douleurs que j'ai endurées. Je ne devrais pas me plaindre, celui d'Ethan est plus meurtri que le mien.

— Mais en faisant le bien, tu risques de t'attirer des ennemis.

— Crois-moi, je suis plus que prêt à les accueillir, car je défends des causes qui me sont chères.

Ses magnifiques yeux turquoise me transpercent. Il me fait parfois penser à un ange.

— Justement, je ne veux pas que tu aies du sang sur les mains, c'est tout ce que je souhaite, ni que tu te retrouves dans une situation qui t'obligerait à en avoir.

Il s'approche un peu plus de moi.

— Tay, ne t'en fais pas pour ça. Mais je veux que tu saches une chose : je n'ai pas peur d'en avoir si c'est ça qui te préoccupe ni de me faire descendre.

Cette pensée me paralyse tout le corps. Mon cœur s'arrête de battre rien qu'à cette idée. Je baisse la tête et il me relève le menton pour me faire face.

— Si ça doit arriver, je l'aurai fait avant tout pour protéger les gens que j'aime, pour protéger des innocents. Souviens-toi que je dois faire le bien là où le mal a pris trop d'ascendant.

— C'est tout à ton honneur.

— Mais si quiconque s'en prend à ma famille, je n'hésiterai pas une seconde, m'annonce-t-il fermement.

La façon dont il me dit ça me prouve qu'il a envisagé cette option.

— J'espère qu'on n'en arrivera pas là, soupiré-je.

— Je n'ai pas envie de te répéter la devise de notre cher père, mais il a bien raison.

— Tu parles de nous trois, là ?

— Il nous a élevés pour qu'on ait un amour inconditionnel et fusionnel entre nous et je peux le remercier. Nous parvenons à accomplir notre mission, car nous éprouvons de l'amour les uns pour les autres, ce qui nous rend encore plus forts. Sans ça, nous ne serions que des robots.

Je ne peux pas réfuter ce qu'il vient de me dire, car il a parfaitement raison.

— Je crois en l'amour avant tout. Pour Ethan et toi, je suis prêt à tout.

— On est une putain de fratrie tous les trois.

— Je soupçonne maman de ne pas avoir fait un autre enfant de peur qu'on nous appelle les quatre Cavaliers de l'Apocalypse.

Je me mets à rire nerveusement.

— Ça aurait trop plu à papa. Promets-moi une chose, petit frère.

— Tout ce que tu voudras.

— Sois prudent et fais attention à toi.

Il appose un long baiser sur mes cheveux. Je me sens toujours protégée avec eux, en sécurité. Ils ont cette onde incroyable, positive, forte, puissante. Je ne sais pas comment l'expliquer et d'où ça leur vient. Je ne risque jamais rien quand ils sont près de moi. Ils tiennent ça de maman, sans doute.

— Tu peux compter sur moi. Maintenant, si je ne me trompe pas, la deuxième chose qui t'inquiète, c'est Liam, n'est-ce pas ?

— Ça se voit tant que ça ?

— Ethan et toi, vous n'êtes pas très en phase avec vos émotions ces derniers temps, même si vous les contrôlez. Vous vous laissez emporter parfois. Tu dois les accepter sans t'en préoccuper, Tay.

— Tu sais que ce n'est pas facile, surtout pour moi.

— Parce que tu fais les deux, c'est ça ?

— Papa a imposé à Ethan de faire le mal, et à toi le bien. Étant celle du milieu, c'est donc à moi qu'incombe de faire les deux, ce qui est encore plus difficile.

Du moins, ce choix est subordonné à son soi-disant test.

— Je le conçois, et tu es très douée, mais je ne vois pas le rapport.

— Je ne sais pas, ça s'est un peu bousculé ces derniers temps.

C'est bien la première fois que j'ai envie de pleurer. Liam a fait remonter des choses non pas enfouies, mais qui, au contraire, n'existaient pas auparavant.

— Quel est le problème avec Liam ?

Il est drôlement perspicace. Remarque, quand on y songe, ce n'est pas bien compliqué à deviner.

— C'est juste que je n'ai pas de nouvelles depuis bientôt une semaine. Je ne sais pas si c'est fini ou non, s'il viendra un jour, si on se reverra, je n'ai aucune certitude.

— Tu l'aimes ?

Je suis surprise par l'audace de sa question.

— Oui, aussi dingue que ça puisse paraître. Avec lui, mes émotions partent dans tous les sens, mais je me sens moi-même, je ne suis plus scindée en deux, j'aime ce qu'il me fait ressentir. Et de ne plus le revoir, je ne sais pas… J'expérimente sans doute ma première déprime.

— Aie confiance en toi, Tay.

— Je devais le faire arrêter à la base, le plan est parti en cacahuètes.

Nous nous mettons à rire de concert.

— Il te rejoindra, j'en suis sûr, tu dois y croire.

— Ton optimisme me va droit au cœur.

— Que veux-tu, c'est mon job, je dois donner de l'espoir à ce monde !

Il va faire des merveilles. Je suis si fière de lui.

— Tu vas terriblement me manquer.

— Je ne serai jamais bien loin, m'assure-t-il, et je prendrai aussi soin de toi, même à distance. Un mot d'Ethan ou de toi et je rapplique tout de suite. Vous êtes tout pour moi.

Inutile d'ajouter quoi que ce soit. Nous échangeons un regard complice qui veut tout dire et il me serre fort contre lui. Je me blottis dans ses bras si puissants. Nous observons la vue qui nous apaise sans rien dire. Le souvenir de sa naissance émerge d'un seul coup. Je me souviens encore de mon père le posant dans mes bras, avec Ethan juste à côté de moi.

Mes frères adorés…

55. Appartement de Tessa, lieu top secret, Hong Kong Island

Tessa

Samedi, 22 h 32.

La soirée a été longue et je suis contente de rentrer chez moi. Je sors de l'ascenseur quand je remarque que j'ai une alerte sur ma montre. Je n'ai pas fait attention à la notification. La sécurité a été complètement levée sur mon appartement, il y a maintenant une heure. Étrange. Fong a fait une mise à jour ?

Je fais les quelques pas qui me séparent de chez moi quand je m'aperçois que la porte d'entrée est légèrement entrouverte. Je dégaine instinctivement mon arme de mon holster et retire la sécurité, prête à faire feu. D'une main, je pousse très lentement la porte et découvre un homme qui se tient de dos devant la fenêtre. Sa posture me rappelle… Je pointe mon arme sur lui quand il se retourne tout doucement sur moi…

— Liam ?

Je ne suis pas sûre de ce que je vois, pourtant ce que je ressens est bien présent. Il me fait désormais face, mais son regard est de marbre.

— Bonsoir, Tessa.

Je ne décèle rien dans le son de sa voix. Je baisse progressivement mon arme, mais la tiens toujours, je ne sais pas pourquoi. Une chanson vient de nous interrompre. *Never though I see the day* de Sade résonne dans mon appartement. Vu les battements de mon cœur, normal que la domotique ait choisi ce morceau extrêmement sensuel.

— Tu as programmé de la musique ? me demande-t-il alors qu'il cherche d'où provient le son.

— Non, c'est ma montre qui fait ça, le morceau est choisi en fonction de mon humeur.

Je referme la porte sur nous. Il s'approche tout doucement de moi et je pose lentement mon arme sur la table basse. Je ne sais pas ce qu'il compte faire, mais, face à lui, je perds toute volonté de manière instantanée.

Le revoir après tout ce qu'il vient de se passer ne fait que décupler mon désir plus que jamais. À sa façon de me contempler, je sais que c'est réciproque. Nos corps rompent la faible distance qu'il y a désormais entre nous. Je sens son souffle heurter ma bouche. Il enlève lentement mon blouson et je le laisse faire. Il atterrit par terre, mais le seul son qui me parvient aux oreilles est la voix de Sade. La musique s'immisce dans chaque recoin de cette pièce. Il tire les pans de ma chemise afin qu'elle s'échappe de mon pantalon.

Il se connecte à moi, une interminable seconde, yeux dans les yeux. Je bascule dans une autre dimension lorsqu'il m'embrasse tendrement, la chaleur de ses lèvres fait augmenter la température de mon corps en un éclair. Ce baiser est si intense que j'en tremble. Le manque que j'ai ressenti vient de prendre tout son sens, comme si je ne pouvais plus vivre sans lui. Je défais à mon tour les boutons de sa chemise. Nos gestes se coordonnent jusqu'à ce que nous soyons peau contre peau. Sentir son corps si près du mien me fait vibrer. Il dégrafe mon soutien-gorge sans perdre de temps, puis dépose une pluie de baisers le long de mon épaule. Il fait glisser les bretelles avec une affreuse lenteur, avant de m'en libérer. Il fixe ma poitrine, impassible, ce qui m'excite. Je suis complètement à sa merci. Il agrippe soudainement mes fesses pour me soulever et nous quittons le salon.

— Où se trouve ta chambre ?

Le timbre de sa voix n'a jamais été aussi grave, ce qui me fait frissonner.

— Première porte à gauche dans le couloir.

Et je ne reconnais pas la sensualité de ma voix. Il nous y conduit en me maintenant fort contre lui. Mon dos atterrit directement sur le lit. J'espère que je ne suis pas en train d'halluciner, car l'avoir avec moi est un rêve éveillé. Le savoir ici m'électrise, je n'ai pas envie de deviner ce qu'il a en tête. Je veux me reconnecter à lui. Je ne veux que son corps contre le mien.

Je retire ma montre que je pose sur la table de chevet tandis qu'il m'enlève mes escarpins et fait ensuite descendre mon pantalon. Il m'observe sans rien dire, attentif. Je suis presque gênée d'être nue devant lui, chose qui ne m'arrive jamais. Il sort un préservatif de sa poche avant de se débarrasser de son pantalon. Ce geste me prouve qu'il avait déjà prévu ce qui allait se passer, ce qui me rassure d'une certaine manière. Ma confiance vient de remonter en flèche. Il a toujours cet air aussi impénétrable. Je ne sais pas s'il est en colère ou heureux. Il ne laisse rien transparaître si ce n'est son désir et sa soif de moi. Son corps vient de parler pour lui et il s'exprime de plus en plus fort au moment où il retire ma culotte avant qu'elle ne rejoigne le sol. Ses gestes sont précis et doux, ce qui a pour effet de provoquer mon impatience. Je ne peux plus attendre. Il est à présent nu face à moi et déroule le préservatif sur sa queue.

Les secondes défilent trop lentement. Il s'allonge tout doucement sur moi et s'enfonce en attrapant mes mains. Il imbrique fermement ses doigts dans les miens. Il me pénètre incroyablement fort au début puis relâche les mouvements. Je fais remonter mes jambes pour m'enrouler autour de lui. Il libère mes mains pour attraper mon visage et je sais déjà ce qu'il va faire. Au moment où ses lèvres touchent les miennes, je sombre au plus profond, je ne veux plus revenir sur la terre ferme. Je veux m'envoler avec lui. Je l'entends murmurer mon prénom. C'est la première fois que c'est aussi intense et j'en redemande. Je sens sa queue au plus profond, nous ne faisons qu'un et je me sens sienne, aimée, adorée, respectée, en sécurité.

— Liam, Liam…

Je ne peux m'empêcher de répéter son prénom comme si je voulais être sûre qu'il est bien là. Tant pis si j'hallucine ou si on m'a droguée.

Il s'arrête un instant et pose son front sur le mien. Nous bloquons nos gestes durant ces quelques secondes comme s'il voulait me faire comprendre qu'il est bien là. Cette connexion est réelle, il est au plus profond de mon âme et je ne veux plus qu'il s'en aille. Ses lèvres caressent tout doucement les miennes puis les mouvements reprennent, je ne veux plus qu'il s'arrête.

Liam

Samedi, 9 h 03.

Tessa dort tendrement sur mon torse. J'adore quand elle me colle. Je ressens encore mieux les battements de mon cœur lorsqu'elle est au plus proche de moi. Les siens sont irréguliers, en revanche. J'aime bien sa chambre très minimaliste, dans des tons de beige et de blanc, avec ce jeu de lumière très chaleureux. On dirait que les néons virent à l'orange le soir.

— Qu'est-ce que tu regardes ? me demande-t-elle, les yeux toujours fermés.

— Comme toujours, toi.

Elle se réveille brusquement et je suis transpercé par ses yeux de biche qui me consument tout de suite. Je nous bascule sur le côté pour qu'elle ne remarque pas à quel point elle me fait bander.

— Combien de temps restes-tu à Hong Kong ? m'interroge-t-elle abruptement.

Sa question me surprend. Je décide d'éluder.

— Je suis allé voir mon père.

Elle se redresse soudainement sans rien dire.

— Merci pour ce que tu as fait.

Je lui caresse tendrement la joue.

— J'aurais aimé que ce ne soit pas vrai, mais je pense qu'il te devait au moins la vérité.

— Même si c'est douloureux, je suis content que tu l'aies, en quelque sorte, menacé de le faire.

— Si je ne l'avais pas fait, il aurait continué à te mentir, et qui sait combien d'années encore ?

Elle me fait une moue triste.

— J'ai bien réfléchi.

— Et si on prenait le petit-déjeuner ? C'est toujours notre point fort pour communiquer, sourit-elle.

Sa suggestion est parfaite.

— Vos désirs sont des ordres, Mademoiselle Blaine.

Son sourire.

Nous nous levons de concert, complètement nus.

— Tu as pris beaucoup d'affaires avec toi ?

Elle se lèche ouvertement les lèvres devant moi avant de remettre d'abord sa montre puis sa culotte.

L'ordre de ses gestes m'étonne.

— J'ai pris un sac avec quelques bricoles.

— OK.

Elle enfile une nuisette grise et blanche en coton qui lui va à ravir.

— Je vais préparer le petit-déjeuner. Si tu souhaites prendre une douche, la salle de bain est au fond du couloir. Je te laisse la découvrir.

— C'est-à-dire ?

— Tu verras bien, dit-elle avec un brin de malice.

Elle quitte la pièce et s'en va vers la cuisine qui donne sur la salle à manger. Son appart est sacrément bien organisé : il est grand, spacieux et chaleureux. Je trouve cela original, que la cuisine soit sur une estrade.

Je sors de sa chambre et me dirige vers la dernière porte de ce long couloir. J'ouvre et je tombe sur une pièce vide. C'est bien ici ? Je cherche un interrupteur quand cet endroit s'éclaire légèrement.

Elle est recouverte de marbre noir. Je referme la porte, intrigué, quand je remarque une pile de serviettes noires et blanches. Je m'aventure puis repère soudainement un point d'évacuation. C'est alors que deux parois circulaires montent du sol. Je me retrouve encerclé par une sorte de cage de verre. Le pommeau de douche apparaît. Quelque chose clignote sur la paroi. Ce truc-là est un écran ? Je n'ai jamais vu une technologie pareille.

Il me demande de choisir mon programme afin de lancer une douche. J'appuie juste sur « OK » et suis surpris de découvrir que la température de l'eau est identique à celle de ma peau. Les jets sont apaisants, mais, surtout, c'est de l'eau salée les premières secondes.

L'écran clignote encore et me demande quel type de shampoing et de gel douche je souhaite. Je fais mon choix parmi la quantité de senteurs proposées. Ce truc est stupéfiant. Je profite d'un moment de détente après cette nuit incroyable. Elle m'a terriblement manqué.

Tessa

Samedi, 9 h 50.

J'ai préparé plein de trucs pour son petit-déjeuner. Pancakes avec du beurre, muffins aux fruits rouges et un jus d'oranges pressées rien que pour lui. Je suis en train de mettre la touche finale à son omelette quand il revient de sa douche cosmique, vêtu d'une serviette noire autour de sa taille. Le spectacle est de toute beauté. Je reste béate en le voyant. Je referme ma bouche, car c'est de la salive qui va en sortir dans pas longtemps.

Concentre-toi sur son omelette, sinon elle va cramer !

Il prend son sac sans rien dire et retourne dans ma chambre ou dans la salle de bain peut-être. Il est probablement pudique. Je prends soin de tout harmoniser dans son assiette tandis qu'il revient, vêtu d'un jean et d'une chemise blanche qu'il commence à boutonner. Il s'assied sur un tabouret de l'îlot central.

— Voici pour vous.

Je rajoute des fruits rouges pour accompagner ce copieux petit-déjeuner.

— Merci, me dit-il timidement. Je ne savais pas que tu avais tout ça dans ton frigo.

— Oh, tu sais, il y a une intelligence artificielle dans l'immeuble, elle fait les courses toute seule.

Je laisse échapper un rire qu'il me rend avec quelques décibels en moins.

— Comment s'est passée cette douche ?

— Intéressante, je dois dire, j'ai eu l'impression d'être un agent secret.

Je perçois sa remarque comme un moyen d'en savoir plus à mon sujet.

— Fong a fait des trucs sympas ici.

— Fong ? s'enquiert-il un sourcil levé.

— Euh, oui, c'est… comment te dire… mon coéquipier geek, si je peux m'exprimer ainsi. C'est un peu mon Q si nous étions dans un James Bond.

Autant jouer les clichés jusqu'au bout…

— Je comprends l'allusion.

— Pour être honnête, c'est lui le directeur des technologiques, il m'assiste en mission. Enfin, ça dépend de sa disponibilité.

— Il t'a aidée ces dernières semaines, si je ne me trompe pas ?

Il avale une longue gorgée de jus d'orange et je décide de m'asseoir à côté de lui, avec ma tasse de thé et ma salade de fruits.

— En effet.

Il commence à manger, perdu dans ses pensées.

— Tessa, en quoi consiste ta mission ? lâche-t-il sans que je m'y attende. Enfin, je veux dire, tu m'as dit que tu avais une date de péremption. Qu'est-ce que tu voulais dire par là ?

Je mange tout de suite un morceau d'ananas comme pour m'empêcher de parler.

— Je n'ai rien à ajouter de plus, je lui réponds, la bouche pleine.

— Tay, me réprimande-t-il en me faisant les gros yeux.

— Ah, tu vois ce que ça fait !

Nous nous mettons à rire.

— Tu veux réellement le savoir ?

Nos yeux se connectent.

— Oui, me soutient-il sans rompre le contact visuel.

— D'accord. Commençons par le début alors. À mes 18 ans, j'ai dû signer un contrat.

— Comment ça ? On t'a forcée ?

Il ne me laisse même pas finir.

L'inquiétude dans sa voix me rend toute chose. L'effet va se dissiper un jour ou cela va s'accentuer ?

— Non, je le savais le premier jour de ma naissance. On m'a préparée, conditionnée, élevée pour ce moment précis.

— Attends une minute, tes parents…

— Sont également de la partie ? Oui, si je peux m'exprimer de cette façon.

— Ce sont des agents, eux aussi ?

Face à son air dubitatif, je lui apporte quelques précisions.

— On ne se considère pas comme tels et on ne le fera jamais. Ça nous élèverait à un niveau supérieur ; or, nous devons ressembler à des personnes lambda aux yeux du monde.

Il repose ses couverts et s'essuie la bouche avant de me regarder attentivement.

— Vous êtes tous espions dans la famille ?

— On n'est pas des espions puisque nous travaillons à visage découvert.

Sauf mon père qui reste dans la plus grande des ombres.

— Poursuis, me somme-t-il.

— Comme je viens de te le dire, j'ai signé un contrat qui stipulait que je devais subir, le terme est parfait, cinq ans d'entraînement pour huit ans de mission.

— Tu t'es entraînée tout ce temps ?

— Oui, c'est nécessaire.

Ce n'est peut-être pas le moment de lui avouer que je sais piloter un avion de chasse et que j'ai un F117-A Nighthawk et un F18 dans le hangar des opérations.

— Tu as vingt-neuf ans, ce qui veut dire que tu es active depuis six ans ?

— Et je dois exercer pendant encore deux ans, avant d'être libérée. À la fin, j'ai le droit d'avoir une vie normale sans aucune obligation. Je peux bien sûr être réquisitionnée à n'importe quel moment, intervenir de manière occasionnelle si on me demande mon aide, mais ça ne doit pas interférer dans ma vie. J'ai le droit de refuser. Mais peu importe, je serai libre de faire ce que bon me semble. Nous ne pouvons pas faire ça éternellement, ça nous donnerait trop de visibilité. Nous devons avant tout nous fondre dans la masse.

— Et ta mère ? Ton père ?

— Quelle est ta question ?

— Je veux dire, ils sont…

— Je viens d'y répondre, ils restent toujours actifs en cas de besoin pour certaines missions.

Il se prend la tête dans les mains.

— On peut arrêter là, si tu veux.

— Non, je dois juste encaisser ce que tu viens de me dire.

— Je n'ai rien de plus à ajouter.

— Si tu termines après treize ans, ça veut dire que ton frère aîné est libéré ?

Sa question me surprend.

— Ethan prend actuellement sa retraite tandis que mon petit frère, Josh, vient de finir son entraînement. Donc il commence.

— Et vous faites quoi ? En quoi consiste tout ça ?

— Tu veux réellement le savoir ? Parce que si je te le dis, je te tue après.

Il se fige tout de suite. Arrêtons les clichés, car, vu sa tête, il se demande sans doute si je dis vrai.

— Je pense comprendre, me fustige-t-il.

Il ne va quand même pas se mettre en colère, elle est bonne celle-là !

— Liam, je ne vais pas te mentir, tu sais que j'ai du sang sur les mains, je ne suis pas une meurtrière si c'est cela qui t'inquiète. Je peux te sembler froide par moments ou dénuée d'émotions, mais sache que je suis un être humain, j'ai des sentiments, j'ai une morale tout de même, je tente de le rassurer même si, au fond, il n'y a rien de rassurant là-dedans.

— Mais tu es de quel côté, en réalité ?

La question que je redoutais.

— Je ne suis pas méchante, mais je ne suis pas gentille pour autant.

— Traduction ?

— Liam, le supplié-je de ne pas me forcer à répondre.

— OK.

Il n'ajoute rien de plus, la tête dans son verre de jus d'orange.

— Tu es venu jusqu'ici pour que je t'explique tout ça, pour ensuite repartir ?

Et t'envoyer en l'air au passage…

— Non pas uniquement. Je dois t'avouer que j'ai réfléchi toute cette semaine, j'avais besoin de faire une sorte d'introspection sur ma vie.

Je l'écoute, attentive.

— Je me sentais coupable de ce que j'avais fait à mon père, sans prendre le temps d'admettre que ces actions étaient condamnables. J'ai compris que je n'avais rien à me reprocher, l'envoyer en prison était la meilleure décision à prendre. À la mort de ma mère, j'avais à peine dix ans et il m'a entraîné dans ses combines, ses escroqueries. J'ai accepté uniquement parce que c'était la seule famille que j'avais, c'était comme si j'espérais qu'il comble le manque que ma maman avait laissé. Je pensais que c'était sa façon à lui de m'aimer.

Il a peut-être consulté un psy sur la route ?

— Après ces dernières révélations, je n'ai plus éprouvé de la culpabilité, mais de la rage, non pas contre lui, mais contre moi, parce que je me suis fait avoir. D'abord par lui, ensuite par Lloyd, mais pas uniquement. J'ai trompé mon monde et, aujourd'hui, je veux reprendre ma vie en main. Je veux accepter ce que j'ai fait, c'est le seul moyen pour avancer et me libérer de mon passé.

— C'est une sage décision.

— Il n'y a qu'une seule direction que je veux prendre.

— Laquelle ?

— Être et avancer à tes côtés.

Mon cœur s'arrête de battre puis reprend en doublant les pulsations.

— Liam, je…

Je n'ai pas le temps de finir ma phrase qu'il prend mon visage entre ses mains et m'embrasse tellement fort que je manque de tomber de ma chaise. Il me rattrape et me serre contre lui.

— Tessa, quand nous nous sommes rencontrés la première fois, j'ai inconsciemment voulu que tu découvres la vérité, que tu m'arrêtes pour mettre fin à tout ça. Je me suis immédiatement connecté à toi, car une partie de moi savait que tu étais celle que j'attendais, celle avec qui je me sens complet, mais surtout en qui j'ai confiance, celle qui allait me libérer, et je ne me suis pas trompé. Je me suis tout de suite attaché à toi, même si cela allait me mettre en danger. Tu es la première qui me fait sentir en phase, qui ne me juge pas, qui me comprend. Je ne sais pas quoi te dire d'autre si ce n'est que je t'aime, Tessa Blaine.

Mon cœur explose. Je remarque que ma montre vibre, elle n'a sans doute jamais enregistré un rythme cardiaque de cette force.

— Moi aussi je t'aime, Liam.

Il m'enlace tendrement dans ses bras avant de m'embrasser. Ses bras : le seul endroit où je me sens moi-même, mon refuge, là où il ne peut rien m'arriver, là où je peux baisser la garde, là où je perds toute volonté. Je n'ai jamais été aussi heureuse, je me sens tellement puissante et accomplie. Cette chaleur qui vient de m'envahir est indescriptible. Je pourrais déplacer des montagnes, comme si on avait décuplé ma force.

Il me pose sur ses genoux avec un sourire plein d'admiration.

— J'ai quelque chose pour toi.

— Ah oui ?

Cette attention m'étonne.

Il quitte mon étreinte et prend une boîte dans son sac. Je remarque que c'est un écrin.

— Ouvre-le.

Je m'exécute prudemment et me fige. C'est ma parure « Dualité » que je lui avais laissée.

— Mais comment est-ce possible ?

Je caresse les pierres pour m'assurer que le collier et les boucles d'oreilles sont bien là.

— Pourquoi me l'as-tu laissée ? quémande-t-il une explication.

— Je ne sais pas, c'était comme un souvenir, je dirais.

— Tu es beaucoup plus que ça. Quand je l'ai vu sur la table de chevet, j'ai compris que, la seule personne à laquelle je voulais me raccrocher, c'était toi. J'ai envoyé le collier dans une boîte postale en Arizona. Si jamais il devait m'arriver quoi que ce soit, c'est la seule chose que je voulais conserver, car il me rappellerait la première femme que j'ai aimée.

Il va me faire pleurer. Je ne me rappelle même plus la dernière fois que j'ai chialé. Il caresse mon visage, comme m'empêcher de verser une larme.

— Je vais le garder toute ma vie alors.

Je l'embrasse pour sceller ce pacte.

— Merci, Liam.

Je le serre fort dans mes bras.

— Après tout ce que tu viens de me dire, est-ce que cela sous-entend que tu veux t'installer à Hong Kong ?

Il me pose de nouveau sur ses genoux et je m'accroche à son cou.

— Je ne connais pas grand-chose à cette ville, mais elle ressemble à New York dans son ossature, je ne devrais pas être trop dépaysé. Je veux également te rejoindre si c'est le prix à payer pour être avec toi.

Je suis prise au dépourvu, je sens tous mes muscles se contracter.

— Liam, c'est vraiment ce que tu veux ? Si tu t'engages sur cette voie, tu dois le faire pour toi, pas pour moi.

— Tu as déterminé ce choix si je puis dire. Je ne veux plus jamais me sentir aussi impuissant, je veux pouvoir être avec des gens en qui j'ai confiance. Je t'avoue que je ne sais pas trop en quoi consiste ta mission, mais après tout ce que j'ai fait, j'aimerais maintenant faire le bien. En revanche, je ne sais pas si c'est dans mes cordes ou non.

— Pour être honnête avec toi, j'ai fait une évaluation de ton profil. Tu es compatible à 88 %.

Il se dégage légèrement de mon étreinte, ce qui m'oblige à me rasseoir sur mon tabouret.

— Tu avais déjà prévu le coup ? s'indigne-t-il.

— Oui, au cas où, je lui insinue en haussant les épaules. Mais ça ne reste que des chiffres.

— Je ne pensais pas être aussi bon, dit-il, sarcastique.

— Si tu t'engages dans cette voie, il n'y a pas de marche arrière possible. Tu devras honorer ton contrat.

— Je vais faire ça pendant huit ans ? s'enquiert-il, pas très rassuré.

— Je ne sais pas, ce n'est pas avec moi que tu devras en discuter.

Il soupire dans son assiette qu'il vient de terminer.

— Dans ce cas, est-ce que tu peux organiser un rendez-vous avec le grand patron ? Je déciderai par la suite.

— Faisons comme ça. Je vais passer un coup de téléphone, nous aviserons ensuite.

Il encercle mon visage avec ses mains et m'embrasse sur la bouche. Ce baiser me transporte dans une dimension parallèle. Il est là, avec moi, et veut me rejoindre, sachant tout ce que cela implique. Je ne devrais pas m'emballer, pourtant j'en ai envie, juste en cet instant, parce que je ressens enfin le bonheur de l'avoir à mes côtés.

56. Restaurant Whooloomooloo, Rooftop au 100e Étage de l'Immeuble The One, 100 Nathan Road, Kowloon Side

Liam

Samedi, 19 h 30.

Tessa a insisté pour que nous prenions un verre ici pour fêter ma venue à Hong Kong. Je sens qu'elle ne m'a pas encore tout dit, mais elle est rayonnante. Je ne connais pas cette ville, mais je dois avouer qu'elle est assez exaltante, les possibilités y semblent infinies. Les portes de l'ascenseur s'ouvrent et nous projettent directement sur la baie, la vue y est imprenable. Tessa fait signe à une hôtesse qui nous conduit dehors, à l'extérieur du restaurant.

— C'est mon endroit préféré à Hong Kong.

— Ah oui ?

— Oui, mes copines et moi, on y vient souvent prendre des verres.

— Tu as des amies ?

— Oui, de très bonnes qui vont s'évanouir quand je vais leur annoncer que tu veux vivre ici. Enfin, nous n'y sommes pas encore.

Nous nous asseyons à une table haute et elle commande deux coupes de champagne.

— On fête quelque chose ? lui demandé-je.

— Le début d'une nouvelle vie, je dirais. Liam, je suis touchée de ce que tu fais, mais est-ce que tu es réellement prêt pour ça ?

— Tu essayes de me dissuader ?

— De te prévenir plutôt.

— Une chose est sûre, je ne suis pas prêt à te perdre ni à rester loin de toi. Je n'ai pas tenu cinq jours. J'ai eu le temps de réfléchir en prison et sur la route.

Je lui serre la main, car je sens qu'elle cogite.

— Cette décision, je la prends en connaissance de cause, Tay, mais je suis sûr de ce que je fais à 100 %. Tu n'as pas à me protéger, ni quoi que ce soit d'autre.

— Crois-moi, je ne vais pas te ménager. J'espère que tu arriveras à suivre, me prévient-elle.

— Tu me dis ça parce que ?

— Je dois combler les 12 %.

— Ah oui ?

— Ça fait partie du deal.

— De quoi tu parles ?

Elle se fige légèrement.

— Euh et bien…

Ses joues viennent de rosir, ce qui la rend encore plus sexy. Elle colle subitement son visage sur sa montre. Son sourire s'efface instantanément.

— Nous allons devoir écourter cette soirée, m'annonce-t-elle gravement.

— Pourquoi ?

— Ton rendez-vous a lieu maintenant.

Je suis soudainement très nerveux.

— Et il ne vaut mieux pas le faire attendre, lâche-t-elle sans affronter mon regard.

Elle quitte son tabouret et je fais de même.

57. La Tour, lieu top secret, Hong Kong

Tessa

Samedi, 21 h.

Je m'étonne que papa le reçoive maintenant.

— Nous allons prendre un ascenseur puis un tunnel.

— OK.

Il est plus figé qu'une statue de glace. Nous arrivons au dernier étage et nous passons le sas.

— Ça fait drôlement mal aux yeux.

— Oui, il faut traverser ce long couloir qui scanne ton ADN et fait sûrement d'autres choses qu'il ne vaut mieux pas savoir.

C'est la première fois que je le prends avec quelqu'un.

— Identités confirmées : Tessa Blaine, Liam Harper.

— Tiens, il y a sûrement eu une mise à jour.

J'essaye de détendre l'atmosphère, mais il semble très nerveux. Nous arrivons à la réception où se tient Selenya. Je m'attendais à voir Sineya qui est normalement là le soir. Enfin, tout dépend du fuseau sur lequel elle est cette fois.

— Bonsoir, Mademoiselle Blaine. Monsieur Harper, s'adresse-t-elle à lui en le fixant, vous êtes attendu.

Je me tourne vers Liam.

— À toi de jouer.

— Tu ne viens pas avec moi ?

— Euh non, mon père n'a pas voulu que j'assiste à cette entrevue.

— Ton père ? s'étonne-t-il.

— Euh oui, je ne t'ai pas dit que c'était lui le grand patron ?

— Tay, me réprimande-t-il.

Il me fait des yeux plus gros que ceux d'un taureau.

— Courage ! je lui lance en lui faisant mon plus beau sourire avant de toquer à la porte.

Je sens son cœur battre à tout rompre. Il s'apprête à l'ouvrir quand il suspend son geste.

— Qu'est-ce que tu fais ?

— Je prends une dose de courage, car, avec toi, je n'ai jamais été aussi fort.

Il attrape mon visage dans ses mains et m'embrasse sans que j'aie le temps de comprendre. Le baiser est d'une force incroyable, comme si on m'avait donné de l'adrénaline. Il se détache de moi et un Liam sûr de lui me fait face.

— Bonne chance, lui lancé-je alors qu'il ouvre la porte.

— Pas besoin si je sais que tu es là.

Je ne peux m'empêcher de sourire tandis qu'il retrouve mon père. Il referme et me laisse, pensive. Je me rends compte à ce moment précis que papa a toujours eu raison, l'amour est ce qu'il y a de plus puissant sur cette Terre, mon amour pour Liam en est la preuve.

58. Dernier étage de la Tour Infinity, quartier de Gunam, Séoul, Corée du Sud

Ethan

Dimanche, 23 h 09.

J'observe à travers les jumelles le building d'en face. Eung Chan est là, en train de discuter avec d'autres gars. Aucun doute possible, c'est bien lui. Je le connais assez pour savoir qu'il joue parfaitement le rôle de son frère, mais pas suffisamment.

Ils sont là depuis plus de vingt minutes et observent plusieurs plans devant eux. On dirait qu'ils planifient une opération avec toute une équipe d'intervention. Je parviens à lire sur les lèvres de Chan : ça doit se dérouler à Londres apparemment.

Je me demande si je ne devrais pas le descendre tout simplement, malheureusement, je ne peux pas encore m'y résoudre, car je ne sais pas qui est derrière tout ça. Pour pouvoir orchestrer un truc pareil, quelqu'un doit tirer les ficelles. Mais qui ? Et dans quel but ? Il a des connexions grâce à son frère, mais ils avaient sans doute besoin de son visage pour obtenir quelque chose que seul Marcus aurait pu avoir ? Reste à savoir quoi.

Si je lui tire dessus, le commanditaire devrait apparaître, mais je ne suis pas équipé pour le faire maintenant. Il faut que j'obtienne plus d'informations sur ce qui se trame réellement avant de pouvoir intervenir. Tessa m'a envoyé ici uniquement pour enquêter, mais je ne peux pas rester sans agir, je ne peux pas attendre les bras croisés.

— La vue est dégagée ? me demande Dev.

— Impeccable.

— J'enregistre tous les mouvements des jumelles, fais-toi plaisir !

Pourquoi je ne peux m'empêcher de sourire dès qu'elle se met à rire ?

— Il y a du mouvement, on dirait, ils sont en train de déguerpir d'ici.

— Je ne bouge pas de la fourgonnette !

— Non, Dev, sort de là, il faut les suivre à distance en évitant de se faire repérer. Je dégage du rooftop, retrouve-moi dans la voiture, on ne doit pas les quitter d'une semelle.

Je reprends le chemin des ascenseurs pour la rejoindre rapidement.

— Dev, tu me reçois ?

— Eth… Ethan…

Je ne perçois plus distinctement sa voix.

— Annabelle ? Qu'est-ce qu'il se passe ?

— Des hommes armés… droit sur moi… je… je…

La panique m'envahit à tel point que je m'arrête de respirer. Je regarde la flèche de l'ascenseur, je suis au quarante sixième étage et je dois vite la retrouver.

— Va-t'en immédiatement ! lui ordonné-je gravement.

Je n'entends plus rien, si ce n'est un grésillement à l'autre bout de mon oreillette.

— Annabelle ? Annabelle ?

À suivre… dans « Love is in the tech… »

Remerciements

Si vous lisez ces remerciements, c’est que vous avez lu mon roman alors je tenais à vous remercier pour avoir pris le temps, en espérant que vous avez passé un bon moment avec mes personnages.

Un immense merci à ma famille et mes amis pour votre soutien, votre amour qui m’accompagne dans chacune de mes aventures.

Je tiens à remercier mon éditrice Cyrielle, ainsi que toute l’équipe de SK Éditions pour avoir cru en cette histoire et pour m’avoir donné la chance de la partager avec les lecteurs.

Dédicace à Marily (juin 2023) et à mon coquillage (qui se reconnaîtra) pour m’avoir redonné la confiance sur mon texte. Merci d’avoir joué les bêta-lectrices, vos retours m’ont vraiment aidée et reboostée. Trop d’amour ! Merci à P également.

Merci à ma correctrice de talent Sophie qui m’a aidée à parfaire cette histoire, merci pour tout
(mention spéciale aux salons de l’Hôtel Renaissance ☺ à Paris). Et merci à Michel et Fanny.

Et merci à tous les lecteurs qui donne vie à nos livres à travers vos avis livresques, étoiles, montages, vidéos, reels, petites et grandes attentions, qui m’ont incroyablement touchée. Vos échanges sur les réseaux sont un bonheur au quotidien. Je voudrais pouvoir tous vous citer, mais j’aurais peur d’en oublier. Je suis sûre que vous vous reconnaîtrez.

N'hésitez pas à me suivre sur les réseaux (@raquelhab. auteur) pour connaitre mes nouvelles actualités !

Et à la force qui veille, merci x l'infini.

En savoir plus sur l'auteur

Je m'appelle Raquel Hab, j'ai 35 ans et je vis et travaille à Paris. Passionnée d'art, de lecture, de voyages, de musique, de lego à mes heures perdues et tout récemment d'écriture, j'ai eu la chance que mon premier roman soit publié. Il reflète tout ce que j'aime dans la vie et mets la femme à l'honneur avec un personnage qui a du caractère. J'ai souvent du mal à me présenter, une personne m'a dit une fois que j'étais la joie de vivre incarnée, alors si cela peut aider à me résumer...

Où nous suivre sur les réseaux sociaux ?

Facebook : https://www.facebook.com/SKeditions
Instagram : https://www.instagram.com/sharonkenaeditions/

***

Notre boutique en ligne : https://www.skeditions.fr
Retrouvez tous nos ebooks chez votre revendeur habituel :
Amazon, Kobo, Fnac, 7Switch, iTunes…

Imprimé en France - 57995 - 14110 Condé-sur-Noireau
RapidBook, une marque du Groupe Corlet Imprimeur